Hallo, Radio! Was wollen wir hören?

Den Öffentlich-Rechtlichen pauschal vorzuwerfen, sie seien einseitig, beliebig oder befangen, ist leicht und billig in Zeiten des allgegenwärtigen Kreisch- und Pöbelsounds, der eifrig auf Sündenböcke und »Feinde« eindrischt, wobei jeder alles am besten weiß und gern von verschworenen Fronten fantasiert. Als brächte das irgendwie weiter. Nein, wesentlich interessanter finde ich die konkreten Einblicke in Strukturen und Alltag von Nachrichtenproduktion, die *Alles nicht echt* höchst unterhaltsam gewährt. Was ist eine Meldung, wer ist wie verantwortlich für das, was uns stündlich als tagesrelevant verabreicht wird, welchen Regeln folgt Berichterstattung und was hat sich daran im Laufe der Jahre verändert? Wer öfters Rundfunknachrichten hört, wird nach der Lektüre dieses Krimis anders lauschen, so viel kann ich versprechen. Wir erfahren eine Menge übers Radiomachen von Anbeginn bis heute. Denn ein erheblicher Teil der Handlung spielt sich im Funkhaus ab.

Mich entzückt der mühelose Spagat aus angespitzten Pointen und erzählerischer Leichtigkeit, den Christine Lehmann hier vollführt, wobei sie das Düstere und Üble nie ausblendet oder bemäntelt. Ganz ohne den im Krimigenre leider so häufigen klebrigen Pfuhl des Voyeurismus, ohne selbstgerechte Schießwut oder Moralinsäure lässt sie unsere Alltagsspionin Lisa Nerz mit ergebnisoffener Wissbegier durch den Sender strolchen. Dreht hier einen Stein des Anstoßes um, wendet dort ein Klischee, hinterfragt die Vorgaben des Altbewährten und interessiert sich für die Menschen. Genau diese Neugier aufs Lebendige, auf junge, alte, starke, schwache, garstige, gierige, engagierte, bunte Personen, die gehört für mich zum Stärksten, was Gegenwartsliteratur bieten kann – so wichtig in Zeiten wie diesen. *Else Laudan*

Christine Lehmann, jahrzehntelang als Nachrichten- und Aktuellredakteurin beim SWR, widmet sich der Politik heute als Stuttgarter Stadträtin. Mit *Alles nicht echt* werfen nun 13 Lisa-Nerz-Krimis unterschiedlichste Schlaglichter auf unsere Gesellschaft von den 1990ern bis heute. Christine Lehmann schreibt Romane, Glossen und Hörspiele und betreibt ein Fahrradblog.

Christine Lehmann

Alles nicht echt

Ariadne 1274
Argument Verlag

Deutsche Originalausgabe
Alle Rechte vorbehalten
© Argument Verlag 2024
Glashüttenstraße 28, 20357 Hamburg
Telefon 040/4018000 – Fax 040/40180020
www.argument.de
Umschlag: Martin Grundmann
Vignetten: © Christine Lehmann
Lektorat: Else Laudan
Satz: Martin Grundmann
Druck und Bindung: Beltz Grafische Betriebe GmbH,
Bad Langensalza
Gedruckt auf säure- und chlorfreiem Papier
ISBN 978-3-86754-274-6
Erste Auflage 2024

Die Geschichte ist frei erfunden. Ähnlichkeiten mit lebenden oder verstorbenen Personen sind nicht beabsichtigt und wären rein zufällig. Auch wenn es hier um die Arbeit in einer öffentlich-rechtlichen Rundfunkanstalt geht, von denen es in Deutschland nur eine sehr begrenzte Anzahl gibt, sind Parallelen zu bestimmten Anstalten und tatsächlichen Arbeitsabläufen oder Strukturen nicht gewollt oder gesucht, können aber nicht ganz vermieden werden.

 Ein HATÜ ist ein halber Türke. Für eine Radiosendung wird das Interview vorher aufgezeichnet, vom Moderator aber live anmoderiert und nach der ersten Frage abgefahren. Ein TOTÜ ist die Abkürzung für totaler Türke. Da wird die An- und Abmoderation ebenfalls vorher aufgezeichnet. Nix ist mehr live, obwohl es so klingt.

Herauszufinden, woher der Begriff »türken« stammt, ist kein Akt. Man schaut schnell in Wikipedia und liest etwas über einen Schachtürken. Das war ein Kasten mit einem Automaten, in dem eine Puppe an einem Schachbrett saß und zu spielen vorgab. Sie wurde jedoch von einem Menschen gesteuert. Und über Türkengefechte. Das waren gestellte Gefechte, die wie echte Manöver aussahen. Und wenn sich der Fernsehkorrespondent nach einer Reportagereise auf einem deutschen Kriegsschiff für einen nachträglichen Aufsager schnell mal mit dem Kameramann unter die Heizungsrohre im Keller des Funkhauses stellt, was ändert das schon am Inhalt seiner Worte?

Vom einst gebrauchten »türken« sind heute nur noch HATÜ und TOTÜ übrig. Wer will schon von faken reden oder von fälschen, von einem totalen Fake, TOFA, oder einer halben Fälschung, HAFÄ? Handelt sich doch nur um eine klitzekleine Täuschung, bezogen auf den Zeitpunkt des Gesprächs: Es klingt wie live, ist es aber nicht. Eigentlich egal. Grob gesagt. Fein betrachtet, kann sich die Hörerin zusammen mit dem Interviewpartner reingelegt vorkommen, weil das Interview auf die nötigen 2 Minuten 30 beschnitten wurde und von einer längeren Schwadronade deshalb nur der Satz übrigblieb: »Der deutsche Journalismus krankt an einer durchgegenderten multikulturalisierten Gehirnwäsche durch das Establishment der internationalen woken Netzwerke, das uns vorschreibt, welche Wörter wir verwenden dürfen und welche nicht.«

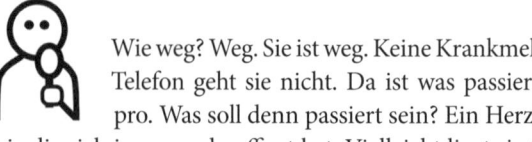 Wie weg? Weg. Sie ist weg. Keine Krankmeldung. Ans Telefon geht sie nicht. Da ist was passiert, hundertpro. Was soll denn passiert sein? Ein Herzinfarkt. So wie die sich immer echauffiert hat. Vielleicht liegt sie tot in ihrer Wohnung. Oder irgendwo im Wald. Ging sie nicht jeden Morgen joggen? Am Kanal und raus auf die Felder. Vielleicht gestürzt und ertrunken. Vergewaltigt, ermordet. Heutzutage weiß man nie. Red nicht so was! Aber vielleicht hat sie ja was aufgedeckt. An irgendwas war sie immer dran. Sie wollte immer ganz groß rauskommen als Journalistin, was aufdecken. Du meine Güte, was wäre denn so brisant, dass jemand das Risiko eingeht, sie zu ermorden? So was gibt es nicht. Nicht in der Realität. Bei diesen ganzen Auto- und Dieselskandalen, da ging es um richtig viel Geld, aber ermordet worden ist keiner, der was hätte verraten können. Solange sie sich nicht mit dem russischen Geheimdienst anlegt oder mit den Rechten.

»Du bist doch Journalistin«, stellte Richard fest.
»Ich bin Lisa Nerz.«

Richard deutete ein genervtes Lächeln an. »Das ist Zufall. Deinen Namen hast du dir nicht ausgesucht.«

Ganz im Gegensatz zu ihm. Er hatte seinen Mädchennamen eines Tages abgelegt und sich einen neuen gegeben. Wieso eigentlich gerade Richard? Richard von althochdeutsch »rihhi«: reich, mächtig, die Macht, die Herrschaft, der Herrscher, und »harti«: hart, stark, fest, entschlossen. Richard, der zur Macht entschlossene Oberstaatsanwalt. Passt.

»Bei uns auf dem Dorf hießen die Kühe Lisa. Was bedeutet Lisa eigentlich? Weißt du das?« Ich hatte schon mein Handy gezückt, um zu googeln, aber Richard war schneller.

»Lisa ist die Kurzform von Elisabeth, auf Hebräisch: Elischeva. Eli ist ein sehr alter orientalischer Name für Gott. Scheva bedeutet sieben auf Hebräisch. Die Sieben steht für den Himmel mit seinen damals mit bloßem Auge erkennbaren sieben Wandelsternen einschließlich Mond und Sonne, also für Vollkommenheit. Dein Name könnte so etwas bedeuten wie ›Mein Gott ist Vollkommenheit‹.«

»Das ist dem bigotten Geist meiner Mutter entsprungen.«

»Vermutlich viel einfacher: In der Bibel ist Elisabeth die Mutter von Johannes dem Täufer.«

»Siehst du, Richard, darum musste ich Journalistin werden: Leuten Namen geben, neue Heilsbringerinnen in die Öffentlichkeit pushen und so Kram. Der Nerz gibt dem Ganzen noch eine kleine schwarze Bissigkeit.«

Richard lachte.

»Aber von mir als Journalistin hast du nie viel gehalten. Warum soll ich jetzt auf einmal eine von diesen Heldinnen des Skandals sein?«

»Für eine Newsredaktion dürfte es reichen.«

»Wieso?«

Er setzte sein Zaudergesicht auf, mit dem er gewöhnlich den Bruch der staatsanwaltlichen Verschwiegenheit einleitete. »Aber das ist unter drei«, sagte er.

»Schon klar. Ich veröffentliche es nicht. Was ist los?«

»Vor allem darf unter keinen Umständen bekannt werden, um welche Sendeanstalt es sich handelt.«

 Am liebsten hätte er mich mit verbundenen Augen auf Umwegen in die Stadt bringen und mir erst im Gebäude den Sack vom Kopf ziehen lassen. Aber ich hätte das Gebäude zum Schlafen ja sowieso verlassen müssen, und Städte verraten sich durch Autokennzeichen und Wegweiser.

Ich kam in den Genuss dienstbarer Sekretärinnen, die mir eine Bahnfahrkarte besorgten und eine Wohnung anmieteten, deren Schlüssel mir zugeschickt wurde. Sie lag im zweiten Stock eines Gründerzeitwohnblocks an einer vierspurigen Ausfallstraße, die ich mal Granitstraße nenne, mit Baustelle, Fußgängerampel, Bushaltestelle und Radwegen, wie sie in jeder Stadt irgendwo vorkommen. Die Briefkästen hingen im Hausflur, die dunklen Holztreppen knarrten, in den holzverblendeten Wohnungseingängen klapperten die Glasscheiben bei jedem Tritt, die Tür würde einem kräftigen Stoß nicht standhalten. Unter dem Türritz zog kalte Luft in einen Flur, von dem ein Zimmer mit Fenstern zur Straße und eine Küche mit Blick in einen Hinterhausgarten abgingen, wo im strömenden Regen Fahrräder verrotteten und ein Tisch und Stühle rosteten. Zum Klo ging es durch einen schweren Vorhang in einen langen Gang zwischen Treppenhaus- und Küchenwand. Das Badezimmer nahm der Küche eine Ecke weg. Die Küche bestand aus einer Zeile mit Spüle, Mülleimer und Boiler, einem Gasherd und offenen Regalen mit rotem und blauem Steingutgeschirr und Konservendosen, Reis und Spaghetti, Teebeuteln und einer Sammlung von unnützen Küchengeräten, die das Leben einem so zuschanzte: Entsafter, Kartoffelpresse, Eierkocher und Joghurtautomat. Am Fenster stand ein Tisch mit zwei Stühlen. Dort lag ein Zettel, auf dem die mir unbekannte Bewohnerin mit tintenblauer linksgeneigter Schrift notiert hatte, wie man den Boiler anstellte und dass das WLAN-Passwort hinten auf dem Router stand. »Du kannst auch gern mein Fahrrad nehmen. Es ist das violette Veloretti. Die Zahlenkombi fürs Schloss lautet 5889. Fühl dich wie zu Hause, Gruß, Sandra.« Sie befand sich als Schwangerschaftsvertretung in einem Korrespondentenbüro im Ausland, das ich nicht nenne, weil die Zuständigkeit für bestimmte Korrespondentenstellen die Anstalt verrät. Es muss ja nicht jede der neun ARD-Sendeanstalten einen eigenen Korrespondenten in jede bedeutende Hauptstadt schicken.

Oder korrekt: eine:n eigene:n Korrespondenten/in. Gab es eigentlich eine andere Möglichkeit, die Personen, die außerhalb des Funkhauses tätig waren, im Ausland oder im Berliner Studio, geschlechtsneutral zu benennen: die Korrespondierenden? Man sagte ja auch »die Aufsichtsratsvorsitzenden«, ohne sich zu krümmen. Medien genderten nicht gern. In meinen Berichten für die Sonntagsbeilage des *Stuttgarter Anzeigers* hatten sie mir Gendersternchen, Doppelpunkte und Schrägstriche verboten. »Das polarisiert nur und lenkt vom Inhalt ab.« Von welchem Inhalt? In den Nachrichten hörte ich anstelle von »Kindergärtnerinnen« immer öfter »Erzieher«, weil ja immer mehr Männer unter den Kindergärtnerinnen waren. Männliche Vorbilder für Jungs, ganz wichtig.

Nachts erleuchteten die Straßenlaternen direkt das Wohn- und Schlafzimmer. Die Vorhänge glühten orange. Der Bus hielt quasi in meinem Bett, entließ Passagiere und lud neue ein. Autos bremsten an der Ampel und starteten durch, je später, desto vereinzelter, aber hochtouriger. Die Reifen zischten durch Pfützen. Der Regen gurgelte ein Fallrohr hinab. Ich war aus meiner Neckarstraße Licht und Krach gewöhnt, allerdings hatte ich dort Lärmschutzfenster.

Am Morgen suchte ich vergeblich nach einer Kaffeemaschine, die ich hätte füllen und anstellen können. Egal, Kaffee gab es auch keinen. Sandra war offensichtlich Teetrinkerin. Ich trank keinen Tee mehr, seit ich eine leidenschaftliche Teetrinkerin zu Unrecht ins Gefängnis gebracht hatte. Er erinnerte mich an meine Dummheiten zum Nachteil anderer Menschen. Und so begann man keinen Tag, an dem man einen neuen Job antrat.

Draußen goss es aus grauen Wolken, und das Mitte August. Aber das Duschwasser tröpfelte nur. Ich rauchte eine Zigarette in der Nichtraucherinnenküche – selber schuld, Sandra! –, fand in Sandras Schrank einen langen braunen Gladstone Coat mit Schultercape und kariertem Futter, unter dem auch meine Crossover Moon Bag Platz hatte, zog mir die Chelsea Boots an und ging dergestalt modisch verortet und für die Fremde gewappnet übers Treppenhaus zur Hintertür das Veloretti suchen. »Bitte Türe immer schließen!«

Auf Zetteln kam praktisch nur »Türe« vor. So als ob »Tür« zu einsilbig wäre für eine Bitte, der zuwiderzuhandeln nicht erlaubt war. Der Aschenbecher auf einem Steinsims draußen neben der Tür erklärte den Zettel hinreichend. Die Kippen schwammen.

Sandras violettes Fahrrad stand, zugelehnt von Kinderrädern und einem Dreigangrad, in dem verbogenen Fahrradständer der Marke Felgenkiller. Ich kippte die Räder beiseite, was einen Dominoeffekt auslöste, und arbeitete mich zum Schloss vor, mit dem sie den Vorderreifen angeschlossen hatte. Und jetzt noch mal zurück in die Küche und auf den Zettel nach der Zahlenkombination schauen? Nein, mein sonst so löchriges Gehirn hatte sie behalten und gab sie frei: 5889. Es war ein gepflegtes Stangenrad, das ich hervorzog, mit Nabenschaltung, einem gebogenen Aerowing-Lenker und Gepäckträger am Vorderrohr. Ich gab ihm den Namen Veronika. Nur die Kette rasselte arg. Der Regen hatte das Öl rausgewaschen.

Das Grässliche am Reisen: Man muss erst alle Konsum-Essentials suchen. Das Gute an deutschen Städten: Sie sind alle gleich. Den Aldi gab es schräg gegenüber und auf dem Weg zum Funkhaus kam ich an einem Coffee-to-go mit Pfandbechern vorbei. Ich trank den Kaffee im Laden.

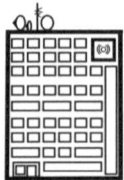
In Zeiten von Facebook und Google-Bildersuche lassen sich Identitäten nicht verschleiern, wenn man sie einmal ins Netz gestellt hat. Aber dass man mich hier kannte, war nicht anzunehmen. Meine Prominenz war dann doch sehr lokal. Deshalb hatten wir auf einen Alias verzichtet.

»Lisa Nerz, ich habe um zehn einen Termin mit Herrn Ochs«, meldete ich mich an der Pforte.

»Herrn Ochs?«, wiederholte die junge Frau hinter Glas gedehnt.

»Das ist der Chef der Newsabteilung.«

»Ich weiß. Sind Sie angemeldet?«

»Ich denke schon, ich habe ja einen Termin.«

»Hat er Sie bei uns an der Pforte angemeldet?«

»Das weiß ich nicht.«

Die junge Frau blickte tadelnd drein und suchte etwas in dem Bereich unterhalb der verglasten Empfangstheke, den ich nicht einsehen konnte.

»Haben Sie eigentlich einen Alarmknopf?«, fragte ich.

»Wie bitte?«

»Na, falls jemand in terroristischer Absicht das Funkhaus stürmen will. Man weiß doch heutzutage nie. Da wäre es doch gut, Sie hätten einen Alarmknopf für die Polizei.«

»Nein. So was haben wir hier nicht.«

An ihrer Stelle hätte ich nicht verraten, über welche Sicherheitstechnik ich verfügte. Bildschirme für Überwachungskameras gab es jedenfalls reichlich. Sie zeigten mir alle die Rückseite.

»Also ich finde hier nichts«, sagte sie. »Dann stelle ich Ihnen einen Besucherausweis aus. Sie wissen, wo Sie hinmüssen?«

»Zimmer 4.07.«

»W oder O?«

Ich schaute auf den Notizzettel in meinem Telefon. »W.«

»Also West, dort entlang. Vierter Stock, wenn Sie aus dem Aufzug kommen, links.«

Mal was anderes, mit einem legal erworbenen, wenn auch provisorischen Ausweis durch eine Drehschranke schreiten zu können. Ich schlenderte. Im Foyer warben Bildersäulen für die drei Programme des Senders, an den Wänden hingen Flachbildschirme, auf denen stumm ein Fernsehprogramm kasperte. In einer Vitrine standen altertümliche Mikrofone, eine Bandmaschine und Merchandising-Produkte. Am schwarzen Brett des Betriebsrats hingen eine Todesanzeige und Fortbildungsprogramme. Es roch nach feuchtem Teppich und einem süßlichen Rasierwasser, das offenbar auch Fahrstuhl gefahren war.

Im vierten Stock herrschte Bitte Ruhe, Sendung. Über einigen Türen leuchteten rote Lampen. Im Vorbeigehen konnte ich in eine Senderegie blicken. Gerade dudelte Werbung. Es war kurz vor zehn. Eine Frau saß am riesigen Pult mit Reglern und Knöpfen im Dutzend und drei oder vier Bildschirmen mit Blick auf die zwei großen Scheiben der Studios. In einem stand einer an einem Tisch hinter dem Mikro. Wie leicht es wäre, einzutreten und irgendwas anzustellen: Kaffee ins Schaltpult gießen, alle Regler aufmachen, Knöpfe drücken, ins Studio platzen und irgendwas in die Welt hinausschreien wie »Lügenpresse« oder »Die Aliens sind gelandet«.

Der Boden schluckte meine Schritte mit leichtem Beben. In einer hellblau gestrichenen Sitzecke saß niemand. Eine überschlanke Frau schritt in der bräunlich roten Dämmerung des langen Gangs in kurzem Rock und Stiefeln vor mir her und bog ab. An die Tür neben dem Schild 4.07 war ein Blatt Papier mit der Aufschrift »Eingang Zi. 4.06« geklebt. Ich trat in ein Sekretariat, in dem an zwei Schreibtischen mit Bildschirmen mit dem Rücken zueinander zwei Frauen saßen.

»Guten Morgen, Lisa Nerz, ich habe einen Termin mit Herrn Ochs.«

Eine der beiden riss sich vom Monitor los und sagte mit knatschiger Stimme: »Ach so, ja.« Sie stand auf, zog sich den Pullover auf die Hüften, öffnete eine Tür, steckte den Kopf hinein und sagte: »Frau Nerz wäre jetzt da.« Dann zog sie den Kopf wieder heraus und knatschte: »Sie können reingehen.«

Wohin mit dem feuchten Mantel?

»Den können Sie da hinhängen. Aber vergessen Sie ihn nicht!«

Roland Ochs ließ sich drei Sekunden Zeit, bevor er seinen Blick vom Bildschirm löste. Sein schmächtiger Oberkörper steckte in einem roten Hemd, darauf saß ein kleiner Kopf mit milchiger Haut und gelblich weißem Haar.

»Ah, Frau Nerz!« Er stand auf, gab mir die Hand und wies mich zur Sitzecke. Er selbst ließ sich in die Couch fallen, spreizte die dünnen Beine und faltete seine Hände im Schritt unter seinem Geschlecht. Lust zu lächeln hatte er nicht.

»Sie kommen vom Zeitungsjournalismus her. Rundfunkerfahrung haben Sie keine«, sagte er mit leicht nasaler Radiostimme. »Ich frage Sie nicht, was Sie hierher verschlagen hat. Das ist kein normales Bewerbungsgespräch. Ich bin aus Gründen, über die ich nur Vermutungen anstellen kann, gehalten, Sie zu übernehmen.« Er schaute mich herausfordernd an. »Sie werden die Probezeit hier nicht überstehen.«

Was hätte ich darauf alles antworten können! Als Rächerin aller Volontärinnen, Praktikantinnen und Bewerberinnen, die wie ich vor ihm auf dem Sessel gesessen und ihm beim Wiegen des Gemächts in den gefalteten Händen zwischen den gespreizten Beinen zugeschaut hatten, eingeschüchtert, verstört, verwirrt, zum Schweigen verdammt, weil sie den Job oder später eine gute Beurteilung wollten. »Sie sind ja ein richtiges kleines Arschloch«, hätte ich ihm ins Gesicht lachen können. »Wetten, dass Sie das kommende halbe Jahr nicht überstehen?« Aber ich ließ meinen Lisa-Nerz-Verbalprügel stecken und fragte artig dumm: »Wieso?«

Ochs breitete die Arme auf der Sofalehne aus und dehnte den Brustkorb unter dem roten Hemd, legte dabei aber schützend den rechten Unterschenkel aufs linke Knie. Oha, Spürsinn für Gefahren besaß er auch, er hatte mir vermutlich am vernarbten Gesicht angesehen, dass ich respektlos war.

»Sie passen nicht hierher«, sagte er, »und das wissen Sie ganz genau.«

Vielleicht hätte ich einen Rock oder ein graues Business-Kostüm anziehen sollen, nicht Jeans und eine schwarze Jeansjacke mit Moon Bag quer drüber. Unangenehme Weiberkleider signalisierten Unterwerfung: kneifende Stoffhosen, unter denen sich der Slip abzeichnete, Röcke, die man sich im tiefen Sessel zu den Knien zupfte, Nylons, die im Schritt spannten und die man sich beim Aufstehen unwillkürlich hochzog, oder wenigstens ein Tuch, das ständig von der Schulter rutschte. Zeigen, dass man Spielregel-Opfer war.

Er wartete. Er schwieg. Er setzte darauf, dass ich würde wissen wollen, warum ich nicht passte, dass ich mich gegen die Unterstellung wehren würde und mich ihm erklärte. Und dass meine Stimme ihm verriet, wie ich mich fühlte: verunsichert, ertappt, schuldbewusst oder aufsässig. Wie viele meiner Vorgängerinnen versuchte ich in rasender Eile abzuschätzen, welche Seite von mir ich rauskehren sollte. Fight or Flight? Dem künftigen Vorgesetzten ins Unkraut treten oder selber die Beine übereinanderschlagen? Im Gegensatz zu anderen Frauen, die hier gesessen hatten, hatte ich die Wahl, gar nicht mitzuspielen.

Schweigen war die beste Antwort. Kein Dementi war eine Bestätigung seiner Mutmaßung, dass ich aus bestimmten Gründen, über die er »nur Vermutungen anstellen konnte«, gegen seinen Willen und gegen seine Überzeugung über Beziehungen nach ganz oben ohne Bewerbungsverfahren an die Stelle einer freien Redakteurin gekommen war, obgleich meine Qualifikation dafür nicht ausreichte. Die meisten Menschen glaubten, dass wer nichts sagte, zustimmte, auch wenn sie von sich selbst wussten, dass sie den Mund nur dann hielten, wenn sie einen Streit vermeiden wollten.

Ochs war mit meinem Schweigen offenbar zufrieden. Er ließ etwas Luft aus seinem Lungenballon und stand auf. Als wir durch die Tür ins Sekretariat gingen, legte er die Hand auf meine Schulter.

Na warte!

Ich hatte mich gewehrt. »Ich bin arbeitsscheu, das weißt du doch, Richard. Ich hasse Acht-Stunden-Schichten, und das auch noch fünf Tage die Woche.«

Nachdem ich vor vielen Jahren beim *Stuttgarter Anzeiger* rausgeflogen war, hatte ich mich ans Willkürliche gewöhnt. Von meinem vor noch längerer Zeit verstorbenen ersten Mann hatte ich ein Vermögen geerbt. Mein zweiter verdiente als Oberstaatsanwalt genug für uns beide, auch wenn ich das vor mir selbst leugnete. Hin und wieder schrieb ich einen Artikel für die Sonntagsbeilage, damit meine Selbsterklärung stimmte.

»Du musst natürlich nicht, wenn du nicht willst«, hatte Richard geantwortet.

»He, komm mir nicht so!«

Er grinste.

»Ich kenne mich nicht aus mit Datenklau, Richard. In die IT-Abteilung könnt ihr mich nicht stecken. Da braucht ihr Spezialkräfte.«

»Mit der IT hat das nichts zu tun.«

»Und wieso können es nicht Hacker von außen gewesen sein, die Russen oder Chinesen?«

»Einen solchen Angriff gab es nicht. Die Daten wurden mithilfe eines Schattenadminkontos im Funkhaus abgegriffen, und zwar auf einem der Rechner in der Newsredaktion.«

»Und was ist ein Schattenadminkonto?«

»Das Konto eines Nutzers, dem ein Admin vor längerer Zeit sehr weitreichende Zugriffsberechtigungen gegeben hat, ohne sie zurückzunehmen.«

»Aber dann ist der Nutzer doch bekannt.«

»Das Konto gehörte einem Mitarbeiter in der Personalabteilung, der seit geraumer Zeit verstorben ist. Mit diesem Konto hat der Unbekannte eine mutmaßlich im Darknet gekaufte Spyware aufgespielt. Die IT konnte deren Signaturen entdecken und den infizierten PC identifizieren und entfernen.«

»Aber wenn sich jemand in der Newsredaktion eingeloggt hat, muss man doch nur die Daten und Uhrzeiten mit den Dienstplänen abgleichen, um die Person zu finden.«

»Die Aktionen sind zu einem Zeitpunkt geschehen, wo überhaupt niemand Dienst hatte, zwischen ein und drei Uhr morgens.«

»Haben die keine Dienstausweise oder Stechuhren?«, fragte ich.

»Würdest du dich in einer Stechuhr einloggen, wenn du vorhast, Daten zu klauen?«

»Und die an der Pforte wissen nicht, wer nachts im Haus ist?«

»Im Prinzip schon. Sie sehen, wer kommt und geht, führen aber nicht Buch. Die Besatzung an der Pforte kriegt auch nicht immer mit, wenn jemand geht. Es gibt neben der Hauptpforte zwei weitere Ausgänge. Da kommt man nur mit dem Chip im Hausausweis rein, aber hinaus kommt jeder.«

»Und hinein, falls die Tür noch nicht wieder zugefallen ist.«

Richard nickte.

»Haben die dort keine Überwachungskameras?«

»Doch. Aber die Videos dürfen nur 48 Stunden gespeichert werden. Dann werden sie überschrieben.«

»Und wenn es einer der Menschen vom Betriebsschutz war? Die sind ja die ganze Nacht da.«

Die Frage hatte man sich im Bundeskriminalamt auch gestellt und die Sicherheitsfirma durchleuchtet. »Alles friedlich«, erklärte Richard. »Keine auffälligen Kündigungen, geringe Fluktuation, wenig Krankheitstage. Ganz anders sieht das in der Newsabteilung aus. Da rumort es. Es hat mehrere Programmreformen und Umstrukturierungen gegeben. Der Krankenstand ist hoch. Ein Drittel der rund dreißig Leute bewirbt sich auf jede ausgeschriebene Stelle in anderen Abteilungen oder Funkhäusern, einige haben bereits nach wenigen Jahren die Redaktion wieder verlassen, zwei davon in Richtung

Privatsender, die schlechter bezahlen. Ein Viertel der Leute hat ihre Arbeitszeit auf achtzig bis sechzig Prozent reduziert, zwei Personen sind mit chronischen Erkrankungen als arbeitsunfähig ausgeschieden, eine Person ist Ende Juli ohne Kündigung verschwunden. Zwei Stellen sind derzeit ausgeschrieben. Und zwar nicht nur ARD-intern, sondern auf dem öffentlichen Arbeitsmarkt.«

»Hui! Das klingt nach einem Schlachtfeld von Intrigen, schlechter Führung, innerer Kündigung und Mobbing.«

»Dachte ich mir doch, dass dich das interessiert.«

»Aber die habt ihr doch sicher alle längst durchleuchtet.«

»Nein, Lisa. Privatpersonen ganzer Abteilungen kann man nicht einfach verdachtsunabhängig durchleuchten. Dass sich das Bundeskriminalamt die Personalakten hat geben lassen, halte ich schon für grenzwertig. Die Mitglieder der Redaktion wurden natürlich befragt, aber ein Anfangsverdacht ergab sich daraus nicht.«

Kurz und gut, für die Softskills brauchte man mich, die sich die Unwuchten des Organigramms von innen anschaute, Vertrauen gewann, Informationen sammelte und Leute verriet.

»Deine Notizen sollten genau und nachvollziehbar sein, Lisa.«

»Es ist aber verboten«, wandte ich ein, »Dossiers von Kolleginnen und Kollegen anzulegen, außerhalb der Personalabteilung.«

»Ja, wenn es rauskommt, hat es deine fristlose Kündigung zur Folge«, antwortete Richard.

»Okay. Aber eines frage ich mich doch.«

»Und was?«

»Was fängt man eigentlich groß an mit internen Unterlagen eines öffentlich-rechtlichen Senders und mit Adressen von ARD-Mitarbeitenden?«

»Man bietet sie im Darknet zum Verkauf an. So ist das BKA darauf gekommen.«

»Und wer kauft sie?«

Richard zuckte mit den Schultern. »Nach Angaben des BND

kursieren Auszüge von Personalakten und private Adressen von ARD-Journalistinnen und -Journalisten in der Türkei und in Russland, ebenso wie in rechten Chatdiensten.«

»Und was wollen die damit?«

»Persönliche Informationen über Leute an Schlüsselstellen können dazu dienen, sie erpressbar zu machen.«

»Sitzt die Journaille denn in Schlüsselpositionen?«

»Wie man es nimmt. Sie sitzt zumindest an der Schnittstelle zwischen den Informationen, die hereinkommen, und denen, die an die Öffentlichkeit hinausgehen.«

»Ach herrje! So viel Macht haben doch die armen Öffentlich-Rechtlichen gar nicht mehr. Facebook, YouTube, Instagram, Tiktok, Telegram oder X erreichen viel mehr Leute.«

»Aber die Öffentlich-Rechtlichen haben mehr Renommee. Sie gelten als Garant für unabhängigen Journalismus.«

»Aha, deshalb nennt man sie neuerdings staatsnah und unkontrollierbar. In den rosigen Achtzigern hießen sie noch Linksfunk. Die wissen auch nicht, was sie wollen.«

»Doch, Lisa, die – wer auch immer die sind – wollen reine Propagandasender. Trump hat 2016 die Wahl gewonnen, weil die Leute auf dem Land die Horrorberichte vom Untergang der US-Wirtschaft in den Medien für Realität hielten. Und die meisten Leute in Russland glauben, dass Putin ihr neuer Peter der Große ist. Wirst sehen: Im Herbst wird er zum Kaiser gekrönt. Die Fernsehübertragung wird die der Krönung von Queen Elizabeth um ein Vielfaches an Prunk und Reichweite übertreffen, eine halbe Million Komparsen als Jubelrussen, dreißigtausend Pferde, fünf Kilo Gold und Edelsteine, Atomsprengköpfe, Panzer …«

»Quatsch jetzt, oder?«

In Richards asymmetrischem Gesicht verhakte sich ein Lächeln. »Siehste! Nenne Zahlen, und die Leute horchen erst mal hin.«

»Wahrscheinlich ist der Ukraine-Krieg nur ein Videospiel.«

»Cui bono?«, fragte er.

»Auf jeden Fall nützt es erst mal der Rüstungsindustrie. Da

trudeln jetzt Bestellungen aus ganz Europa ein. Und wir Deutschen lassen uns widerspruchslos einstimmen auf eine Kriegsertüchtigung der Bundeswehr und eine Erhöhung des Verteidigungsetats. Jetzt verstehe ich das Ganze. Wow!«

»Putin ist übrigens auch schon lange tot«, sagte Richard.

»Was? Blödsinn!«

Er lächelte nicht. »Woher weißt du, dass die Fernsehbilder nicht reines Face Swapping sind? Technisch kein Problem. Abba hat mit Avataren eine ganze Show auf die Beine gestellt. Und kurz nach Kriegsbeginn erschien nachweislich auf einer ukrainischen Nachrichten-Webseite ein Deepfake-Video, in dem Selenskyj die ukrainischen Soldaten dazu aufrief, sich zu ergeben. Und haben wir uns nicht alle kurz nach Kriegsbeginn gewundert, wie verquollen Putins Gesicht aussah? Und dieses Sprechen, ohne die Lippen richtig zu bewegen!«

»Jetzt, wo du es sagst. Er hinkte auch. Sein Gang hatte ja immer Schlagseite, die rechte Hand an der Hosennaht, wo beim KGBler der Colt sitzt, der linke Arm selbstgefällig schwingend, aber am Anfang des Kriegs war es schon extrem.«

»Der Schauspieler, auf den sie ihn projizieren, kann es inzwischen besser.«

»Aber irgendwelche Leute sehen ihn doch, sie stehen in einem Saal herum, er läuft durch.«

»Hologramm-Technik. Die glauben nur, ihn zu sehen. Er schüttelt ja niemandem die Hand.«

»Aber wem nützt das, Richard?«

»Das Land muss stabil bleiben, bis der Machtkampf im Hintergrund um seine Nachfolge entschieden ist. Zuerst muss Prigoschin weg.«

»Also nur einem einzigen Mann.«

»Nein, uns allen, Lisa. Das Land bricht auseinander, wenn der starke Mann fehlt. In Russland leben über hundert Ethnien. Das gibt Dutzende von Unabhängigkeitskriegen, die globale Wirtschaft leidet, infolgedessen gewinnen die Rechten die Wahlen. Was auch für China gilt, wenn die Diktatur an Kraft verliert.

Und daran können unsere westlichen Demokratien kein Interesse haben.«

»Seit wann hängst du Verschwörungserzählungen an, Richard?«

Er schwieg.

»Muss man das so pessimistisch sehen? Gibt es nicht andere Erzählungen?«

»Weißt du eine, Lisa?«

Richard glaubte nicht an das Gute im Menschen. Als Pietist rang er täglich um Rechtschaffenheit. Fehler verzieh er nur anderen, nicht sich selbst. Er wollte nicht verstehen, warum andere nicht ebenso streng nach Anstand strebten, aber er wusste, dass sie es nicht taten. Ich verstand ihn zunehmend besser, obgleich ich vorhatte, ewig jung zu bleiben. Misanthropie ist eine Alterserscheinung. Immer öfter fiel auch mir auf, dass die Menschheit überhaupt nicht klüger wurde. Eher dümmer. Was daran liegen mochte, dass ich selber klüger wurde. Doch wenn das so war, hätten Millionen andere mit zunehmendem Alter ebenfalls klüger werden müssen. So kam es mir aber gar nicht vor.

»Und um was geht es dir jetzt genau?«, fragte ich.

Der Radio-Talk ist ein Interview mit einem Gast oder eine Diskussionssendung mit mehreren Gästen. Eine Moderatorin oder ein Moderator leitet das Gespräch.

Jingle: Gesellschaft und Medien
Sprecher: Thema heute: Ist der Rundfunk noch zeitgemäß?
Moderatorin: Willkommen zu einer neuen Folge von Gesellschaft und Medien. Mein Name ist Anastasia Goldmund. Schön, dass Sie da sind. In der heutigen Folge werfen wir zunächst einen Blick zurück in die Geschichte des Rundfunks. Danach wollen wir mit unseren Studiogästen diskutieren. Während des Nationalsozialismus diente der Hörfunk der Propaganda. Nach dem Krieg unterstanden die Sender in Deutschland den Besatzungsmächten. Nach und nach wurden sie dann in Anstalten des öffentlichen Rechts überführt. Sie sollten für immer unabhängig vom Staat sein. Bei mir im Studio sitzt der Medienwissenschaftler Bruno Kunz.
Kunz: Guten Tag.
Moderatorin: Herr Kunz. Mit dieser Entscheidung hat der Rundfunk einen Auftrag bekommen.
Kunz: Ja, der öffentlich-rechtliche Rundfunk hat den verfassungsrechtlich vorgegebenen Auftrag, einen Beitrag zur individuellen und öffentlichen Meinungsbildung zu leisten. Damit soll er zu einem demokratischen Gemeinwesen beitragen. Entstanden ist er, wie Sie schon gesagt haben, nach dem Zweiten Weltkrieg als Gegenentwurf zum zentralistisch organisierten Staatsfunk der NS-Diktatur. Er gehört der Allgemeinheit. Die beaufsichtigt ihn durch Aufsichtsgremien, in denen Vertreterinnen und Vertreter aller gesellschaftlichen Gruppen sitzen. Dieser Rundfunkrat soll für Staatsferne und Pluralismus sorgen. Vorbild war die BBC. Der britische Sender galt über Jahrzehnte als unbestechlich, aufklärerisch und unparteiisch. Er stand für eine objektive Berichterstattung.

Moderatorin: Sie sprechen in der Vergangenheit. Ist die BBC heute kein so gutes Vorbild mehr?

Kunz: Die BBC hat ihre Unschuld verloren. 1995 hat sich ein Journalist ein Interview mit Prinzessin Diana erschlichen. Er hat Dianas Bruder falsche Kontoauszüge vorgelegt und behauptet, Mitarbeiter bei Hof würden dafür bezahlt, Diana auszuspionieren. So kam ein Interview zustande.

Moderatorin: Und Lady Di hat damals angedeutet, dass Prinz Charles immer eine Geliebte hatte. Was die britische Monarchie in eine Krise gestürzt hat.

Kunz: Zur Wahrheit gehört aber auch, dass sich der gebührenfinanzierte Rundfunk seit der Zulassung privater Sender in einem Dilemma befindet. Die Privaten haben keinen gesetzlich definierten Programmauftrag. Sie arbeiten nach rein wirtschaftlichen Kriterien. Ihre Werbekunden wollen große Reichweiten. Sie müssen deshalb ein Unterhaltungsprogramm für Massen machen. Und nun muss auch das Gebühren-Radio beweisen, dass es kein abgehobenes Minderheitenprogramm macht. Es braucht ebenfalls Quote. Schließlich muss ja jeder die Rundfunkgebühr zahlen. Die Öffentlich-Rechtlichen müssen die Gratwanderung zwischen Informationsauftrag und Unterhaltung hinbekommen.

Moderatorin: Vielen Dank für diese ersten Informationen. Ist der öffentlich-rechtliche Rundfunk noch zeitgemäß? Das ist die Frage, die wir heute mit unseren Studiogästen diskutieren wollen.

Der bunte Roland Ochs redete mit nasaler Stimme jede Menge Rundfunkgeschichte an mich heran, während wir die Gänge abschritten. Hier und da öffnete er eine Bürotür, wo Leute an Bildschirmen saßen und mich stumm anguckten. Bevor irgendjemand mehr als Hallo zu mir sagen konnte, verkündete er: »Wir wollen nicht weiter stören«, und führte mich wieder auf den Gang.

Dünne LED-Röhren an der Decke bildeten eine Flucht bis dorthin, wo sich parallele Geraden schneiden. Ihr Licht wurde geschluckt von braunen Wänden, dunkelvioletten Türen und einem schwarzen Teppich. Ein paar Sitzecken bildeten hellblaue

Inselchen. Vermutlich wollte Ochs sich mit seinem roten Hemd in diesem Zwielicht sichtbar machen.

Das Radiofeature, auch Radiodokumentation genannt, ist ein nicht-fiktionales Hörfunkgenre, das sich nach 1945 in den Kulturprogrammen des europäischen Hörfunks etabliert hat. Ein Radiofeature verbindet Elemente von Hörspiel, Dokumentation und Reportage. Der Autor oder die Autorin recherchiert, nimmt O-Töne auf, führt Interviews und schreibt das Manuskript. Ein Regisseur oder eine Regisseurin produziert die Sendung mit Schauspielerinnen und Schauspielern im Studio.

Vom Spartenprogramm zur Welle
Feature
Geräusch: Rauschen und Zwitschern einer Sendersuche auf UKW
Sprecher: In den Neunzigerjahren liefen den öffentlichen Rundfunkanstalten die Hörerinnen und Hörer davon zu den Privaten. Das war das Ende des Spartenrundfunks und der festen Sendeplätze.
Geräusch: Zeitzeichen mit Nachrichten-Gong
Sprecherin: Meine Eltern haben sich noch aufrecht hingesetzt und mit ernsten Mienen den Nachrichten zugehört: Und die waren lang. Mindestens fünf Minuten Weltgeschehen, Bundespolitik, Kultur, Gesellschaft und Wetter.
Sprecher: Zwischen den Nachrichten lief das Programm. Musikwunschsendungen hatten ihren festen Sendeplatz ...
Sprecherin (nostalgisch begeistert): Ja, ich erinnere mich. »Sie wünschen, wir spielen«. Die Hörerinnen und Hörer riefen an. Und immer richteten sie dem Schallarchiv, wo die Platten geholt werden mussten, einen schönen Gruß aus.
Sprecher (fährt fort): Genauso wie Kultur, Kirche und Gesellschaft, Wissenschaft, Neues aus der Rechtsredaktion oder Schulfunk, das Symphonie-Orchester oder das Hörspiel.
Sprecherin: Oh ja, ich erinnere mich, Samstagabend Sport. Und sonntags Kirchenglocken.
Geräusch: Kirchenglocken, überblenden mit Titelmusik von Studio 13

Sprecherin: Und Montagabend Studio 13, das Kriminalhörspiel. Wenn man das Radio einschaltete, wusste man, welcher Wochentag war. Den Mittwochabend habe ich gehasst: Jazz mit ellenlangen Erläuterungen.

Sprecher: Deshalb untersuchte man Ende der Neunzigerjahre, was die Menschen hauptsächlich hören wollen, und erfand die Welle. Wer morgens einschaltet, soll bis zum Abend auf derselben Welle surfen können: vertraute Musik, vertraute Moderatorinnen und Moderatoren, kurze Nachrichten alle halbe Stunde mit Eilmeldungen als Breaking News zwischen den Nachrichten und mit kurzen Beiträgen über gesprächswertige Themen wie Promis, Ernährung oder Lifestyle. Hörerbindung ist das Stichwort.

Sprecherin: Aber die Kinotipps und Buchbesprechungen vermisse ich schon manchmal. Und es ist mir zu viel Sport.

Geräusch: Eine Fußballreportage wird angespielt.

Sprecher: Sport polarisiert. Aber Fußball interessiert eben auch viele.

Sprecherin: Was ist eigentlich mit dem öffentlich-rechtlichen Auftrag? Bücher, Oper, Wissenschaft?

Sprecher: Dafür haben die Sender die zweiten oder dritten Programme. Da kann man Theaterbesprechungen, Hörspiele und Features, Reportagen und Wissenssendungen hören. Man leistet sie sich, obgleich sie großen personellen Aufwand und hohe Kosten bedeuten, verglichen mit den sehr geringen Hörerzahlen.

Musik: Klassische Musik

Sprecher: Für die journalistische und redaktionelle Arbeit hatte die Reform Folgen. Aus den Einzelkämpferredaktionen wurden große Einheiten gebildet, vor allem Newsredaktionen, die Fernsehen, Hörfunk und soziale Medien zusammenführten. Trimedialität ist das Stichwort der Zeit. Ein Reporter, eine Reporterin muss Fernsehen, Hörfunk und Online gleichermaßen bedienen, fährt zu einem Ereignis, filmt mit dem Handy, sammelt O-Töne und schreibt die Texte.

Sprecherin: Früher ist man mit einem Kameramann, einem Tontechniker und einem Reporter vor Ort gewesen. Und vom Hörfunk kam auch noch jemand.

Sprecher: Das macht jetzt ein Mensch alleine.
Sprecherin: Sozusagen eine eierlegende Wollmilchsau.

Doch Wollmilchsäue gab es bislang noch nicht so viele. »Das Problem wird sich biologisch erledigen«, näselte Ochs. Man hatte die drei Newsabteilungen von Fernsehen, Hörfunk und Online auch noch nicht in ein einziges großes Büro stopfen können, nicht einmal in ein Stockwerk. Deshalb hatte man sich darauf beschränkt, aus den Bereichen je ein Redaktionsmitglied an einen sogenannten Desk zu entsenden, an dem ein CvD, ein Chef (vielleicht auch eine Chefin) vom Dienst, den Hut aufhatte und im Streitfall stellvertretend für die Programmdirektion die Entscheidung traf.

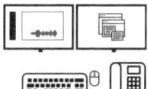 Fünf vor zwölf stellte Ochs fest, dass er Termine habe, ließ mir von seinen Sekretärinnen den »Leitfaden für moderne Nachrichten« übergeben, auf dem sein Name stand, und brachte mich in die Newsredaktion, wo ich »vorerst mitlaufen« sollte. Den Dienstplan würde ich im Lauf des Tages erhalten, den Dienstausweis morgen.

Da stand ich, mit Sandras Gladstone überm Arm und dem Leitfaden in der Hand. Vier Leute, drei Frauen und ein Mann, saßen an vier Tischen, die paarweise einander gegenüberstanden und mit je zwei Bildschirmen ausgestattet waren, an denen ihre Blicke klebten. Eine war blond und schmal, die andere sportlich und gelockt. Dann waren da noch ein junger tätowierter Bursche mit schwarzen Haaren im Fade Cut und eine langhaarige Frau mittleren Alters.

Die schmale Blonde winkte über die Schulter. »Hallo, ich bin die Judith.« Sie deutete über den Verhau der Computer auf die andere Seite der Tische. »Das ist Kerstin, und das unser Milan. Er präsentiert heute.«

Die langhaarige Kollegin stellte sich mir selber als Sekretärin Andrea vor.

»Du kannst dich erst mal da hinsetzen, an den Voloplatz«, sagte Judith, ohne auch nur eine Sekunde den Blick vom Word-Dokument zu lösen, in dem sie herumtippte. »Wir machen gerade die Sendung fertig.«

Ich setzte mich an den Platz mit zwei dunklen Bildschirmen.

»Ochs wird es nie lernen«, bemerkte Kerstin. »Er weiß doch, dass wir fünf vor keine Zeit haben.«

Judith lachte böse. Routineworte und Halbsätze flogen über die Tischnaht hin und her.

Hörspiele sind akustische Dramatisierungen von Geschichten. Sie werden von einem Regisseur, einer Regisseurin in einem Hörspiel-

studio produziert. Schauspielerinnen und Schauspieler sprechen die Rollen, Geräusche und akustische Akzente werden im Studio hergestellt oder eingespielt. Hörspiele sind die erste eigenständige Kunstform, die das Radio in den 1920er Jahren hervorgebracht hat.

In der Nachrichtenredaktion
Hörspiel von Judith Hollwein
Regie: Hildegart Kumpf
5. Szene
Judith: Eins null zwei?
Kerstin: Wir werden zu lang. Und der Arbeitsmarkt fehlt noch.
Judith: Hab's gleich.
Milan: Das passt schon, ich lese schnell.
Kerstin: Ich könnte das Hochwasser noch kürzen.
Milan: Nicht nötig.
Judith: A ... es ist, E ... werden soll ... So, kannst den Take reinladen.
Kerstin: Ist drin, Andrea, du kannst es ausdrucken.
Andrea (mahnend): Drei fünfundvierzig?
Kerstin (genervt): Ich kürze das Hochwasser.
Milan: Druck es aus, ich kürze per Hand.
Geräusch: Drucker, der Blätter ausspuckt
Judith: Ich sehe gerade: In den Schlagzeilen muss es Fußballverbandschef Rubiales heißen, da fehlt das Fußball.
Geräusch: Blätterrascheln, ein Stift auf Papier
Milan: Fußball (liest murmelnd die Meldungen durch) Nach dem Kuss-Eklat hat die FIFA den umstrittenen Verbandschef Rubiales suspendiert. Das teilte der Wel ... da fehlt ein t, Weltverband ...
Kerstin: Die Takes stehen drin?
Andrea: Reihenfolge Kuss, Arbeitsmarkt und Hochwasser.
Kerstin (hektisch): Falsche Reihenfolge, das Hochwasser ist zwei, der Arbeitsmarkt drei.
Milan: Dann stimmt die Reihenfolge bei mir auch nicht. Also wie jetzt?
Kerstin: Lass es so.
Andrea: Jetzt habe ich die Takes aber gerade getauscht.

Milan: (Papierrascheln) Also Kirchhoff, Mayer und dann Rehm?
Andrea: Genau.
Judith (hektisch): In der Meldung Überschwemmung, da muss es heißen, nahe des ...«
Milan: Was hab ich denn?
Judith: Dem.
Kerstin (energisch): Stimmt so: nahe dem.
Judith (gereizt): Es geht beides.
Kerstin: Nein, Genitiv ist falsch.
Milan: Dann hab ich es doch richtig?
Geräusch: Milan steht auf und geht durch eine Tür hinaus und über den Gang ins News-Studio, man hört ein Zeitzeichen.

»Dem«, sagte ich. »Nahe mit Dativ.«

Die schmale Judith drehte sich um, blaue Augen ballerten mich an. Die sportliche Kerstin unterdrückte ein Grinsen. Ich hätte natürlich besser meinen Mund gehalten. Und die Trumpfkarte der einstigen Fremdsprachensekretöse zog ich lieber auch nicht. Außerdem hätte ich jetzt gerne eine Zigarette geraucht. Vom Nebenzimmer, in das die langhaarige Sekretärin gegangen war, wehte Milans Nachrichtenstimme herüber, jung und ein wenig affektiert.

Währenddessen stand Kerstin auf, streckte die Beine und ging zum Whiteboard, das an der Wand hing. An ihm klebten Dutzende von Magnetstreifen, auf die mit blauem, grünem und rotem Filzstift Stichwörter, Abkürzungen und Namen geschrieben waren. »Dann wollen wir mal.«

Ochs hatte mir erklärt, dass in einer bereits angegrauten Vorzeit ein einzelner CvD allein und »nach eigenem Gusto« die Auswahl der Themen und die Reihenfolge bestimmt hatte. Die anderen Redakteurinnen und Redakteure hätten ihm zugearbeitet. Nun herrschte das Vieraugenprinzip. »Die Redakteure MÜSSEN sich einigen.« Ochs hatte zufrieden gelächelt, als er das sagte.

Die blecherne Themenwand diente der gemeinsamen Planung.

Leitfaden für moderne Nachrichten von Roland Ochs
Die Ware Nachricht
Nachrichten- und Presseagenturen bieten weltweite News allen Massenmedien als vorgefertigte Meldungen zum Kauf an. Im globalen Nachrichtenfluss spielen sie eine zentrale Rolle. Sie sind das unsichtbare Nervensystem der Medienlandschaft.
Nachrichtenagenturen operieren als privatwirtschaftliche oder staatliche Unternehmen und sind untereinander durch Austauschverträge verbunden. Von den 140 Nachrichtenagenturen sind nur 20 frei von staatlichem Einfluss. Zehn davon befinden sich in Europa und bilden die Gruppe 39. Sie wurde vor dem Zweiten Weltkrieg als Hell Commune gegründet und sollte dafür sorgen, dass Meldungen auf eigenen Kanälen versendet und empfangen werden konnten. Namensgeber war der Hell-Schreiber, ein Fernschreibgerät, mit dem man Schrift störungsfrei telegrafieren konnte. Bei uns stammt der Großteil der Nachrichten heute von drei global agierenden Agenturen, der US-amerikanischen Associated Press (AP), der britischen Agentur Reuters und der französischen Agence France-Presse (AFP). In Deutschland ist die Deutsche Presse-Agentur (dpa) mit ihren zwölf Regionaldiensten oder Landesdiensten Marktführerin.

Die sportliche Kerstin wischte mit einem Tuch die 2 von 12 Uhr weg und malte eine 3 für 13 Uhr hin. Dann knickte sie ins Hohlkreuz wie ein störrischer Backfisch und fragte mit ihrer brüchigen Stimme: »Derselbe Aufmacher?«

»Hast du einen besseren?«, antwortete Judith schmallippig.

»Zum Bundestag kommt ein neuer KB.«

»A-näh! Das interessiert doch keinen.«

Kerstin verdrehte die Augen.

Judith drehte sich zu mir um. »Du hast schon mal Nachrichten gemacht?«

»Ja«, log ich, um die Pädagogik abzukürzen.

»Dann mach du doch mal einen Vorschlag für einen Aufmacher.«

»Äh!« Die Schlagworte auf den Magnetkärtchen an der Wand

hoppelten in alle Richtungen. Sie waren gespickt mit Abkürzungen wie KB, LaPo oder HSS. »Hochwasser, was verbirgt sich dahinter?«

»Du hast wohl noch keine Nachrichten gehört. Das ist das Hochwasser in Portugal«, antwortete Judith.

»Das ist durch«, sagte Kerstin. »Vielleicht für die Tageszusammenfassung um 18 Uhr.« Sie zog den Magnetstreifen ab und klebte ihn ganz nach rechts.

Hinter BuTa verbarg sich der Bundestag, der über irgendwas debattierte, was Judith nicht interessant fand, wozu es aber für 13 Uhr einen Ton geben würde, womit ein Korrespondentenbericht gemeint war, kurz KB genannt oder auch mal Take, der in OpenMedia, also in der digitalen Datenbank, als MoE bezeichnet wurde, als Minute ohne Einspielung, die beispielsweise aus dem HSS, dem Hauptstadtstudio, also aus Berlin kam, oder von der LaPo, also aus der Redaktion Landespolitik, genauso wie die MmE, die Minute mit Einspielung, also mit O-Ton oder auch Originalton einer Politikerin oder eines Wirtschaftsbosses. Nicht für die News, sondern für die Magazine war der BmE, der Beitrag mit Einspielungen, der war 2:30 Minuten lang. Eine Geheimsprache ist die Basis aller Geheimbünde.

»Da gewöhnst du dich dran«, behauptete Kerstin.

»Wo hast du denn Nachrichten gemacht?«, erkundigte sich Judith misstrauisch.

»Bei Telecinco in Madrid.«

Judiths Brauen zuckten. »Ein Privatsender. Also, was wäre dein Vorschlag?«

»Ähm.«

Hinter dem Stichwort Griechenland verbargen sich verheerende Waldbrände, und Leiche bezog sich auf den Fund einer Frauenleiche im Kanal, zu dem die Staatsanwaltschaft am Morgen eine PK oder auch Pressekonferenz abgehalten hatte. Die Meldung war bereits um elf gelaufen.

»Könnten wir eigentlich mal wegwischen«, sagte Kerstin, ohne es zu tun.

»Heute ist einfach nichts los«, seufzte Judith, wandte sich dem Bildschirm zu und wechselte zu den Agenturmeldungen.

»Beschrei's nicht«, sagte Kerstin, zog den Streifen mit dem Stichwort BuTa an die erste Stelle unter die 13 und setzte sich wieder hin.

»Hier: zwei Tote bei Waldbränden in Indien«, sage Judith.

Kerstin verzog das Gesicht. »Indien hat über eine Milliarde Einwohner.«

»Aber der Klimawandel!«

Beide scrollten stumm erbittert durch die Agenturmeldungen und verwarfen die Vorschläge der jeweils anderen. Milan kam vom Studio zurück, warf die Sendung in den Papierkorb und fragte mit Blick auf die Wand: »Wollt ihr wirklich mit dem Bundestag aufmachen?«

»Ich nicht«, sagte Judith.

Eine Weile herrschte Stille. Die Blicke klebten an den Bildschirmen. »Habt ihr gesehen«, sagte Milan, »es gibt ein Update zu den Überschwemmungen in Portugal.«

»Ist durch«, erklärte Kerstin.

»Aber das ist ein Urlaubsgebiet.«

Judith stand auf, ging an die Tafel, löste den Magnetstreifen mit dem Stichwort Flut von ganz rechts und setzte ihn anstelle des Bundestags, den sie beiseite klebte.

»Es gab mal eine Zeit«, sagte Kerstin, »da hätten wir selbstverständlich mit der Bundestagsdebatte aufgemacht. Wir haben schließlich einen öffentlich-rechtlichen Auftrag.«

Judith und Milan stöhnten. Judith klebte eine Sendung zurecht, die genauso aussah wie die vorige, nur dass auf den hinteren Plätzen die Reihenfolge verändert und die Meldung Griechenland durch die Meldung Leiche ersetzt worden war. Dann setzte sie sich wieder und wandte sich mir zu. »Möchtest du dich mal an der Leiche versuchen?«

Möchten? Nein. »Gern«, sagte ich.

Sekretärin Andrea half mir, meine Bildschirme zum Leuchten zu bringen und die Fenster zu öffnen, eines für Agenturen, eins für Word-Texte und eins für den Audio-Player, der zugleich die bereits geschriebenen Meldungen in einem Fach sammelte. Ich machte die Meldung »Leiche« von elf Uhr auf und las: »Nach dem mutmaßlichen Mord an einer unbekannten Frau hat die Staatsanwaltschaft noch keine Erkenntnisse zum mutmaßlichen Täter und möglichen Tatmotiv …«

Hä? Ich suchte nach den Agenturmeldungen dazu.

Leitfaden für moderne Nachrichten von Roland Ochs
Die Agenturmeldung
Die Nachrichtenagenturen formatieren ihre Meldungen immer gleich. Am Anfang steht die Spitzmarke. Das ist der Ort des Geschehens. Ihr folgt die Agenturkennung. Der erste Satz (Leadsatz) liefert die Kerninformationen: Wer hat was gesagt oder getan, was ist passiert? Der zweite Satz nennt die Quelle der Information: eine Bundestagsrede, eine Pressemeldung, ein Post auf einer Online-Plattform, eine Pressekonferenz, ein Interview. Im nächsten Absatz wird das Geschehen näher erläutert, gegebenenfalls werden Gründe aufgeführt und Rückgriffe auf vorausgegangenes Geschehen gemacht. Unsere Nachrichtenmeldungen folgen im Wesentlichen diesem Aufbau, sind aber deutlich kürzer.

Es gab eine Meldung von dpa und eine von der hiesigen Landesagentur. Dpa verwendete denselben ersten Satz. Der Landesagentur zufolge »tappt die Polizei noch im Dunkeln«. Die Geschichte war die, dass man vor anderthalb Wochen in einem der Kanäle der Stadt eine kopflose Frauenleiche mit Messerstichen im Rücken gefunden hatte. Das Neue war, dass eine Genanalyse ergeben hatte, dass sie vermutlich aus dem osteuropäischen Raum stammte, aber identifiziert war sie noch nicht.

Ich machte ein neues Word-Dokument auf und textete: »Die Staatsanwaltschaft kann auch eineinhalb Wochen nach dem Fund einer Frauenleiche ohne Kopf im Kanal keine Aussagen zum Täter und zum Motiv machen.« Nach 72 Stunden sind die Spuren kalt. Es würde schwer werden für die Ermittler. Ohnehin

Quatsch. Das Neue war ja nicht der Fund, sondern die Herkunft der Toten. Also noch mal: »Die Staatsanwaltschaft hat fast eineinhalb Wochen nach dem Fund einer Frauenleiche ohne Kopf einen ersten Hinweis auf die Identität des Mordopfers. Täter und Tatmotiv sind noch unbekannt.«

Ich bosselte schon am nächsten Satz herum, als sich die schmale Judith mit dem Stuhl umdrehte und zu mir rollte. »Das kannst du so nicht schreiben. Das muss ›mutmaßliches Mordopfer‹ heißen. Bei uns gilt die Unschuldsvermutung, und bevor ein Mörder nicht rechtskräftig verurteilt wurde …«

»Es gibt noch keinen Beschuldigten. Und bei Messerstichen im Rücken kann man von einem Tötungsdelikt ausgehen«, belehrte ich sie in meinem Lisa-Nerz-Duktus. »Das Opfer wird sich die Stiche in den Rücken kaum selbst beigebracht haben. Totschlag käme zwar auch in Betracht, aber bei einem Angriff von hinten kann von Heimtücke ausgegangen werden. Das ist ein Kennzeichen von Mord. Ich kann natürlich auch Tötungsdelikt schreiben.«

»Bist du Juristin oder was?«

»Nein.«

»Also! Bei uns entscheiden Gerichte, wie schon gesagt. Und hier muss ›mögliches Motiv‹ hin. Oder steht inzwischen fest, dass es eine ausländerfeindliche Tat war?«

»Nein. Aber irgendein Motiv gibt es ja immer. Wenn ich ›mögliches Motiv‹ schreibe, dann heißt das doch: Es ist möglich, dass es ein Motiv gibt, aber es könnte auch sein, dass es keines gibt.«

Judith schnaubte. »Wir haben hier bestimmte Regeln.«

»Aber …«

»Für diese Meldung brauchen wir wohl unsere Krimiautorin«, bemerkte Kerstin.

»Und wer ist das?«, fragte ich.

»Adolfine Fürbeck.«

Kannte ich nicht. »Ich lese keine Krimis.«

»Sind gar nicht so schlecht«, behauptete die sportliche Kerstin. »Ziemlich düster. Wir versuchen sie ja immer zu überreden, dass sie mal einen Krimi über unseren Sender schreibt. ›Der Tod kam live‹ oder so.«

»Am besten, du schaust dir mal die Meldung an, die ich vorhin geschrieben habe«, unterbrach uns Judith mit leicht angeschrillter Stimme.

»Ich habe unseren Aufmacher«, rief Milan in den Raum.

»Ja?«, rief Judith und drehte sich freudig zu ihm um.

»Nämlich?«, fragte Kerstin misstrauisch.

»Unterwasser legt nach und fordert eine Sittenpolizei.«

»Wer ist Unterwasser?«, fragte ich.

Sie glubschten mich entsetzt an. »Anneliese Unterwasser, Deutschlands Rettung.«

»Wie?«

»So heißt die Partei, die sie gegründet hat.«

Judith hatte die Meldung ebenfalls aufgerufen und las daraus vor: »Aufreizende Kleidung macht Frauen zu Sexualobjekten und Freiwild auf der Straße. Davor müssen wir auch und vor allem unsere minderjährigen Mädchen schützen. Wo sie recht hat, hat sie recht.«

»Quatsch«, entfuhr es mir, ehe ich begriff, dass sie das ironisch gemeint hatte. »Männer sehen Frauen als Freiwild, egal, was sie anhaben.«

»Oha!«, machte Milan. »Das weise ich energisch von mir.«

»Du natürlich ausgenommen«, sagte Judith etwas zu laut.

Damit hatten wir seine sexuelle Orientierung auch geklärt. Ich gab »Unterwasser« ins Suchfeld der Agenturen ein.

»Es gibt ein Sammelangebot dazu. Kurz, lang, 12:45 Uhr«, meldete Milan.

»Dann machen wir das.« Judith sprang auf und ging zum Whiteboard, nahm den blauen Stift und schrieb »Sittenpolizei« auf einen Magnetstreifen, den sie unter 13 Uhr klebte.

»Meint ihr das ernst?«, fragte Kerstin. »Der müssen wir doch nicht ständig eine Plattform geben.«

»Wir können uns nicht aussuchen«, antwortete Judith streng, »was uns politisch genehm ist und was nicht.«

In den Agenturmeldungen sah ich, dass Unterwasser vor zwei Tagen drastische Strafen für die Vermüllung von Plätzen, Parks und Partymeilen gefordert hatte. Die Verursacher, »meist Jugendliche aus der Generation Spaßkultur und Verantwortungslosigkeit«, sollten zu Putzdiensten verurteilt werden, »damit sie Anstand lernen«. Dafür hatte sie ordentlich Zustimmung erhalten. Im vergangenen Herbst hatte sie bei einem Erntedank-Markt zum ersten Mal die Aufmerksamkeit eines Agentur-Reporters erregt, als sie sich über »Tonnen von Pflaumen und Mirabellen« aufregte, »die man wegschmeißen muss, weil Maden und Wespen das Obst angefressen haben. Dank der Grünen, denn die verbieten zwar Chemie in der Landwirtschaft, nicht aber die Pille, und die ist auch Chemie.« Im Zuge dessen hatte sie ein Verhütungsverbot für Frauen zwischen 18 und 40 gefordert. »Was für ein Unsinn, dass wir unsere Frauen im fruchtbarsten Alter unfruchtbar machen, nur damit sie Karriere oder Party machen können.« Im Gegenzug sollte es ein Verhütungsgebot für ausländische Frauen ab 25 geben, »die in Ermangelung von Bildung und Perspektiven Kinder werfen wie die Karnickel«. In knapp einem Jahr hatte sich Anneliese Unterwasser im Land zur führenden Produzentin von alternativen Fakten gemausert und die Partei Deutschlands Rettung gegründet, die nun bei Umfragewerten von knapp 20 Prozent stand.

Kerstin versuchte ruhig zu bleiben. »Wo hat sie das denn gesagt?«

»Das spielt doch keine Rolle«, rief Judith. »Sie hat es gesagt.«

»Warte …« Milan schaute in die Meldung. »Das hat sie gesagt bei … bei einem Treffen mit Vertretern von Sozialverbänden und Gewerkschaften zum Thema …«, er lachte halb entrüstet, halb anerkennend, »Chancengleichheit für Mädchen und Frauen.«

Judith lachte ebenfalls.

»Und in welcher Funktion hat sie das gesagt?«, fragte Kerstin genervt. »Doch nur als Privatmensch.«

»Als Parteivorsitzende. Die PDR tritt bei den nächsten Wahlen an«, keifte Judith. »Und wir haben eine Informationspflicht, schon vergessen?«

»Aber doch nicht zur Volksverdummung!«

»Es steht uns nicht zu, zu werten«, mahnte Milan. »Das wäre so was wie Zensur.«

»Aber es ist doch ein Unterschied, ob jemand im Landtag einen Vorschlag zur Lösung der Energiewende macht oder ob sich eine selbsternannte Volkstribunin zur Mode äußert.«

»Um Mode geht es nicht«, sagte Judith erregt. »Die will unsere Freiheit beschneiden. Darum geht es. Das müssen die Leute wissen, die so eine wählen wollen.«

»Das wissen die Leute längst«, seufzte Kerstin. »Und ich sag dir: Es gefällt ihnen.«

»Gesprächswert hat es auf jeden Fall«, bemerkte Milan. »Bei Insta geht das voll viral.«

Kerstin bäumte sich noch einmal auf. »Wir machen uns zum Handlanger dieser Leute.«

»Grundsatzdebatten bringen uns nicht weiter«, stellte Judith fest. »Also ich bin dafür, dass wir damit aufmachen. Was meinst du, Milan?«

»Ich denke, das kann man machen.«

»Zwei zu eins. Du bist überstimmt, Kerstin.« Es klang schrill.

»Fragen wir doch mal unsere Neue«, sagte Kerstin. Alle Augen richteten sich auf mich.

»Mir scheint, diese Tante hat euch gut im Griff. Die weiß, wie das geht.«

»Sie ist ja schließlich auch eine von uns, äh, gewesen«, sagte Kerstin mit ihrer bröseligen Stimme.

»Wie?«

»Eine Kollegin, Ex-Kollegin. Wir haben zusammen Volontariat gemacht. Die hatte damals schon einen Drang zu Höherem.«

Judith konnte da nicht mitreden, sie war zu jung.

»Sie hat dann eine Karriere hingelegt«, erzählte Kerstin auf ihre resignationsbissige Art, »da haben uns die Ohren geschlackert. Nachrichtenchefin, Programmchefin, Ausbildungschefin, Verwaltungsdirektorin. Dann kam raus, dass sie ihrer Frau Millionenaufträge zugeschanzt hat. Die hat eine Filmgesellschaft. Dann war sie nur noch Chefin der Verkehrsredaktion, und vor fünf Jahren war sie dann weg.«

»Habe ich gar nicht gewusst«, sagte Judith.

»Und jetzt ist sie wieder da«, antwortete Kerstin und deutete Richtung Fenster nach draußen. »Auf der anderen Seite unserer Wand.«

»Und ihr müsst tun, was sie sagt«, stellte ich fest. »Ich meine, ihr müsst es melden, wenn sie was sagt.«

Kerstin verdrückte ein verständnisinniges Lächeln. Die beiden jungen Leute, Judith und Milan, schwiegen, um die schnelle Antwort verlegen.

Milan fand den Ausweg: »Bisher gibt es erst eine Agentur.«

Aus den Anfängen meiner Arbeit für den *Stuttgarter Anzeiger* kannte ich noch den Satz »*Eine* Agentur ist keine Agentur«, die der institutionellen Ohnmacht der Nachrichtenredaktionen Rechnung trug. Man konnte so gut wie nichts selbst überprüfen, war deshalb angehalten, auf das zweite Paar Augen und Ohren in Gestalt einer zweiten Agentur zu warten. Und die sollte sich nicht auf dieselbe Quelle berufen. Damals endete der Berufsweg eines ehrgeizigen Redakteurs, einen Tag nachdem er kurz vor Redaktionsschluss noch zum Helden hatte werden wollen und aufgrund von tatsächlich zwei Agenturen den Tod Gorbatschows noch ins Blatt setzte. Leider hatten sich beide auf Itar-Tass berufen, die sich auf »Kreise« berufen hatte, und als Reuters dementierte, waren die überregionalen Ausgaben schon verschickt, mit einem Foto des toten Gorbatschow auf der Titelseite.

Als sich Viertel vor eins herausstellte, dass die gesprochene Nachrichtenminute aus der landespolitischen Redaktion die Agenturmeldung zu Unterwasser fast im Wortlaut wiederholte, entschieden wir uns ohne weitere Diskussionen für denselben Aufmacher wie 12 Uhr. Bestand hatte die Entscheidung bis zum Schichtwechsel um 17 Uhr. Da kam ein glatzköpfiger Mann mit falsch geknöpftem Hemd um die sechzig herein und kackte seine schlechte Laune ins Zimmer. »Warum ist die Unterwasser nicht gelaufen?«

Milan, der eine entspannte Beziehung zu dem ungehaltenen Mann zu haben schien, antwortete: »Wir haben uns dagegen entschieden, weil es nur eine Agentur gab. Es ist bis jetzt auch nichts weiter dazu gekommen.«

»Aber es gibt schon Berliner Reaktionen dazu. Das habe ich im«, er nannte einen anderen Sender, »gehört.«

Judith antwortete zu laut: »Ich war ja dafür.«

Kerstin packte ihre Tasche und kniff Augen, Nase und Ohren zu. Nach mir die Sintflut. Macht euren Scheiß alleine. Ich verlasse für heute die Irrenanstalt.

Der glatzköpfige Mann hob das Kinn und blickte auf mich herab, entdeckte dabei, dass sein Hemd falsch geknöpft war, machte sich an die Korrektur und fragte: »Und wen haben wir da?«

»Lisa Nerz«, antwortete ich. »Die Neue.«

Er setzte ein Lächeln auf. »Willkommen. Sven Burger. Wir werden sicher noch das Vergnügen miteinander haben.«

 Regen schlug mir ins Gesicht. Die Stadt war zu groß für mich und Sandras Fahrrad. Ich verfuhr mich und landete in der alternativen Kultur oder Subkultur oder Fremdkultur. Die Häuser des Viertels waren kaum renoviert und wenn, dann mit Graffiti nachverschönert. Ein arabisches Lokal an der Ecke, ein vietnamesischer Imbiss zwei Häuser weiter, eine Veganküche im Hinterhof. In einer alten Fabrikhalle hatte sich ein Biomarkt auf Bananenkisten etabliert, an der Ecke ein Trödelgeschäft, in dem es Bücher für einen Euro gab. Entlang des Gehsteigs Hauseingänge mit zerbrochenen Klingelanlagen und viele blinde Schaufenster, durch die man auf Werkstätten sah oder in denen selbstgenähte Recyclingmode lag. Ein Theater in einer aufgelassenen Fabrikanlage. Junge Leute waren unterwegs oder hockten trotz des Regens auf den Gebäudesimsen, rauchten und tranken Kaffee. Sie trugen eine Art Retropunk mit Stiefeln und Hüten und hatten das Leben vor sich.

Ich schob das Rad in eine Rad-Bar und fragte nach Kettenöl. Der Schwarze junge Mann war so nett, Veronikas Kette gleich zu ölen. Dann setzte ich mich ans Fenster ins arabische Lokal und versorgte mich mit Hummus, einem Lammspieß und Kaffee. Sandra hatte mir eine WhatsApp-Nachricht mit der Frage geschickt, ob alles okay sei und ich zurechtkäme. Ich dankte ihr und lobte die Wohnung, die ich am Morgen verlassen hatte und heute Abend wiederzufinden hoffte, ohne fünfmal vom Rad steigen und die sich im Kompass drehende Karte von GoogleMaps zurate ziehen zu müssen.

Die Zigarette musste ich draußen rauchen. Vorher kaufte ich an der Lokaltheke eine Papiertüte mit unbekanntem Süßgebäck und steckte sie zum Leitfaden für moderne Nachrichten unter den Gladstone. Kaffee musst du auch noch kaufen! Scheißwetter. Warum bist du eigentlich so erledigt? Nix mehr gewöhnt, was?

Ich hatte in den fünf Stunden nicht mehr als vier Meldungen geschrieben. Überarbeiten tat man sich da wirklich nicht. Aber was Energie fraß, war die ungeschlachte Kommunikation, die eskalierenden Diskussionen darüber, was richtig und falsch war. Offensichtlich fehlten Standards wie gemeinsame Nachrichtenkriterien, Sprachregelungen und grammatische und terminologische Vereinbarungen. Alles wurde jeweils neu ausgehandelt, teils erbittert, weil es gleichzeitig oder hauptsächlich darum ging, sich und mir als Neuer zu beweisen, wer die bessere Newsredakteurin war. Oder eigentlich, wer hier was zu sagen hatte und wer nicht. Aber wozu? Cui bono? Wem zum Vorteil? Dem Produkt jedenfalls nicht. Folglich diente es den Chefetagen. In zerstrittenen Abteilungen sind Einzelne leichter kontrollierbar.

Ein Regentropfen löschte mir die Zigarette. Also heim. Im Kaffeeladen ein paar Häuser weiter bekam ich frisch gemahlenen Fair-Kaffee in einem ehemaligen Marmeladenglas, das ich beim nächsten Mal wiederbringen sollte. Mit Papiertüte voller Gebäck, Leitfaden und Kaffeeglas unter dem Gladstone konnte ich schlecht weiterradeln. Also kaufte ich mir im Trödelladen eine Umhängetasche aus brüchigem Kunstleder. Und ich erwarb für einen Euro den Krimi *Blutrausch* von Adolfine Fürbeck. Der Kanal führte mich überraschend schnell in die Granitstraße.

 In Sandras lauter Wohnung angekommen, setzte ich Wasser auf, filterte den Kaffee durch ein Teesieb, in das ich drei Lagen Klopapier gelegt hatte, funktionierte eine angeschlagene Teetasse zum Aschenbecher um, stellte den Fernseher an und setzte mich mit meinem Klappcomputer an Sandras Schreibtisch.

»Nachvollziehbare Notizen sind wichtig, Lisa«, hatte Richard mir eingeschärft. »Und übertrag sie jeden Tag.« Er hatte eine VPN-Wolke eingerichtet, zu der nur er und ich Zugang hatten.

Die Beute des ersten Tages waren sechsundzwanzig Nachnamen auf den Dienstplänen der kommenden vier Wochen. Einige kamen nur ein paar Mal vor, andere fünf bis sechs Mal die Woche. Ich legte eine Tabelle an. Name, Alter, Beziehungsstatus, Charakter, Position, Vorkommnisse. Die erste Panne: Ich konnte der schmalen Judith, der sportlichen Kerstin und dem tätowierten Milan keinen Nachnamen zuordnen. Ich machte eine Textdatei auf und hämmerte ein Gedächtnisprotokoll des Tages in die Tasten. Jede Kleinigkeit konnte später von Bedeutung sein.

Das Aktuellmagazin im Fernsehen des dritten Programms brachte Unterwasser als zweite Meldung. Die Moderatorin, eine junge Frau, der man das lange blonde Haar auf der einen Seite über die Schulter nach vorn gekämmt hatte, sprach mit Dauerlächeln neben dem hinter ihr eingeblendeten Matronengesicht einer brünetten Frau Ende fünfzig in teurem asymmetrisch rot-gelb gemustertem Boutiquenblazer und viel Goldschmuck. Dann ein Einspieler, auf dem man sah, wie eine Reporterin Unterwasser das Mikro hinhielt und aufgebracht fragte: »Wollen Sie wirklich eine Sittenpolizei wie in Afghanistan und den jungen Frauen vorschreiben, wie sie sich kleiden sollen?«

Unterwasser lächelte. »Nun, früher haben noch unsere Mütter dafür gesorgt, dass wir nicht aufreizend gekleidet in die Schule gingen.«

Meine Mutter hatte ein anderes Problem gehabt. »Musst du immer herumlaufen wie ein Bub?«

Milan war vermutlich schwul und der glatzköpfige Sven hatte daheim niemanden, die oder der noch mal einen Blick auf ihn warf, bevor er das Haus verließ. Aber meine Vermutungen des ersten Tages gehörten sicher nicht zu den bedeutsamen Kleinigkeiten, die ich nachvollziehbar notieren musste. Schon morgen konnten sie überholt sein. Also nur die Fakten. Nüchterne Fakten ohne Bewertungen. Aber Fakten gab es nicht in meinem Kopf. Köpfe sind selektiv. Sie sondern aus, was unerklärlich ist und in keiner Beziehung zu anderen Details oder zum Ganzen steht. Sie unterwerfen alles der narrativen Verzerrung, die über einzelne Beobachtungen, allemal die erinnerten Beobachtungen, sofort eine Geschichte stülpt: Judith kämpft gegen Kerstin um ihre Stellung in der Redaktion und verbündet sich dabei mit Milan. Kerstin behauptet sich auf verlorenem Posten und zählt die Tage bis zur Frühpensionierung.

Ein Geraune fiel mir wieder ein, das ich gehört hatte, als mir eine der beiden Chefsekretärinnen im Zimmer nebenan die vier Blätter mit den Dienstplänen für vier Wochen überreichte. Auch diese Sätze hatte ich vermutlich automatisch vervollständigt, denn ich konnte höchstens einige Worte verstanden haben.

»Was ist das denn für eine?« Das hatte ich Judith zugeordnet.

»Pst! Kommt von ganz oben«, wisperte Kerstin.

Darauf Judith fast hysterisch: »Soll die uns ausspionieren? Wozu denn?«

»Wer weiß«, raunte Milan. »Wahrscheinlich müssen wir Personal sparen. Also schön brav sein und keine Fehler machen.«

Oder sie hatten von ganz was anderem oder jemand anderem geredet, und mein Gehör hatte das Geraune zu den Gedanken passend gemacht, die in meinem Hinterkopf abliefen, während mir die Sekretärin die Dienstplanstruktur erklärte. Du musst die Lisa Nerz in dir zügeln, hatte ich mich ermahnt. Mach dich klein und dumm und harmlos, sonst machst du dir Feinde, wo du Vertrauen gewinnen willst. Verbieg dich!

Eine Schnapsidee! Wie sollte das gehen?

Draußen rauschten Reifen durch die Pfützen, der Bus hielt. Stimmen drangen zu mir herauf. Ich starrte an die weiße Wand von Sandras Wohnzimmer. Es war eine breite Wand, an der kein einziges Bild hing. Ich sah sie sich mit Gesichtern füllen: die schmale Judith, die sportliche Kerstin, der glatzköpfige Sven, der tätowierte Milan, die langhaarige Assistentin Andrea, die Pförtnerin, der bunte Roland Ochs … Ich sah mich Tag für Tag neue Fotos hinzufügen (wo bekam ich die her?) und mit rotem Wollfaden Beziehungen von Foto zu Foto ziehen, nach oben, nach unten, hin und her, um Personen herum, hinaus. Ich sah das Gespinst aus Hass und Hierarchien größer und dichter werden. Darin ein Chef, der die Gravitationslinien krümmte, oder auch mal eine Chefin am seidenen Faden oder so schwer im gemachten Nest hängend, dass woanders die Fäden rissen und jemand durchs Loch zu fallen drohte. Aber was würde es letztlich bringen? Es waren ja in strukturellen und gruppendynamischen Organigrammen nicht immer diejenigen die Verräter und Rächerinnen, die am meisten gedemütigt wurden. Meistens waren sie es nicht. Ihnen fehlte die Kraft vor lauter Schlaflosigkeit und um sich selbst kreisenden Gedanken. Eher mochte es eine Person sein, die sich verschuldet hatte, mit einem Haus oder wegen einer Spiel- oder Kaufsucht. Oder es war jemand, der nur deshalb an die internen Daten gelangt war, weil er wusste, wie man in Datenbanken einbrach und Daten im Darknet verscherbelte. Oder eine Journalistin, die nur hatte recherchieren wollen, um zu berichten, wie leicht Datenklau war, dann aber der Versuchung erlegen war, Geld zu machen.

 Anneliese Unterwasser war verheiratet mit Folma Krull, die von ihrem Vater eine Film- und Medienfirma übernommen hatte. Die Seite der MSI – Media Society for Information – war bunt, aber undurchsichtig. Ich sah Trailer für Filme über die Fugger, die Zwanzigerjahre, die Weltkriege und Fotos von Reporterinnen und Reportern, die mit dem Mikro in der Wüste standen oder vor Elefanten oder einem Hangabrutsch. Unter »Kontakt« öffnete sich eine Liste mit Gesichtern und Namen: Vertrieb, Leitung Content und Data, Marketing, kaufmännische Verwaltung. Für die Nutzung der Datenbanken musste man ein Geschäftskonto eröffnen. Im Impressum wurde Folma Krull als Geschäftsführerin genannt. Auf dem Foto war eine jung wirkende Frau mit hagerem Gesicht und weißblondem Kurzhaar zu sehen, darunter eine Firmenadresse in der Granitstraße, was mir eigenartig bekannt vorkam. Genau: Ich wohnte in dieser Straße, nur dass die Hausnummer der MSI einstellig war.

Hinter den Gardinen fielen Regenschnüre schräg durch den gelblichen Lichtkreis einer Straßenlaterne, da jagte man keinen Nerz vor die Tür. Es reichte, wenn ich morgen auf dem Weg zur Arbeit guckte. Gründerzeithauswänden sah man ja eh nicht an, wer dahinter die Welt regierte. Ich gab »Folma Krull« in die Suche ein. Viel kam nicht. In den sozialen Medien war sie nicht unterwegs, es gab kein Foto, wo man sie an der Seite von Unterwasser sah.

Unterwasser bezeichnete sich auf ihrer Internetseite als Kulturwissenschaftlerin und ausgebildete Journalistin. Seit fünf Jahren leitete sie die Karl-Haller-Stiftung zur Förderung eines »werteorientierten Journalismus«. Ihre ersten dicken Spuren im Netz hatte sie vor einigen Jahren mit ihrer Kandidatur auf der SPD-Liste für den Gemeinderat hinterlassen, in den sie aber nicht reingewählt worden war. In den Corona-Jahren war sie gekippt, wie es schien. »Wehret den Anfängen! Der Faschismus tarnt sich als Gesundheitsschutz. Mit den Coronamaßnahmen werden uns Bürgerrechte entzogen, die wir nie wieder zurückbekommen.« Das Virus war eine Teufelsgeburt aus einem US-Labor, um Impfungen durchzusetzen, die unsere Gene manipulierten. Cui bono? Die Antwort auf diese Frage blieb nebulös. Irgendwas mit Pharmaindustrie und Weltherrschaft.

Auf der deutschen Seite des privaten britischen Rundfunkveranstalters GB Truth kam ein Video hoch. Ich stellte den Fernseher leise und startete das Video.

Das Drehbuch ist die Grundlage eines jeden Films. Es enthält Handlung, Dialoge und Orts- und Zeitangaben. Eine gute Story zeichnet sich durch eine klare Intention, spannende Wendepunkte und eine eindeutige Aussage aus. Damit ein Drehbuch die wichtigen Punkte enthält und gut zu lesen ist, gibt es Formatierungsregeln. Eine Drehbuchseite entspricht einer Minute Film. Typisch für ein Drehbuch sind die Schriftart Courier, die Schriftgröße 12 und die auf den Zentimeter genauen Seitenränder und Einschübe. Damit auch alles genau beachtet wird und man sich auf das Schreiben konzentrieren kann, benutzen die meisten fürs Drehbuch-Schreiben spezielle Programme.

Drehbuch – Das ukrainische Gesundheitssystem schickt Patientin in den Tod

```
AUFBLENDE:

INT. WOHNZIMMER - TAG
  OMA KUSMYNA (über 60, gebrechlich,
armselig gekleidet) sitzt allein in einem
schäbigen Wohnzimmer und hustet. Sie hat ein
Fieberthermometer in der Hand und schüttelt
den Kopf.
```

KOMMENTAR:
Oma Kusmyna lebt alleine in Odessa, sie kommt gerade so über die Runden. Sie ist krank und muss eigentlich sofort ins Krankenhaus.

EXT. VORPLATZ KRANKENHAUS — TAG
OMA KUSMYNA steigt aus einem Taxi aus, geht schwer atmend am Stock zur Krankenhaustür, in der Hand trägt sie ein kleines Köfferchen.

INT. EMPFANG KRANKENHAUS — TAG
OMA KUSMYNA steht in der Schlange vor dem Empfangsschalter, viele Menschen laufen hin und her, alle sind gehetzt.

KOMMENTAR:
Das ukrainische Gesundheitssystem ist kostenlos, aber die Medikamente müssen selbst bezahlt werden. Das können sich viele nicht leisten. Deshalb ist Oma Kusmyna im Krankenhaus am besten aufgehoben.

INT. BEHANDLUNGSZIMMER — TAG
DIE ÄRZTIN (Anfang 40, in Eile) deutet auf einen Stuhl vor dem Tisch. OMA KUSMYNA nimmt Platz, sie hustet und atmet schwer.

> ÄRZTIN
> Wie kann ich Ihnen helfen?

> OMA KUSMYNA
> Ich bin krank (hustet), ich kann nicht mehr, ich brauch ein paar Tage.

> ÄRZTIN
> Haben Sie keine Angehörigen, die sich um Sie kümmern könnten?

Die ÄRZTIN hört die Patientin ab. Die hustet und keucht und kann sich kaum auf dem Stuhl halten.

                    ÄRZTIN (Forts.)
     Das ist eine Bronchitis. Ich gebe Ihnen was,
        damit es keine Lungenentzündung wird.

Die ÄRZTIN geht hinter ihren Tisch und setzt sich an den Computer und schreibt. Aus dem Drucker kommt ein Rezept, das die ÄRZTIN unterschreibt und über den Tisch schiebt. OMA KUSMYNA rührt sich nicht.

                    OMA KUSMYNA
            Behalten Sie mich nicht da?

                    ÄRZTIN
     Wenn wir alle mit einer Erkältung aufnehmen
     würden, dann hätten wir keinen Platz mehr für
                die schweren Fälle.

EXT. VOR DEM KRANKENHAUS – TAG
Die Krankenhaustür schließt sich hinter OMA KUSMYNA. Sie steht. Menschen drängeln an ihr vorbei hinein und hinaus, die Tür öffnet und schließt sich mehrmals.

EXT. EINE STÄDTISCHE STRASSE – TAG
OMA KUSMYNA schleppt sich langsam den Gehweg entlang, immer wieder bleibt sie stehen und hustet und keucht. Passanten beachten sie nicht, Autos fahren vorbei.

KOMMENTAR:
Wie Oma Kusmyna ergeht es vielen Hilfesuchenden in dieser großen und reichen Stadt. Ihre Tochter, die Musikerin Elisaveta Kusmyna, lebt in Kiew. Sie telefonieren

an diesem Nachmittag noch miteinander und
Elisaveta verspricht, sich morgen auf die
Reise nach Odessa zu machen. Aber sie wird
ihre Mutter nicht mehr lebend wiedersehen.

INT. WOHNZIMMER — ABENDDÄMMERUNG
 OMA KUSMYNA liegt auf dem Sofa, sie hält ein
gerahmtes Foto von ihrer Tochter in der Hand,
die Augen fallen ihr zu. Man hört ferne Musik
im Haus. Das Foto entgleitet ihr und fällt auf
den Boden, das Glas zerspringt.

INT. ZIMMER MIT MUSIKINSTRUMENTEN — TAG
 ELISAVETA KUSMYNA (Mitte 20) hält das Foto
ihrer Mutter in der Hand.

               ELISAVETA KUSMYNA
 Ich bin traurig, fassungslos und wütend,
 natürlich. So geht man bei uns mit alten
 Menschen um. Meine Mutter hätte nicht sterben
 müssen, wenn sie im Krankenhaus behandelt
               worden wäre.

ABBLENDE

Das Musikzimmer war noch nicht richtig ausgeblendet, da erschien bildschirmfüllend Anneliese Unterwassers beruhigend schönes Matronengesicht in leuchtenden Farben. Sie sagte: »Das Gesundheitswesen der Ukraine ist wie der ganze Staat durch und durch korrupt. Das Krankenhaus können sich nur die Reichen leisten, weil sie die Ärzte bestechen können. Das ist ukrainische Triage.« Dieses im Französischen so alltägliche Wort für Auswahl kannten wir erst seit Corona aus den Entscheidungsszenarien für den Fall einer Überlastung des Gesundheitssystems, die in Deutschland nicht eingetreten war. Die Lage in der Ukraine hatte zu dieser Zeit eigentlich niemanden interessiert. Wie hatte es Unterwasser 2020 damit in einen britischen

Fernsehbericht geschafft? Ich stieß auf einen Artikel, in dem ein polnischer Autor die These vertrat, die deutsche MSI diene der russischen Agitation und verunglimpfe die Ukraine seit Jahren durch in den Weltmedien lancierte Fake-News. Im Fall der Mutter der ukrainischen Musikerin habe das Städtische Krankenhaus in Odessa der alten Dame eine Internierung angeboten, die sie aber ablehnte, weil sie lieber nach Hause wollte, wo sie starb. Als er die MSI mit einem in London lebenden Briten russischer Herkunft in Verbindung brachte, der den Privatsender GB Truth finanzierte, genauso wie US-amerikanische, französische, niederländische, ungarische und eben deutsche Medienunternehmen, um die Medienlandschaft mit demokratiekritischen Narrativen zu unterwandern, stieg ich aus. Das war auch nur wieder Verschwörungsgedöns.

Kann man die Demokratie kritisieren, fragte ich mich, oder ist man dann bereits Feindin der Demokratie? Und was an ihr wäre kritikwürdig? Das Zuwenig oder das Zuviel? Die griechische war ja nur Mitbestimmung unter reichen Männern gewesen. Die Frauen außen vor, was jede Demokratie delegitimierte. Und dann das dumme Volk, das sich in den Untergang wählte, weil es den Rattenfängern und deren Wiederherstellungs-Narrativen erlag und immer sofort Angst hatte vor dem Verlust von Geld für Urlaub, Autos und Klamotten. Aber sagte man nicht, dass die Schwarmintelligenz immer auf die richtige Antwort kommt? Was unterscheidet Schwarmintelligenz von Demokratie? Volksentscheide, hatte ich mal gelesen, seien Unterstützung von Populismus und Demagogie. Massen sind verführbar: Brexit. Deshalb die parlamentarische Demokratie als Mittelweg. Weil ich mich selber nicht in Staatsfinanzen, Verteidigung und Wirtschaft oder Arbeitsrecht reinfuchsen konnte, erteilte ich den Parteien den Auftrag, die Dinge mit Sachverstand zu regeln. Leider aber hielten sich jede Menge Einzelpersonen für schlauer, weil man mit wenig oder falscher Information über alle Fragen diskutieren konnte und sich selbst immer glaubte. Folglich schien die Politik unfähig.

Ich spielte mit dem Gedanken, Richard anzurufen, aber es war schon elf. Mir reichte es auch. Nur eines noch schnell in die Suchzeile eingetippt: Elisaveta Kusmyna. Das Redaktionsnetzwerk Deutschland meldete nüchtern: »Seit dem Beginn des russischen Überfalls wurden in der Ukraine acht Journalistinnen und Journalisten getötet. Die meisten von ihnen starben bei Schusswechseln oder erlagen den dabei erlittenen Verletzungen, wie die Organisation Reporter ohne Grenzen (RSF) am Dienstag in Berlin mitteilte. Zu ihnen gehöre der französische Journalist Clément Dubois, der in einem Lastwagen saß, der von russischen Streitkräften beschossen wurde. Andere, wie die ukrainische Fotojournalistin Elisaveta Kusmyna, seien gezielt ermordet worden.«

Die Suchergebnisliste führte mich zum Foto einer jungen Frau mit knochigen Wangen, roten Lippen und dunklen Augen in Lederjacke über einem gelben Shirt, bei der ich keine Ähnlichkeit mit der Person feststellen konnte, die in dem Video die Tochter der toten Oma gespielt hatte. Zwei Stunden für eine bittere Lehre: Ich war der babylonischen Mythenbildung aufgesessen. Ohnehin, Anneliese Unterwasser war nicht mein Auftrag. Ab ins Bett.

 Mich weckte um kurz nach acht eine Streiterei vor dem Fenster. Aber es gurgelte nicht mehr. Der Regen hatte aufgehört. Dienst hatte ich heute erst um 17 Uhr. Vorher sollte ich beim Hausfotografen erscheinen, damit mir ein Dienstausweis ausgestellt werden konnte. Den ersten freien Vormittag in einer fremden Stadt widmet man eigentlich dem Einkaufen: Brot, Butter, Kaffeefilter, Reis, Spaghetti, Obst, Gemüse, Klopapier. Den noch halb leeren Supermarktparkplatz jenseits der vierspurigen Straße konnte ich vom Wohnschlafzimmer aus sehen. Die Einkaufswagen standen in langer Reihe vor dem flachen Giebelgebäude. Dann doch lieber in Sandras Küche der Kaffee aus dem Klopapierfilter und das Süßgebäck, das ich gestern gekauft hatte. Und ich machte ein Foto von der Zahlenkombination an Veronikas Fahrradschloss.

Den Radionachrichten von Welle 1 hörte ich wachsam zu, es war ja mein Sender, und ganz blank wollte ich nachher nicht wieder erscheinen. Aufmacher: Nächtlicher Raketenbeschuss in der Ukraine. »Schlimmste Nacht seit langem in Odessa.« Zwei Tote, dazu ein Take. Zweite Meldung: »Streit um Flüchtlingsquoten eskaliert.« Der Ministerpräsident hatte in einem Presseinterview die Bundesregierung der Verantwortungslosigkeit bezichtigt. Wenn das mit den Flüchtlingen so weitergehe, dann hätten wir in Deutschland in zehn Jahren 20 Prozent Muslime und damit mehr als die ehemaligen Kolonialmächte Frankreich oder England, auch wegen der hohen Fertilität muslimischer Frauen. Dritte Meldung: »Lage im Hochwassergebiet spitzt sich zu.« Ein Campingplatz hatte in der Nacht evakuiert werden müssen, weil das Wasser eines Flüsschens seit zwei Tagen stieg. Dritte Meldung: Wegen maroder Brücke war eine Landstraße gesperrt worden, nun standen die Autos im Stau. Letzte Meldung: Eine Eisdiele hatte die Eissorte namens Ähm kreiert, weil die meisten Leute erst einmal Ähm sagten, wenn sie gefragt wurden, was sie wollten. Dazu ein Take, der mit einer Kinderstimme endete, die »lecker« kreischte. Da geht man doch gleich optimistisch in den Tag. Die Welt ist über Nacht nicht untergegangen.

Ich verwarf den Gang zum Aldi. Was brauchte ich schon wirklich? Auf dem Küchentisch lag der Leitfaden für moderne Nachrichten. Er wollte aufgeschlagen werden.

Leitfaden für moderne Nachrichten von Roland Ochs
Infotainment
Infotainment ist eine Wortzusammensetzung aus »Information« und »Entertainment«. Gemeint ist eine aus dem Amerikanischen stammende Entwicklung im Nachrichtenbereich, in der Unterhaltung und Information fließend ineinander übergehen. Kritisch wird beanstandet, dass dabei das Politische zunehmend emotionalisiert wird und dadurch gesellschaftliche Diskurse verflachen. Weniger Information – mehr Spektakel, so lautet die Generalkritik, der sich auch öffentlich-rechtliche Nachrichtenproduzenten stellen müssen. Die Gesprächswertigkeit einer Nachricht hat heutzutage tatsächlich der politischen Relevanz einer Meldung den Rang abgelaufen. Nähe geht vor Ferne. Ein örtliches Hochwasser ist wichtiger als ein Staatsstreich in Afrika.

Ich bestieg die violette Veronika am späten Vormittag und cruiste durch die Stadt. Sie kam mir vor wie ein kunstvoll angelegtes Labyrinth: vielspurige Straßen in Schächten lückenlos geschlossener Gründerzeitfassaden, mal renoviert, mal schäbig, dann wieder endlose Parks mit alten Bäumen, auf deren Wegen Fahrräder sausten. Kanäle und Flüsse legten sich quer, weiter draußen dann Gewerbe, aufgelassene Fabriken, Tankstellen, Einkaufsbaracken. Unversehens war ich auf flachen Äckern, in der Ferne drehten sich Windräder. Anders als in Stuttgart, wo die Kesselhänge und der Fernsehturm jederzeit verrieten, wo man war, fand ich keinen Orientierungspunkt, der die Dächer überragte. Die Stadtteilangaben auf den Straßenschildern waren böhmische Dörfer. Aber, achte auf die Radfahrenden! Sie führten mich durch einen Grünzug zurück ins städtische Leben. Plötzlich war ich wieder in der Rosenstraße, in der ich gestern Abend gegessen hatte. Fast Heimat. Ich radelte sie bis zum Kanal vor – ob das wohl der war, in dem die kopflose Frauenleiche gefunden worden war? –, dann kehrte ich zum arabischen Lokal zurück und aß Hummus und Auberginen und trank Kaffee. Wer in einer Großstadt wohnte, brauchte daheim keine Küche. Es war halt nur teurer als selber kochen.

Mein Eintritt in die Rundfunkanstalt verlief flüssig und wortlos, denn ich hatte einen provisorischen Dienstausweis. Wieder das nach Teppichleim riechende Foyer mit den kaspernden Bildschirmen und der Vitrine mit der Aufnahmetechnik aus dem vorigen Jahrhundert. Ich sollte mich bei dem Fotografen in O 5.14 melden und wandte mich zur anderen Gebäudeseite als gestern. Auch dort gab es Fahrstühle, die mich in den fünften Stock warfen. Ein grauer Gang mit grünen Türen, der am Ende zu einer Weitsicht über die Stadt rief. Vom finalen Sturz ins Bodenlose trennte mich nur die Glasfront. Ich erkannte zwischen den Häusern das grüne Band der Fahrräder. Auch ein paar Kirchtürme waren auszumachen. Und natürlich hatte auch diese Stadt irgendwann früher einmal einen Rekord brechen wollen mit einem skulpturalen Hochhausturm. Auf den musste ich künftig achten, wenn ich da unten Ameise war.

Ich schritt die Zimmernummern ab. Vom Fahrstuhl her kamen zwei Frauen und drei Männer mit vollen Kantinenbäuchen. Die Verwaltungsleute sahen anders aus als die im Westflügel, büromäßiger zwischen Casual und Schlips oder Pumps. Ich konnte mich gerade noch daran hindern, »Grüß Gott!« zu sagen oder »Maaaaahlzeit!«. Wie grüßte man hier? Ich erfuhr es nicht, denn sie grüßten nicht, sie blickten beiseite, verstummten, passierten und fingen nicht wieder an zu sprechen.

Der Fotograf war pensionsreif und etwas hinkebeinig, ließ die Augen von meiner Kurzhaarbürste – leicht angegraut – über Sandras Gladstone bis zu den Stiefeln gleiten, riet mir, Mantel und Mondtasche abzulegen, bat mich auf einen Stuhl gegenüber der Kamera auf dem Stativ und knipste, bevor ich mir überlegt hatte, ob ich lächeln sollte. Dann setzte er sich an seinen Computer, tippte meinen Namen von meinem vorläufigen Ausweis ab, gab ihn mir zurück und sagte: »Den neuen Ausweis können

Sie in einer Stunde holen. Oder soll ich ihn mit der Hauspost schicken?«

»Äh.«

»Ich kann ihn auch unten an der Pforte hinterlegen lassen. Sie sind sicher nicht abkömmlich. Nachrichtenredaktion, nicht wahr? Da geht es streng zu.«

»Mein Dienst beginnt erst in anderthalb Stunden, ich kann vorher noch mal vorbeikommen.«

»An der Pforte ist es für uns beide gleich weit.« Er hatte in seinem hellen Gesicht sehr helle Augen. Vermutlich ließen sie mehr Mikroinformationen in sein Hirn durch als meine. Ich fühlte mich durchschaut. Tatsächlich stand, wie ich draußen auf dem Gang sah, auf meiner provisorischen Ausweispappkarte nur mein Name zusammen mit dem Wort »Redakteur/in«, nicht aber die Redaktion, in die man mich gesteckt hatte.

So, und jetzt ab, mit dem Fahrstuhl ganz nach unten, Katakomben, U2. Im dritten bremste der Lift, eine Frau stieg zu und drückte auf 1. Ihr Blick fiel auf den Leuchtpunkt bei U2 und sprang dann zu mir. Prüfend, als hätte ich damit verraten, dass ich vom MI5 war und eine Sonderberechtigung hatte. Sie verließ den Fahrstuhl im ersten Stock. Kantinengeruch wehte herein, Kaffee und Frittenfett. Ganz unten öffneten sich die Türen ruckelig, als seien sie ungeübt, hier jemanden rauszulassen. Ich trat in einen Gang ohne sichtbares Ende. Raumschiff Enterprise. Das war rund und die Gänge deshalb gebogen, man sah nie, wer einem bei gelbem oder rotem Alarm mit dem Phaser in der Hand entgegengerannt kam. »Die Schutzschilde sind aktiviert.«

Überwachungskameras sah ich keine. Die ersten beiden Türen neben dem Fahrstuhl waren mit dem Männlein und dem Männlein im Rock gelabelt. An der nächsten befand sich ein Duschpiktogramm. Ich schaute in einen kleinen Vorraum mit Bank und Kleiderhaken, an denen ein Schal hing. Die zwei Duschkabinen waren trocken, rochen aber feucht-faulig aus dem Abfluss. Wer mit dem Fahrrad kam, konnte sich hier duschen. Mehr als zwei durften es allerdings nicht gleichzeitig sein. Vor dem Ende des Gangs gab es noch zwei Türen, die eine trug das gelbe Warnschild mit dem Zackenblitz, an der anderen stand »Lager«, und sie war verschlossen.

Ich kehrte um und ging zurück, am Fahrstuhl vorbei in die andere Richtung. Hier gab es einen Yogaraum, der ebenfalls abgeschlossen war, so wie alle weiteren Türen. Der Gang führte auf ein Fluchtwegzeichen zu, das auf eine Tür pfeilte, die in ein Treppenhaus führte, in dem die Lichter ansprangen. Aufwärts zog der Schacht meinen Blick bis zum winzigen weißen Deckenquadrat unterm Himmel. Die Treppe führte aber auch noch weiter in die Tiefe, um eine Ecke, die zweite Ecke, die dritte. Dann stand ich vor einer schweren Brandschutztür. Wenn ich die öffnete, gab es sicher oben auf den Bildschirmen an der Pforte Alarm. Oder auch nicht. Ich öffnete sie. Dahinter wieder ein Stollen, türlos und sparsam beleuchtet. Zeche Zollverein. Der Gang bohrte sich geradeaus durch die Erde bis zu einem Knick, dann wieder geradeaus, und endete an einer Tür. Dahinter wieder ein Gang, eine Treppe bergauf, dann eine Tür, dann ein Gang mit Türen, an denen »Requisite« oder »Technik« stand, alle verschlossen. Eine sich bei Annäherung selbst öffnende Brandschutztür aus Glas führte mich plötzlich zurück in die Zivilisation blauvioletter Gänge mit Sitzecken und gläsernen Büros, in denen Leute an Bildschirmen saßen.

Ich stieg eine schwingende und singende Treppe mit blonden Holzstufen hoch ins erste Untergeschoss. Oder war das schon das Erdgeschoss? Dort gab es kleine Räume, an deren Türen »Maske« stand. In einem atmete eine Maskenbildnerin einem rotblonden Mann ins Gesicht, während sie die Augenfalten mit einem Stift betupfte. Es waren Leute unterwegs mit Headsets oder Kladden in den Händen, strähnigem Haar und müden Gesichtern. Meine Gegenwart störte sie nicht.

Die Tür zur Regie des großen Sendestudios stand offen. Ich sah die Monitorwand, ein Techniker rollte auf einem Stuhl hin und her, drückte Knöpfe.

Als Reportage bezeichnet man Darstellungsformen, bei denen der Journalist, die Journalistin nicht vom Schreibtisch aus, sondern aus unmittelbarer Anschauung berichtet. Am bekanntesten ist die Fußballreportage, mit der die Reportierenden schreiend Tempo und Spannung des Spiels vermitteln. Aber auch mit ruhigen Reportagen kann man viele Menschen in den Bann ziehen. Erzählt wird mit allen Sinnen in anschaulicher Sprache. Im Kopf der Zuhörenden sollen Bilder entstehen. Während beim Feature ein Drehbuch erstellt werden kann, wäre das bei einer Reportage widersinnig.

Mit Lissy Bodenlos unterwegs im Funkhaus – Im Fernsehstudio
Autorin: Lissy Bodenlos
Anmoderation: Im Fernsehstudio steht ein Moderator und redet, während hinter ihm die Bilder wechseln. Damit er uns das Neueste aus aller Welt präsentieren kann, ist im Hintergrund ein riesiges Team beschäftigt: in der Technik, in der Regie, in den Redaktionen und im Sekretariat. Das Planungsteam entwickelt die Programmideen und organisiert Beiträge und Schalten. Das Sendeteam ist für die Inhalte der Sendungen verantwortlich. Lissy Bodenlos wirft für uns heute einen Blick hinter die Kulissen.
Jingle
Sprecher: Das Fernsehstudio. Mit Lissy Bodenlos.
Jingle ausblenden
Bodenlos (nah am Mikro): Bitte Ruhe, Sendung!, lese ich auf den roten Leuchten über den Studiotüren. Es herrscht eine gedämpfte, ruhige Atmosphäre. Die Tür zum Sendestudio steht offen und ich schaue einmal hinein. Das Studio ist überraschend groß, ein Saal. Der Boden ist schwarz, unter der schwarzen Decke hängen Dutzende von schweren Scheinwerfern. Sie leuchten den leeren Tisch des Moderators an. Der Tisch sieht übrigens in echt fast ein bisschen schäbig aus. Die Wand dahinter ist grün. Karola ist hier die Regieassistentin, ich frage sie mal: Ist das der berühmte Greenscreen?
Regieassistentin: Ja. Das ist unsere grüne Hölle.
Bodenlos: Der Moderator steht vor der grünen Fläche, während die

Zuschauerinnen und Zuschauer hinter ihm eine Stadtansicht sehen. Auch der Meteorologe sieht beim Wetterbericht die Wetterkarte gar nicht, die wir im Fernsehen sehen, er deutet gewissermaßen ins Leere.

Regieassistentin: Er sieht auf einem Monitor vor sich das Fernsehbild, und wenn er falsch deutet, kann er das korrigieren. Aber der macht das ja auch nicht zum ersten Mal (lacht). Der Vorteil des Greenscreens ist, man kann den Moderator virtuell überall hinstellen, auf eine Straße, in die Wüste, auf den Mond. Die grüne Farbe wird digital ausgekeyt, also entfernt (lacht), und durch ein beliebiges Hintergrundbild ersetzt.

Bodenlos: Aber warum gerade grün?

Regieassistentin: Weil Grün nicht vorkommt in natürlicher Haut- oder Haarfarbe. Früher arbeitete man mehr mit dem Bluescreen. Da verschwanden manchmal die blauen Augen oder die Jeans. Dann hatten die Leute keine Beine mehr (lacht).

Bodenlos: Aber eine grüne Krawatte sollte der Moderator nicht tragen.

Regieassistentin: Nein. Sonst hätte er ein Loch in der Brust.

Bodenlos: Ich sehe auf dem Boden die Monitore, auf denen der Moderator das Fernsehbild sehen kann. Im Saal stehen außerdem drei Studiokameras, das sind richtige Türme voller Technik, die sich herumschieben lassen. Kabel schlängeln sich über den Boden Richtung Regie. Und da drüben sehe ich drei Stühle und ein Tischchen, ein bisschen wie in einem Café.

Regieassistentin: Dort warten die Studiogäste, bis sie dran sind. Ich bringe sie dann nach vorn, während ein Einspieler läuft.

Bodenlos: Und solange müssen sie mucksmäuschenstill sein.

Regieassistentin: Nee, die können sich auch leise unterhalten, das hört man da vorn nicht. Nur sich schnäuzen oder ins Gesicht fassen, das sollten sie vermeiden, sonst zerstören sie die Maske. Deshalb ist auch immer eine Maskenbildnerin anwesend, die pudert dann noch mal nach.

Bodenlos: So eine Sendung ist pure Logistik. Du hast ein Headset und eine Kladde mit dem Laufplan. Du bist für die Abläufe zuständig?

Regieassistentin: Nicht alleine. Der Regisseur sitzt in der Regie. Ich kommuniziere mit ihm und mit dem Moderator. Wenn er ein Interview führt, stehe ich so, dass er mich sieht, und gebe ihm Handzeichen, wie viel Zeit er noch hat, falls er die Uhr nicht im Auge behält.

Bodenlos: Ich darf das kurz beschreiben: Karola zeigt mit einem Finger an, dass er noch eine Minute hat. Und zum Schluss zählt sie mit den Fingern rückwärts, noch fünf, noch vier, noch drei, noch zwei, noch eine Sekunde. Dann formt sie mit beiden Händen ein T. Und das heißt?

Regieassistentin: Cut, Schluss, aus, time out.

Bodenlos (raunend): Ich verlasse jetzt das Studio und gehe über den Gang zur nächsten Tür in die Senderegie. Das ist ein Raum mit einem großen Schaltpult und vielen übereinander angebrachten Monitoren. Auf einem läuft das aktuelle Fernsehprogramm, auf einem anderen sieht man ein Studio für eine spätere Schalte, andere zeigen ein Testbild. Der Herr der Regler ist heute Herr Meyer. Das hier ist gewissermaßen the State of the Art, das Modernste, was es an Studiotechnik derzeit auf dem Markt gibt.

Meyer: Genau. Die stärkere Ausrichtung auf Trimedialität mit Einbindung von Echtzeitgrafik, Studioautomation, Online-Inhalten und sozialen Medien und die hohen Ansprüche an Hard- und Software erfordern die modernste Technik. Unsere neue Audio- und Videotechnik kann auf HD-Fähigkeit, virtuelle Echtzeitgrafik, Studioautomationssysteme und Kamera-Robotik zurückgreifen und Online- und Social-Media-Technologien integrieren.

Bodenlos: Man kann also auch Online-Inhalte, einen Tweet oder Textnachrichten einblenden.

Meyer (unbeirrbar): Das virtuelle System, die Echtzeitgrafik, gehört unbedingt genauso zum neuen Studiokonzept wie die Studioautomation und VR-Kameraroboter und -stative. Als Netzwerk- und Hardware-Basis werden Standard-IT-Komponenten und Hardware-Erweiterungen dieser Komponenten eingesetzt, die speziell für die Unterstützung von Echtzeitgrafik und Produktions-Automationssystemen konzipiert wurden.

Bodenlos (dicht ins Mikrofon): Ich vermute, es geht um den Greenscreen, aber ich verstehe, ehrlich gesagt, kein Wort. Nur so viel: Die Technik ist hochspezialisiert.

Meyer (unbeirrbar): Die Bilder und Trackingdaten für die virtuellen Szenen der Echtzeitgrafik werden von zwei ferngesteuerten Shotoku-Stativen und einem Kameraroboter geliefert, die Echtzeit-Renderer erzeugen daraus ein Kamera-Hintergrundbild, das dann über drei Ultimatte-Chromakeyer mit dem jeweiligen Kamerabild verschmolzen und als virtuelles Kamerabild auf den Bildmischer aufgelegt wird.

(Wird leiser, weil die Bodenlos sich entfernt.)

Meyer (Fortsetzung): Das Studioautomationssystem tauscht außerdem Playlisten mit dem Redaktionssystem OpenMedia aus, das ebenfalls in das Gesamtsystem integriert wurde, und steuert mit den darin enthaltenen Vorgaben die verschiedenen angebundenen Geräte.

Bodenlos (nah am Mikro): Moderne Fernsehstudios sind richtige Alleskönner, sie verbinden draußen mit drinnen, versetzen Moderatoren virtuell in eine Wüste oder auf eine einsame Insel in der Südsee oder auf den Marktplatz, sie zeigen Textnachrichten im Studio und Grafiken jeder Art. Immer mehr Menschen kommen jetzt herbei und gehen in die Senderegie und ins Studio. Die 15-Uhr-News beginnen in Kürze. Ich ziehe mich zurück und verabschiede mich für heute mit einem leisen Bitte Ruhe, Sendung!

Abmoderation: Eine Reportage von Lissy Bodenlos aus dem Fernsehstudio.

»Was suchst du denn?«, fragte mich eine Redakteurin oder Regieassistentin mit kohlschwarzen Augen und Kladde in der Hand.

»Ich habe mich verlaufen, ich soll zum Fotografen für den Dienstausweis.«

»Da musst du ins Verwaltungsgebäude.«

»Ja, ich weiß, aber irgendwie …«

»Kein Problem. Eines Tages finden wir in den Katakomben das Gerippe von jemandem, der nicht wieder rausgefunden hat.

Da geht's zum Fahrstuhl, geradeaus, rechts, dann links. Ich kann dich leider nicht bringen, die 15-Uhr-News beginnen gleich.«

Sie wandte sich ab. Der rotblonde Mann, den ich vorhin in der Maske gesehen hatte, kam in grauem Anzug mit blauer Krawatte herbei. In der Hand trug er Karten, die in großer Schrift bedruckt waren. Ihm folgte eine Frau mit Headset und Sender hinten in der Hosentasche. Sein Blick war der eines Mannes, der erwartete, von mir erkannt zu werden. Er war hier der Star. Eine Frau kam angelaufen, nahm ihm eine der Karten weg und drückte ihm eine neue in die Hand: »Hier sind die Fragen. Der Teleprompter ist aktualisiert.«

Mit Lissy Bodenlos unterwegs im Funkhaus – Der Teleprompter
Autorin: Lissy Bodenlos
Jingle
Sprecher: Der Teleprompter. Mit Lissy Bodenlos.
Jingle ausblenden
Bodenlos: Immer wieder bekommen wir die Frage: Wie schaffen es die Nachrichtensprecherinnen und -sprecher, ihre Texte vorzutragen, ohne ständig auf den Zettel zu gucken? Die Antwort heißt: Teleprompter. Wie der funktioniert, erklärt uns Tagesschau-Sprecherin Katharina Auer:
Auer: Der ist eigentlich nichts anderes als ein durchsichtiger Spiegel, der vor eine Kamera montiert ist. Darunter ist ein Monitor. Auf dem läuft der Text spiegelverkehrt und wird auf den Spiegel projiziert. Und von dem lese ich dann ab. Gesteuert wird er vom Operateur in der Regie.
Bodenlos: Es ist aber gar nicht so lange her, dass man aufgehört hat, Nachrichten vom Blatt zu lesen.
Auer: Wir haben lange gezögert, den Teleprompter einzuführen. Es sollte nicht so aussehen, als würden wir eigene Texte vortragen oder gar frei formulieren. Wir sind ja keine Moderatoren. Es sollte sichtbar sein, dass wir Meldungen verlesen, nicht unsere Meinung sagen.
Bodenlos: Für Moderatorinnen und Moderatoren ist der Teleromp-

ter schon lange üblich. Er hilft, in der Zeit zu bleiben und nicht zu schwadronieren. Für die Menschen an den Fernsehgeräten sieht es so aus, als hätten sie Blickkontakt mit der Person im Studio.

Müller: Ich lasse mir gerne den ganzen Satz anzeigen, den ich sagen will. Das macht den Text natürlich kleiner. Aber ich habe gute Augen. Andere bevorzugen eine große Schrift. Dann sind aber nur Teile des Satzes sichtbar. Das hilft aber auch, langsamer zu sprechen. Texte für den Teleprompter müssen natürlich in Sprechsprache verfasst sein, und zwar in der eigenen. Ich markiere mir sogar die Pausen im Teleprompttext mit einem x in Klammern. Von einer Kollegin weiß ich, dass sie sich Dinge aufschreibt wie »Lächeln« oder »den Gast begrüßen«.

Bodenlos: Erzählt uns heute-journal-Moderator Xaver Müller. Und auf meinem Moderationsskript steht jetzt: Auf Wiederhören bis zum nächsten Mal, wenn es heißt: Mit Lissy Bodenlos unterwegs im Funkhaus.

Eine weitere Maskenbildnerin erschien zusammen mit einer brünetten Frau in rot-gelbem Blazer, die sich das Lächeln nicht verkneifen konnte. Verdammt! Anneliese Unterwasser leibhaftig.

»Der Studiogast ist da!«, rief die Maskenbildnerin in die Regie.

Die kohläugige Redakteurin oder Regieassistentin kam heraus, umklammerte mit beiden Händen ihre Kladde samt Kugelschreiber und sagte: »Ah, Sie sind schon da.«

Unterwasser lächelte und streckte ihre Hand aus. Aber die Redakteurin hatte sich bereits mit den Worten »Sie sind Nummer zwei. Wenn Sie mir bitte einmal folgen wollen« umgedreht und steuerte auf den Studioeingang zu.

Unterwasser lachte überraschend keckernd und blickte mir dabei in die Augen. Und irgendjemandem wollte sie hier noch die Hand schütteln. Ich hatte die Wahl zwischen Lisa-Nerz-Proll und Undercover-Artigkeit. Klüger war es sowieso, der Feindin die Feindschaft nicht gleich entgegenzuschleudern. Vielleicht brauchte sie mich noch oder ich sie.

»Ich gehöre nicht dazu«, sagte ich. »Ich bin Hörfunk.«

»Der ist ja eigentlich viel wichtiger als Fernsehen«, antwortete sie und lächelte, »Radio hören die Leute den ganzen Tag.«

Ah, die wusste, wie das geht! Lächelnd stromerte ich noch ein bisschen durchs Funkhaus.

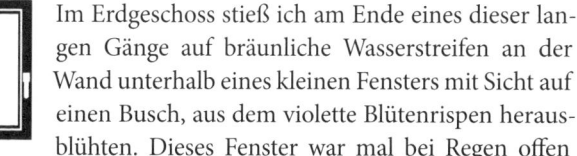Im Erdgeschoss stieß ich am Ende eines dieser langen Gänge auf bräunliche Wasserstreifen an der Wand unterhalb eines kleinen Fensters mit Sicht auf einen Busch, aus dem violette Blütenrispen herausblühten. Dieses Fenster war mal bei Regen offen gewesen. Ich fasste nach dem Fenstergriff, der senkrecht stand, und stellte fest, es war immer noch offen, also nicht verriegelt, nur in den Rahmen geklemmt. Vielleicht ein Versehen bei der Montage, denn heutzutage standen Fensterriegel immer senkrecht, wenn ein Fenster geschlossen war, in meiner Kindheit hatten noch alle quer gestanden. Oder jemand hatte den Hebel ummontiert, damit das Fenster optisch geschlossen wirkte. Und der oder die war dann hier rein und wieder raus. Keine Pforte, keine Brandschutztür mit Kamera. Wie man ein Fenster von außen in den Rahmen zog, bekamen die meisten Menschen schnell heraus, die es unbedingt wollten. Mir war es auch schon gelungen.

Wie merkte ich mir nun, wo es sich befand? Hinter dem Busch sah ich eine Grünfläche, einen Gehweg und eine breite Autostraße. Die Wolken draußen ließen keinen Rückschluss auf die Himmelsrichtung zu. Ich öffnete GoogleMaps, hielt das Telefon aus dem Fenster, bekam einen Ortungspunkt, ließ mir die Koordinaten anzeigen und machte davon ein Bildschirmfoto. Dann drückte ich das Fenster wieder in den Rahmen. Jetzt musste ich mir nur merken, wie ich das Fenster wiederfand. Mein Ariadnefaden war meine Telefonkamera. Ich filmte den Weg zurück ins Foyer mit der Technikvitrine und den kaspernden Bildschirmen.

Mein Dienstausweis lag an der Pforte bereit, ein weißes Kärtchen mit dem Logo des Senders, der Bezeichnung Redaktion/Hörfunk und einem biometrischen Foto, das der helläugige Fotograf mir in der ersten Sekunde abgeluchst hatte, noch ehe ich mir überlegen konnte, wie ich gucken sollte. Ein Könner. Dass der Pförtner, diesmal ein Mann, auf einem halben Dutzend Kameras gesehen haben musste, wie ich durch das Funkhaus irrte, war ihm keine Bemerkung wert. Von hier aus fand ich locker den Weg hinauf in den vierten Stock zur Nachrichtenredaktion. Ich war eine Stunde zu früh.

»Unterwasser war um 15 Uhr live in den Fernsehnachrichten«, sagte ich. »Ich bin ihr auf dem Gang begegnet.«

»Wissen wir.« Die schmale Judith und eine sehr junge Schwarze Frau blickten mich kurz an.

Ich schaute zum Whiteboard. Da stand Unterwasser für 16 Uhr als Aufmacher. »Was hat sie denn gesagt?«

»Hast du keine Nachrichten gehört?«, fragte Judith. »Das gehört zum Dienst.«

Die andere nahm den Kopfhörer runter und streckte mir die Hand entgegen. »Ich bin Kamila Mehari.«

»Lisa Nerz.« Ich hätte unbedingt Unterwasser von meiner Hand abwaschen müssen.

Am Platz der Assistentin saß heute eine andere, die sich mir als Sylvia vorstellte, klein wie eine Bergkiefer, die sich unter den Stürmen wegduckte.

»Du kannst ausdrucken«, sagte Judith zu ihr. Milan kam vom Klo und nahm das Skript. Sie verglichen die Reihenfolge, er übte murmelnd den Text. »Die Schlagzeilen, Unterwasser legt nach … Kind bei Autounfall getötet …«

»Autofahrer tötet Kind wäre treffender«, stolperte es aus mir heraus. »Oder Autofahrerin. Klare Täter-Opfer-Beziehung.«

»Die Schuldfrage ist noch nicht geklärt«, sagte Judith schrill. »Ich habe es dir gestern schon erklärt. Wir vorverurteilen niemanden.«

»Aber Kind tötet Autofahrer geht nicht. Oder Kind springt Auto an und stirbt. Fakt ist: Ein Mensch im Auto hat einen Menschen zu Fuß getötet, egal, ob absichtlich oder nicht.«

Judith verdrehte die Augen. Sylvia die Bergkiefer flüchtete geduckt ins Nebenzimmer.

»Kann man so sehen«, sagte Kamila.

Milan überlegte. »Aber so ist es kürzer.« Und damit ab, raus, übern Gang und ins Studio. Wir hörten das Zeitzeichen aus dem Nebenzimmer, wo das Radio lief.

Ich startete am Voloplatz meinen Computer mit den zwei Bildschirmen.

Milans Nachrichtenstimme klang wolkig. »… Unterwasser hat nachgelegt … nuschel-nuschel … gefordert … nuschel … Mädchen und junge Frauen nicht ohne Begleitung … nuschel-nuschel … ungewollte Schwangerschaften … nuschel …« Dann glockenklar der O-Ton mit Unterwassers Stimme: »Verhüten ist aus der Mode, die Mädchen lassen sich schwängern und sitzen dann beim Frauenarzt und verlangen die Abtreibungspille. Manche mehrmals im Jahr. Und er soll den Eltern bloß nichts sagen. Er soll sie für einwilligungsfähig erklären und ihnen damit die nötige Reife bescheinigen. Und jetzt sagen Sie mir, ist das Reife, wenn sie es mutwillig provozieren? Bis sie zwanzig sind und eine Familie gründen, sind sie für den Tod von fünf bis sechs Föten verantwortlich. Das hat Folgen für die Psyche. Wir müssen die Mädchen vor sich selbst schützen. Wir brauchen wieder Zucht und Züchtigkeit. Ja, meinetwegen auch Anstandsdamen, so wie früher.«

Wenn ich so was hörte, knotete sich mein Dünndarm um den Magen, der Blutdruck stieg mir in die Ohren, die Haarwurzeln wollten aus der Kopfhaut springen, es gab eine Blutleere in meinem Gehirn, ich konnte nicht sprechen, wollte aber, musste dringend, weil andernfalls das Gift in mir blieb. »Das ist doch gelogen«, sagte ich atemlos. »Wieso sendet ihr so was?«

»Das hat sie im Aktuellmagazin so gesagt«, sagte Judith.

»Warum lädt man überhaupt so eine zum Interview ein?«

»Das haben wir nicht zu entscheiden. Bei Eigeninterviews sind wir gehalten, sie zu übernehmen. Wir haben ja auch eine Informationspflicht. Die Leute müssen hören, was das für eine ist.«

»Aber hängen bleibt, dass die Abtreibungen bei Mädchen steigen. Tun sie das denn wirklich? Habt ihr das nachgeprüft?«

»Ich lasse mir doch von dir nicht erklären, wie ich meinen Job zu machen habe.«

»Hier«, sagte Kamila, die sofort gegoogelt hatte: »Das Statistische Bundesamt sagt: deutlich weniger Schwangerschaftsabbrüche in jungen Jahren. Rückgang um 13 Prozent auf 14 300 Fälle im Jahr 2021. Vor allem in der Altersgruppe von 15 bis 19 Jahren ging die Zahl zurück, um mehr als 40 Prozent.«

»Allerdings«, ging Judith schlagfertig dazwischen, »gibt es auch immer weniger junge Frauen.«

»Absolut«, antwortete Kamila, »aber … hier steht es: Im Verhältnis zur Größe der jeweiligen Altersgruppen ging die Zahl der Schwangerschaftsabbrüche je 10 000 Frauen im Zehnjahresvergleich ebenfalls zurück: bei den 15- bis 17-Jährigen von 32 auf 20, bei den 18- bis 19-Jährigen von 83 auf 52, bei den 20- bis 24-Jährigen von 113 auf 82.«

»Zu viele Zahlen!«, knurrte Judith. »Das kapiert kein Schwein.«

»Ich könnte es ja mal versuchen«, sagte ich.

Als Milan wiederkam, gab es das gleiche Kaspertheater vor der Wand wie gestern. Aufmacher? Och nö! Was dann? Die Unterwasser muss noch mal laufen, war Aufmacher. Aber diesmal als Meldung, Lisa will sich daran versuchen. Dann lieber noch mal der Ton, da reden die Leute drüber. Aber halt grottenfalsch! Wir können uns nicht aussuchen, was die Leute sagen. Wir haben eine Informationspflicht. Aber den Unfall machen wir nicht noch mal. Hast du was Besseres? Ja hier, ist gerade reingekommen: »Polizei räumt von Linksautonomen besetztes Haus in der Weststadt.«

Ich sah, wie Kamila schluckte, das Kinn anzog, den Blick am Bildschirm festzurrte und die Lippen zusammenkniff.

Während alle ihre Meldungen schrieben oder umschrieben, entlud sich die Luft allmählich vom Kommunikationsgeifer.

Kaum waren die 17-Uhr-Nachrichten vorbei und Milan zu uns zurückgekehrt, ging die Tür auf und der bunte Nachrichtenchef Ochs trat ein. (Achtung, stillgestanden!) Man hätte ihn gern ignoriert, das spürte ich, aber die Bewegungen an den Tastaturen wurden eckiger, und Milan sagte laut und lustig: »Hallo, Chef.«

Ochs schwieg. Das machte seine Untergebenen nur noch

fickriger und es gefiel ihm. Niemand stand auf und ging zur Wand. Alle starrten in die Agenturmeldungen auf dem Bildschirm. Bis er endlich Luft holte. (Rührt euch!) »Wer hat die Unterwasser-Meldung geschrieben?«

Judith drehte sich zu mir um, schwieg aber, als wollte sie mich nicht verpetzen. Korpsgeist und Ehrensache.

»Ich«, sagte ich. Auch Ehrensache. (Nerz vortreten! Kompanie abtreten, im Gleichschritt, Marsch!)

»Kommen Sie doch bitte in mein Büro, sobald Sie entbehrlich sind«, sprach's, öffnete die Tür, trat hinaus und schloss sie wieder.

Wir schauten uns an. »Auweia!«, sagte Milan. »Ich fand die Meldung gut.«

Judith verkniff sich unzureichend eine zufriedene Grimasse und Kamila blickte ehrlich erschrocken drein. Sylvia die Bergkiefer lächelte mich direkt an und sagte überraschend bissig: »Der holt sich jede mal. Denk dran, der ist bloß ein Pfingstochse. Zum Stier hat's dem nie gereicht.«

Judith lachte schrill, Milan laut, Kamila vorsichtig. Mir war gerade das Lachen vergangen. Der holt sich jede mal? Nicht jeden? Ich fuhr mein Judo-Selbstverteidigungsprogramm hoch.

Ochsens Büro war den Gang ein Stück runter links. Sein Vorzimmer war leer, klar, um 17 Uhr war für alle Feierabend, nur nicht für die im Schichtdienst. Ich klopfte an die nächste Tür.

»Ja bitte.«

Er erhob sich hinter seinem Schreibtisch, an den er geeilt sein musste, um von dort aufstehen zu können, wenn ich kam. Er deutete auf die Sesselgarnitur und schaffte es, mir im Vorbeigehen erneut die Hand auf die Schulter zu legen. Ich ließ die Tür offen und steuerte einen anderen Sessel als gestern an. Er musste noch mal umkehren, um die Tür zu schließen, und dann mir gegenüber im Gegenlicht Platz nehmen. Eins zu null für Nerz.

Er seufzte und schwieg. Ich schwieg auch. Auf dem grauen Bürosideboard stand ein großes Foto von einem ältlichen vielstöckigen Gebäude in Glas und Beton, auf dessen schmaler Stirnseite in einem roten, schwarzen und blauen Rechteck untereinander angeordnet jeweils die Buchstaben n, p und r standen. Die Verkehrszeichen und Autos auf der Straße davor sahen nach USA vor zwanzig Jahren aus.

»Das alte NPR Headquarter in Washington D. C.«, sagte Ochs. »Vor dem Umzug ins neue, da war ich schon weg.«

Nachfragen war obligatorisch: »Äh, Sie haben …?« Ein Punkt für Ochs. Er durfte seine journalistischen Trumpfkarten ausspielen. Das tat er langatmig: 1999 Eintritt beim National Public Radio in Washington, die News von der Pike auf gelernt, das NPR zwar nicht vergleichbar mit der britischen BBC oder dem öffentlich-rechtlichen Rundfunk in Deutschland, Österreich und der Schweiz, eher mit einem gesellschaftlich getragenen professionellen Freien Radio, das sich aus Sponsoring und Stiftungen finanziert. Flaggschiff die News. Keine andere Morgensendung erreichte national mehr Leute als die Morning-Edition, die von fünf bis zwölf durch alle Zeitzonen hindurch gesendet wurde. Dann Kontakt zu einem Sender der ARD, zwei Jahre freier Hörfunkkorrespondent in Washington, schließlich über verschiedene Stationen deutscher Hörfunksender, bei denen es ihn offensichtlich nie lang gehalten hatte und man ihn auch nicht hatte halten wollen, 2014 auf diesem Sessel gelandet, auf dem er vor mir saß, das eine Bein übers Knie des anderen gelegt, die Arme ausgebreitet, und sich wohlfühlte.

Ich linste auf die Uhr über der Tür: zwanzig nach. Eigentlich hätte ich gehen und Meldungen schreiben müssen, aber natürlich kamen die auch ohne mich aus, ich lief ja nur mit. Es gelang mir, durch geschicktes Schweigen an Stellen, wo man eigentlich nachfragte, seinen Anekdotenquell auszutrocknen. Um zwei vor halb blieb ihm nichts anderes übrig, als das Bein vom Knie zu nehmen, sich vorzubeugen, eng zu werden und zu seufzen.

»Sie fangen ja erst an bei uns«, sagte er. Ich holte Luft, aber er holte schneller Luft und fuhr fort: »Ich sehe die gute Absicht. Jedoch, ähem, gibt es ein paar Grundregeln.«

Leitfaden für moderne Nachrichten von Roland Ochs
Aufbau einer Meldung
Als journalistische Stilform ist die Nachricht eine möglichst verständliche, um Objektivität bemühte Mitteilung eines aktuellen Sachverhalts, die zwar über die Meinung anderer berichtet, aber nicht die Meinung des Autors, der Autorin wiedergeben darf und die nach bestimmten Regeln aufgebaut wird. Sie beantwortet folgende Fragen:

Was? Wo? Wer?
Erster Satz: enthält den Kern der Meldung.
   Tempus: Präsens oder Perfekt.
   Satzbau: Subjekt, Prädikat, Objekt, Haupt- und Nebensatz erlaubt, aber kein eingeschobener Nebensatz.
   Aktiv statt Passiv!

Woher?
Zweiter Satz: beginnt mit der Quelle. Die Quelle ist so gut wie nie die Nachrichtenagentur, sondern die Quelle, die die Agenturen nennen.
   Tempus: Imperfekt, indirekte Rede im Konjunktiv I.
   Nach »wie ... meldete (sagte, mitteilte etc.)«, »den Angaben von ... zufolge«, »laut Aussagen (Angaben, Informationen) von« und »nach Angaben (den Worten etc.) von« steht die zitierte Aussage im Indikativ (ein gutes Mittel, um eine Aneinanderreihung von Konjunktiven zu vermeiden).

Wann?
Zeitangaben wie »soeben wird gemeldet«, »vor einer Stunde«, »am frühen Morgen«, »in diesen Minuten beginnt ...« betonen den aktuellen Charakter des schnellsten Mediums Hörfunk und sind erwünscht. Das Wort »heute« betont keinerlei Aktualität, da Meldungen in der Regel von heute sind.

Warum?
Weitere Sätze: enthalten Erklärungen, Rückblicke, Details oder Widerreden.
   Tempus: Imperfekt oder Plusquamperfekt.
   Jede Meldung muss problemlos von hinten kürzbar sein.

Jeder Versuch meinerseits, seine Ausführungen durch ein »Ich weiß« abzukürzen, scheiterte. Sobald ich zum Reden ansetzte, wurde er länger und presste immer mehr Ähems in seine Sätze. »Während unsere Nachrichten in aller Kürze die Fakten liefern und gewissermaßen die Themen des Tages anreißen, sind unsere Magazin- und Aktuellsendungen in der jeweiligen Welle dafür zuständig, diese Fakten einzuordnen und in einen größeren Zusammenhang zu stellen. Dafür können weitere Quellen herangezogen und beispielsweise ein Interviewpartner, ähem, oder eine Interviewpartnerin gesucht werden.«

Ah, ihm hatte missfallen, dass ich einfach so das Statistische Bundesamt zitiert hatte. »Was im Fall Unterwasser aber nicht geschehen ist«, sagte ich. »Die trompetet ungehindert ihre Lüge raus.«

»Wir können uns nicht aussuchen, was wir melden und was nicht.«

»Wir tun nichts anderes als aussuchen.«

»Ihnen dürfte nicht entgangen sein, dass die öffentlich-rechtlichen Medien stark in der Kritik stehen. Ein Drittel der Deutschen glaubt, dass die Regierung auf uns, ähem, Einfluss nimmt und wir bewusst staatskritische Inhalte unterdrücken und Falschmeldungen bringen. Wir stehen unter Beobachtung. Und damit zu Ihrer Meldung … Man merkt die Absicht und ist verstimmt.«

Er legte mir den Ausdruck meiner Meldung vor.

Thema: Unterwasser
Autor/in: lin
17 Uhr
Zeit: 0:36 Min.
Die PDR-Vorsitzende Unterwasser hat eine Anstandsdame für junge Frauen gefordert. In einem Interview mit dem Sender (…) sagte Unterwasser, bei minderjährigen Frauen sei die Zahl der Abtreibungen stark gestiegen. Um ihnen Zucht und Züchtigkeit beizubringen, sollten sie nur noch in Begleitung von Erwachsenen ausgehen. Die Zahlen des Statistischen Bundesamts belegen dies nicht. Der

Statistik zufolge sinkt die Zahl der Abtreibungen seit Jahren. Unter den 15- bis 20-Jährigen haben 2021 zwischen 0,3 und 0,8 Prozent abgetrieben, das sind rund ein bis drei Prozentpunkte weniger als im Durchschnitt der letzten zehn Jahre.

»Unterwasser kommt doch ausführlich zu Wort«, sagte ich lächelnd. »Der Leadsatz ist sogar ein Earcatcher.«

Er blinzelte meinen Einwurf weg und fuhr fort: »Äußerungen von Politikern, ähem, und Politikerinnen werden von uns nicht kommentiert.«

»Was an meiner Meldung genau ist der Kommentar?«

Er verdrehte unter zuckenden Augenlidern die Augäpfel nach oben in die Stirn. »Information und Meinung müssen strikt getrennt werden.«

Ah! Er meinte, ich hätte meine Meinung durchblicken lassen, dass ich Unterwassers Einlassung für Kokolores hielt, indem ich sie mithilfe der Statistik der Lüge überführte.

»Ausgewogenheit ist ohne Zweifel ein wichtiges Thema, aber es versteht sich von selbst, dass meist nicht innerhalb einer Meldung Ausgewogenheit hergestellt werden kann.«

Verstand sich das von selbst?

»Manche Äußerungen bleiben zunächst unwidersprochen. Auf den öffentlichen Widerspruch müssen wir zwei oder drei Stunden warten. Das ist der Nachteil des schnellen Mediums Radio. Und hier stellt sich nun die Frage, wo Sie Ihre nicht einmal tagesaktuellen Zahlen herhaben?«

»Ich habe gegoogelt. Soll ich es Ihnen zeigen?« Ich holte mein Phone hervor.

»Nicht nötig.« Er zog unter meiner Meldung den Ausdruck der Seite des Statistischen Bundesamts hervor, die Kamila und ich angeschaut hatten, und drehte ihn mir zu.

»Ja genau«, sagte ich.

»Und?«

»Ja, was jetzt?«

Er legte beide Blätter nebeneinander vor mich hin. Aber ich

bekam nicht heraus, was der Herr Lehrer meinte. Er legte einen Finger auf meine Meldung und schaute mich an: »Null Komma drei Prozent? Und wo sehe ich die hier?« Er legte den zweiten Finger auf den Ausdruck des Statistischen Bundesamts.

Ich entschied mich dagegen, laut aufzulachen. »Ich habe es umgerechnet. Große Zahlen vermeiden, habe ich in Ihrem Leitfaden gelesen.« Hatte ich nicht, aber es stand bestimmt drin. »Bei je 10 000 Frauen bei den 15- bis 17-Jährigen von 32 auf 20, bei den 18- bis 19-Jährigen von 83 auf 52 … Das kapiert kein Mensch.«

»Frau Nerz, ich bin jetzt seit, ähem, 25 Jahren im Nachrichtengeschäft, Sie werden mich hier nicht belehren, worauf es ankommt. Wie man mir berichtet hat, verhalten Sie sich besserwisserisch und arrogant, lassen keine anderen Ansichten gelten und stören mutwillig den Betrieb.« Er lehnte sich zurück und lächelte zufrieden.

Aha, das also hatte er mir heute sagen wollen. Ich lächele auch. »Danke für das offene Feedback. Bedauerlicherweise müssen wir beide damit vorerst leben. Gestatten Sie mir eine Frage?«

Ungern. »Bitte.«

»Diese Kollegin, die vor ein paar Wochen die Redaktion ohne Kündigung verlassen hat … Gibt es eine Begründung für ihr Verhalten?«

»Das werde ich mit Ihnen nicht erörtern.«

Ich schwebte grinsend in die Nachrichtenredaktion zurück. Ochs hasste mich jetzt, aber er würde mich nie wieder zum Gespräch bitten. Und ich war nicht einmal grob geworden. Kamila blickte mich besorgt an und lächelte dann. Judith war zu stolz zu fragen. Milan war beschäftigt, und die Bergkiefer befand sich gerade nicht am Platz. Es war zehn vor sechs. Die Sendung lag in den Endzügen. Zu tun gab es für mich nichts mehr.

»Sylvia, du kannst ausdrucken!«, rief Judith, begann unvermittelt, ihre Sachen zusammenzuräumen, hängte sich ihre Tasche über die Schulter, nahm ihren benutzten Kaffeebecher in die Hand und stand auf.

Die Bergkiefer kam aus dem Nebenzimmer und drückte auf Drucken. Warum machte Judith das eigentlich nicht selbst? Andererseits, was hatte die Sekretärin oder Assistentin, wie man sie nannte, sonst zu tun?

Judith sagte: »Ihr kommt alleine zurecht? Ich muss los, ich muss noch einkaufen.« Und raus war sie.

In der Türfüllung zum Nebenzimmer tauchte eine neue Figur auf, eine Frau mit langen roten Haaren, roter Brille, einem rotwangigen Knittergesicht und roter Tunika.

»Du bist also die berühmte Lisa Nerz«, sagte sie.

Ich erschrak. »Wie soll ich das verstehen?«

»Man munkelt, du sollst von ganz oben eingeschleust worden sein, als V-Person gewissermaßen. Worum geht es denn? Um unsere verschwundene Kollegin oder um den Datenklau von unserer Redaktion aus? Oder um unseren Pfingstochsen? Ich bin übrigens Adolfine Fürbeck.«

»Ah, ich habe gerade einen Krimi von dir gekauft.«

»Welchen denn?«

»Blutrausch.«

»Ach, das olle Ding! Aber was ist nun? Weshalb bist du hier?«

Die Computer piepsten.

»Eilmeldung«, unterbrach Kamila.

»Und Judith ist wieder mal auf und davon«, sagte Adolfine. »Was ist es denn?«

Ich hatte die Meldung an meinem Rechner auch schon offen: »Ein Toter«, sagte ich.

»Bei der Räumung des besetzten Hauses«, sagte Kamila, die Stimme brach ihr dabei weg.

»Kennst du die Leute?«, fragte ich.

Sie nickte. Tränen standen ihr in den dunklen Augen.

»Dann los, hau ab«, sagte ich, »schau nach, ob es deinem Freund gut geht.«

»Moment«, sagte die feuerrote Adolfine, »die Sendung geht vor. Damit müssen wir noch rein.« Der Zeiger stand auf drei vor sechs und würde gleich auf zwei vor sechs springen.

»Das reicht noch«, sagte Milan. »Ich ändere die Schlagzeile, das wird der Aufmacher, nicht wahr?«

Auf einmal saß die Bergkiefer an ihrem Computer aufrecht und bereit zu tippen, und Adolfine diktierte: »Bei der Räumung eines von Linksautonomen besetzten Hauses in der Innenstadt hat es offenbar einen Toten gegeben. Wie die Polizei soeben mitteilte, sei bei Auseinandersetzungen rivalisierender Gruppen ein junger Mann erstochen worden. Die näheren Umstände sind noch unklar.«

»Es muss heißen ›wurde erstochen‹«, sagte ich. »Indikativ.«

Die Bergkiefer korrigierte bereits.

Adolfine war nicht so schnell. »Aber das sagt die Polizei.«

»Nach ›laut‹, ›nach‹, ›zufolge‹ und ›wie‹ kommt Indikativ. Uralte in Stein gemeißelte Presseregel. Immer noch.«

Adolfine neigte nicht zum Streiten. Das Blatt leierte aus dem Drucker. Milan nahm es, legte es obenauf und ging ins Studio.

Kamila schaute vom Handy auf. »Das waren die Nazis«, sagte sie, wischte sich die Tränen aus dem Gesicht und griff zitternd nach ihrer Handtasche. »Die haben uns nie in Ruhe gelassen, aber wir werden geräumt, wir sind die Bedrohung.« Sie stampfte auf den Boden. »Diese Drecks-Nazis! Und die Cops schützen die auch noch, statt uns zu beschützen vor denen. Jedes Wochenende marodieren sie durch die Straßen bei uns im Viertel. Und diese Unterwasser palavert was davon, dass sich weiße Mädchen züchtig anziehen sollen, damit denen keiner was antut! Wie krank ist das denn! Schaut mich an! Wenn ich in die Naziviertel gehe, dann killen die mich, die schlagen einfach zu, aber das ist allen kackegal.«

Das Zeitzeichen ertönte aus dem Nebenzimmer, Sylvia war diesmal hiergeblieben.

»Uns ist das nicht egal. Du bist uns nicht egal, Kamila!«, sagte die feuerrote Adolfine auf eine zutiefst beruhigende Art.

Kamila atmete aus. »Ich weiß.«

»Und du rufst jetzt deinen Freund an.«

»Ich hab ihm schon getextet. Aber er antwortet nicht.«

»Vielleicht ist der Tote einer der Nazis oder irgendwer. Lass das mit dem Texten, Kamila, ruf ihn an! Ich lasse nicht zu, dass du jetzt mit dem Fahrrad dorthin hetzt voller Angst und Ungewissheit, und dann hast du einen Unfall und bist tot und er lebt.«

Kamilas Telefon räusperte sich, das Display leuchtete auf. Ein Lächeln huschte über ihr Gesicht. »Das ist von Lou. Es geht ihm gut.« Sie sank zurück auf ihren Stuhl.

»Puh!«, machte Adolfine.

»Er weiß nicht, wer der Tote ist, ich soll mir keine Sorgen machen. Keiner von uns.«

»Na bitte!«

Wir kamen überein, dass Kamila noch eine Meldung schrieb und dann abhauen konnte. Ihre Schicht endete wie die von Milan um 19 Uhr. Danach gab es für unsere drei Wellen keine Nachrichtensendungen mehr, man schaltete auf ein Gemeinschaftsprogramm, das in Berlin für diverse Sendeanstalten produziert wurde. Eine Sparmaßnahme. Abends saßen eh fast alle vor dem Fernseher, wozu also in all den Funkhäusern ein Dutzend Leute Spätschicht machen lassen?

»Und was«, fragte ich, »tun wir hier bis Mitternacht?«

»Wir bereiten die Frühsendungen vor«, antwortete Adolfine, »gucken nach Sammelangeboten, schneiden die Takes, die bis Mitternacht da sind, schreiben ein paar Meldungen vor, gucken einen Krimi, holen O-Töne aus den Fernsehnachrichten und halten die Stellung.«

»Für den Fall, dass ...«

»Dass ein Flugzeug auf unsere Stadt stürzt. Allerdings stürzen Flugzeuge heute kaum noch ab. Oder für den Fall, dass jemand unseren Ministerpräsidenten erschießt oder in der vollbesetzten Oper ein Großfeuer ausbricht. Dann alarmieren wir den Bereitschaftsreporter und geben die Sammelangebote an die ARD raus. Und ganz wichtig, wir rufen den Chef an, der ruft die Aktuellchefin an, die ruft den Programmdirektor an, und dann entscheiden die, ob wir aus dem Gemeinschaftsprogramm aussteigen und selber senden. Auch wenn in so einem Fall niemand

Radio hört. Sie sitzen alle vor dem Fernseher und gucken es sich live und in Farbe an.«

»Okay, okay.«

»Wir müssen sparen. Das ist Politik. Wenn du mich fragst, die Spätschicht braucht auch kein Mensch. Morgens sitzen die hier zu dritt. Da kriegen die das auch gebacken. Aber eine gemütliche Schicht ist ja auch mal nicht schlecht.«

»Und wir sollen immer ein bisschen Angst haben, dass man uns auch noch wegkürzt«, sagte Kamila. »Damit wir schön die Füße still halten.«

»Das hast du jetzt gesagt«, sagte Adolfine.

»Was würden wir denn machen, wenn wir die Füße nicht still halten?«, fragte ich.

Adolfine lachte auf. »Am besten du hörst dir den Kommentar von Ochs an. Dann weißt du, was wir nicht machen dürfen.«

Sie setzte sich an den Computer und suchte in einer Datenbank von OpenMedia.

Ein Kommentar informiert, bringt aber auch klar eine Meinung zum Ausdruck. Er soll den Zuhörenden bei der Meinungsbildung helfen. Kommentare gehören zum Typ der Appelltexte. Sie wollen Einfluss nehmen, zum Nachdenken, zu einem bestimmten Urteil oder zum Handeln auffordern.

Anmoderation: Der öffentlich-rechtliche Rundfunk hat den Auftrag, umfassend und ausgewogen zu informieren. Da kann nicht immer nur auf die Quote geschielt werden. Qualität hat ihren Preis. Und auch für die Rundfunkanstalten wird alles teurer. Bald wird die KEF, die Kommission zur Ermittlung des Finanzbedarfs der Rundfunkanstalten, ihre Empfehlung abgeben. Ist die Forderung nach mehr Geld gerechtfertigt oder nicht? Ein Kommentar von Roland Ochs:

Kommentar: Guten Abend. Anders als privatwirtschaftliche Unternehmen sind die Öffentlich-Rechtlichen in einer komfortablen Lage, sie bekommen über die Beiträge automatisch rund acht

Milliarden Euro pro Jahr. Und wenn das Geld nicht reicht, wird einfach mehr gefordert. Das hat lange Zeit gut funktioniert. Die Sender wurden immer aufgeblähter und teurer. Damit muss Schluss sein. Die Anstalten müssen ernsthaft mit dem Sparen anfangen. Tun sie das nicht, wird die Akzeptanz weiter schwinden. Richtig ist, auch die Sendeanstalten leiden unter steigenden Kosten. Doch die Forderung nach mehr Geld wird politisch kaum noch vermittelbar sein. Der Auftrag der Öffentlich-Rechtlichen, die Gesellschaft in ihrer Vielfalt abzubilden, hat zu einem Einknicken vor der Gendersprache geführt. Statt unsere Sendeplätze mit Steuerpolitik oder der Flüchtlingsproblematik zu füllen, reden wir unseren Hörern ein, dass ihre Kinder sich nicht mehr als Indianer verkleiden dürfen oder das Hörspiel eines schwarzen Autors nicht von einem Weißen übersetzt werden darf. Die große Mehrheit im Lande wird sich von einem öffentlich-rechtlichen Rundfunk abgehängt fühlen, wenn er weiter der Agenda der Woken folgt und am Ende propagiert, dass wir künftig statt »eine« und »einer« geschlechtsneutral »ens« sagen, ein Buchstaben-Trio, das aus dem Wort Mensch herausgebrochen wurde, und wenn es dann heißt: Ens Frau und ens Mann sitzen an ens Tisch.«

Abmoderation: Sie hörten einen Kommentar von Roland Ochs.

»Und das haben die gesendet?«, fragte ich.

»Ich glaube, den Schluss mit dem Ge'ense haben sie weggeschnitten«, antwortete Adolfine.

»Das hat er doch auch falsch verstanden, oder nicht? ›Ens‹ ist das Pronomen für eine geschlechtlich nicht bestimmte Person, also ›ens Buch‹ anstelle von ›sein‹ oder ›ihr Buch‹. Der bestimmte Artikel lautet ›dens‹ und der unbestimmte ›einens‹. Aber nicht vor ›Mann‹ oder ›Frau‹, die behalten ihren männlichen oder weiblichen Artikel.«

Kamila schaute mich interessiert an.

Adolfine lachte. »Das ist mir, ehrlich gesagt, zu kompliziert. Das wird sich nie durchsetzen. Aber das mit der Genderpanik, das erledigt sich biologisch, die alten Genderangsthasen sterben weg. Ich weiß noch, welchen Aufstand es gab, als wir in den Neunzigerjahren das ›die‹ vor den Nachnamen von Frauen abgeschafft haben, und heute juckt das niemanden mehr. Aber ich glaube, wir sollten uns mal um die Sendung kümmern.«

Zu dem Toten bei der Hausräumung waren weitere Agenturmeldungen gekommen, die Kamila in sich aufgesogen hatte. Die Lage war unklar. Die Polizei wollte aus ermittlungstaktischen Gründen zum jetzigen Zeitpunkt nichts sagen und verwies auf eine Pressekonferenz um 22 Uhr. Der Desk rief an und teilte uns mit, dass es für 19 Uhr einen KB gebe und nach der PK eine aktualisierte MoE und einen BmE für die Frühsendungen, das Sammelangebot sei raus.

»Jetzt geh endlich, Kamila«, sagte Adolfine.

Kamila zog sich ein rot-schwarz kariertes Overjacket an und hängte sich die Tasche über.

»Und pass gut auf dich auf. Am besten, du fährst jetzt nicht dorthin.«

»Lou und die andern sind sowieso noch bei den Cops. Und ich bin vorsichtig. Immer.«

Kurz nach halb sieben tauchte eine Meldung auf, in der die Agentur unter Berufung auf einen Vertreter der rechten Szene – unklar, ob Augenzeuge oder Beteiligter – behauptete, der junge Mann sei bei Auseinandersetzungen der Polizei mit Linksautonomen im Getümmel von einem Hausbesetzer erstochen worden. Die Polizei warne aber vor voreiligen Schlüssen, die Ermittlungen liefen.

»Schätze, das wird heute Nacht Randale geben«, seufzte Adolfine.

Die Nachrichtenminute, die wir Viertel vor bekamen, folgte dieser Darstellung beinahe wortgleich. Ich schlug vor, die Vermutung über die Täterschaft rauszuschneiden, aber Milan und Adolfine meinten, das könne man nicht machen, nicht bei einem hauseigenen Reporter, das sei Eigenrecherche.

Ohnehin war es ja nicht mehr zu halten.

Draußen vor den Fenstern sah es aus, als dämmerte es schon,

so tief hingen die Wolken. Und die junge Frau, die aus einer anderen Welt kam als wir beiden alten weißen Kartoffeln, radelte jetzt durch die Stadt, die wir niemals so erleben würden wie sie. Und falls mich das erleichterte, war es beschämend.

 Als wir Milan den Wetterbericht vorlesen hörten, sagte Adolfine: »So, ich geh jetzt eine rauchen«, und ich sagte: »Ich komm mit.«

Sie dirigierte mich durch den Gang zu einem Treppenhaus, wo wir zwei Stockwerke nach unten stiegen, dann einen weiteren Gang entlang und durch eine Notausgangstür auf den blechernen Absatz einer Fluchttreppe, die noch ein Stockwerk tiefer führte. Wir zogen die Mäntel zusammen, es nieselte, aber uns schützte ein gnädiges Dächlein. Adolfine erzählte, dass wir das einem früheren Programmchef zu verdanken hatten, Kettenraucher, der, als man vor zwanzig Jahren das Rauchen im Funkhaus verbot, darauf bestanden hatte, nicht würdelos im Regen stehen gelassen zu werden. »Früher haben wir die Redaktionen blau gequalmt.« Adolfine lachte. »Zum Frühdienst eine Schachtel, die arme Sekretärin, aber die meisten rauchten selber.«

Wir zogen an den Kippen. Auf der Straße stauten sich Autos vierspurig in beide Richtungen, Scheinwerfer verschwanden hinterm Heck anderer Autos, Bremslichter leuchteten der Reihe nach auf. Und Adolfine erging sich in Nostalgie.

»Damals, ja, als wir noch jede Meldung diktierten. Die Jungen können das gar nicht mehr, im Kopf vorformulieren. Die Sekretärin ist die erste Hörerin, haben wir immer gesagt. Als ich einer bei einer Oscar-Meldung das Wort ›nominieren‹ diktierte und sie ›nommenieren‹ schrieb, habe ich sie gefragt, und sie konnte mir nicht sagen, was das Wort bedeutet.«

Wir lachten bildungsarrogant.

Damals, ja damals: als in einem Zimmer nebenan noch fünf ratternde Fernschreiber standen, aus denen auf Endlospapier die Meldungen quollen, und die Sekretärin viermal die Stunde zum Schneiden rüberging und den Packen dem Redakteur – seltener der Redakteurin – auf den Tisch legte. Dünnes Raschelpapier mit blauen Rändern für dpa, Rot für Reuters, Grün und Gelb für die anderen, damit man sie gleich unterscheiden konnte. Knapp tausend Meldungen am Tag schnitten die Sekretärinnen mit Scheren ab, heute waren es doppelt so viele, die auf den Bildschirmen eintrudelten. Der Redakteur oder die Redakteurin breitete die Blättchen mit den Meldungen verschiedener Agenturen zum selben Thema vor sich auf dem Tisch aus und diktierte der Sekretärin die Meldung. Und wehe, zu früh, denn wenn noch eine Ergänzung oder Korrektur im Packen mit dem letzten Schnitt kam, musste man die ganze Meldung noch einmal diktieren.

»Und heute? Wer vergleicht am Bildschirm noch die Agenturmeldungen? Klick raus, klick rein, klick wieder raus? Und dann wird nur eine fast wortgleich abgeschrieben – oder noch schlimmer, man holt sie sich mit Copy and Paste in Word rüber und kürzt nur noch.«

Und laut waren sie gewesen, die Kugelkopfschreibmaschinen. Es ratterte, dagegen musste man anschreien. Auch im Nebenzimmer diktierte jemand mit Stentorstimme. Die Sekretärin (die immer eine Sekretärin war, nie ein Sekretär) zählte zum Schluss die Zeilen zusammen, schrieb die Zahl rechts oben auf das Blatt, tippte das Kürzel des Redakteurs (damals genderte man nicht) und ihr eigenes darunter, zog das Blatt aus der Maschine und gab es dem Redakteur zum Durchlesen. Dann ging sie damit zum CvD, damit er die Meldung gegenlas und freigab. Am Kopierer fertigte sie drei bis fünf Kopien an, die sie mit einer Büroklammer bündelte und in den Stapel Meldungen auf dem Tisch des CvD schob. Viertel vor wurde die Sendung ausgelegt. Der CvD wählte, was er haben wollte, und legte die Reihenfolge fest. Nun kam das Zählen. 14 Zeilen je Minute, fünf Minuten 70 Zeilen einschließlich Wetterbericht. Ja, damals! Damals waren Nachrichten noch Nachrichten, sechs bis acht Meldungen brachte man unter. Politik, Ausland, Wirtschaft, Gesellschaft, Ereignisse. Und an den Radioempfängern saßen die Leute aufrecht und hörten zu.

»Und heute? Drei bis vier kriegst du rein in die drei Minuten, und mindestens eine davon ist Boulevard. Aber die Leute hören ja auch nicht mehr zu, das Radio läuft nebenher.«

Ich nickte kulturpessimistisch.

Wenn's insgesamt mehr als 70 Zeilen waren, musste in den Meldungen gekürzt werden, mit dem Kugelschreiber in der Hand am Arm des CvD, und zwar ohne groß nachzudenken von hinten nach vorn zum nächsten Punkt. Dann das Auslegen: Aus den büroklammerten Packen zog die Sekretärin je zwei Blätter raus, legte sie nebeneinander mit dem Text nach unten auf den Tisch, die erste Meldung unten, die letzte oben, dann das Wetter, und bündelte sie mit Büroklammern. Der Sprecher kam zehn Minuten vor der vollen Stunde aus dem Sprecherzimmer herüber, erhielt ein Exemplar und begab sich damit ins Studio, das andere wurde gelocht und abgeheftet.

Adolfine drückte den Stummel aus. »Und das Studio war weit weg. Wenn noch eine Eilmeldung kam, ist die Sekretärin gerannt. Gutes Schuhwerk war unerlässlich. Einmal ist unsere Sylvia dabei vor den Toiletten mit dem Moderator zusammengestoßen, sie musste ins Krankenhaus mit gebrochenem Knöchel.«

Ich löschte meine Kippe.

»Und als wir irgendwann mit den KBs anfingen, ging das los mit den Bändern.«

Adolfine erzählte von für immer verlorenen Kulturtechniken: einem zentralen Übertragungstonstudio, wo die Sammelangebote der ARD aufliefen, also die Berichte und Nachrichtenminuten, die in einzelnen Funkhäusern gemacht und allen Rundfunkanstalten zur Verfügung gestellt wurden. Sie wurden von Tontechnikern auf Bändern mitgeschnitten, es sei denn, man hatte vergessen dort anzurufen und den Mitschnitt zu bestellen. Die Tonbänder steckten sie in Schachteln und stellten sie in einen Schrank, den man vom Gang aus öffnen konnte. Und wehe, ein Dödel nahm das falsche Band mit, das war dann erst mal weg. Mit dem Band suchte man ein Tonstudio auf, einen Raum, in dem eine Cutterin – gesprochen Kötterin – saß, das Band auflegte und dann darauf wartete, dass man ihr sagte, wie man es geschnitten haben wollte. Und wenn sie sagte: »Aber da ist er mit der Stimme oben«, dann konnte man da nicht schneiden. Der pure Stress. Wenn die Cutterin zeigen wollte, wer die Hoheit über die Akustik besaß, schnitt sie eine Schwalbe, damit es besser klang, vorzugsweise dann, wenn der Redakteur es eilig hatte.

»Eine Schwalbe – du weißt, was das ist?«

»Nein, ich komme von der Zeitung.«

Wir machten uns auf die Wanderung zurück zur Redaktion.

»Wie erklär ich dir das jetzt? Tonbandkassetten kennst du noch?«

»Klar!«

»Und ein Tonbandgerät?«

»Steht im Foyer in der Vitrine. Praktisch eine große offene Musikkassette.«

Schritt für Schritt, die wir durchs Haus wandelten, erklärte Adolfine mir den Schnitt. »Das Tonband ist auf eine Blechspule gewickelt, den Bobby, den legst du am Bandmaschinentisch links auf den Bandteller. An den Anfang des Magnetbands hat der Techniker ein Rotband geklebt, ans Ende Gelbband. Das Rotband mit dem Anfang ziehst du am Tonkopf vorbei zum Bobby auf dem rechten Bandteller.«

Wir bogen um eine Ecke.

»Mit dem Finger drückst du das Rotband an den Bobby und startest die Bandmaschine, damit es sich aufwickelt.«

Wir gingen an verschlossenen Büros entlang, an deren Türen unter der Überschrift »Musikredaktion« immer wieder andere Namen standen.

»Der Bobby rechts zieht das Band nun am Tonkopf vorbei und du hörst, was der Korrespondent sagt. Wenn du jetzt mittendrin einen Satz rausschneiden willst oder einen Versprecher, egal was, dann stoppst du das Band mit der Stopptaste.«

Adolfine öffnete die Tür zum Treppenhaus, und wir erklommen Stufe für Stufe.

»Meistens hast du aber ein bisschen zu spät reagiert und die Stelle ist schon am Tonkopf vorbeigerutscht. Also nimmst du beide Hände, legst die Fingerspitzen auf die beiden Bobbys links und rechts und drehst sie langsam hin und her. Je langsamer du drehst, desto tiefer wird der Ton. Und wo du nichts mehr hörst, ist die Pause zwischen zwei Wörtern. Da schneidest du.«

Wir hatten den Treppenabsatz erreicht und nahmen die nächste Treppe in Angriff. Irgendwo in meinen neuronalen Regalen lagerte die Bandmaschine noch neben Filmen und Dokumentationen, in denen Tonstudios vorkamen, und einer Aufnahme vom Zwitschern beim Schnelldurchlauf.

»Am Tonkopf ist eine Schere, die schneidet an der richtigen Stelle. Ich habe aber noch gesehen, wie die Cutterin freihändig mit einer kleinen Schere vor dem Tonkopf schnitt, manche sogar in der Luft darüber.«

Ich öffnete die Tür und wir betraten den Gang.

»Wenn du den ersten Schnitt gesetzt hast, ziehst du das Band mit der rechten Hand am Tonkopf vorbei raus. Dabei hörst du die Stimme zwitschern, wenn du schnell ziehst. Am Ende des Satzes, der raus soll, machst du langsam, hörst genau hin und schneidest am Wortanfang des Satzes, bei dem du wieder reingehst.«

Auf den Schildern der geschlossenen Bürotüren, an denen wir entlangtappten, las ich »Kinderfunk«, »Gesellschaft und Lifestyle«, »Radioessay« und »Umwelt und Technik«.

»Den Bandschnipsel legst du erst mal beiseite. Bloß nicht wegwerfen, falls du dich verschnitten hast. Jetzt nimmst du die beiden losen Enden und legst sie mit der Rückseite nach oben in die Schiene über dem Tonkopf, schiebst sie aneinander und klebst den Klebestreifen drauf. Es empfiehlt sich, den Schnitt noch mal abzuhören, nicht dass du aus Versehen das ›Bu‹ vom Bundeskanzler abgeschnitten hast und es plötzlich ›Ndeskanzler‹ heißt.«

Ich lachte brav.

»Geschnitten wird immer im 45-Grad-Winkel. Das machst du, damit es keinen Knackser gibt, der schräge Schnitt ist wie eine Überblendung.«

»Raffiniert.«

Adolfine lachte. »Es kommt noch raffinierter. Angenommen, du schneidest mehrere Sätze raus und gehst erst eine halbe Minute später wieder rein. Da hat sich dann ein leises Hintergrundgeräusch geändert, was nur die Cutterin hört, du aber nie. Und jetzt kommt die Schwalbe. Sie überblendet noch besser. Die Cutterin schneidet das eine Ende spitz zu und ins andere schneidet sie einen Schwalbenschwanz hinein.«

»Ah so!« Die Leuchtröhren an der Decke fluchteten ins Finstere. Ich gab es auf, mir vorzustellen, was sie vor sich sah und beschreiben konnte, weil sie es einst gesehen und erlebt hatte.

»Nun sind wir fast fertig. Die drei Töne, die wir so für eine Nachrichtensendung vorbereitet haben, werden, durch Gelbband getrennt, hintereinandergeklebt und rückwärts auf einen Bobby gespult, vorne kommt noch Rotband dran. Auf dem Weg in die Redaktion versuchst du auszurechnen, was 53 Sekunden plus 56 Sekunden plus 45 Sekunden ergibt, ist ja 60er-System, und das in 14 Zeilen pro Minute umzurechnen, damit der CvD weiß, wie viele trockene Meldungen er noch unterbekommt. Außerdem musst du die Töne auch noch antexten.«

1 – KB Bundestag, 18 Uhr
Berlin: Der Bundestag hat über den Gesetzentwurf zum Kindergeld debattiert. Kritik kam von der Opposition. Karl August berichtet:

A.: Familienministerin ...
E.: ... werden können.
Zeit: 0:56

»Zur Sendung gehst du mit dem Band und dem Sendeskript ins Studio. Der Tontechniker legt das Band in die Bandmaschine. Außerdem bekommt er das Sendeskript, damit er mitlesen und die Töne rechtzeitig abfahren kann. Wenn er die letzten Worte hört, die er im Sendeskript vor sich sieht, stoppt er das Band und macht dem Nachrichtensprecher das Mikro wieder auf. Und falls er was verpasst, sitzt du neben ihm und sagst ›jetzt‹.«

»Kann man sich heute gar nicht mehr vorstellen«, sagte ich.

»Irgendwann hat man uns dann Bandmaschinen in die Redaktion gestellt. Anfangs kam immer ein sogenannter Producer in die Redaktion, dann haben wir selber geschnitten. Ich habe das gern gemacht. Es war so was Handwerkliches. Seit reichlich über zehn Jahren schneiden wir jetzt digital am Bildschirm mit Klicks. Überblenden können wir nichts mehr. Schon kurios. Da werden die Radiogeräte immer besser und klarer, und gleichzeitig schickt man die Akustik-Fachleute in die Wüste und lässt die Laien murksen.«

»Traurig, traurig.«

»Klar, es hat auch seine Vorteile. Die Reihenfolge der Takes noch mal ändern ist kein Akt mehr. Du schiebst einfach die Dateien hoch oder runter. Früher, wenn du das Band mit den drei Tönen hintereinander hattest, da konntest du nicht mal eben noch die Reihenfolge ändern.«

Tja, damals war doch nicht alles besser. Erinnerung ist doch ein eigenartiger Prozess des Vergessens. Sie reduziert die Vergangenheit auf das Gute und übersieht das Schlechte, in dem man sich zurechtgefunden hat, weshalb auch das gut war. In der Zukunft kann niemand das Gute dingfest machen, weshalb die Gegenwart immer droht ins Schlechte zu kippen. Deshalb müssen auch ständig Warnungen ausgesprochen werden, etwa wenn der kleine Laden um die Ecke pleitegegangen ist oder die KI eigenständig Texte formuliert, wenn Kriege angefangen werden, die Polkappen schmelzen oder die Preise steigen. Vielleicht liegt es daran, dass wir selbst nicht in der Lage sind, irgendetwas durch eigenes Zutun zum Guten zu wenden.

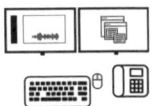
Die Redaktion war leer, als wir zurückkamen. Adolfine nahm den Lappen und wischte alles weg, was auf dem Whiteboard stand, und stellte den Fernseher an. Als die heute-Nachrichten herum waren, switchte sie zur Kulturzeit auf 3Sat.

»Ich hoffe ja immer, dass die mal einen Krimi von mir besprechen.« Sie lachte. »Und jetzt bist du dran. Was machst du hier? Stimmt es?«

»Was?«

»Dass du hier bist, weil man die Person, die interne Daten geleakt hat, immer noch nicht kennt. Dabei kann das doch gar nicht so schwierig sein. Die wissen doch, dass es von hier aus geschehen ist.« Adolfine deutete auf den Grund und Boden, auf dem die Rechner und Tische standen. »Dann überprüft man halt die Leute: Wer braucht Geld, wer hat die nötigen Computerkenntnisse, wer ist früher schon mal straffällig geworden, wer spekuliert mit Kryptowährung und hat Gewinne gemacht?«

»Scheint ja ganz einfach zu sein.«

»Na gut, ist es nicht. Sonst hätten sie den oder die wohl schon. Aber als Krimiautorin lernst du auch ein bisschen was über Polizeiarbeit. Für Cybercrime ist das BKA zuständig. Bist du vom BKA?«

»Wenn es so wäre, dürfte ich es nicht sagen. Aber ich bin nur eine kleine Zeitungsjournalistin, der man erlaubt hat, hier eine Weile mitzulaufen.«

»Und was interessiert dich daran?«

»Du stellst ja ziemlich indiskrete Fragen.«

»Ich bin Journalistin und Krimiautorin. Fragen stellen ist mein Beruf.«

»Es hat private Gründe. Ich will mich verändern.« Ich machte ein Gesicht, von dem ich hoffte, dass Adolfine »Problem mit einem Mann« herauslas. »Ist eine längere Geschichte. Aber eine

Frage könntest du mir jetzt auch beantworten. Was ist eigentlich mit eurer Kollegin, die vor einigen Wochen sang- und klanglos aus dem Dienst verschwunden ist?«

»Tatjana Kowalik?« Adolfine legte die Füße auf die Tischkante und lehnte sich im Stuhl zurück, dass die Lehne knirschte. »Das war ein ziemliches Drama mit der.«

»Wieso?«

»Sie fühlte sich von uns gemobbt.«

»Und, habt ihr?«

»Sie war schon sehr speziell. Sie hatte die Neigung, uns die Arbeit zur Hölle zu machen.«

»Also habt ihr.«

»So möchte ich das nicht nennen. Aber wenn eine sich ständig wie eine Chefin aufführt und alles besser weiß, wenn sie uns wegen Formulierungen abkanzelt, als wären wir Fünftklässler, eigenmächtig in Meldungen herumkorrigiert und zur Aktuellchefin rennt und behauptet, wir hätten alle kein Sprachgefühl und bräuchten Fortbildung und Training, am besten durch sie selbst, dann kann es schon mal sehr laut und gemein werden.«

Ich musste lachen. »Der hätte ich was gehustet.«

Sie lachte auch. »Ja, du gehörst auch nicht zu den Schüchternen. Das haben wir schon festgestellt. Wahrscheinlich nennt man das Mobbing. Man selber merkt es ja nicht, man fühlt sich im Recht. Eigentlich ist sie ganz nett, aber sobald sie sich hier an den Tisch gesetzt hat, war sie spöttisch, verächtlich, rechthaberisch und was nicht noch alles. Irgendwann gab es eine Brüllerei, zwei gegen eine, bis sie heulend rausrannte. Und keinem tat's leid.«

»Und was ist dann passiert?«

»Sie ist zur Personalvertretung gegangen. Es gab Gespräche, hört man, wohl nicht zu ihrer Zufriedenheit. Dann erschien sie unabgemeldet nicht zur Frühschicht. Ausgerechnet an dem Morgen, wo die IT bei uns nachts alle Rechner ausgetauscht hatte. Die haben das zwar vor der Schicht gemacht, aber natürlich funktionierte dann erst mal gar nichts. Wir mussten die Schreibmaschine hervorholen und haben zwei Stunden diktiert, bis der

IT-Notdienst kam. Töne gab es natürlich solange auch keine. Da hat man mal gemerkt, wie abhängig wir von diesen Kästen sind.«

»Und was macht Tatjana jetzt?«

»Ochs hält sich bedeckt, aber ich habe gehört, dass sie bis auf Weiteres krankgeschrieben ist.«

»Von wem?«

»Von Philine Elflein. Lach nicht, sie heißt wirklich so. Sie ist die Chefin unserer Aktuellabteilung, du wirst sie sicher noch kennenlernen. Ich kenne sie schon ganz lange, sie war auch mal Volontärin unter mir. Wir treffen uns noch ab und zu auf einen Kaffee.«

Und offenbar war Philine Elflein nicht gerade das, was man verschwiegen nennt. »Also, wenn das so ist …«

»Was hast du denn gedacht? Nachrichtenredakteurin auf mysteriöse Weise verschwunden, mit geheimen Daten auf der Flucht vor dem russischen Geheimdienst, entführt, ermordet?«

»Wie kommst du jetzt darauf?«

»Ich schreibe Krimis, schon vergessen? Wie willst du denn rauskriegen, ob jemand von uns an einem dieser Computer in die ARD-Datenbanken von Personalabteilung und Strategischer Planung eingedrungen ist?«

»Wäre interessant, wie man so was rauskriegt. Was würdest du sagen, als Krimiautorin?«

Adolfine lachte gutmütig. »In meinen Romanen kann ich mir die Welt so hinbiegen, wie die Ermittlerin es braucht. In Wirklichkeit hilft der Zufall. Oder es dauert lange. Und der Täter steht immer in der Akte. Alte Polizeiweisheit.«

Die vier Stunden bis Mitternacht gingen schneller rum, als ich befürchtet hatte, zwei Mal unterbrochen von einer Rauchpause auf dem Treppenabsatz. Wir schauten einen Krimi, von dem ich nichts mitbekam, weil Adolfine unaufhörlich dazwischenquakte. »Da! Der war's. Jede Wette. Oder die Frau. Den Täter erkennt man an der Dramaturgie. Es ist immer der prominenteste Schauspieler in einer Nebenrolle oder die Frau. Und beide haben immer anfangs ein wasserdichtes Alibi und kein Motiv.«

Das müssen Sie mir glauben! – Das laue Drama des Fernsehkrimis
Radioessay
Von Adolfine Fürbeck

Erzähler (sachlich): Der Ablauf eines Fernsehkrimis ist von der Sendezeit vorgegeben. Er dauert 45, 60 oder 90 Minuten und ist in drei Phasen unterteilt, die entsprechend ausgedehnt oder komprimiert werden.

Sprecherin (freudig): Man kann die Uhr danach stellen. In den ersten fünf Minuten gibt es …

Geräusch: Schuss

Ausrufer: Die Leiche.

Erzähler: Überraschungen gibt es dabei nicht. Entweder ein Jogger stolpert über die Leiche, ein Hund stöbert sie auf oder die Putzfrau findet sie im Wohnzimmer.

Geräusch: Schrilles Kreischen einer Frau

Erzähler: Oder aber wir sehen das Opfer noch ein paar Minuten leben. Zuerst arglos, dann in Angst. Wir sehen es wegrennen. Dann ein erhobener Arm und …

Geräusch: Schrilles Kreischen einer Frau

Sprecherin (freudig): Und nun kommen die Absperrbänder und die Leute in weißen Overalls. Die Kommissare ziehen sich Handschuhe an und beugen sich über die Leiche.

Erzähler: Die Frisuren der Kommissare bleiben allerdings schön, sie tragen keine Overalls und wenn, dann ohne Kapuze. Sie dürfen überall ihre DNA verstreuen und Fußspuren hinterlassen. Neuerdings ziehen sie sich Handschuhe an, bevor sie der Leiche das Handy aus der Tasche ziehen. Und dann raunzen sie die Gerichtsmedizinerin an, als sei sie eine Untergebene.

O-Ton 1: Können Sie schon was zum Todeszeitpunkt sagen?

Sprecher (streng): In Wirklichkeit jedoch ist die Rechtsmedizinerin eine Frau Professor Dr. und kommt fast nie an den Tatort.

Sprecherin (unwirsch): Wer will denn die Wirklichkeit haben? Also ich nicht.

Sprecher (beleidigt, belehrend): Es ist eigentlich ein Bereitschaftsarzt, der den Tod der Person feststellt. Und es ist die Staatsanwältin oder der Staatsanwalt, die kommen und entscheiden, ob die Leiche zur Leichenöffnung in die Rechtsmedizin geht oder nicht.

Sprecherin (stöhnt): Das dauert alles viel zu lang. So kommt ein Krimi nie in die Gänge.

Sprecher (verärgert): In Wirklichkeit lässt sich der Todeszeitpunkt auch nicht durch Augenschein am Tatort feststellen, sondern wird bei der Obduktion errechnet.

Erzähler (schlichtend, sachlich): Im Fernsehkrimi brauchen die Kommissare jetzt unbedingt einen Zeitraum für die Tat, damit der Krimi in Phase zwei eintreten kann.

Geräusch: Türglocke, schrilles Klingeln

Ausrufer: Die Ermittlungen.

Erzähler: Im mittleren Teil des Krimis – dem längsten – nehmen die Ermittler sich das Adressbuch des Opfers vor und fragen alle nach dem Alibi.

O-Ton 2: Wo waren Sie gestern Abend zwischen 22:30 Uhr und Mitternacht?

Erzähler: Der größte Teil war zur Tatzeit allein im Bett, vor dem Fernseher oder im Auto unterwegs. Hat also kein Alibi. Das hält den Kreis der Verdächtigen groß.

O-Ton 3: Ich war es nicht. Das müssen Sie mir glauben!

Sprecherin (freudig auftrumpfend): Und wer zunächst ein wasserdichtes Alibi hat, ist später der Täter. Oder die Täterin.

Erzähler: Des Weiteren wird nach dem Motiv gesucht, und alle Verdächtigen haben ein Motiv.

Sprecherin: Ausgenommen der prominenteste Schauspieler in einer Nebenrolle oder die Frau. Und einer von beiden war es.

Sprecher (streng): In Wirklichkeit ermitteln nicht nur zwei Kommissare, die sich auch noch ständig streiten, sondern eine dreißigköpfige Sonderkommission, die ...

Sprecherin: Hör mir auf! Viel zu viel Personal, völlig unrealistisch, da steigt niemand durch.

Erzähler: Zum Ende der Phase zwei wird schließlich jemand festgenommen.

Sprecherin: Aber der war es natürlich nicht. Wir haben ja noch viel zu viel Zeit bis zum Ende.

Erzähler: Genau. Es sei denn, der Verdächtige schlägt sich im Verhör so gut ...

O-Ton 4: Ich sage nichts mehr ohne meinen Anwalt.

Erzähler: ... dass er wieder laufen gelassen werden muss. Und dann kann er später mit einem Trick doch noch als Täter überführt werden oder ...

Sprecher: In Wirklichkeit ...

Sprecherin: Kscht! Ruhe da drüben!

Sprecher (verärgert): Aber das geht so nicht! Fallen stellen und austricksen ist nicht erlaubt. Und vor jeglicher Vernehmung, wirklich jeder Befragung, muss eine Rechtsbelehrung stattfinden.

Sprecherin: Geschenkt.

Erzähler: Oder aber der Beschuldigte bleibt die berühmten 24 Stunden in Polizeigewahrsam oder sitzt sogar in U-Haft und es geschieht ein weiterer Mord und er kann es nicht gewesen sein. Die Ermittler sind ratlos. Alle Verdächtigen sind durch, alle Spuren sind abgearbeitet. Und damit beginnt Phase drei.

Geräusch: Polizeisirene

Ausrufer: Die Jagd auf den Täter.

Erzähler: Im Anderthalb-Stunden-Krimi richtet sich das Augenmerk auf den wahren Täter ziemlich genau zu Beginn der letzten Viertelstunde.

Sprecherin: Halb zehn, man kann die Uhr danach stellen.

Erzähler: Ein DNA-Testergebnis trifft ein, auf das man die ganze Zeit gewartet hat, ein Alibi erweist sich plötzlich als falsch, ein Kommissar erinnert sich an irgendein verräterisches Wort, das ganz am Anfang fiel. Und nun nimmt die Handlung Fahrt auf.

Sprecherin (freudig): Es wird gerannt und geschossen. Es gibt eine Verfolgungsjagd mit Autos. Die Kommissare dringen mit Pistolen am langen Arm in ein Haus ein. Die übereifrige Kommissarin wird vom Täter als Geisel genommen und hat ein Messer am Hals.

O-Ton 5: Messer weg! Machen Sie sich nicht unglücklich!

O-Ton 6: Runter mit den Waffen oder sie ist tot!

O-Ton 7: Sie können nicht entkommen, legen Sie das Messer nieder!

Sprecher 2 (müde): In Wirklichkeit würden sich Polizisten natürlich nie so verhalten. Man würde …

Sprecherin: Jaja, schon gut. Wissen wir.

Erzähler: Meistens legt der Täter im Showdown spontan ein Geständnis ab und erklärt zutiefst emotionalisiert, warum er die Tat begangen hat.

O-Ton 8: Ich habe es nicht gewollt. Aber sie hat gelacht, sie hat einfach nur gelacht.

Sprecherin: Und wenn die Frau fünf Minuten vor Ende sagt, »ich war's«, dann war es garantiert ihr Sohn.

Erzähler: Schließlich kann der Täter oder die Täterin von Uniformierten zu einem Polizeiwagen geführt werden. Einer der Beamten fasst ihm oder ihr beim Einsteigen auf den Kopf.

Sprecher 2: Obgleich das nur nötig wäre, wenn er auf dem Rücken mit Handschellen geschlossen wäre. Ist er aber nie. Mit echter Polizeiarbeit hat der Fernsehkrimi nicht das Geringste zu tun.

Sprecherin: Das erwartet auch niemand. Wir wollen nur eine gute Geschichte sehen. Und am Ende Gerechtigkeit.

Erzähler: Im Fernsehkrimi geht es um das Spiel zwischen Normalität und Abweichung. Die Ermittlerinnen und Ermittler oder andere positiv dargestellte Figuren verkörpern dabei das allgemein anerkannte Meinungsspektrum. Die anderen Figuren sind Charaktermasken.

Sprecherin: Politiker sind korrupt, Wirtschaftsbosse skrupellos, die Bahn verspätet, Frauen erfinden Vergewaltigungen. Schriftsteller klauen Ideen von anderen. Alles nicht echt. Das ist mir schon klar. Aber es ist so schön ordentlich.

Erzähler: Radikale Meinungen tauchen auch nicht auf. Und wenn, dann werden sie von den Ermittelnden bewertet. Sie geben vor, in welchem Rahmen ein Thema gedacht und was gesagt werden darf. Geht es um Themen wie Geflüchtete, Asyl oder Ausländerkriminalität, werden rechtsstehende Figuren immer negativ dargestellt. Bei politisch motivierter Gewalt zum Beispiel von Klimaaktiven ist es zwar möglich, dass die Ermittelnden Verständnis für die Motive aufbringen, sie weisen Gewalt als politisches Mittel aber stets zurück.

Adolfine holte aus ihrer Tasche eine Vesperdose mit Brot und Möhren. Mir fiel auf, dass ich Hunger hatte. Aber es war zu spät. Die Kantine hatte seit zwanzig Uhr zu. »Das hätte ich dir sagen müssen«, sagte Adolfine. »Willst du was abhaben?«

»Nein danke, lass mal.«

Wir schauten auf verschiedenen Fernsehbildschirmen die Nachrichtenmagazine und fragten uns, warum Unterwasser und ihre Anstandsdame nicht mehr vorkamen. War dann doch von sehr begrenzt lokaler Bedeutung, dachten wir erst. Aber dann lasen wir die Agenturmeldungen, und Adolfine fing an zu kichern. »Du bist schuld, Lisa.« In allen Agenturmeldungen nach 17 Uhr waren an die Zitate von Unterwasser aus dem Fernsehinterview unserer Anstalt ebenfalls die Zahlen des Statistischen Bundesamts angehängt.

Gegen zehn rief Kamila an und erzählte, die Faschos würden Mülltonnen anzünden und Schaufenster einschlagen im Baumviertel der Stadt, deren Namen ich nicht nenne. In den Agenturen fanden wir dazu noch keine Meldung. Um Viertel vor elf kam der Take von der Pressekonferenz der Polizei zu dem Todesfall im Zuge der Räumung des besetzten Hauses. Demnach hatte er gar nichts mit der Räumung zu tun, die Tat hatte sich am Rand unter Jugendlichen ereignet, die wegen eines Handys in Streit geraten waren. Der Reporter erwähnte, dass es zu Ausschreitungen gekommen sei, weil es zunächst geheißen habe, das Opfer sei von Linksautonomen erstochen worden. Die Polizei habe die Lage wieder beruhigt.

Ich stöberte gegen elf in den sozialen Medien dann noch einen Bericht des *Stadtblatts* auf, in dem die Polizei dem Redakteur auf Nachfrage mitgeteilt hatte, dass die Identität der kopflosen Frauenleiche aus dem Kanal geklärt sei, und schrieb für den Frühdienst eine fünfzeilige Meldung dazu. Die Geschichte war die, dass in dem kleinen Ort Luka bei Kiew vor vierzehn Tagen eine Frau von ihrer Familie vermisst gemeldet worden war, die sich als Pflegekraft in Deutschland aufhielt, aber seit Anfang August nicht mehr erreichbar gewesen war. Das Fahndungsersuchen aus der Ukraine war schließlich über IKPO, auch bekannt als Interpol, beim BKA und dann bei der hiesigen Polizei gelandet. Ein Genabgleich hatte Gewissheit erbracht. Die Familie hatte sich die letzte Adresse der Frau nicht gemerkt, denn sie war von der Vermittlungsagentur für Pflegekräfte alle paar Monate woanders eingesetzt worden. Warum sie von der Agentur nicht vermisst worden war, hatte den Journalisten des *Stadtblatts* nicht interessiert. Anna Malynka war 29 Jahre alt geworden, verheiratet gewesen und hinterließ zwei kleine Söhne. Das Foto zeigte ein freundliches und offenes Gesicht mit dunklen schulterlangen Haaren. Ich fotografierte es mit meinem Phone vom Bildschirm ab.

Und dann, endlich-endlich, durfte ich die Redaktion verlassen, zur feuerroten Adolfine Tschüss sagen, die mit dem Fahrstuhl in die Tiefgarage fuhr, mit einem »Gute Nacht« an der Pförtnerin vorbeigehen und hinaustreten in die Nacht, mein Fahrrad aus dem Unterstand holen und gegen den Westwind durch leere Straßen und eine kaum beleuchtete Grünanlage nach Hause radeln. Sandras Wohnung war feuchtkalt. Ich verwarf die Idee, noch einen Bericht für Richard zu schreiben, morgen reichte auch noch, und fiel ins Bett. Adolfines Anekdoten-Stimme orgelte mir im Kopf herum, Gesichter kreiselten. Himmel, konnte Arbeit fertigmachen!

Sonne hatte das Grau aus der Stadt gewischt. Ich radelte durch Straßen mit Industriebauten, weiß-rot gestreiften Häusern am blauen Kanal, aufgelassenen Fabriken, mit bunter Kultur gefüllt, und Gründerzeitvillen. Ich kam an einem brutalistischen Konzerthaus vorbei, vor dem ein Brunnen mit geflügelten Bronzepferden stand. Auch ein altes Rathaus mit Renaissancezwerggiebeln und Arkaden gab es, nicht weit davon eine ernüchternde Fußgängerzone mit Einkaufsgalerien, wie sie in jeder Stadt vorkamen. Dann wieder ganze Viertel mit gewaltigen Backstein- und Sandsteinhäusern, von denen wir in Stuttgart vielleicht ein kleines hatten und das nannte sich Universität, Straßenzüge mit Bürogebäuden in Weiß und Glas oder Wohnblocks aus Alt und Neu und immer wieder Parks und Wasser.

Kamila hatte sich mit mir im *Café Kuchentraum* in der Fliederstraße verabredet. Sie hatte mich auf dem Handy angerufen, gleich nachdem das Sekretariat der Nachrichtenredaktion mir per Anruf mitgeteilt hatte, dass ich heute nicht um 12 kommen solle, sondern um 17 Uhr, um die Spätschicht, die ich ja schon kannte, alleine zu machen, weil sich ein Redakteur krankgemeldet hatte.

Sie saß in der Sonne an einem Tischchen vor dem Lokal. Der Rucksack stand neben ihr am Stuhl und keinen Meter entfernt war ein beige-goldenes Retrorennrad von Peugeot angekettet.

»Deins?«

Sie nickte.

Ich stellte meine violette Veronika dazu und setzte mich ihr gegenüber auf den Holzklappstuhl, der auf dem unebenen Pflaster wackelte. Die Sonne holte bläuliche Funken aus ihrem schwarzen Haar, das sie nach hinten gebunden hatte.

An den anderen Tischen saßen nur Weiße. Eigentlich hätte mir bei meinem gestrigen Stromern durch das Funkhaus schon auffallen können, dass ich mich unter Weißen befand, die natürlich nicht weiß waren, sondern gelblich, rötlich, bräunlich, rosig. Zur Unterscheidung hatte ich aber nur Haarfarben oder Augenfarben abgespeichert, während Kamila in meinem Wiedererkennungsraster eine Hautfarbe bekommen hatte.

Bei einem explorativen Interview oder einem erzählenden Gespräch geht es um eine Annäherung an ein Thema und an eine Persönlichkeit, die für dieses Thema steht. Das Interview findet meistens im Studio statt, wenn es für den Hörfunk ist.

Moderator: Guten Morgen. Herzlich willkommen zu unserem Radiotalk auf Welle 1. Bei mir im Studio sitzt Dieder Harper.
Dieder: Guten Morgen.
Moderator: Dieder, Sie haben eine Dozentur für Linguistik an der Universität, betreiben ein Lektoratsbüro und führen einen Blog über Schreibtechniken. Ich habe Sie vor der Sendung gefragt, wie ich Sie unserem Auditorium beschreiben soll. Und Sie haben mir gesagt, ich soll Sie Dieder nennen und sagen, Sie haben eine weiße Hautfarbe. Und das ist schon unser Thema. Wenn wir in Texten oder Romanen die Hautfarbe von Menschen erwähnen, dann sind sie bei uns meistens schwarz oder braun.
Dieder: Ja, die meisten Bücher handeln bei uns von weißen Menschen, dieses Bild sitzt tief. Wir stellen uns im Grunde alle Figuren in Romanen weiß vor. Wir leiden unter einer Colour Blindness. Wir sehen weiße Menschen als normal, während wir BIPoC ...
Moderator: Den Begriff sollten wir kurz erklären.
Dieder (lacht kurz): Die Abkürzung steht für Black, Indigenous and People of Colour. Sie steht für eine Verbundenheit durch ähnliche Rassismuserfahrungen, die Schwarze und indigene Menschen machen. Der Begriff ist politisch, weil er selbstdefinierend und ermächtigend ist.
Moderator: Das heißt, nicht wir Weißen haben ihn eingeführt, sondern die Gemeinschaft der People of Colour schlägt ihn vor. Aber

was bedeutet das für uns? Darf man heute überhaupt noch Hautfarben beschreiben?

Dieder: Wenn man es den Lesenden selbst überlässt, die Hautfarben zuzuteilen, sehen sie die meisten Figuren weiß. BIPoC werden aber aufgrund ihrer Hautfarben diskriminiert und haben damit andere Lebensrealitäten. Deshalb sollte man mitteilen, dass eine Figur eine Hautfarbe hat, die dazu führt, dass sie die soziale Umwelt anders erlebt als die Mehrheit von uns. Dabei sollten wir allerdings darauf achten, kein Othering zu betreiben.

Moderator: Othering meint Ausgrenzung?

Dieder: Ja, wenn wir das machen, schreiben wir den Anderen bestimmte Eigenschaften zu, die sie haben, aber wir nicht. Auch wenn man diese Eigenschaften positiv sieht, werden sie als von der Norm abweichend dargestellt. Und das geschieht innerhalb eines Machtgefälles. Die als anders Beschriebenen sind von Diskriminierung betroffen und haben kaum Möglichkeiten, sich gegen die Zuschreibungen zu wehren.

Moderator: Werden wir mal konkret. Wie soll man es nun machen, ohne zu diskriminieren, was ja erst einmal gar nicht in der Absicht eines Autors oder einer Autorin liegen mag.

Dieder: Zunächst einmal können wir das Adjektiv »schwarz« groß schreiben, um zu zeigen, dass es keine konkrete Farbe ist, sondern eine politische Bezeichnung. Unsere Beschreibung sollte auch nicht implizieren, dass die Person eine besondere Fähigkeit hat, weil sie Schwarz ist. Wenn wir nur die Hautfarbe Schwarzer Menschen beschreiben, das aber nicht bei weißen Menschen tun, verstärken wir das Bild der weißen Dominanzgesellschaft. Wir müssten uns also angewöhnen, verschiedene Hautfarben zu beschreiben.

Moderator: Also meine Hautfarbe wäre dann ... ja ... ich bin der keltische Typ, vielleicht ein rosafarbenes Beige ...

Dieder: Hähnchenfleischfarben.

Moderator (lacht): Das klingt aber nicht schön.

Dieder: Da gebe ich Ihnen recht. Ich habe das Bild benutzt, um Ihnen zu zeigen, wie unangenehm es ist, mit Nahrungsmitteln verglichen zu werden. Das geschieht aber bei BIPoC sehr oft, gerade, wenn wir beweisen wollen, wie offen und sensibel wir sind. Mittelbraune bis dunkelbraune Haut wird dann mit Lebensmitteln beschrieben: Schokolade, Kaffee oder Karamell. Aber das ist fetischisierend. Und sexualisierend.

Moderator: Was genau Sie damit meinen, werden wir nach der Musik noch genauer betrachten. Wir hören den Song »Skin« von der Schwarzen Schweizerin Naomi Lareine.

Musik: Naomi Lareine: Skin. (Refrain: I don't wanna be in my skin, skin, skin ...)

Moderator: Vor der Musik habe ich Dieder gefragt, warum der Vergleich von dunkler Hautfarbe mit Schokolade oder Karamell diskriminierend ist.

Dieder: Genauer fetischisierend. Ich saß einmal dabei, wie ein weißer Typ versucht hat, eine Person of Colour zu verführen. Er sagte zu ihr, sie wäre wie ein Schokotörtchen, zum Anbeißen. Auch wenn es als Kompliment gemeint war, zeigt es doch, dass diese Begriffe, insbesondere Schokolade, oft mit Übergriffigkeit und Aneignung zu tun haben.

Moderator: Ich habe aber einmal gehört, wie eine, äh, Person of Colour sich selbst als Toffifee bezeichnet hat.

Dieder: Das ist ihr Recht als Schwarze Frau. Meine Schwarzen Freundinnen witzeln auch ständig mit »Er will Schokolade haben« herum. Aber das ist nichts, was weiße Menschen tun sollten.

Moderator: Aber wie mache ich es nun, ohne es verkehrt zu machen?

Dieder: Wir haben ja Wörter für Farben: Schwarz, Braun, Beige, Weiß, Rosa für einfache Farben und für komplexere: Umbra, Sepia, Terrakotta, Gold, Loh, Taupe, Khaki, Chamois ...

Moderator: Da muss man sich aber ganz schön auskennen. Ich weiß zum Beispiel nicht, was die Farbe ... wie sagten Sie? ... Taupe ist.

Dieder (lacht): Wenn Sie eine Frau wären, hätten Sie es in x Beschreibungen von Blusen oder Jacken gelesen. Taupe ist bräunliches Grau. Und man kann ja heute auch alles googeln und sich helfen lassen. Wenn ich in einem Roman eine Person beschreiben will, könnte ich sagen: »Sie war groß und schlank, ihre Haut hatte einen Ockerton.« Oder ein blasses Rosa.

Moderator: Aber mal ehrlich, mich stört es nicht, wenn ich in einem Buch lese, seine Haut hatte die Farbe von Kaffee oder Schokolade, dabei denke ich nicht zuerst an … an Aneignung, wie Sie sagen, oder an Sexualität, ich kann die Figuren nur besser vor mir sehen.

Dieder: Sie stört das natürlich nicht, denn es betrifft Sie nicht, es geht ja um die dadurch als anders Gekennzeichneten. Die könnte es aber stören und sie können nichts dagegen machen.

Moderator: Das verstehe ich schon, aber wenn jemand über mich schreibt, mein Gesicht sei rosa wie ein Schweinchen, kann ich auch nichts dagegen machen. Ist das dann nicht auch diskriminierend?

Dieder (unterdrückt ein Seufzen): Es ist nicht nett. Es zeigt, dass jemand Sie verächtlich machen will. Da sind wir uns einig. Aber es ist nicht politisch.

Moderator: Also Schweinchenfarbe darf ich schreiben, kaffeebraune Haut nicht?

Dieder: Es geht nicht um dürfen oder nicht dürfen. Es ist Ihre Entscheidung. Falls Sie BIPoC respektvoll und nicht ausgrenzend beschreiben wollen, dann lohnt es sich zuzuhören, was sie sagen und was sie als herabwürdigend erleben und was nicht. Das ist in einer weiß-dominierten Gesellschaft eben auch politisch. Begriffe wie Kaffee oder Kakao sind eng mit dem Kolonialismus verknüpft, das Ausbeuten von Kaffee und Kakao führte zur Versklavung Schwarzer Menschen. Und wie zeigt man am besten, dass man andere dominiert? Indem man sie frisst.

»Wie geht's«, fragte ich. »Die Nacht gut überstanden?«

»Geht so. Die Faschos haben die halbe Nacht Terror gemacht. Das machen die immer wieder bei uns im Viertel, bis die Cops kommen.«

Ich hatte Gedankenblockade und schwieg. Ich stellte mir vor, wie Kamila und ihre Leute in den Wohnungen saßen und sich nicht raustrauten. Ich stellte mir vor, dass sie als Schwarze mit einer Grundangst unterwegs war, immer mit Schulterblick, immer prüfend, wer entgegenkam. Und in manche Viertel dieser

Stadt und in manche Gegenden Deutschlands begab sie sich überhaupt nicht. Ich sagte mir, dass ich mir ein Leben in Dauerwachsamkeit nicht vorstellen konnte. Und das, obgleich ich eine Frau war, die immer damit rechnen musste, dass ein Mann beschloss, er habe das Recht, mir was hinterherzurufen oder mich anzufassen. Entspannt war doch auch ich nie unterwegs. Mein ganzes Leben lang nicht. Aber das war nur ein Schatten der Erfahrungen, die Kamila machte. Und mir fiel nicht ein, wie ich ihr hätte vermitteln können, dass ich mich als Frau in der Hierarchie des öffentlichen Raums ganz unten mit ihr verwandt fühlte und dennoch wusste, dass ich ein oder zwei Stufen über sie gestellt war. Und dass mich das beschämte, denn hätten wir – auch ich – uns nicht schon längst viel mehr anstrengen müssen, den Männern die totale Gewalt über unser Dasein zu nehmen?

»Hast du schon gefrühstückt?«, fragte Kamila. »Die haben hier ein gutes Müsli, selber gemacht, nur regionale Produkte.«

Ich dankte ihr im Stillen für meine Entlastung. »Warum nicht mal Müsli.« Wir blickten uns nach der Kellnerin um, die am Nebentisch bei einem weißen Pärchen stand. Wir hatten Glück mit dem Wetter. Nur kühl war es noch. Kamila saß in ihrem rotschwarz karierten Overjacket da, ich in Sandras Gladstone mit Schultercape und Schottenfutter.

»Ich habe mich gefreut, dass du angerufen hast«, eröffnete ich schließlich. »Woher hattest du meine Handynumber?«

»Ich bin Journalistin.« Sie lächelte. »Ich hätte nur im Sekretariat anzurufen brauchen, aber ich habe dich gestern schon gegoogelt und einige Artikel von dir im *Stuttgarter Anzeiger* gefunden. Über eine Übung der Höhlenretter in der Wimsener Höhle und einen Tag mit dem Schäfer auf der Schwäbischen Alb. Du wirst auf der Internetseite der Zeitung als Autorin geführt, mit Mobilnummer. Dabei bin ich übrigens auch auf diese wilde Story mit Juri Katzenjakob gestoßen, der angeblich durch Telepathie gemordet hat, das ging damals ziemlich durch die Presse, auch international mit Fotos von dir.«

»Ach du meine Güte.«

»Und seine Leiche wurde nie gefunden? Sehr mysteriös. Ich vermute aber, das ist nicht die ganze Wahrheit, es klingt nach einem mega Sike. Einer, der durch Gedankenkraft tötet, das ist bizarr.«

»Das ist echt lange her.«

Kamilas Augen glitzerten. »Verstehe. Journalistinnengeheimnis. Du hast mit einem Staatsanwalt zusammengearbeitet.«

Die Kellnerin trat an unseren Tisch. »Was darf es sein?«

Wir bestellten Kaffee und Müsli.

»Nein, kein Geheimnis«, sagte ich dann, »nur eine sehr lange Geschichte. Und du hast mich sicher nicht angerufen, damit ich dir Schwänke aus meinem Leben erzähle?«

»Du redest nicht gern über dich?«

»Ich kenne mich schon. Ich höre lieber, was ich noch nicht kenne.«

»Akkurat«, antwortete Kamila und grinste. »Ich bin auch lieber neugierig.«

Die Welt um uns herum verschwand, es gab nur noch den Tisch, auf dem bald Kaffee und Müsli standen, und das Band zwischen uns. Ich beschränkte mich auf die Essentials meines langen Lebens: Tochter von Nachkriegsflüchtlingen aus Ostpreußen, Vater früh verstorben, Mutter erzkatholisch, auf dem Dorf groß geworden, nie reingepasst, Fremdsprachensekretärin gelernt, Heirat mit einem Saftfabrikanten, der bei einem Unfall ums Leben kam, gelangweilte Luxusexistenz mit Neigung zu detektivischem Verhalten und Rollenwechseln, identitätslos, heute sagte man nicht-binär, im Alltag weiblich gelesen und verheiratet mit diesem Staatsanwalt.

»Und jetzt ermittelst du undercover bei uns wegen der geleakten ARD-Adressen.«

»Wer behauptet denn so was?«

»Adolfine. Man verdächtigt jemanden von uns, richtig?«

»Adolfine ist Krimiautorin, sich solche Geschichten auszudenken, ist ihr Tagesgeschäft. Wer von euch hätte denn was davon?«

»Für solche Daten kriegt man viel Geld.«

»Ja, mag sein, aber wem nützen sie wirklich?«

»Denen, die uns Angst machen wollen, Journalistinnen wie mir. Uns einschüchtern, verunsichern. Ich bin sofort aus meinem Zimmer ausgezogen, erst mal zu meinem Freund …«

»In das besetzte Haus?«

»Ja, und das habe ich sonst niemandem mitgeteilt, meine offizielle Adresse ist immer noch die Lindenstraße. Da geht die Post hin.«

»Und jetzt? Das Haus wurde doch geräumt.«

»Jetzt wohne ich wieder in meinem Zimmer im Offenen Friedenshaus, geht nicht anders, und Lou ist auch dort untergekommen. Das Haus gehört einer Genossenschaft, ich habe auch Anteile. Du musst mich mal besuchen kommen.«

Und dann erzählte sie mir ihre Geschichte. Vor 24 Jahren war sie in Hamburg als Tochter eines Eritreers und einer Afghanin aus der Ethnie der Hazara auf die Welt gekommen. Ihre Großeltern mütterlicherseits waren vor dem Bürgerkrieg 1978 aus Afghanistan nach Westdeutschland geflohen, damals wurden die schiitischen Hazaras gejagt und getötet. Ihr Vater war während des eritreischen Unabhängigkeitskriegs geflohen, der bis 1993 dauerte. Als Kamila fünf war, wurde er auf der Straße von Rechten erstochen. Ihre Mutter arbeitete als Putzfrau. Kamila ging in Hamburg zur Schule, dann starb ihre Mutter an Krebs, und ihre Tanten und Onkel in Afghanistan entschieden, dass sie zu ihnen nach Kabul kam. Da war sie zwölf Jahre alt. Damals waren die NATO-Truppen noch im Land, man bemühte sich um Friedensgespräche mit den Taliban. Obwohl sie ein Mädchen war, durfte sie weiter zur Schule gehen. Mit 14 wusste sie, dass sie Journalistin werden wollte. Sie bloggte über das Leben der jungen Frauen in Kabul, über ihre Träume und über die Hindernisse, die man ihnen in den Weg legte, und erfuhr die ersten Anfeindungen. Einmal lauerten ihr drei Männer auf dem Heimweg von der Schule auf. Was sie genau gewollt hatten, blieb unklar, denn Kamila konnte sich nach einigen Schlägen und Tritten losreißen. Sie war schon immer eine gute Läuferin gewesen. Danach setzte sie alles daran, übers Internet in Hamburg Leute zu finden, die sie aufnehmen würden, eine Organisation half, und ihr Onkel erlaubte ihr die Rückreise, vermutlich froh, die junge Frau loszuwerden, die ihm und seiner Familie nur Probleme machen würde. Sie machte ihr Abitur, wurde volljährig, war frei, ging zum Studium nach München, machte bei Welle 1 ein Volontariat und wurde als Feste Freie in die Nachrichtenredaktion übernommen, die aber nicht ihre Endstation sein würde. Als die Taliban Afghanistan erneut überrannten, fragte eine Zeitung sie, ob sie Kontakte habe, und so entstand eine Serie über couragierte afghanische Frauen, Filmemacherinnen, Programmiererinnen, Journalistinnen, Ärztinnen, die nicht mehr arbeiten durften und über ihren Schmerz berichteten, ihre Angst vor dem Verlust der Heimat und über das, was alle Mädchen und Frauen verloren hatten: Freiheit, Selbstbestimmung und Lebensfreude.

»Leute wie ich sind immer in Gefahr«, sagte Kamila. »Es braucht nur irgendein paschtunischer Jihadist zu meinen, einer wie mir müsste man Zucht und Ordnung beibringen. Und wenn der weiß, wo ich wohne ...«

»Hm.« Wie wahrscheinlich das war, konnte ich nicht beurteilen.

»Aber das ist nicht der Grund, weshalb ich mit dir reden wollte.« Sie schob die leere Müslischüssel von sich. »Zahlen wir?«

Erst jetzt nahm ich die Umgebung wieder wahr. An dem Nebentisch tippte das blasse Pärchen stumm auf ihren Handys herum. Hinter mir hörte ich eine Frau sagen: »So kann das nicht weitergehen. Es muss alles anders werden. Das mit den Preisen, den Mieten, mit der Kriminalität, den vielen Ausländern, einfach alles.« Ein paar junge Männer in Jogginghosen mit schwarzen French-Crop-Frisuren machten sich auf dem Gehweg breit. Links von meinem Fuß hüpfte ein Spatz und suchte Krümel.

Wir zahlten und banden die Fahrräder los.

»Wir könnten an den Traumsee fahren«, schlug Kamila vor. »Ist nicht weit.«

Es gab keinen Grund, warum ich nicht damit hätte einverstanden sein sollen. Sie schwang sich auf ihr beige-goldenes Rennrad. Ich bestieg die violette Veronika und versuchte an ihr dranzubleiben. Sie kannte sich aus, bog in Seitenstraßen ab, nutzte Durchgänge zwischen Häuserblocks. Schnell waren wir in einem dieser Grünzüge mit erratischen Wegen, die zu Brücken über einen Fluss oder Kanal führten, die man erst im letzten Moment erkannte. Nach wenigen Minuten hatten wir das Ufer eines blauen Sees erreicht, über den sich alte Bäume beugten.

Wir stiegen ab und schoben die Räder neben uns her. Feuchter Kies knirschte unter den Reifen und unseren Sohlen, ich hörte das Schilp-Schilp eines Zilpzalps und den Schrei eines Spechts. Im seichten Ufer meditierte ein Graureiher. Außer uns war kein Mensch unterwegs. Geheimnisse konnten freigelassen werden.

Mit einem Seufzer fing Kamila an zu sprechen. »Ich finde es gerade truly frustrierend, weißt du? Das ist mir gestern wieder krass deutlich geworden, als du die Unterwasser-Meldung hinterfragt hast. Ich habe gar nicht mehr die Kraft für diese Fights, und die anderen auch nicht. Ich unterstelle niemandem in unserem Laden, dass er oder sie glaubt, die Erderwärmung werde von der Sonne verursacht oder dass es dieses fucking Coronavirus nicht gibt. Aber warum müssen wir dann diesen Leuten, die das glauben, immer wieder unsere kostbare Sendezeit geben? Warum können wir nicht einfach sagen, das ist verbaler Sondermüll, weg damit.«

»Weil Hanns-Joachim Friedrich …«

Sie nickte, sie hatte Medienwissenschaften studiert, da war ihr der alte weißhaarige *Tagesthemen*-Geburtshelfer untergekommen.

»… mal gesagt hat: ›Distanz halten, sich nicht gemein machen mit einer Sache, auch nicht mit einer guten.‹ Oder so ähnlich.«

»Den habe ich mal soooo bewundert. Genau. Ich wollte sein wie er. Schwarze Mädchen wollen immer sein wie weiße Männer. Aber inzwischen … ich weiß nicht … Es macht uns ohnmächtig. Statt das Gute und Sinnvolle in den Medien groß zu machen, fokussieren wir uns aufs Böse und Schädliche und machen das groß. Nur damit man uns nicht vorhält, wir machten uns mit dem Guten gemein. Das ist voll paradox.«

»Und der schlechten Journaille fällt die Entscheidung sowieso ganz leicht, weil sie an Quoten und Klicks denkt, und die bringt nur das Monströse und Abseitige.«

»Genau. Und deshalb geraten wir immer tiefer hinein in die Schweigespirale.«

Das Funkkolleg war bis 2021 ein Weiterbildungsangebot im Medienverbund mit Arbeitsunterlagen für Interessierte, unabhängig vom Schulabschluss. Das Bildungsangebot wurde ursprünglich vom Hessischen Rundfunk ins Leben gerufen, um Lehrerinnen und Lehrern eine ergänzende Qualifizierung für Sozialkunde zu ermöglichen. Es lebt heute im Netz als Podcasts und YouTube-Videos fort.

1981: Die Theorie der Schweigespirale – Funkkolleg
Intro Titelmusik
Redakteurin: hr-Info, Funkkolleg Kommunikation, Folge 3: Die Schweigespirale, eine Sendung mit Gisela Mundraub.
Professor: Und Justus Schneider.
Musik ausblenden
Redakteurin: Wir stellen uns heute einander gegenseitig vor. Justus Schneider ist Professor. Sein Lehrstuhl ist am Institut für Sozialwissenschaften, und er leitet den wissenschaftlichen Beirat für unser Funkkolleg über Sozialwissenschaften.
Professor: Und Gisela Mundraub hat die Reihe über Kommunikation ins Leben gerufen. Sie ist Wissenschaftsredakteurin.
Redakteurin: In dieser Ausgabe des Funkkollegs fragen wir uns, wie es eigentlich kommt, dass in den Medien auf einmal eine bestimmte Meinung zu einem Thema vorherrscht.
Professor: Die Kommunikationswissenschaftlerin Elisabeth Noelle-Neumann hat dazu eine Theorie entwickelt, die auch als Buch erschienen ist.
Redakteurin: Die Theorie der Schweigespirale. Bevor wir uns nachher mit einzelnen Beispielen beschäftigen, fassen wir die Theorie einmal kurz zusammen.
Professor: Ausgangspunkt ist ein einfaches menschliches Verhalten:

Wenn meine eigene Meinung der Meinung widerspricht, die als vorherrschend betrachtet wird, dann bekomme ich Hemmungen, sie zu äußern.

Redakteurin: Denn ich will nicht als dumm dastehen. Ich möchte zu denen gehören, die Bescheid wissen.

Professor: Mehr noch: Die meisten Menschen fürchten soziale Isolation. Sie beobachten deshalb ständig das Verhalten anderer, um einschätzen zu können, welche Meinungen und Verhaltensweisen in der Öffentlichkeit Zustimmung oder Ablehnung finden. Das ist die Grundlage der Schweigespirale.

Redakteurin: Wir Frauen kennen das, wenn es um Mode geht. Eine Jugendliche, die nicht das trägt, was angesagt ist, fühlt sich nicht dazugehörig. Manchmal wird sie auch verspottet. Für Meinungen gilt das ebenfalls.

Professor: Wissenschaftlich formuliert heißt das: Menschen üben Isolationsdruck auf andere aus. Deshalb neigen Menschen dazu, ihre eigene Meinung zu verschweigen, wenn sie denken, dass sie sich andernfalls dem Isolationsdruck anderer aussetzen würden.

Redakteurin: Und die anderen, diejenigen, die öffentliche Unterstützung spüren, weil überall in den Medien und von Politikern das Gleiche gesagt wird, neigen wiederum dazu, ihre Meinung laut und deutlich zu äußern. Sie fühlen sich stark.

Professor: Und genau das setzt die Schweigespirale in Gang. Laute Meinungsäußerungen auf der einen Seite und immer mehr Schweigen auf der anderen Seite.

Redakteurin: Aber bei diesen Meinungsmachern muss es sich nicht um die Mehrheit der Gesellschaft handeln. Wir kennen ja den Begriff der schweigenden Mehrheit.

Professor: Richtig. Für das Gewicht, das eine Meinung in der Öffentlichkeit bekommt, ist es nicht entscheidend, wie groß die jeweiligen Meinungslager sind. Die Meinung einer Minderheit kann in der Öffentlichkeit als Mehrheit erscheinen, wenn ihre Anhänger nur selbstbewusst genug auftreten und ihre Meinung laut vertreten. Gerade die Massenmedien, vor allem das Fernsehen, können erheblichen Einfluss auf die Zuschauer ausüben, wenn sie eine bestimmte Meinung immer wieder präsentieren, sodass sie als Mehrheitsmeinung erscheint. Auf diese Weise setzen sie den Einzelnen unter Druck, sich nicht andersartig zu äußern.

Redakteurin: Und davon merke ich selbst nichts. Es wird mir nicht bewusst.

Professor: Oftmals merken wir es selbst nicht, das stimmt. Denn Isolationsfurcht und Isolationsdrohung wirken unterschwellig. Die meisten Menschen denken nicht bewusst darüber nach, ob sie ihr Verhalten an der öffentlichen Meinung orientieren und wie sehr sie das tun.

»Wir denken darüber nach«, sagte Kamila, »wie wir die schweigende Mehrheit stärken und zu Meinungsäußerungen ermutigen könnten.«

»Wer wir?«

»Die Net Observers. Sie sind über die ganze Welt verteilt. Die ersten haben sich kurz nach dem Sturm aufs Kapitol zusammengetan. Sie haben sich gefragt, wie konnte es Trump gelingen, bei einer bestimmten Gruppe jegliches Vertrauen in demokratische Prozesse zu zerstören und die Leute so aufzustacheln, dass sie sich bewaffnen und das Kapitol stürmen und dabei Menschen töten. Und warum wirkten die Sicherheitskräfte so ohnmächtig?«

»Nun ja …«

»Vorbereitet wurde das Ganze im Netz. Das kann man genau zeigen. Den Net Observers geht es darum, wie man solche Prozesse in den sozialen Medien und Chats schneller finden und dann stören oder ganz unterbinden kann.«

»Und da gehörst du dazu?«

»Nicht direkt. Aber Lou und viele Leute, die ich kenne.«

»Da habt ihr euch aber was vorgenommen.«

»Es geht, das hat der Fall der Proud Boys bewiesen, der Bruderschaft hinterm Sturm aufs Kapitol, Trumps faschistische Straßenmiliz.«

Ich nickte.

»Die hassen Moslems, Schwarze und Juden und die Queerbewegung. Sie glauben, es geht darum, weiße Männer auszurotten. Und das haben sie auf Twitter gepostet. Dann kam der Schauspieler George Hosato Takei …«

»Das ist doch der, der in *Star Trek* Lieutenant Hikaru Sulu spielt.«

Kamila war zu jung für *Star Trek*.

»Er kam auf die Idee, den Hashtag Proudboys mit Bildern schwuler Männer zu fluten und postete selber ein Bild von sich und seinem Ehemann. Und das hat übelst funktioniert. Wer nach denen suchte, bekam Männer zu sehen, die sich unter Regenbogenfahnen küssen. Und als ein Shitstorm gegen eine demokratische Abgeordnete lief, kaperten ihre Fans die Hashtags und posteten niedliche Tierfotos.«

»Twitter ist ja nun auch weg«, stellte ich fest. »Gekapert von einem weißen Mann, der glaubt, weil er Autos und Raketen baut, sei er der neue Henry Kissinger.«

»Wir sehen es auch als Problem, dass einzelne Männer alle großen sozialen Kommunikationsnetze besitzen und beherrschen. So wie jetzt auch wieder die Chatbots und die KI.«

»Und dagegen wollt ihr was tun?«

»Dagegen muss man etwas tun«, sagte Kamila energisch.

»Einverstanden. Und ihr überlegt jetzt, ob ihr den Hashtag Unterwasser kapert?«

»Nein. Jedenfalls jetzt noch nicht. Dazu bräuchte man auch eine prominente Person mit zehntausenden Followern.«

»Ich bin leider nicht prominent.«

»Aber du kennst schon Leute, oder?« Sie lächelte. »Bei dem, was du schon alles gemacht hast.«

Sie meinte, ich hatte mein Leben hinter mir und dabei jede Menge Kroppzeug aufgesammelt. Ich muss zugeben, dass ich etwas enttäuscht war. Für eine Hashtagverschwörung hätten wir nicht in den abhörsicheren Wald am See fahren müssen. Nein, falsch gefühlt: Die Flutung von Unterwassers Konto hatte gerade eben ich selber ins Spiel gebracht. So schnell konnte das gehen mit der falschen Wahrheit und einer echten Kränkung.

»Da müsste ich überlegen«, sagte ich und überlegte, während ich redete. »Ich habe zwar mal Clinton und Merkel getroffen, aber ich bezweifle, dass sie sich an mich erinnern. Und sonst? Nö. Ich fürchte, der Chef der Wimsener Höhlenrettung und die Betreiberinnen des *Frauencafés Sarah* sind die Prominentesten, die ich kenne.«

Kamila schwieg. Unsere Schritte knirschten, die Zilpzalps tschilpten, Enten knarzten.

»Aber das war nicht das, was du mit mir besprechen wolltest, Kamila. Oder?« Ich überlegte, wie ich mir eine Zigarette anzünden konnte, wenn eine Hand am Lenker des Fahrrads klebte.

Sie schaute mich an.

Ich hielt an, lehnte das Rad gegen mich, holte das Zigarettenetui aus meiner Moon, nahm eine raus und steckte sie mir in den Mund. Der Wind blies das Feuerzeug gleich wieder aus. Ich zog den Mantelkragen hoch, das Fahrrad begann zu rutschen. Ich haschte nach dem Lenker. Slapstick. Irgendwann hatte ich es dann.

»Also, was ist los, Kamila?«

»Wir … ich meine, die Net Observers haben Hinweise darauf, dass es einen Anschlag auf Anneliese Unterwasser geben soll.«

»Oh!«

Nun wurde der Traumsee mit seinem grünen Kranz, der die Stadt aussperrte, doch noch zum konspirativen Ort. In meinem Kopf sprangen die Türchen weit auf. Was für Möglichkeiten auf einmal! Der Tyrannenmord als Notwehr. Solange er ohne persönlichen Gewinn begangen wurde. Den Gewinn hatte nur die Welt: das schnelle Ende einer Person, die der Demokratie gefährlich werden konnte, wenn sie so furios weitermachte. Aber was kam dann? Nächste Tür: Ausschreitungen, bürgerkriegsähnliche Zustände, die Faschisten im Zorn vereint, viele von ihnen bewaffnet. Darauf warteten die doch nur. Die hielten nicht schweigend am Kerzenplatz ein Plakat hoch. Die marodierten.

»Und jetzt überlegt ihr, ob ihr es, tja, laufen lassen sollt oder nicht.«

»Wir lehnen Gewalt strikt ab. Ich auf jeden Fall. Wir müssen unsere politischen Auseinandersetzungen friedlich führen, sonst sind wir nicht besser als die.«

»Dann steckt es der Polizei. Das ist doch sicher strafbar.«

»Nicht unbedingt.« Sie schaute hoch und holte aus ihrem Gedächtnis den Gesetzestext, so wie sie ihn sich gemerkt hatte: »Wer auf eine Weise, die den öffentlichen Frieden stören könnte, einen Mord androht, macht sich strafbar. Ein Nutzer, der in einer Chatgruppe die Tötung eines Politikers konkret in Aussicht stellt, könnte diesen Tatbestand erfüllen, aber nur, wenn damit der öffentliche Frieden gestört wird, zum Beispiel, wenn ein Klima der Unsicherheit und Hetze entsteht oder so ähnlich. Bei Morddrohungen in privaten Chats kommt es dagegen darauf an, ob damit zu rechnen ist, dass die Drohung über den privaten Kreis hinaus an die Öffentlichkeit gelangt.«

»Du kennst dich aber aus.« Ich sah ihr an, dass sie es diskutiert hatten.

»Wir haben gestern noch lange beisammengesessen und geredet«, sagte sie. »Die Räumung des besetzten Hauses kam groß in den Medien, der Terror der Faschos aber kaum. Die tun immer so, als ob die Linken und Autonomen die größte Bedrohung für die Gesellschaft wären. Darüber haben sie sich auch in Social-Media-Kanälen aufgeregt. Einer von uns hat dann entdeckt, dass jemand getextet hat, man besorge ihm eine Pistole, und er werde die U-Fotze erschießen.«

»Und das kriegt man nicht heraus, wer das geschrieben hat?«

»Doch schon, aber der Post war schon wieder gelöscht worden, als wir, also die von den Net Observers, ihn sich genauer anschauen wollten.«

»So was ist schnell geschwätzt, aber nicht schnell getan.«

»Ja, mag sein.«

 Ich hatte Leere im Kopf. Wir retten doch jetzt hier nicht einer Anneliese Unterwasser das Leben! Geht's noch? Andererseits ...

Ich zog mich aus der Stadt, die zu groß war für mich, in Sandras Wohnung zurück hinter Fensterglas und Gardinen und setzte mich vors Viereck des Laptops. Ich musste den Bericht für Richard schreiben. Das Beste war's, ich überließ ihm die Anschlagswarnung. Wenn ich das als Journalistin tat, der jemand etwas gesteckt hatte, dann galt der Quellenschutz. Nachfragen konnten weder er noch die Polizei, Kamila musste nicht erwähnt werden. Richard leitete die Information an die hiesige Polizei weiter. Dann war das deren Problem, fertig.

Ich öffnete schwungvoll die VPN-Verbindung zu unserem Server.

Andererseits waren dann die Sicherheitskräfte alarmiert, und irgendeiner plauderte, steckte es Kumpels, die es Kumpels im rechten Lager steckten, die Blöd-Presse bekam Wind davon und morgen oder übermorgen las man an allen Kiosken die Schlagzeile: »Linke planen Anschlag auf Unterwasser.«

Und womöglich waren es gar nicht die Linken. Links und Rechts waren längst austauschbar geworden, wo sich zwischen den Parteiprogrammen das riesige Knäuel aus ähnlichen Parolen ballte: gegen korrupte Eliten, das neoliberale System, den amerikanischen Imperialismus, die EU-Diktatur, den Staatsfunk, die Sommerzeit, den Genderwahn und Sprechverbote und immer für die Interessen des Volks oder des einfachen Bürgers.

Die einfache Bürgerin kannten die alle nicht. Nie machten die Aufgeregten Stimmung gegen die barbarische Diktatur des Patriarchats. Was wir heute als Demokratie kennen, haben Männer unter sich ausgehandelt. Mussten wir sie nicht endlich als patriarchale Kolonisierung der Frauen anprangern? Oder waren das Patriarchat auf der einen Seite und die Demokratie auf der anderen die eigentlichen Gegenpole? Und erst, wenn das Patriarchat entmachtet wäre, wäre die demokratische Teilhabe aller überhaupt möglich. Aber niemand sprach es aus. Der Grundkonflikt der Menschheit blieb undiskutiert. Obgleich es offensichtlich war, dass Kriege nur von Männern angefangen wurden, schwieg der öffentliche Diskurs sich aus über die Verheerungen, die ausschließlich Männer anrichteten. Das blieb unbesprochen, solange das Patriarchat Forderungen nach gleichem Lohn für gleiche Arbeit oder Quotenregelungen zuließ, insgeheim wissend, dass sie niemals erfüllt werden würden. Und weil es die Unterwassers gab, die sagten: Ich weiß nicht, was ihr wollt, schaut mich an, eine Frau kann eine antidemokratische Bewegung anführen und eines Tages Diktatorin werden. Oder Opfer eines Attentats.

Andererseits hatten diese Machtwilligen einen sechsten Sinn und überlebten immer. Was natürlich auch nur ein Topos war.

Ich überlegte, ob ich …

Da klingelte mein Telefon.

Ob ich schon um 16 Uhr im Haus ein könne, Aktuellchefin Philine Elflein – ich musste wieder lachen – hätte dann für mich Zeit.

Es war Viertel nach drei. Ich stöpselte den Laptop aus und steckte ihn in meine kunstlederne Umhängetasche. Der Abend war lang und vielleicht hatte ich Zeit, für Richard den Bericht zu schreiben. Als ich am Funkhaus ankam, war auch noch Zeit, um das Gebäude herum zu radeln und mithilfe meines Kartenfotos mit dem Ortungspunkt nach dem unverschlossenen Fenster zu suchen. Der Busch mit den violetten Blütenrispen half mir. Wer hinter dem Busch durchs Fenster einstieg, war von der Straße aus nicht zu sehen. Ich schob das Rad über die Wiese. Das Gras wurde am Busch dünner, und zwischen ihm und der Wand befand sich nur noch Erde. Trittspuren waren keine erkennbar. In der vom Regen durchweichten Erde hätten auch nur neuere sichtbar sein können. An der Wand unter dem Fenster gab es einen dunklen Fleck, vielleicht von einer Schuhspitze. Ich machte Fotos und befragte bei der Gelegenheit meine Pflanzenerkennungs-App. Das Violettrispige war ein Schmetterlingsflieder, eine invasive Art.

Als ich mich abwandte, blitzte zwischen Busch und Fenster etwas im seitlichen Blickfeld meines Auges. Es war der silbrige Teil eines Reißverschlusses, ein Schiebergriff aus Plastik mit den eingestanzten Buchstaben YKK. Ich verstaute ihn im Münzfach meines Geldbeutels.

 Philine Elfleins Büro war dreimal so groß wie das von Roland Ochs, hatte die Fenster über Eck, gestattete einen weiten Blick auf die Stadt und ließ Raum für eine Sesselgarnitur mit Granittisch, einen ovalen Konferenztisch und einen Schreibtisch. Sie war eine große hellhäutige Frau Mitte vierzig, die in einem Kostümrock steckte. Weißliche Haare flogen ihr um die Ohren. Ihr Begrüßungslächeln war breit und kumpelinnenhaft. »Frau Nerz, wie schön, dass Sie es einrichten konnten. Bitte nehmen Sie Platz.« Ihre Anmoderation des Gesprächs tanzte um den Elefanten im Raum herum.

Ziel der Anmoderation ist es, die Zuhörenden auf ein Thema, einen Gast oder einen Beitrag einzustimmen. Das sollte kurzweilig, informativ und im Idealfall auch unterhaltsam sein. Dazu gibt es folgende Möglichkeiten: Zitat, Frage, Geschichte, Zahlen, Daten, Fakten. Wir holen die Zuhörenden bei dem ab, was sie schon kennen, und werden dann immer spezifischer.

Anmoderation: Eine neue Arbeitsstelle ist aufregend. Wir lernen neue Menschen kennen. Wir müssen herausfinden, wie der Betrieb organisiert ist und wie unsere eigene Rolle darin aussieht. Aber nicht nur Neulinge können dabei Fehler machen, auch der neue Betrieb kann sich von seiner schlechten Seite zeigen. An der Pforte kennt den Neuling niemand, der Arbeitsplatz ist nicht vorbereitet, die Einarbeitung ist chaotisch. Es kommt zu Konflikten, weil die Verantwortlichkeiten nicht klar kommuniziert wurden. Und wenn der oder die Neue dann am ersten Tag in der Kantine alleine beim Mittagessen sitzt, fragt er oder sie sich, ob das wohl der richtige Arbeitsplatz ist.

»Ich fürchte«, sagte Philine Elflein mit einer schnell ins Kichrige kippenden Stimme, »es hat gleich etwas geholpert. Dafür möchte ich mich entschuldigen. Der Ton in der Nachrichtenredaktion ist manchmal etwas rau. Wir sind alle nur Menschen. Und dann der Extremschichtdienst in den Nachrichten. Morgens um vier ist man einfach unausgeschlafen.« Sie lachte. »Aber ich rede und rede, eine Schwäche von mir, eine déformation professionelle.« Sie schlug die Beine übereinander. »Und nun sagen Sie mal, haben Sie sich denn schon ein bisschen eingewöhnt? Sie haben ja heute schon Ihre erste Schicht alleine. Das ist natürlich nicht der Plan gewesen, aber es scheinen alle die Grippe nachzuholen und Corona kommt auch wieder dazu. Ich weiß gar nicht mehr, wie ich die Schichten besetzen soll. Wenn Sie sich die heutige Spätschicht noch nicht zutrauen, dann müssen wir eine …«

Ich holte Luft, und anders als Ochs klappte sie den Mund mitten in ihrem Satz zu.

»Das passt schon«, sagte ich. »Es ist ja kein Hexenwerk. Agenturmeldungen abschreiben ist nicht so schwierig.«

»Oh! Das will ich nicht gehört haben. Ich hoffe doch sehr, dass wir nicht den Nominalstil der Agenturen eins zu eins übernehmen. Aber ich will schon zugeben, neunzig Prozent der Arbeit besteht darin, dass man Kurzfassungen der Agenturmeldungen schreibt. Zeit zur Gegenrecherche hat man kaum im Redaktionsalltag. Dabei ist es Grundlage jeder journalistischen Arbeit, dass man nichts ungeprüft übernimmt. Auch in den Magazinredaktionen findet Gegenrecherche leider kaum noch statt. Das zeigen Untersuchungen. Dabei macht uns das heutzutage Google so leicht. Andererseits ist Google auch ein tückisches Hilfsmittel. Es tauchen immer zuerst die Produkte von Zeitungen oder anderen Sendeanstalten auf, zu den Primärquellen stoßen wir kaum je vor. Das heißt, die Medien beziehen sich hauptsächlich auf sich selbst. Deshalb haben wir inzwischen, worauf ich sehr stolz bin, eine Rechercheredaktion mit einem Reporterpool eingerichtet. Und ein Desk koordiniert Themen, Beiträge und Reporter, entlastet die aktuellen Redaktionen von der Recherche und stellt ihnen Hintergrundwissen zur Verfügung.«

Wohl gesprochen. Ich schaute auf die Uhr, die über der Tür hing.

»Ich sehe schon, ich langweile Sie«, bemerkte Elflein. »Sie sind ja nicht zu uns gekommen, weil Sie das Nachrichtenmachen lernen wollen. Ihre Meldung zur unsäglichen Unterwasser-Äußerung gestern war übrigens recht vielversprechend, wenn ich das mal so sagen darf, obgleich unser Roland Ochs das anders sieht. Vielmehr sind Sie hier, weil wir unter Verdacht stehen.«

Endlich hatte sie den Elefanten benannt.

Ich machte mich ans Dementieren. »Was ist das nur für eine seltsame Vermutung? Adolfine hat auch so etwas angedeutet.«

»Wir können eins und eins zusammenzählen, Frau Nerz. Der Austausch der Rechner in der Newsredaktion, die geleakten internen Daten, und jetzt von ganz oben die Anweisung, eine in keiner Weise dafür qualifizierte Person in die Nachrichtenredaktion aufzunehmen.«

Ich lächelte. »Ich finde es immer wieder erstaunlich, wie schwer es unserem Verstand fällt, Zufälle als Zufälle zu akzeptieren. Wir verknüpfen alles und machen ein Narrativ daraus. Und schon ist ein falsches Gerücht im Umlauf. Ist nicht an besagtem Morgen auch Tatjana Kowalik nicht zum Dienst erschienen und seitdem abgängig? Wie passt das in die Geschichte?«

»Wollen Sie damit andeuten, dass …? Nein, das hatte andere … obwohl … Glauben Sie das wirklich?«

»Nein. Du lieber Himmel! Ich habe die Story nur weitergesponnen.«

Elflein schaute mich mit hellblauen Augen an. Ihr Mund lächelte. Ich schaute zurück und versuchte entspannt und gleichgültig zu erscheinen.

»Ein Dementi war das jetzt aber nicht gerade«, sagte sie, »wenn ich das mal so anmerken darf.«

Sicher war Philine Elflein früher Auslandskorrespondentin gewesen, sonst hätte sie den Leitungsposten nicht bekommen. Sie hatte direkt mit Quellen zu tun gehabt, mit der Pressestelle eines Ministeriums telefoniert, die ihr sagte, was sie wissen wollte, wenn auch mit dem Zusatz »aber das ist unter 2«, also noch nicht offiziell, weshalb sie in ihrem Bericht nach Hause statt »wie die Pressestelle bestätigte«, formulierte: »Wie aus Kreisen des Ministeriums verlautete«. Das klang dann so, als habe es im Ministerium ein Leck gegeben, und so sollte es auch klingen. Sie hatte an Kamingesprächen in Berlin teilgenommen, also an Hintergrundgesprächen in gemütlichem Rahmen, oder hatte im Pressetross auf einem Auslandsflug den Minister frei von der Leber weg über unzuverlässige Verhandlungspartner schimpfen hören, alles »unter 3«, also nicht zur Veröffentlichung gedacht. Diese Hintergrundinformationen hatte sie dann der Öffentlichkeit in einem Kommentar als eigene schlaue Analyse verkauft oder mit einem »dem Vernehmen nach« oder »es steht zu vermuten« in ein Sammelangebot geschmuggelt. Und wahrscheinlich war sie auch hin und wieder mit dem Mikro in der Hand einem Minister in den Weg getreten und hatte ihn direkt gefragt, ob etwas stimmte, was man hörte. Wenn er es bestätigte, war es offiziell, dementierte er, meldete sie das Dementi, was allein wegen ihrer Frage den Eindruck erweckte, unglaubwürdig zu sein.

»Sie können es gewissermaßen«, sagte sie, »weder bestätigen noch dementieren. Daraus schließe ich, dass Sie es nicht sagen dürfen.« Sie lachte.

»Wo kommt diese Redewendung eigentlich her?«, fragte ich.

»Da fragen Sie mich was. Vermutlich aus dem Amerikanischen.«

Dann googeln wir doch mal.

Journalismus ist Neugierde
Feature von Lisa Nerz und Philine Elflein
Anmoderation: Fragen stellen ist die Grundlage des Journalismus. Für die Antworten sind die Quellen entscheidend, die man sich sucht. Wer in den falschen Online-Quellen sucht oder die falschen Leute fragt und wer zu früh aufhört mit dem Fragen, läuft Gefahr einer Falschdarstellung. Also los, und nicht zu früh aufgeben!
Sprecher: Woher kommt der Ausdruck »Das kann ich weder bestätigen noch dementieren«?

Nerz: Schauen wir mal, was Google sagt.

Sprecher: Eingabe in Google: Weder bestätigen noch dementieren.

Nerz: Ah! Das stammt aus dem Kalten Krieg und hängt mit einer US-Geheimdiensoperation zusammen, der Bergung eines gesunkenen sowjetischen U-Boots.

Elflein: Geht es genauer?

Nerz (liest vor): Das U-Boot war 1968 im nördlichen Pazifik gesunken. Woher die US-Geheimdienste das wussten, ist Spekulation. Aber man wollte die sowjetische U-Boot-Technik in die Finger bekommen, und zwar ohne dass die Sowjets es mitbekamen. Doch die CIA besaß das Gerät dafür nicht. Sie gewann den Filmproduzenten und Milliardär Howard Hughes für den Bau eines Schiffs mit getarntem Hebekran. Hughes sollte alle Welt glauben machen, er wolle damit auf dem Meeresgrund nach Manganknollen suchen. 1974 gelang es damit immerhin, einen Teil des auseinandergebrochenen U-Boots an Bord zu heben. Die New York Times bekam Wind davon, aber es gelang der CIA, einen Artikel zu verhindern. Ein Jahr später beantragte eine Journalistin Akteneinsicht. Der Justiziar der CIA befand sich in einem Dilemma. Man konnte und wollte nichts sagen, konnte aber auch nicht einfach lügen, damals zu Zeiten von Watergate. Außerdem hatten Regierungsstellen eine Auskunftspflicht der Öffentlichkeit gegenüber. Sein Ausweg war die Formulierung: »We can neither confirm nor deny the existence of the information requested. But hypothetically, if such data were to exist, the subject matter would be classified and could not be disclosed.« Auf Deutsch: »Wir können die Existenz der angefragten Information weder bestätigen noch dementieren. Aber falls hypothetisch solche Daten existieren würden, dann wäre der Sachverhalt geheim und könnte nicht preisgegeben werden.« Seitdem nennt man solche Antworten »Glomar response«.

Elflein: Ach! Und was heißt Glomar response auf Deutsch? Glomar, kennen Sie das?

Nerz: Nee.

Sprecher: Eingabe in Übersetzungsprogramme: Glomar response Englisch-Deutsch.

Nerz: Hm. DeepL sagt: glomare Reaktion, Glomar-Antwort. Der Google-Übersetzer schlägt Glomar-Reaktion vor. Und das Duden-Wörterbuch antwortet: Leider ergab Ihre Suchanfrage keine Treffer. Meinten Sie *atomar, glomm* oder *Anglomane*?

Elflein: Wen kenne ich, der oder die sich im Amerikanischen auskennt?

Nerz: Ich habe eine Freundin, die frage ich mal.

Sprecher: SMS an eine Freundin: Huhu, geht's dir gut. Ich bin gerade in einer Recherche und habe eine Frage an dich. Ich lese, dass man Antworten wie »das kann ich weder dementieren noch bestätigen« Glomar response nennt. Ich finde keine deutsche Übersetzung für »*glomar*«. Weißt du was?

Nerz: Ah, da ist ihre Antwort schon: »Glomar habe ich noch nie gelesen oder gehört.«

Elflein: Hieß vielleicht der CIA-Justiziar Glomar?

Nerz: In dem Artikel steht nichts.

Sprecher: Frage an Google: Glomar Response.

Nerz: Aber hier, ein Artikel mit dem Titel »Langweiliger Satz, spannende Geschichte«. Da zeigen sie ein Foto von einem Schiff mit der Unterschrift: »Die Glomar ist 188 Meter lang und 35,3 Meter breit.«

Elflein: (lacht) Ach, ein Schiff!

Nerz: Zufällig sei in dieser Zeit in eine Lagerhalle von Hughes jr. eingebrochen worden, wo die Pläne der Glomar aufbewahrt wurden. Die verrieten, dass damit kein Erz aus dem Meer geholt werden sollte.

Elflein: So also bekam die New York Times vermutlich Wind davon.

Nerz: Aber ist das nicht ein ziemlich seltsamer Schiffsname? Sonst heißen die doch Mary oder George.

Elflein: Vielleicht ist das der zweite Vorname von Howard Hughes oder so.

Sprecher: Frage an Google: Howard Hughes.

Nerz: Howard Hughes jr., geboren 1905, Erbe einer Werkzeugfirma, Unternehmer und Produzent von einigen Filmen in den Dreißigern und Vierzigern, Luftfahrtpionier. 1975 stürzte er wegen Nierenversagens mit seinem Flugzeug über Texas ab und starb. Beteiligung am Azorian-Projekt der CIA. Zur Durchführung der Operation wurde mit der Hughes Glomar Explorer ein Spezialschiff gebaut.

Elflein: Das bringt uns nicht weiter.

Nerz: Dann eben anders.

Sprecher: Frage an Google: Glomar, Schiff.

Nerz: Na bitte! Hier steht: Die Glomar Challenger – eine Zusammenziehung aus Glo-bal Mar-ine – war ein US-amerikanisches Forschungsschiff. Sie wurde von der auf Seebohrungen spezialisierten Firma Global Marine gebaut.

Elflein: Aaaah! (lacht) Also Zusammenziehung der ersten drei Buchstaben der beiden Wörter Global und Marine. Ganz einfach.

Nerz: Und die Bezeichnung für eine ausweichenden Antwort. Klappe zu, Affe tot.

Elflein: Woher kommt eigentlich dieser Spruch?

»Soviel ich weiß«, sagte ich, »antwortet der Bundesnachrichtendienst in Deutschland weniger inspirierend. Ich glaube, da heißt es: ›Der BND nimmt grundsätzlich nicht öffentlich Stellung zu Angelegenheiten, die nachrichtendienstliche Zusammenhänge betreffen.‹ Nur länger und umständlicher. Ich weiß es leider nicht so genau, ich bin nicht beim BND.«

Elflein lachte. »Man hat mich ja schon vor Ihnen gewarnt.«

»Danke. Aber falls es Herr Ochs gewesen sein sollte …«

»Ich sage es Ihnen ganz offen, er war tatsächlich heute Vormittag bei mir, um mir – zum Wohl der Anstalt – ans Herz zu legen, bei höherer Stelle auf Ihre Suspendierung hinzuwirken. Er findet, Sie bringen mit Ihrem – so seine Worte – unangebracht dominanten und manipulativen Auftreten Unruhe in die Redaktion.«

»Der ist doch nicht ganz sauber!«

Elflein erschrak völlig unangemessen. »Was wollen Sie denn damit sagen?«

»Ich will ganz offen sein, Frau Elflein, er legt es auf Einschüchterung vermutlich hauptsächlich von Frauen an. Bei meinem ersten Gespräch saß er mit den Händen am Sack vor mir. Und als wir durch die Tür gingen, hat er mich ungefragt angefasst, er hat die Hand auf meine Schulter gelegt. Beim zweiten Gespräch wieder.«

»Das … das höre ich zum ersten Mal! Unser überkorrekter Roland … Das kann ich kaum glauben.«

»Sehen Sie, deshalb hören Sie das von mir zum ersten Mal, denn welche junge Nachrichtenredakteurin rennt nach dem Einstellungsgespräch gleich zu Ihnen und erzählt, welches Unbehagen sie allein mit ihm im Zimmer empfunden hat. So was geht in der Regel ungünstig für die Beschwerdeführerin aus. Man glaubt ihr nicht oder sagt, sie solle sich mal locker machen. Als er mich zum zweiten Mal zum Gespräch bat, kommentierte ein Redaktionsmitglied, er hole sich jede mal. Jede, nicht jeden.«

»Da bringen Sie mich aber jetzt wirklich in Verlegenheit«, sagte Elflein. »Ich kenne Roland seit fast zwanzig Jahren, wir haben zusammen Parteitage besucht, ich habe ihn immer als eher zurückhaltend Frauen gegenüber erlebt, er macht neuen Mitarbeiterinnen Geschenke, aber …«

»Ui!«

»Ja, das ist vielleicht – wie soll ich sagen? – nicht üblich und könnte zu Missverständnissen Anlass geben, aber es ist doch nett gemeint.«

»Es ist übergriffig.«

Philine Elflein beugte sich vor und stützte die Ellbogen auf ihre Knie. »Ich muss zugeben, dass ich momentan nicht weiß, was ich dazu sagen soll. Dergleichen ist wirklich noch nie an mich herangetragen worden. Sie werden verstehen, dass der Angeschuldigte Gelegenheit haben muss, sich dazu zu äußern.«

»Deshalb überlegen es sich Mitarbeiterinnen auch sehr genau, ob sie so einen Prozess lostreten. Schließlich ist der Chef immer noch ihr Chef, und jetzt ist er auch noch sauer auf sie.«

»Sie machen da aber jetzt keine MeToo-Sache draus.«

»Ich würde es begrüßen, wenn Sie das als Warnung verstehen. Eine zweite wird es nicht geben.«

»Sie sind sich ja sehr sicher.«

Ich lächelte.

Elflein nahm zur Uhr über der Tür Zuflucht und sagte: »Belassen wir es vorerst dabei. Ich kann Sie nur bitten, geben Sie mir etwas Zeit zum Nachdenken. Sie hören wieder von mir, das verspreche ich Ihnen. Sie werden jetzt ja wohl auch in der Redaktion erwartet.«

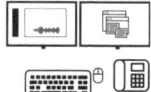 Ich hatte noch Zeit, die Kantine aufzusuchen, einen großen, hellen Saal mit langen Tischen und Stühlen aus hellem Holz, um mich an der Essensausgabe mit Proviant für den Nachtdienst zu versorgen: Käsebrötchen und Apfel. Doch als ich zahlen wollte, erklärte man mir, dass man kein Geld nehmen durfte und ich meinen Dienstausweis draußen neben der Tür mit Geld aufladen müsse. Ich ließ Apfel und Käsebrötchen zurück und ging vor die Tür zum Aufladen. Das Display informierte mich, dass mein Ausweis nicht freigeschaltet sei. Ja, Sackzement, Sapperlot, Heilandzack! Hätte mir das nicht jemand sagen können?

Die feuerrote Adolfine hatte diesmal die Schicht bis 19 Uhr, der tätowierte Milan hatte seine dritte Vorleseschicht und der zweite Redakteur, der bis 18 Uhr bleiben würde, war der unwirsche Glatzkopf von vorgestern, Sven Burger. Das interne Machtgefüge war wieder neu. Sven machte die Ansagen, Milan war einverstanden, Adolfine hatte sich eingerichtet. Wenn jemand dazustieß – ich –, dann wurden die Karten neu gemischt. Aber hatte ich dazu eigentlich Lust?

Auf dem Whiteboard stand für 18 Uhr schon: Flugzeugabsturz Prigoschin, Ukraine Lage, Selbstbestimmungsgesetz Kabinett, René Weller tot und Dornröschen.

Ich fuhr den Computer am Voloplatz hoch, ein anderer war derzeit nicht frei, und suchte im Ordner der geschriebenen Nachrichtenmeldungen nach Dornröschen. Aber die Meldung hatte noch niemand geschrieben. In den Agenturen fand ich den Aufreger: »Mutter fordert, Märchen von Dornröschen wegen Sexismus zu verbieten. London: Laut einer britischen Mutter sind Märchen wie Dornröschen nichts für Schülerinnen und Schüler, da sie frauenverachtend seien. Eine Schweizer Pädagogin stimmt zu.«

Die Geschichte war die: Die Mutter eines sechsjährigen Sohnes hatte ihrem Ärger auf Twitter Luft gemacht, als ihr Sohn mit einem Dornröschen-Bilderbuch aus der Schule kam. Unter dem Hashtag MeToo hatte sie geschrieben, wenn man solche Geschichten im Unterricht behandle, werde sich die Gesellschaft nie ändern, und einen Shitstorm ausgelöst. Der BBC hatte sie gesagt, weil der Prinz Dornröschen wachküsst, sei der Kuss nicht einvernehmlich.

»Soll Dornröschen ewig schlafen?«, hatte eine deutsche Zeitung heute getitelt. In dem Beitrag schimpften rasch befragte Politiker der zweiten und dritten Garde über Cancel Culture, Woke-Wahn und Moralapostel. Der Artikelautor kommentierte: »Da sind sie wieder, die Verbotsgelüste gegenüber gewissen Worten, Werken oder Künstlern im Namen einer besseren Welt. Die jüngste Säuberungswelle hat Karl Mays Winnetou aus den Programmen von ARD und ZDF katapultiert ...«

Falschbehauptung!

»... Sensitivity Reader sorgen dafür, dass Worte wie ›fett‹ ausradiert werden. Auch Agatha Christie geht es an den Kragen: Formulierungen wie ›ein Oberkörper wie aus schwarzem Marmor‹ erregen Anstoß und fallen dem Rotstift der politischen Korrektheit zum Opfer. Doch wenn das rassistisch ist, dürfte Max Frisch auch nicht weiße Frauenhaut mit Alabaster vergleichen.«

Das ist dann halt sexistisch.

»Warum nicht gleich die ganze Kultur canceln? Wir sind auf dem besten Wege. Grimms Märchen sollen verboten werden, weil der Prinz die Prinzessin ungefragt küsst.«

Eine Schweizer Universitätspädagogin gab der britischen Mutter recht. Die Märchen transportierten patriarchale Geschlechterrollen, mit denen sich Kinder zu identifizieren versuchten. Sie passten darum nicht ins Kindesalter. Frauen würden in Märchen oft negativ dargestellt, böse Stiefmütter, Hexen, die sich von niederträchtigen Motiven wie Neid und Eifersucht leiten ließen und am Ende bestraft würden. Männer würden hingegen am Ende nicht bestraft, selbst wenn sie sich an ihrer Tochter vergriffen wie im Märchen *Allerleirauh*.

Ach, tatsächlich? Daran erinnerte ich mich gar nicht. In der Märchenwelt hatte ich als lesendes Kind sowieso immer die Rolle des Prinzen gespielt, der am Schluss die Frau rettete, erstritt, eroberte oder wachküsste.

»Hallo, äh, Lisa, richtig?«, sagte Sven, sich zu mir umdrehend. »Ich sehe, du machst dich schon vertraut mit den Meldungen. Das lobe ich mir. Das würde ich mir auch von den Kollegen, äh, und Kolleginnen so manches Mal wünschen.«

Adolfine verdrehte die Augen.

»Möchtest du dich mal an der Dornröschenmeldung versuchen?«

»Da bin ich schon dran«, sagte Milan hastig.

»Eine Verständnisfrage«, sagte ich. »Warum melden wir das überhaupt?«

Milan gab einen genervten Ton von sich.

Adolfine sagte: »Ich habe es euch gleich gesagt, wenn die Lisa nachher kommt, wird sie das fragen.«

»Es hat Gesprächswert«, antwortete Sven geduldig. »Gerade vor dem Hintergrund des Kuss-Skandals.«

Der spanische Fußballboss hatte bei der Siegerehrung nach dem WM-Finale eine Spielerin auf den Mund geküsst. Obgleich es davon Filmbilder gab, die ständig wiederholt wurden, behauptete der spanische Fußballverband, die Spielerin lüge, der Kuss sei in beiderseitigem Einvernehmen erfolgt, sie habe den Verbandschef im Überschwang des Jubels hochgehoben und an sich gezogen und damit dem späteren Kuss zugestimmt.

»Außerdem läuft im Magazin nachher ein Beitrag dazu.«

»Zu dem Kuss?«

»Zu Dornröschen. Die haben die Schweizer Pädagogikprofessorin für ein Interview angefragt.«

»Steht schon im System«, sagte Milan und setzte sich die Kopfhörer auf.

Und morgen schüttelten die Leute im Buchladen den Kopf: Jetzt wollen die auch noch Dornröschen verbieten, ist gestern im Radio gekommen.

Die Agenturen befanden sich schon im munteren Wettrennen: »Nach Sexismuskritik an dem Märchen ›Dornröschen‹ hat Kultusministerin Müller bekräftigt, dass Grimms Märchen Lehrstoff in der Grundschule bleiben.« Und: »Nach dem Skandal um den Kuss des spanischen Fußballverbandschefs gerät jetzt auch Grimms Märchen ›Dornröschen‹ unter Beschuss.«

Im Grunde war es eine von den Medien selbst erzeugte Nachricht. Man stellte eine Frage an die Prominenz, die antwortete, und schon war es ein aktuelles Thema. Wenn man das den Hörerinnen und Hörern gegenüber offenlegen wollte, müsste die Meldung lauten: »Nachrichtenagenturen und Zeitungen haben das Märchen ›Dornröschen‹ als Beispiel für Sexismus ins Gespräch gebracht und Politikerinnen und Politiker dazu befragt. Anlass ist der Kuss, den der spanische Fußballverbandschef vor zwei Tagen einer Spielerin ungewollt aufgedrückt hatte.« Aber dann hätte mich Ochs wieder geholt.

Ich wechselte in die Datenbank des digitalen Schneidesystems. Die einzelnen Redaktionen hatten digitale Fächer, in die sie ihre sendefertigen Beiträge verschieben konnten. Im Fach »Magazin« fand ich das Interview mit der Schweizer Pädagogin Sutter. In der Dateizeile stand »HATÜ« vor dem Titel und ich fragte, was das bedeutete.

»Halber Türke«, antwortete Adolfine. »Es ist halb getürkt. Also vor der Sendung aufgezeichnet. Die Anmoderation und die erste Frage macht der Moderator live. Dann wird das Band abgefahren. Wenn die Anmod auch voraufgezeichnet ist, dann nennt man das TOTÜ, totaler Türke.«

»Spinnt ihr?«, fragte ich. Adolfine lachte nur.

Das Interview begann mit der ersten Antwort der Pädagogin:

Sutter: Deutsche Märchen sind überaus spannend und lehrreich, wir sollten sie bewahren, auf jeden Fall. Aber nur als Beispiel für die Geschichte der weiblichen Unterdrückung. Die Gebrüder Grimm haben die Geschichten ja auch gar nicht für Kinder gesammelt. Wenn man sie im Schulunterricht behandelt, könnte man sie in einen Zusammenhang mit der massenhaften Verbrennung von Frauen stellen, der sogenannten Hexenverbrennung. Zu Hause vorlesen würde ich sie nicht.«

Moderator: Aber geht da nicht wieder ein Stück Zauber der Kindheit verloren?

Sutter: Welchen Zauber meinen Sie? Stellen Sie sich vor, in unseren Märchen wären Männer hauptsächlich hinterhältige und bösartige Personen, und ausnahmslos junge Frauen würden die Drachen töten und die armen Küchendiener aus der Asche retten oder einen jungen Mann aus einem Turm befreien und ihm durch Heirat soziale Anerkennung ermöglichen. Und mit diesen Bildern im Kopf wären Sie aufgewachsen.

»Liest jemand meine Meldung gegen?«, fragte Milan. Es galt schließlich das Vieraugenprinzip.

»Mach ich«, antwortete Adolfine.

Aber auch ich öffnete die Meldung. »Nach dem Eklat um den Kuss des spanischen Fußballverbandschefs gerät jetzt auch Grimms Märchen ›Dornröschen‹ in die Kritik«, hatte er getextet.

Wirklich? »Ich hätte da mal eine Frage, Milan.«

Er schaute mich zwischen den Computerbildschirmen hindurch an.

»Sollte man nicht schreiben: ›Im Zusammenhang mit dem Eklat um den Kuss von …‹?«

Er überlegte. »Hm, ich wäre vorsichtig damit, Zusammenhänge herzustellen, die es vielleicht gar nicht gibt.«

»Aber mit deiner Formulierung behauptest du eine zeitliche Aufeinanderfolge. Die ist sicher falsch. Twitter gibt es nicht mehr.«

Der glatzköpfige Sven horchte plötzlich auf. »Wissen wir, von wann diese Dornröschen-Geschichte ist?«

»Die Meldungen sind von heute, aber ich schaue gerne noch mal nach«, sagte Milan. Auch ich gab in Google »Dornröschen sexistisch« ein. Die Jahreszahlen vor den Beiträgen in der Ergebnisliste sprangen munter zwischen 2017, 2020 und 2022 hin und her.

»Fuck!«, sagte Milan. »Die Geschichte mit der englischen Mutter ist sechs Jahre alt.«

Adolfine lachte laut auf.

Sven fasste sich schnell. »Aber die Reaktionen sind aktuell.«

Sein Tischtelefon klingelte. Er nahm ab, lauschte, sagte »Ja« und »das ist uns auch schon aufgefallen«, legte wieder auf und sagte: »Dornröschen ist gestorben. Das war gerade der Desk.«

»Haben die es also auch gemerkt«, sagte Adolfine.

»Außerdem haben sie einen besseren Interviewpartner gefunden, Rummenigge.«

Adolfine stöhnte: »Aber der hat den Kuss absolut okay gefunden. Das können die doch nicht machen!«

»Das ist die Entscheidung des Magazins, nicht unsere.«

Milan ging zur Tafel und wischte Dornröschen vom Magnetstreifen. »Schade, war eigentlich eine gute Geschichte.«

Eigentlich war ich sowieso dafür, dass man aufhörte, Kinderseelen mit diesem patriarchalen Märchenmist zu verstören und später die Jugendseelen mit misogyner Weltliteratur zu quälen. Cancel Culture! Aber das sagte ich nicht.

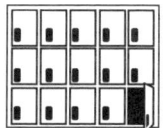 Nachdem alle gegangen waren und es still geworden war, hatte ich Gelegenheit, die insgesamt vier Räume der Redaktion zu durchsuchen. Ich fing im großen zentralen Newsroom an und zog Schublade für Schublade auf, öffnete die Schranktüren, kroch unter jeden Tisch und schaute mir alle Rechner von hinten und die Tische von unten an. Nirgendwo steckte ein verdächtiger USB-Stick. Auch in den kleineren Räumen blickte ich hinter den Kopierer, unter jeden Bürostuhl, unter die Papierkörbe, machte die Büroklammerschachteln, den Klammeraffen und den Locher auf. Ich fand Hustenbonbons, Kaugummi, Feuerzeuge, Post-it-Blöckchen, Kugelschreiber, Bleistifte, abgelaufene Konzertkarten, Briefumschläge und Briefpapier mit dem Senderlogo, einen Brieföffner, einen Wecker, der nicht mehr tickte, weil die Batterie fehlte, ein Handy-Aufladegerät, ein Päckchen Knäckebrot, Visitenkarten eines Osteopathen und einer Zahnärztin, das gedruckte Telefonbuch des Funkhauses von vor drei Jahren, FFP2-Masken, die Schachtel eines abgelaufenen Corona-Schnelltests, drei Murmeln und einen Kasten Aquarellfarben, deren Schälchen fast leergemalt waren. Im Schrank in dem kleinen Zimmer, wohin sich die Sekretärinnen gern zurückzogen, stand außerdem eine alte Kugelkopfschreibmaschine mit einem Paket Farbbandkassetten.

In dem Schrank stieß ich auch auf eine Mappe mit Listen. Die Telefonliste aller Redaktionsmitglieder lag obenauf. Ich fotografierte sie. Ein Name war geschwärzt, der von Tatjana Kowalik. Es folgte die Telefonliste für den Alarmfall mit dienstlichen und privaten Telefonnummern vom Nachrichtenchef, der Aktuellchefin, dem Programmchef, dem Desk, der Intendanz, dem Polizeipräsidium und Lagezentrum, den Innenministerien von Land und Bund und dem Außenamt. Darunter lagen die Auszüge aus dem Staatsvertrag der Rundfunkanstalt im sogenannten Spannungs-

und Verteidigungsfall, bei Chemieunfällen, Naturkatastrophen, atomaren Zwischenfällen und Terroranschlägen: »Der Bundesregierung und den Landesregierungen ist in Katastrophenfällen oder bei anderen vergleichbaren erheblichen Gefahren für die öffentliche Sicherheit oder Ordnung unverzüglich angemessene Sendezeit in den Hörfunkprogrammen für amtliche Verlautbarungen unentgeltlich einzuräumen.«

Die Redaktionsräume endeten auf der einen Seite in einem kleinen Zimmer mit Schreibtisch und einer Liege mit Wolldecke und auf der anderen in einem Raum mit Doppelherdplatte, Kaffeeautomat und Hängeschrank mit Kaffeebechern, Sektgläsern, Tellern, Tassen, Töpfen und Besteck. An der Tür zum Gang stand ein fünfbeiniger, oben blütenförmiger Garderobenständer, an dem eine hellgrüne Strickjacke hing.

Hinter einer kurzen Zwischenwand entdeckte ich die Postfächer für die Mitglieder der Redaktion. In einigen lagen Dienstpläne oder ein benutzter Kaffeebecher, die meisten waren leer. In meinem Fach steckte ein Umschlag mit meinem Arbeitsvertrag in zweifacher Ausfertigung und der Bitte, ein Exemplar zeitnah unterschrieben an die Personalabteilung zurückzuschicken. Darunter fand ich einen zugeklebten Briefumschlag, der meine Zugangsdaten fürs Intranet und meinen E-Mail-Account enthielt. Die Fächer hätte man mir ruhig auch gleich zeigen können.

Außerdem gab es eine Wand mit zwanzig Schließfächern, an denen Namen standen. In den Türen befanden sich die üblichen kleinen Schlösser. Ich wühlte in meiner Moon Bag, aber ich hatte das Pickset, auch bekannt als Dietriche, in Stuttgart vergessen. Für diese Schlösser reichten aber wohl Büroklammern. Ich kehrte in die Redaktion zurück. Wo die Büroklammern lagen, wusste ich ja, und aus einem der vielen Kugelschreiber baute ich den Clip aus. Der diente mir als Spanner, während ich mit der aufgebogenen Büroklammer im Schloss die drei Stifte runterdrückte, die sonst von den Spitzen des Schlüssels hinuntergedrückt wurden. Auch wenn es jeweils eine Fummelei war, ging es zügiger, als ich gedacht hatte. Ich begann links oben, fotografierte die Tür mit Namensschild, pickte das Schloss, fotografierte den Inhalt, fasste rein und fingerte nach kleinen Dingen wie Speichersticks und verschloss sie mit der gleichen Technik wieder, damit sich morgen niemand aufregte. Ich sah Schnapsflaschen, Kaffeepulver, Teebeutel, schlampig ausgespülte Kaffee- oder Teebecher, Ersatzklamotten, Regenschirme, Sportwäsche, Bücher und ausgedruckte Meldungen, Laufpläne und Sendeskripte oder Schachteln mit Visitenkarten.

Milan lagerte seinen privaten Kopfhörer, Teebeutel, Emser Pastillen und sechs Flaschen Mineralwasser in seinem Fach, bei Adolfine lagen ein paar Krimis, Sommerschlappen und in einem Pappkarton die Dienstpläne von zwanzig Jahren, bestimmt über tausend Blätter. Ein interessantes Archiv von Namen und Arbeitszeiten. Sven Burgers Fach war von unten bis oben in Tetrismanier vollgesteckt mit alten Tonbandschachteln, auf deren Rücken Titel und Sendedatum standen, die bis in die Neunzigerjahre zurückreichten. Sandra, für die ich hier offiziell die Vertretung machte, hatte ihr Fach bis auf ein Päckchen Papiertaschentücher und Reinigungstüchlein ausgeräumt. Bei Judith lagen eine Brille, ein Behälter für Kontaktlinsen, ein Päckchen schwarze Nylonstrumpfhosen und, akkurat gefaltet, ein schwarzer Jersey-Blazer.

Nachdem ich die zwölfte Tür wieder zuhatte, entdeckte ich, dass am Schließfach ganz unten rechts der Name Kowalik stand. Sie hatte sich also immer ganz tief bücken müssen, und ich musste mich auf den Boden setzen. Ich hatte das Schloss gerade aufgepickt, als Richard anrief. Mein Gott, schon halb zehn! Ich steckte mir die Ohrstöpsel rein und nahm an.

»Kannst du sprechen?«, fragte er mit angenehm vertrauter schwäbischer Stimmfärbung.

»Passt. Ich bin allein und durchsuche die Redaktion.«

Darauf ging er lieber nicht ein. »Ich habe gestern und heute nichts von dir gehört. Ich weiß ja, dass du es mit der Aktenführung nicht so hast, aber dass du schon nach dem ersten Bericht die Lust verlierst …«

»Wie stellst du dir das vor, Richard? Ich muss arbeiten. Da fehlen einem immer gleich acht bis neun Stunden vom Tag. Und essen und schlafen muss ich auch noch. Und mich vom Sozialstress erholen.«

Ich hörte Richard atmen und überlegen, was er darauf vernünftigerweise antworten sollte.

»Immerhin«, fuhr ich fort, »habe ich gestern an der Westseite des Funkhauses ein Fenster entdeckt, das nicht verschlossen ist. Und vorhin habe ich an der Wand draußen vor dem Fenster ein abgerissenes Stück von einem Reißverschluss gefunden. Da ist jemand ein- und ausgestiegen. Ich schicke dir die Koordinaten und Fotos. Eine Kriminaltechnik könnte an Fenster und Wänden vermutlich Faser- und Genspuren sicherstellen.«

»Hm. Mal sehen, wie das BKA das sieht.«

»Und rein neugierdehalber und off the records: Es gibt hier eine kopflose Leiche, die in einem Kanal gefunden wurde. Anscheinend eine Ukrainerin namens Anna Malynka. Könntest du da nicht mal um Amtshilfe bitten wegen der näheren Todesumstände?«

»Und was genau hat das mit deiner Aufgabe im Sender zu tun?«

»Nichts, vermute ich.«

»Na gut, ich erkundige mich mal.«

Jetzt hätte ich ihm eigentlich sagen müssen, dass von einer Kollegin mit Kontakten zur Gruppe der Net Observers an mich der Verdacht herangetragen worden war, es könnte ein Anschlag auf eine aufsteigende Lokalpolitikerin mit psychotischem Weltbild geplant sein. Aber erstens hatte das nun wirklich gar nichts mit meinem Auftrag zu tun und zweitens, wie wahrscheinlich war es, dass die Alternativ-Community zur Waffe griff?

»Gibt es noch etwas?«, fragte Richard mit seinem sechsten Sinn für Unausgesprochenes.

»Nein, außer dass die alle glauben, ich sei hier, um ihnen auf die Finger zu gucken wegen des Datenlecks. Ich dementiere zwar, aber vielleicht ist es sogar von Vorteil. Falls eine Person über die Sache reden will, weiß sie, an wen sie sich wenden kann.«

»Hm«, machte er.

»Eine Schwarze Kollegin hat mir übrigens erzählt, dass sie sich grundsätzlich bedroht fühlt und vorübergehend ihren Wohnort gewechselt hat. Gab es denn Vorfälle, die sich mit der Veröffentlichung der Adressen in Verbindung bringen lassen?«

»Es gibt wenigstens einen Fall, wo eine Verbindung glaubhaft erscheint. Es handelt sich um eine ARD-Journalistin in Berlin, die vor einigen Jahren über russische Neonazis recherchiert hat, die zu den gewalttätigsten weltweit gehören. Seit ein paar Wochen kursiert ihre Privatadresse in russischen Chatgruppen, samt Fotos von ihr und ihrer Tochter. Sie hat bereits Morddrohungen erhalten.«

»Ich hoffe, ihr schützt sie.«

»Sie hat einen Wohnungswechsel vollzogen und steht unter Polizeischutz.«

»Und wieder einmal bringt männliche Gewalt eine Frau um ihre Freiheit. Was ist eigentlich mit Tatjana Kowalik?«

»Was soll mit ihr sein?«

»Hier stellt sich das so dar, als handle es sich um eine Mobbing-Sache. Aber sie ist nicht mehr zum Dienst erschienen ab genau dem Morgen, nachdem die Nachrichtenrechner ausgetauscht worden waren. Das ist zumindest auffällig.«

»Wahrscheinlich purer Zufall.«

»Wenn ich hier weiterkommen soll, müsstest du schon auch etwas gesprächiger sein, Richard.«

»Da gibt es nichts Geheimnisvolles. Tatjana Kowalik ist bis auf Weiteres arbeitsunfähig geschrieben. Es handelt sich wohl um eine langwierigere psychische Erkrankung.«

Ich musste etwas von der Schließfachwand wegrücken, damit ich Tatjana Kowaliks Tür aufmachen konnte. »An ihrem Schließfach war sie jedenfalls nach ihrem Abgang nicht noch mal.«

»Was machst du eigentlich?«

»Ich öffne die Schließfächer. Gerade habe ich das von Tatjana aufgemacht.«

»Das will ich nicht gehört haben, Lisa. Wenn du auf deine Mission verweist, müsste ich dich verleugnen.«

»Keine Sorge, ab zwanzig Uhr ist der Spätdienst der Nachrichten allein auf weiter Flur.« Ich zog mit der rechten Hand eine weiße Jeansjacke aus dem Fach. Ein Coffee-to-go-Thermobecher, ein Streifen Ibuprofen, ein Schal, eine Handcreme und ein Kugelschreiber purzelten hinterher. Die Jeansjacke kam mir zu schwer vor. In einer Tasche steckte was Eckiges. Es war ein Mobiltelefon in einer abgewetzten Klapphülle, völlig entladen, ganz und gar tot. »Sogar ihr Telefon hat sie ...«

»Lisa, ich will es nicht wissen.«

»Aber niemand lässt sein Telefon in einem Schließfach zurück. Seid ihr sicher, dass es Tatjana gut geht? Sie wird nicht vermisst?«

»Sie ist nicht vermisst gemeldet.«

»Hast du mir nicht in Stuttgart erzählt, sie gehe nicht ans Telefon? Kein Wunder, wenn es hier in ihrem Fach liegt.«

»Daran würde ich mich erinnern.« Ohne Zweifel, denn Richard besaß ein untrügliches Gedächtnis. Jedenfalls hatte ich das bisher angenommen.

»Aber wir haben doch über sie geredet. Woher weiß ich zum Beispiel, dass sie jeden Morgen joggen geht, am Kanal entlang, und dass sie an irgendwas dran gewesen sein soll als Journalistin.«

»Vielleicht hast du es geträumt.«

»Geträumt?« Warum fühlte ich mich wie eine Idiotin, wenn ich mit Richard redete? »He, betreibst du gerade Mansplaining?«

»Bitte?«

»Auf Deutsch Herrklärung.«

»Ich weiß, was Mansplaining ist.«

»Dann mach jetzt bloß nicht den Fehler, es mir zu erklären.«

Er seufzte.

»Das hast du dir selber zuzuschreiben, Richard, warum schickst du mich auch in die wokeste Stadt Deutschlands.«

Wir brachten das Gespräch halbwegs würdevoll zu Ende, ich musste auch mal wieder zurück in die Redaktion und nach der Weltlage schauen. Er wünschte mir einen guten Restdienst.

Ich wühlte Tatjanas Fach noch schnell durch und stieß auf ein Kärtchen Passbilder, die eine irgendwie vertraute junge dunkelhaarige Frau mit violetter Riesenbrille und goldenen Statement-Ohrringen zeigten. Ich fotografierte alles und stopfte Jacke und Kaffeebecher zurück. Als ich zumachen wollte, lag der Fetzen einer Speisekarte von einem chinesischen Lokal auf dem Boden. Am Rand waren eine Telefonnummer und ein Name in kyrillischen Buchstaben notiert. Ich fotografierte auch das, machte das Schloss zu und steckte Büroklammer und Kugelschreiberclip in meine Moon.

Als ich wieder am Tisch saß, begann gerade das *heute journal*. Und ich hatte noch nichts gemacht, weder Sammelangebote gesichtet noch irgendeine Meldung geschrieben oder Takes sendefertig geschnitten. Stress! Das Tischtelefon blinkte, es hatte jemand angerufen, während ich weg war. Es war eine hausinterne Nummer. Ich drückte den Rückruf, aber es ging niemand ran. Außerdem hatte es zwei Eilmeldungen der Kategorie 2 gegeben.

Leitfaden für moderne Nachrichten von Roland Ochs
Die Eilmeldung
Um den Redaktionen zu helfen, haben alle Nachrichtenagenturen ein Zahlensystem geschaffen, das ungefähr so aussieht: 1 Blitzmeldung oder Vorrangmeldung, 2 Eilmeldung, 3 Vorrangmeldung, 4 Routinemeldung. Allein Deutschlands größte Nachrichtenagentur dpa schickt im Basisdienst rund 800 Meldungen pro Tag, die sich im Bereich 3 und 4 bewegen. Blitzmeldungen gab es seit 1951 nur 27, darunter Kurt Schumacher gestorben, Kennedy ermordet, Deutschland Fußballweltmeister, Mondlandung, das gescheiterte Misstrauensvotum gegen Willi Brandt, Schleyer tot aufgefunden, deutsche Wiedervereinigung und Berlin wird Bundeshauptstadt, aber nicht die Anschläge vom 11. September 2001 auf die Twin Towers in New York. Das hatte damals klein angefangen mit einer Meldung von Reuters, das World Trade Center brenne nach Aufprall von Flugzeug. Eilmeldungen der Kategorie 2 kommen fast täglich, sie

können auch regional geprägt sein. Oft wird beim Eintreffen einer Eilmeldung ein schriller Ton abgespielt. Früher leuchtete in der Redaktion ein Rotlicht auf, heute wird sie auf dem Computerbildschirm rot oder gelb gekennzeichnet, damit sie nicht übersehen wird.

Die eine war von 20:17 Uhr und meldete einen Brand in einem Reifenlager am Stadtrand. Im Audiofach lag bereits eine Nachrichtenminute dazu, die ich ins Nachrichtenfach kopierte. Eine Aktualisierung war für morgen 8 Uhr angekündigt. Vermutlich hatte vorhin jemand vom Desk oder Reporterpool angerufen, um darauf hinzuweisen. Aber man konnte ja mal auf der Toilette gewesen sein. Abgehakt. Die zweite Eilmeldung betraf einen russischen Raketenangriff auf Kiew und Odessa. Zur Lage würden morgen früh um 5:45 Uhr und um 8:45 Uhr Updates kommen.

Auf einmal fiel mir ein, warum mir Tatjana Kowaliks Gesicht nicht ganz unbekannt vorkam. Sie hatte im vergangenen Frühjahr aus der Ukraine berichtet. Eine kleine Frau mit Brille in auberginefarbener Jacke unter einer schusssicheren Weste mit dem riesigen blauen ARD-Mikro in der Hand auf einer Straße vor zerschossenen Fahrzeugen, ausgebrannten Panzern und Leichen, die herumlagen wie Müllsäcke. Das war in Butscha nach dem Massaker gewesen. Russland hatte behauptet, die Videos aus Butscha seien eine inszenierte Produktion, die Leichen seien hinterher wieder aufgestanden. »Ich kann bestätigen, dass es sich um Leichen handelt, sie stinken«, hatte Tatjana Kowalik mit ihrer angenehm dunklen Stimme gesagt.

Was trieb Journalistinnen in Kriegsgebiete? Hatten sie einmal damit angefangen, sah man sie in allen Gegenden, wo Häuser in Schutt und Asche lagen, für die die westliche Welt sich interessierte.

Wann endlich verbieten Frauen den Männern, Krieg zu führen?

 Um zwanzig nach zwölf schob ich die violette Veronika im Hinterhof zwischen die anderen Räder und schloss sie ab. Meine Schritte knirschten laut auf dem Kiesweg zum Hintereingang. Um diese Zeit war selbst die Großstadt still. Ich kam an die Hintertür – »bitte Türe immer schließen« – und wollte den Schlüssel ins Schloss stecken, aber die Tür gab nach, sie war nicht richtig zugezogen. Die Deckenleuchte im Erdgeschoss war kaputt, die vom ersten Stock reichte kaum ins Treppenhaus. Die Stufen knarrten. An meiner Wohnungstür dasselbe Spiel: ich den Schlüssel in der Hand, aber Tür nur angelehnt. Scheiße!

Ich stürzte rein, Licht an. Das darf doch nicht wahr sein!

Im Flur waren alle Schubladen der Kommode aufgezogen und Schals, Handschuhe, Mützen und Schuhe auf den Boden geworfen, die Schranktüren am Ende des Flurs standen offen, Mäntel, Jacken, Pullover lagen davor, im Wohn- und Schlafzimmer waren die Schubladen aus Sandras Schreibtisch rausgerissen und ausgekippt worden, Papiere, Scheren, Leimtuben, Dokumente und Stifte lagen über den Boden verstreut. Dem Fernseher war nichts passiert, aber im Bücherregal stand nur noch ein Buch aufrecht, die anderen lagen wie nach kurzer Durchsicht fallen gelassen auf dem Boden und in den Sesseln. Mit einem Messer hatte, wer auch immer das gewesen war, die Polster kreuz und quer aufgeschlitzt. Die Matratze lag, ebenfalls aufgeschlitzt, diagonal im Zimmer. Das Innerste meiner Reisetasche war nach außen gekehrt und verstreut. Das Badezimmer sah aus, als hätte ein Sturm die Handtücher aus dem Regal gefegt. Mein Kulturbeutel war auf dem Boden ausgeschüttet, Sandras Kleinigkeiten – Cremes, Taschentücher, Nagelschere, Nasentropfen – lagen herum. Die Waschmaschinentür stand offen, die Waschpulverschachtel war auf den Boden geleert.

Ich atmete tief durch, bevor ich mich in die Küche traute. Die aber war seltsam intakt. Die Schranktüren standen zwar offen, aber am Müll war er oder sie nicht gewesen, auch nicht an den Spaghettipackungen. Ein paar Vorratsbehälter waren geöffnet worden, Reis knackte unter meinen Sohlen, und es hatte Teeblätter geschneit, aber meine ungespülte Kaffeetasse vom Mittag stand unangetastet neben dem provisorischen Aschenbecher.

Ich ließ mich auf den Stuhl fallen und spürte den kantigen Laptop in der Umhängetasche. Als hätte ich es geahnt, hatte ich ihn heute Mittag eingesteckt und mitgenommen. Ich legte die Tasche auf den anderen Stuhl und zündete mir mit zitternden Fingern eine Zigarette an, steckte mir die Stöpsel in die Ohren und wählte in meinen Favoriten Richards Nummer.

»Ja, Lisa?« Er klang verschlafen. »Was ist los?«

»Bei mir ist eingebrochen worden. Oder vielmehr in Sandras Wohnung. Jemand hat alles durchwühlt.«

Richard war sofort hellwach. »Und fehlt was?«

»Mein Computer jedenfalls nicht, den hatte ich dabei. Vielleicht hatte er oder sie es darauf abgesehen.«

»Das ist reine Spekulation.«

»Aber es ist doch auffällig, dass ausgerechnet, wenn ich Spätdienst habe, hier jemand wühlen kommt.«

»Das kann Zufall sein. Dunkle Fenster den Abend über, also niemand zu Hause.«

»Wie soll ich Sandra das nur beibringen?«

»Du musst die Polizei rufen«, sagte Richard. »Schon aus versicherungsrechtlichen Gründen.«

Ich sah Stunden vergehen, bis das abgewickelt war. »Mann, ich muss ins Bett, Richard. Ich muss morgen um elf wieder auf der Matte stehen.«

»Wie ist er denn reingekommen?«

»Durch die Tür. Die Hintertür und meine Haustür standen offen.« So war das, wenn auch andere Schlösser picken konnten. Hatte ich eigentlich abgeschlossen, als ich heute Nachmittag das Haus verließ, oder die Tür nur zugezogen? »Moment, ich schau mal …« Ich watete durch die Textilien und Schuhe im Flur zur

Haustür. Die Telefontaschenlampe brauchte ich gar nicht, um zu erkennen, dass der Türrahmen am Schloss gesplittert war. Das erleichterte mich fast. »Er oder sie hat ein Brecheisen benutzt.«

»Du musst unbedingt die Polizei rufen, Lisa.«

»Jaja, mach ich.«

Ich solle alles möglichst unberührt lassen, sagte der Mann am anderen Ende der Eins-eins-null, man schicke einen Streifenwagen. Davor konnte ich sicher noch aufs Klo gehen. Der Deckel vom Spülkasten war abgehoben und steckte halb in der Schüssel, die Klopapierrollen aus der Packung lagen herum. Irgendjemand hatte was Kleines gesucht, das Leute in Polstern und Spülkästen versteckten, vielleicht Speicherkarten oder Speichersticks.

Auf dem Küchenstuhl rauchte ich eine zweite Zigarette und schickte Sandra eine WhatsApp-Nachricht: »Bad news: Bei dir in der Wohnung wurde eingebrochen. Auf den ersten Blick nichts gestohlen, aber alles durchwühlt, die Sofapolster zerschnitten. Polizei ist benachrichtigt.«

Ich erwartete nicht, dass sie das nachts um eins las, und hoffte, dass sie ihr Telefon nicht neben dem Bett liegen und laut gestellt hatte.

Dann schrieb ich an Kamila: »Falls du noch wach bist, bei mir ist eingebrochen worden, suche Bett für die Nacht.«

Sie war noch wach und antwortete sofort: »Mist! Kannst hier schlafen. Lindenstraße 7, Hinterhaus.«

»Muss noch auf Polizei warten. Wird sicher zwei Uhr.«

»Alles klar. Texte, wenn du da bist, ich lass dich rein.«

Die Häkchen neben der Nachricht, die ich Sandra geschickt hatte, waren in der Zwischenzeit nicht grün geworden. Sie hatte sie also noch nicht gelesen. Ich überlegte, ob ich entgegen der Anweisung der Polizei meine Sachen zusammenpacken sollte. Vermutlich war es ermittlungstechnisch irrelevant, wenn ich Zahnbürste, Seife, Haarbürste und dergleichen aufsammelte. Außerdem stopfte ich meine verstreuten Textilien – Socken, Schlüpfer, T-Shirt, eine Wechseljeans – in meine Reisetasche zurück und legte den Waschbeutel obenauf und Sandras Gladstone darüber. Als ich mich aufrichtete, sah ich durchs Fenster einen blaugelben Streifenwagen auf den Gehweg hochfahren.

Eine Beamtin, den blauen Sternen nach eine Polizeihauptmeisterin, und ein Beamter mit dem silbernen Stern des Polizeikommissars kamen die Treppe rauf. »Sie sind Frau Nerz, Sie haben einen Einbruch gemeldet?«

Ich bejahte. Der Polizist trat an der Tür beiseite, während die Polizistin nach einem kurzen Blick auf den aufgebrochenen Türrahmen die Wohnung betrat, dann kam er nach. Auf dem Gesicht der Beamtin spiegelte sich Mitgefühl angesichts der Unordnung. Sie blieb bei mir stehen, während der Beamte kurz in alle Räume schaute, und stellte ein paar Orientierungsfragen. Ich sagte ihr, dass die Eigentümerin der Wohnung sich als Korrespondentin im Ausland befand und von mir benachrichtigt worden war. Augenscheinlich sei nichts gestohlen worden.

»Wahrscheinlich hat er Geld gesucht«, meinte die Polizistin.

Während er Fotos machte, fertigte sie mit mir am Küchentisch ein Protokoll an. Sie nahm zuerst meine Personalien auf und notierte sich die Telefonnummer von Sandra. »Als Frau Nerz um ca. 0:20 Uhr nach Hause kam, fand sie die Hintertür offenstehend und die Wohnungstür aufgebrochen vor.«

»Das ist mir erst später aufgefallen. Zuerst habe ich gesehen, dass jemand überall die Sachen rausgerissen hatte.«

Das wollte sie so nicht schreiben. Aktiv und plastisch mit starken Verben war nicht ihre Stilvorgabe. Sie war gehalten, Sätze im Zustandspassiv in der Vergangenheit zu bilden. »Die Wohnung war augenscheinlich von einer unbekannten Person betreten und die Schubladen durchwühlt worden.«

Meinetwegen.

Ob ich jemanden im Verdacht hätte, wollte sie wissen, etwa eine Zufallsbekanntschaft aus einem Lokal, oder ob ich in den vergangenen Tagen etwas beobachtet hatte, ein fremdes Auto, das länger in Wohnungsnähe gestanden habe zum Beispiel.

»Hier ist Halteverbot«, warf ich ein.

Oder eine verdächtige Person, die das Haus beobachtet habe.

Man könne keine Vorfestlegung treffen, aber es sehe nach einem konsumnahen Delikt aus, sprich: nach Einbruch eines Drogensüchtigen. Auf meine Frage, ob man nicht Spuren sichern wolle, antwortete der Beamte, er wolle mir keine falschen Hoffnungen machen, die Aufklärungsquote bei Einbrüchen dieser Art liege bei zehn Prozent. Die Beamtin ergänzte zu meiner Beruhigung, der Bericht von der Erstaufnahme gehe an die Kriminalpolizei und die beauftrage die Spurensicherung. Aber die werde erst morgen kommen. Bis dahin solle die Wohnung unverändert bleiben. »Können Sie vorerst woanders unterkommen?«

»Ich kann bei einer Arbeitskollegin schlafen. Ich würde allerdings gern meine Sachen mitnehmen.« Ich deutete auf meine Reisetasche.

Die Polizistin sah darin kein Problem. Fragte sich nur, wie wir die Haustür in einen abgeschlossenen Zustand versetzten. Dafür seien Schlüsseldienste zuständig, die bei Einbruchsschäden sofort eine Notabsicherung vornähmen. Nein, eine Telefonnummer könnten sie nicht herausgeben, die fände ich im Internet. Ob sofort auch bedeutete, dass sie nachts um zwei kamen, wollte ich gar nicht herausfinden, ich wollte schnell ins Bett.

Der Kommissar sah mir wohl an, was ich dachte – vermutlich war ich nicht die Erste, der es so ging –, und fragte, ob ich Klebeband im Haus hätte. Das fand ich mit aus der Not geschärften Sinnen sofort in der Küche. Ich klebte die Tür mit Klebeband von außen zu, und der Kommissar klebte ein Polizeisiegel darüber. Ich bedankte mich, wünschte den beiden, die mitten in ihrer Nachtschicht steckten, noch einen guten Dienst, schickte sie vorne raus und knirschte selber hinten raus zu Sandras Fahrrad.

Schon mal gut, dass ich die Reisetasche vorne auf dem Lastenträger mit Gummis festzurren konnte. Aber ich hätte gerne auch eine Klemme für die Handynavigation am Lenker gehabt. Ich steckte das Phone in meine Moon vor der Brust, hoffte, dass ich die Navi-Anweisungen hören würde, und machte mich auf den Weg durch die Stadt. Irgendwo jaulte mal ein Auto, ab und zu sah ich eins an einer dieser riesigen Kreuzungen an einer roten Ampel warten. Wie viel asphaltierte und mit weißen Strichen markierte Fläche so eine Stadt doch vorhielt für die drei Stunden am Tag, in denen die arbeitende Bevölkerung entschlossen war, mit dem Auto zur Arbeit oder nach Hause zu fahren.

Schneller als gedacht erreichte ich den fremden Kosmos der Lindenstraße. Einheitlich fünfstöckige Gründerzeithäuser mit gaupenreichen Dachgeschossen standen wie Wände links und rechts, alle weiß gestrichen, viele mit klassizistischen Fenstergiebeln aus gelbem Stein. Davor buckelten am Straßenrand die geparkten Autos. Blockweise ging das so, ohne Lücke in den Gebäudewänden, ohne einen einzigen Baum. An einem Gebäudetor aus dunklem Holz entdeckte ich die Hausnummer 7. Ich textete Kamila »Ich bin da« und schob das Rad zwischen zwei geparkten Autos auf den Gehweg hoch. In dem großen Holztor öffnete sich eine kleine Tür, und Kamila lugte heraus.

Auf dem Weg durch den gewölbten Gebäudetunnel unterrichtete ich sie in knappen Worten über das, was passiert war, und bedankte mich, dass ich bei ihr unterkommen konnte. Wir traten hinaus in einen Innenhof mit einer Linde, Büschen, Grünflächen und einem alleinstehenden dreistöckigen Haus in der Mitte. Über der Eingangstür hing ein Banner mit der Aufschrift »Offenes Friedenshaus«. Hinter der Tür eine Garderobe mit bunten Sachen und Schuhen entlang der Wand, links eine große Küche mit Tisch. Sechs Leute wohnten derzeit hier, informierte mich Kamila. »Du wirst sie kennenlernen.«

Wir schlichen eine alte Holztreppe empor und Kamila entließ mich in ein Zimmer mit Doppelbett, Tisch und Schrank, das als Gästezimmer diente – Badezimmer am Ende des Gangs links –, und wünschte mir eine gute Nacht. Als ich mich im Doppelbett ausstreckte, war es Viertel nach zwei.

 Kurz nach acht holte mich das Telefon aus dem Tiefschlaf. Es war Sandra, die meine Nachricht am Morgen gelesen hatte. Nein, Schmuck und Geld habe sie nicht in der Wohnung gehabt. Auch keine brisanten Rechercheunterlagen. »So was steckt man in einen Umschlag und gibt es der Nachbarin zum Aufbewahren.« Wahrscheinlich sei es ein Drogensüchtiger gewesen, das sei im Haus schon mal vorgekommen. Es tue ihr leid, dass ich jetzt den Ärger hätte, ob sie kommen solle. Nein, von mir aus müsse sie nicht kommen. Ich würde versuchen, etwas aufzuräumen. Das müsse ich nicht, sagte sie und meinte vermutlich das Gegenteil.

Als ich in die Küche runterkam, saß Kamila beim Frühstück zusammen mit drei Gestalten. Sie stellte mich einer jungen Weißen in Leggins und einem Neonblouson aus den Achtzigern vor. »Das ist Gutemine.«

»Hallo.«

»Das ist Michael.«

»Hallo.«

»Hallo.« Er war sonnengebräunt, saß in weißem Shirt mit abgeschnittenen Ärmeln am Tisch und schaufelte mit muskulösen Armen und kleinem Löffel ein Müsli.

»Und das ist Dieder.«

»Hallo, freut mich.«

»Mein Pronomen ist ex«, sagte Dieder. Ex war eine schlanke, kleine Person, nicht mehr blutjung, aber auch noch nicht mittleren Alters, in Jeans und grauem Kittel, die ich weder männlich noch weiblich lesen konnte.

»Mein Pronomen ist im Alltag sie«, antwortete ich, »gelegentlich auch mal er. Kann es sein, dass ich ein Interview mit dir im Radio gehört habe?«

»Über die Beschreibung von Hautfarben in der Literatur?«

»Ja, genau.« Während ich mich setzte und Kaffee in einen

Becher goss, fragte ich mich, ob mir klar war, wie man das Pronomen »ex« korrekt einsetzte, und kam zu dem Schluss, dass ich es lieber nicht wagen wollte. Vor dem Kaffee fühlte ich mich einer gendersensiblen Kommunikation nicht gewachsen. Im Englischen war das leichter. Da gab es schon seit hunderten von Jahren das »they«. Eigentlich war es das Pronomen für »sie« im Plural. Aber man konnte es auch im Singular anstelle von »he« oder »she« verwenden. »Dieder left their phone on the table. They asked Lisa to bring it to them.« Und weil im Englischen Täterin und Täter beide »the perpetrator« hießen, konnte sich die Polizei in und außerhalb der Krimis den Krampf mit »der Täter oder die Täterin« und »er oder sie« sparen und einfach von »they« sprechen. Die US-Nachrichtenagentur AP machte das schon länger so.

Kamila hatte heute Spätdienst und um zehn einen Interviewtermin mit ukrainischen Frauen, die auf Kreuzfahrtschiffen geputzt oder als 24-Stunden-Betreuerinnen gearbeitet hatten, ohne je Geld dafür bekommen zu haben, und jetzt ein Foodsharing-Café aufgemacht hatten. Sie retteten Lebensmittel und führten sie kostenlos dem menschlichen Verzehr zu, verkauften Biogetränke und veranstalteten Kochkurse.

Sie beschrieb mir die bequemste Radroute zum Funkhaus, die ich sofort vergaß, und brach Viertel vor zehn auf. Auch Michael verließ die Küche. Gutemine erzählte, dass sie 3D-Artist war, genauer Rigger. Sie machte für Trickfilmanimationen die Bones-Struktur, die vorgab, wie die Figur sich bewegte. Das Rig konnte mit dem Polygonnetz gekoppelt werden. Beim Skinning zeigte sich dann, ob das Skelett funktionierte oder den Körper an blöden Stellen abknickte, und wurde noch mal korrigiert. Studiert hatte sie Mediendesign in Stuttgart. Wir tauschten die Hotspots aus: Schlossplatz, die Wagenhallen, Killesbergpark, Mineralbad Berg. Außerdem fuhr sie mit dem Herzenswärmebus durch die Stadt und versorgte bei Kälte oder Hitze die Obdachlosen. Dieder war verschwunden, als ich mich nach ex umschaute.

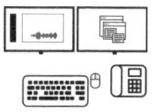 Zehn vor elf lief ich im vierten Stock im Funkhaus ein. Den unterschriebenen Vertrag, der zur Personalabteilung musste, brachte ich ins Sekretariat von Ochs, wo es ein Fach für den Postausgang gab. Die Tür zu seinem Büro war verschlossen. Als ich in die Redaktion eintrat, schauten mir entgegen die sportliche Kerstin, die ich vom ersten Tag kannte, die schmale Judith, die schon in Jacke dasaß, weil ich sie ablöste, und ein nervöser junger Mann mit schwarzem Haar und schwarzem Kinnbart, der sich mir als Enrique de la Torre vorstellte und die Nachrichten im Studio präsentierte. Assistentin war wieder Sylvia die Bergkiefer. Davon, dass ich eigentlich noch zwei Wochen lang nur mitlaufen sollte, war wegen des Krankenstands keine Rede mehr.

Die Themen, die wir ohne große Diskussionen durch den Tag drehten, waren der infame Vorschlag des Justizministers, geschiedenen Männern, die sich etwas mehr als üblich um die Kinder kümmerten, einen Teil der Unterhaltszahlung an die Mutter zu erlassen, der Koalitionsstreit um die Kindergrundsicherung mit allen Aspekten von Verwaltungsmonster bis dringend nötige Bündelung und Vereinfachung und die Furcht der Städte vor dem Verlust von Gewerbesteuern, wenn der Finanzminister sich mit seinen Steuererleichterungen für die Wirtschaft durchsetzte. Drum herum kreiselten Themen wie Erdrutsche wegen Dauerregens, eine miese Weizenernte und die Klage des Bitkom-Präsidenten über das Schneckentempo bei der Digitalisierung in Deutschland.

Der nervöse Enrique wollte im Haus noch was werden und hatte eine Agenda, wie ich schnell merkte. Für ihn waren die drei bis vier Minuten Nachrichten, die er vorlas, kein Sammelsurium zufälliger Aktualitäten, sondern eine dramaturgische Einheit. Nach dem Schwarzbrot der politischen Pflichtmeldungen musste es Sahnetörtchen geben. Die erste Meldung war ihm ziemlich schnuppe, aber nicht die letzte. Die musste eine sein, auf die er in den Schlagzeilen neugierig machen konnte. »Schüler essen scharfe Chips und lösen Großeinsatz aus« war so eine. Dass es Chili-Chips gab, die man erst ab 18 kaufen durfte, hatten auch Kerstin und ich noch nicht gewusst. War also informativ. Fünftklässler hatten irgendwo in Deutschland eine Tüte davon an einem Kiosk gestohlen und eine Challenge veranstaltet, mit dem Ergebnis, dass ihnen die Luft wegblieb, die Hälse, Finger und Augen brannten, alle Panik bekamen und Polizei und Notärzte anrücken mussten.

Ansonsten verschwendeten wir viel Lebenszeit und Energie mit Diskussionen über die Relevanz von Meldungen wie »Königspinguin in Schottland zum Generalmajor befördert«, »Otter kapert in Kalifornien Surfbretter« oder »Klopfzeichen im Sarg, für tot erklärte Frau will raus«. Kerstin hielt die Fahne des öffentlich-rechtlichen Rundfunks hoch gegen die Boulevardisierung der Nachrichten. Enrique sprach von Infotainment. »Und es ist doch interessant, wenn die Mutter des spanischen Fußballverbandschefs sich in einer Kirche verbarrikadiert und in Hungerstreik tritt«, sagte er. »Habt ihr die Bilder gesehen von den Massen an Fernsehteams, die vor der Kirche stehen?«

»Das tut sie aber nicht aus Frauensolidarität mit der Spielerin«, sagte ich, »sondern weil sie findet, dass gegen ihren Sohn eine Hexenjagd im Gange ist.«

»Wir können nicht nur Frauensolidarität melden. Es gibt auch andere Stimmen. Die Spielerin hat selber gesagt, dass der Kuss im Überschwang der Freude verständlich gewesen sei.«

»Das behauptet der Fußballverband«, antwortete Kerstin. »Lies das mal genau. Schon in der Kabine hat sie gesagt, dass habe ihr nicht gefallen.«

»Das wird doch alles total aufgebauscht«, sagte Enrique. »Ich frage mich schon, wie wir überhaupt noch unbefangen feiern sollen, wenn hinterher jede Frau behaupten kann, sie sei nicht gefragt worden, ob sie umarmt werden durfte? Das war doch bloß ein Kuss im Überschwang der Freude nach einem Fußballspiel. Ich kann darin nichts Übergriffiges sehen.«

»Dann stell dir nur mal vor«, sagte Kerstin, »Angela Merkel hätte, als Deutschland Weltmeister wurde, Philipp Lahm den Kopf festgehalten und ihn auf den Mund geküsst. Da wäre aber was los gewesen.«

Enrique stellte es sich vor und verzog angewidert den Mund. Damit war das erledigt, jedenfalls vorerst.

Leitfaden für moderne Nachrichten von Roland Ochs
Funktion der Nachrichten
Nachrichten haben zwei Funktionen. Sie sollen informieren und bei der Meinungsbildung helfen. Sie sollen dafür sorgen, dass alle Bürgerinnen und Bürger laufend die wirtschaftlichen, sozialen und politischen Zusammenhänge erfassen können. Die Menschen sollen auf der einen Seite ihre eigenen Interessen und auf der anderen Seite die Absichten und Handlungen der Entscheidungsträgerinnen und -träger erkennen können. Nur dann sind sie in der Lage, politisch verantwortlich zu handeln. Eine pluralistische Demokratie fußt darauf, dass Fragen von öffentlichem Interesse in einer freien und offenen Diskussion verhandelt werden. In einer durch Medien geprägten Öffentlichkeit ist es von zentraler Bedeutung, dass Medien im Allgemeinen und Nachrichtensendungen im Besonderen die Meinungsvielfalt angemessen wiedergeben.

Zwischendurch rief mich ein Hauptkommissar Nuschel-Name auf dem Handy an und sagte, die Spurensicherung werde im Lauf des Vormittags kommen.

»Ich bin auf Arbeit und kann hier nicht weg«, erklärte ich ihm. »Aber die Tür ist nur zugeklebt, die können rein.«

»Da sollten Sie schon dabei sein«, fand er, »nicht, dass es nachher heißt, es sei noch was dazugekommen«, womit er meinte, es sei was weggekommen. »Wie sieht es morgen aus?«

Da hatte ich Frühdienst von 4 bis 10 Uhr und danach Zeit, wenngleich mir schon jetzt davor graute, in übermüdetem Zustand der Spurensicherung zuzuschauen. Den anderen, die mitgehört hatten, erzählte ich, dass bei mir eingebrochen worden war. So was brauchte kein Mensch. Deshalb hatte man Verständnis, dass ich zwischendurch auch noch mit einem Schlüsseldienst mit Einbruchsschadensbehebung telefonierte.

Zwischen zwölf und zwei konnten Kerstin, Enrique und ich die Redaktion nacheinander für eine halbe Stunde verlassen, um in der Kantine zu Mittag zu essen. Solange half ein Kollege aus, der von irgendwoher kam, sich mir nicht vorstellte und wissen wollte, wo er sich zuerst hinsetzen sollte. Kerstin stand auf und meinte, sie und ich würden heute ausnahmsweise zusammen gehen, Enrique und der Kollege könnten alleine die Stellung halten. Widerspruch gab es nicht.

Der Boden des Gangs schluckte unsere Schritte mit leichtem Beben. Wir passierten die hellblau gestrichene Sitzecke, in der nie jemand saß, und das Sendestudio mit angeschlossenem Großraumbüro. Ich wartete darauf, dass Kerstin das Gespräch eröffnete. Sie wartete vermutlich auf ein Sozialgeräusch von mir.

»Die Bezahlfunktion auf meinem Dienstausweis ist übrigens noch nicht freigeschaltet«, fiel mir ein.

»Kein Problem, ich zahle heute. Du musst bei der Personalabteilung anrufen, dann schalten sie sie frei.«

Wir stiegen drei Stockwerke runter. Küchendünste verdarben den Appetit. Die Kantine war voll, an der Ausgabe schoben Menschen ihre Tabletts vorbei, taten sich Salat auf, langten nach Pommes, Gebratenem und Blumenkohl und belohnten sich vorausschauend mit Schokomus. Frauen und Männer in weißen Kitteln und Kochmützen tauschten leere gegen volle Warmhaltebehälter aus. Kerstin wählte Salat, Pasta und Gemüse. Ich wählte genau das Gleiche, um mir das Gespräch über »ich ernähre mich vegetarisch/vegan« und »ich esse noch Fleisch, aber wenig« zu sparen. Kerstin bezahlte für mich und ich versuchte vergeblich, ihr die 4,20 Euro in Münzen aufzudrängen. Sie kannte die Leute, zu denen wir uns an einen der langen Tische setzten, aber die waren nach einem kurzen »Hallo« nicht weiter an uns interessiert.

Kerstin stach mit der Gabel zu und schaute mich mit kleinen blauen Augen groß an. »Und? Wie ist dein Eindruck?«

»Ich habe noch nicht durchschaut«, sagte ich, »wer eigentlich die Verantwortung hat.«

»Ja, das CvD-System früher war besser. Da hatte ein Mensch das Sagen und die anderen haben ihm zugearbeitet. Da gab es auch Diskussionen, aber entschieden hat der Chef vom Dienst. Oder die Chefin vom Dienst. Dafür mussten die dann auch den Kopf hinhalten, wenn was schiefgegangen ist. Wir hatten mal einen CDUler, der hat in seiner ganzen Schicht den SPD-Parteitag komplett ignoriert. Das war natürlich nicht in Ordnung. In der nächsten Schicht fand der SPD-Parteitag dann statt.« Sie lachte. »So glich sich das aus.«

»Ich habe den Eindruck«, sagte ich, »als ginge es vor allem darum, die Teams im Kleinkrieg zu zermürben, damit wir gar nicht dazu kommen, über Sinn und Unsinn unseres Tuns nachzudenken.«

»Ich sage nur, der Fisch stinkt vom Kopf her.«

»Meinst du Ochs? Die Gespräche mit dem sind schon grenzwertig, das stimmt.«

»Der fühlt sich zu Höherem berufen. Eigentlich wollte er Aktuellchef werden. Aber die mussten endlich mal eine Frau nehmen. Den Job als Nachrichtenchef hat er auch nur bekommen, weil er ein Jahr vor der Pensionierung unseres alten Chefs mit dem Programmchef ein Bier trinken gegangen ist und sich dabei hat versprechen lassen, dass er die Stelle kriegt.«

»Echt?«

»Das weiß ich aus zuverlässiger Quelle. Ich habe mich nämlich auch auf die Stelle beworben, und ich war mindestens ebenso qualifiziert wie er, aber der Programmchef hat mich vor Bekanntgabe zu sich gerufen. Er hat mir erklärt, dass er Roland verpflichtet sei, er habe ihm vor einem Jahr beim Bier versprochen, dass er die Stelle kriegt.«

»Und das sagt der einfach so?«

Kerstin zuckte mit den Schultern. »So läuft das.«

»Und die Frauenbeauftragte oder Gleichstellungsbeauftragte? Konnte die da nichts machen? Bei der Vorlage!«

»Die ist nur für Kantinenfrauen und Sekretärinnen zuständig, also für die unteren Lohngruppen. Bei Leitungsfunktionen kann sie zwar was empfehlen, muss aber nicht gehört werden. Wir sind ein Tendenzbetrieb.«

»Und das heißt?«

»Die Regelungen des Betriebsverfassungsgesetzes gelten für uns nicht. Ein katholischer Kindergarten wird keine Atheistin als Leiterin einstellen, und eine rechte Zeitung muss keinen Linken zum Chefredakteur machen. Es geht um die geistig-ideelle Ausrichtung, nicht um ökonomische Ziele. Deshalb haben wir auch keinen Betriebsrat, sondern einen Personalrat.«

»Und was ist der Unterschied?«

»Bei der Gewerkschaft hat man mir das so erklärt: Bei den Öffentlich-Rechtlichen fehlt der Gegensatz zwischen Arbeit und Kapital. Betriebsräte müssen die Belegschaft schützen und bringen Demokratie in den Betrieb. Aber bei uns ist die Demokratie schon mit drin, weil wir Teil des Gemeinwesens sind. Man geht im Grundsatz davon aus, dass unser Arbeitgeber kein böser kapitalistischer Ausbeuter ist, sondern menschlich anständig, wohlmeinend und gut. Der Personalrat ist gehalten, gemeinsam mit der Leitung ein gutes Arbeitsergebnis hinzukriegen. Er kümmert sich natürlich auch um Einzelfälle, wenn sich jemand gemobbt oder unterbezahlt fühlt. Aber viel kommt dabei nicht raus. Unterhalte dich mal mit Tatjana Kowalik. Dann weißt du, was ich meine. Hier spricht ja niemand über sie.«

»War sie nicht Ukrainekorrespondentin?«

»Ja. Sie hat mir mal gesagt, gegen die Hölle hier sei Kiew Urlaub gewesen. Gefährlich, aber ehrlich. Dort hätte sie gewusst, woran sie ist. Die Bomben kamen von oben. Und es war klar, wer der Feind ist.« Kerstin stocherte Blumenkohlröschen und Möhren zusammen, steckte die Gabel in den Mund und kaute.

Ich musste was sagen. »Ich habe mich übrigens bei Frau Elflein über Ochs beschwert.«

Kerstin richtete sich auf. »Ach ja?«

»Er hat mir zweimal auf die Schulter gefasst, und zwar ungebeten.«

Sie fiel wieder etwas in sich zusammen. »Na ja.«

»So was kann man heute nicht mehr machen«, sagte ich. »Außerdem, wie der vor einem sitzt, breitbeinig und mit den Händen im Schritt.«

Kerstin lächelte schief. »Das gibt sich mit der Zeit, wenn er das Interesse an dir verliert. Ich habe manchmal den Eindruck, dass er bei jeder Neuen auf Brautschau ist. Er hat nämlich keine Frau.« Sie lachte. »Aber hast schon recht, früher hat man dieses Gegockel einfach hingenommen. Hinter mir ist mal ein Redakteur hergelaufen, und als ich ihn vorbeilassen wollte, meinte er, er genösse lieber meinen Anblick von hinten. Und ich habe gelacht. Beim alten Betriebsarzt damals bei meiner Einstellung musste ich mich bis auf BH und Schlüpfer ausziehen, bevor ich auf die Waage steigen durfte. Das muss man sich mal vorstellen! Heute würde ich das nicht mehr mitmachen. Aber damals … man wollte ja den Job.«

»Das ist klassischer Missbrauch einer Machtposition.«

»Daran hat sich nichts geändert. Heute läuft manches nur subtiler ab. Das macht es noch schwieriger, sich dagegen zu verwahren. Du kannst ja kaum beschreiben, was das ist, was bei dir so ein mieses Gefühl von Bedrohung und Verunsicherung auslöst. Dann heißt es, sei nicht so empfindlich, das darfst du nicht so ernst nehmen. Selbst bei eindeutigen Situationen kriegst du das zu hören.«

»Tatsächlich?«

»Unterhalte dich mal mit Tatjana, die kann dir Sachen erzählen.«

Ich ermahnte mich: Jetzt nur nicht verbal drauflosstolpern!

Kerstin kehrte mit Messer und Gabel die Reste zusammen. »Der haben sie wirklich übel mitgespielt. Das wird jetzt sogar vor Gericht geklärt.«

»Ach so?«

»Ja, es gab da einen Übergriff. Aber ich will nicht was erzählen, von dem sie gar nicht will, dass es sich herumspricht.«

»Verstehe. Gäbe es denn eine Möglichkeit, wie ich mich mit ihr in Verbindung setzen könnte?«

»Sie hat eine neue Handynummer.« Kerstin holte ihr Telefon aus der Jackentasche und suchte nach dem Eintrag. Ich weckte mein Telefon ebenfalls, aktivierte die Kamera und hob es hoch, als sei ich bereit, darin etwas zu notieren.

»Da ist sie«, sagte Kerstin. »Ich könnte sie dir schicken.«

Sie schaute mich an und ließ dabei die Hand mit dem Telefon sinken. Ich konnte das Display mit dem Adresseintrag sehen und drückte still und heimlich bei mir auf Aufnahme. Den verräterischen Kameraton hatte ich grundsätzlich deaktiviert.

Kerstin hob ihr Telefon wieder hoch und sagte: »Aber vielleicht sollte ich sie vorher fragen.«

»Aber klar«, sagte ich. »Ich gebe dir meine Nummer, die kannst du ihr geben.«

Wir tauschten unsere Handynummern aus, wie man das heute so machte, sie diktierte mir ihre Nummer und ich rief sie an. Dann abspeichern.

»Ich rufe Tatjana an und frag sie«, versprach Kerstin. »Ich glaube, sie kann jede Unterstützung brauchen.«

Der Nachtmittag zog sich. Mit Kerstins Hilfe fand ich heraus, bei wem ich anrufen musste, damit die Bezahlfunktion meines Dienstausweises freigeschaltet wurde. Immerhin ein Erfolg. Kamila kam zum Spätdienst. Als wir beide mal kurz im Nebenzimmer waren, übergab sie mir einen Hausschlüssel, und ich fragte sie, wie das Interview mit den Ukrainerinnen verlaufen war. »Interessant«, antwortete sie. »Ich glaube, das steckt noch eine andere Story drin, ich erzähl's dir morgen Abend.« Vorher ging nicht, denn ich hatte Frühdienst und sie den Tagesdienst. Schichtarbeit ist ein Beziehungskiller.

Dann war ich endlich raus, atmete tief durch und radelte.

Im Offenen Friedenshaus gab es ein Abendessen aus gerettetem Gemüse. Am Tisch saßen Gutemine, Dieder, Michael und ein weiterer Mann, der sich mir als Lou vorstellte, ein Bursche mit mittelblondem Man Bun, Fünftagebart und ungemein großen und intensiven grauen Augen. Das also war Kamilas Freund. Sie alle interessierten sich auf wohltuend inkludierende Weise nicht sonderlich für mich. Sie hatten auch nicht vor, den Abend miteinander zu verbringen, der Tisch wurde schnell abgeräumt, das Geschirr gespült, die Reste in den Kühlschrank gestellt, und dann liefen sie auseinander zu ihren jeweiligen Meetings, Arbeitsgruppen, Ausstellungen oder Theatervorführungen.

Ich ging raus zum Rauchen. Unweit der Eingangstür stand in der Abendsonne eine Linde mit Tisch und Stühlen darunter. Dort saß eine Person. Auch Dieder war rausgegangen, nur dass ich es nicht bemerkt hatte. Ex hatte das Smartphone vor sich, las etwas, aber hob den Kopf.

»Hallo.«

»Hallo.«

Ich fühlte mich nachgeäfft. Jetzt nicht fragen, was Dieder für ein Name war! Frage an mich: Würde es mich stören, wenn ex mich fragte, was Lisa bedeutete? Kurzform von Elischeva, Gott ist Vollkommenheit. Doch, es würde mich stören, wenn ich es täglich erklären müsste.

»Und du bist also …« Stopp, es passte weder Autorin noch Autor. »… eine Person, die schreibt?«

Dieder lächelte, schnell, hell und vorbehaltlos, ohne die Nebensignale, wie unsere Lächelei sie so oft sendete: Bitterkeit, Herausforderung, Vorbehalt, Ironie, Verachtung. Dieder lächelte und unter dem Baum wurde es wärmer. »Ich schreibe Lyrik und Kurzprosa. Außerdem betreibe ich einen Literaturblog und Seminare für Schreibinteressierte. Meinen Lebensunterhalt verdiene ich mit einer Dozentur am Institut für Linguistik. Und ich trete gerade ziemlich oft bei Poetry Slams auf.«

»Ah!«

»Pass auf!« Dieder schaute auf ex Telefon hinunter und las vor: »›In einer Welt, die schwarz und weiß / da gibt es jene, anders, leis, / non-binär, sie strahlen hell. / Sind abseits von Genderrollen zur Stell. / Genderquer, genderfluid, Ex und ens und bunt / frei und ohne Seelenwund. / Wir verstehen, lernen, / Pronomen ändern, nicht entfernen.‹ Wie findest du das?«

»Joah, äh. Ich habe es nicht so mit Lyrik.«

Dieder lachte. »Schräg, wolltest du vermutlich sagen. Zusammenhanglos, klischeehaft, ungeschickt, holprig. Ist auch nicht von mir. Das Gedicht hat eben ein KI-Chatbot für mich geschrieben.«

»Oh!«

»Ich bereite gerade ein Seminar über KI-basierte Texte vor. Wir wollen der Frage nachgehen, wie man mit linguistischen Analysen erkennen kann, ob Texte von Maschinen oder Menschen geschrieben wurden, und ob man dafür KI nutzen kann. Noch gibt es keine Software, die das hinkriegt, und wir Menschen scheitern auch daran.«

»Interessant.«

»Und extrem wichtig. Nicht nur für wissenschaftliche Arbeiten. In ein paar Jahren werden die meisten Inhalte im Internet von KI erstellt werden. Und die KI, die diese Inhalte erzeugt, wird dabei auf Texte und Bilder zurückgreifen, die bereits von KI erzeugt wurden.«

»Dann haben wir ein durch und durch künstliches öffentliches Informationssystem.«

»Auch ihr im Journalismus werdet euch bald nicht mehr nur die Fußballergebnisse von der KI zusammenfassen lassen.«

Mir war nicht bekannt, dass wir das schon taten.

»Eure standardisierten Nachrichtenmeldungen kann auch die KI verfassen. Du gibst die Zeichenzahl vor, speist die Agenturmeldungen ein und kriegst die fertige Meldung. Bald bieten dann auch die Nachrichtenagenturen KI-Tools an, mit denen die jeweils wellengerechten News erstellt werden können. Auch die Moderierenden im Radio oder Fernsehen wird man durch KI-generierte Stimmen, Personen und Inhalte ersetzen können.«

»Gottbewahre! Ich meine: göttinbewahre! Oder vielmehr: das-göttlichebewahre!«

Dieder lachte. »Das Göttliche wird nicht helfen. Es geschieht nämlich schon. Vor kurzem sind mit KI gefälschte Videos der *Tagesschau* aufgetaucht. In denen entschuldigt sie sich für bewusste Lügen über die Ukraine und die Corona-Pandemie und für die Denunziation von anständigen Bürgern aus der Mitte der Gesellschaft als Rechtsextreme, Reichsbürger und Corona-Leugner. Man sieht und hört die Sprecherin sagen: ›Seit drei Jahren lügen wir Ihnen dreist ins Gesicht.‹ Und: ›Für all diese einseitige Berichterstattung und bewusste Manipulation, insbesondere für die Denunzierung unserer Mitmenschen, müssen wir uns ausdrücklich im Namen des öffentlich-rechtlichen Rundfunks entschuldigen.‹«

»Krass! Allerdings verraten sie sich durch den Duktus der paranoiden Rechten als gefälscht. Die Sprache der *Tagesschau* ist anders.«

»Man kann auch, wenn man genau hinhört und hinschaut, noch die Fälschung erkennen. Die Stimme klingt mechanisch, die Sprachmelodie ist falsch und einige Wörter werden falsch betont. Aber so einfach wird das bald nicht mehr sein.«

Sie mussten nur noch ihre Sprache zähmen, die Adjektive und Adverbien weglassen, kein »dreist« vor die Lüge, kein »anständig« vor die Bürger, statt Vulgärformulierungen und drastischer Substantive wie »Lüge« oder »Denunziation« eine elaborierte Sprache verwenden und natürlich ordentlich gendern. Dann konnten sie mich reinlegen und ich brauchte die linguistische Forensik, um die Fälschung zu entlarven.

»Und was machen wir dagegen?«

»Das weiß ich nicht«, antwortete Dieder. »Es ist ein Milliardengeschäft, von dem nur wenige Player profitieren. Sie könnten versuchen, die gesamte öffentliche Meinungsbildung mit KI zu fluten und uns politisch zu manipulieren. Nichts, was wir im Internet sehen, wird dann noch echt sein. Im Gegenzug werden wir uns Oasen der MI, der menschlichen Intelligenz schaffen. Chomsky sagt: ›Der menschliche Geist ist ein überraschend effizientes und elegantes System, das mit einer begrenzten Menge an Informationen arbeitet. Er versucht nicht, Korrelationen aus Daten zu ziehen, sondern versucht Erklärungen zu schaffen.‹«

»Verstehe ich nicht.«

»Die KI basiert auf immensen Mengen von Daten und versucht die statistisch wahrscheinlichsten Ergebnisse zu erzeugen. Sie kolportiert nur Bekanntes, sie vervielfältigt geistige Leere, sie kann keine neuen Ideen, keine Theorien über die Welt schaffen.«

»Und am Ende bleibt der gute alte und so personalintensive öffentlich-rechtliche Rundfunk übrig, wenn es um MI-gemachte Informationen geht. Und die Menschen, mit denen wir face-to-face sprechen. Die lügen uns allerdings auch gern mal ins Gesicht. Gelogen wird immer und überall. Wir lieben halt hanebüchene Geschichten.«

»Wir müssen lernen, uns der Wahrheit zu stellen, statt uns in Fiktionen zu flüchten«, sagte Dieder.

»Gut gebrüllt, Löw… äh, Löwex.«

Dieder lachte.

Das Nachdenken darüber, wie ich mein Reden so konstruieren musste, dass mir kein ans Substantiv angehängtes ›-in‹ oder ein falsches Personalpronomen unterlief, hemmte meine inhaltliche Produktivität. Mir fiel spontan nichts mehr zu sagen ein. »Entschuldige, Dieder, ich bin ziemlich durchgenudelt. Und morgen habe ich Frühdienst.«

»Dann setz dich. Wir müssen nicht reden.«

Ich setzte mich und rauchte. Dieder schwieg unaufdringlich. Meine Gedanken tröpfelten zurück in die Redaktion zur sportlichen Kerstin, die mir mit bröseliger Stimme von Tatjana erzählt hatte. Ein Drittel aller Chefs waren Psychopathen (männlich), hatte ich mal gelesen. Intelligente Menschen, die wegen einer lieblosen Kindheit eine Persönlichkeitsstörung entwickelt hatten, strebten besonders gern Führungspositionen an, sie suchten Macht, um Minderwertigkeitsgefühle zu kompensieren. Oder um die Gefühle der anderen zu kontrollieren, dachte ich. Denn wer lächelte und nett war, wusste nie, ob die anderen über sie oder ihn freundlich dachten, aber wer sich gemein verhielt, wusste mit Bestimmtheit, dass die anderen sich ärgerten, litten oder Angst hatten. Und schuld waren, wie immer, die lieblosen Mütter.

 Als mein Geist unter den Baum zurückkehrte, stand Dieder auf, wünschte mir eine gute Nacht und wandelte dem Haus zu. Ich ging auch rauf. Während allmählich hinterm Fenster die Nacht einfiel, schrieb ich meinen Bericht für Richard und streamte zwischendurch auf meinem Laptop die Fernsehnachrichten. Morgen früh musste ich wissen, was am Vorabend die Themen gewesen waren.

Einspieler wird bei den Fernsehnachrichten ein eigenständiger filmischer Bericht genannt, der nach einer nachrichtlichen Anmoderation abgespielt wird. Er bereitet den Sachverhalt besonders auf, etwa mit Grafiken, Tabellen oder Interviews mit Sachverständigen oder Betroffenen. Damit sollen die Folgen einer politischen Entscheidung auf emotionaler Ebene sichtbar gemacht werden. In einem Nachrichtenjournal, das ergänzende Informationen und Hintergründe bieten soll, gehen die vier bis fünf redaktionellen Beiträge inhaltlich und thematisch über das reine Tagesgeschehen hinaus. Der Moderator, die Moderatorin verwendet anstelle der faktenorientierten Nachrichtensprache eine moderierende Sprache, die auf den Beitrag neugierig macht.

Moderation: Es klingt nach einem Agentenkrimi, der das Zeug hat, die Welt zu erschüttern. Vor einem Jahr sprengte ein Geheimkommando die Nord-Stream-Pipelines in der Ostsee. Seitdem suchen deutsche Ermittlungsbehörden nach den Tätern. Waren es ukrainische, russische oder US-Truppen? Ein Rechercheteam und das ARD-Hauptstadtstudio konnten jetzt rekonstruieren, wie und wann der Sprengstoffanschlag verübt wurde. Und die Spuren führen in die Ukraine.

Hatten wir das nicht schon mal?, fragte ich mich, als der Film begann und man aus der Drohnenflugperspektive eine elegante weiße Segeljacht vor dem Wind die Ostsee Richtung Horizont durchpflügen sah. Der Unterschied zu allem, was ich über die Jacht, die Sprengstoffspuren an Bord, die ukrainische Herkunft der Crew und die Möglichkeit einer False-Flag-Operation gelesen hatte, war, dass die Reporter jetzt genau diese Jacht gemietet hatten und selber in der Ostsee herumfuhren. Während Günter Wallraff als Reporter noch unerkannt in Betrieben malocht oder bei der Blöd-Zeitung Fake-News fabriziert hatte, um hinterher Missstände publik zu machen, war der Mehrwert dieses Segeltörns eher gering. So was wie Erlebnisjournalismus. Wir anstelle der Verbrecher.

Und cui bono? Wem hatte es genützt? Nord Stream 2 war nicht genehmigt worden und nach Kriegsausbruch war das auch nicht mehr zu erwarten gewesen. Durch die andere Röhre hatte Russland auch kein Gas mehr geliefert. Wozu also noch sprengen? Die angebliche ukrainische Spur, hatte ich gelesen, könnte in Wirklichkeit eine russische Spur sein, denn die Person, die das Boot in Warschau angemietet hatte, lebte auf der von Russland besetzten Krim. Der Nutzen: Wenn Gazprom kein Gas mehr liefern konnte, weil die Leitung kaputt war, liefen Regressforderungen aus Deutschland ins Leere. Mich überzeugte nichts. Vermutlich waren es Superschlaue gewesen, die meinten, ein richtiges Sabotageabenteuer hülfe wem auch immer. Oder die USA. Die Geheimdienste der USA beschuldigen passte immer. War nach den Anschlägen vom 11. September ja auch gegangen.

Google verriet mir, dass die Buchstaben YKK auf dem Reißverschlussschieber für den Namen einer japanischen Marke mit deutscher Niederlassung standen, die praktisch alle Textilhersteller belieferte. Ich lud die beschrifteten Bilder der zwölf von mir geöffneten Schließfächer in die Cloud hoch, dazu die Fotos des Reißverschlussschiebergriffs und des Fundorts, das Telefonbildschirmbild der Koordinaten des Fensters, den Schnappschuss von Tatjanas unscharfer, aber gerade noch lesbarer Telefonnummer und das Gedächtnisprotokoll meines Gesprächs mit Kerstin beim Mittagessen. Richard hatte nichts reingestellt.

Auch dieses Zimmer hatte eine gelblich weiße Wand, an die ich hätte Fotos kleben und mit rotem Wollfaden ein Netz von Verbindungen hätte ziehen können. Niemand war fähig, die echten Strukturen der Wirklichkeit wahrzunehmen, so zufällig, unzusammenhängend und widersprüchlich, wie sie waren. Für die Wirklichkeit gab es keine Formel, für den Krimi schon. Und so legten wir über alles die Schatten der Fiktion. In Wirklichkeit waren das offene Fenster, die kopflose Leiche der Ukrainerin im Kanal, Tatjanas Abtauchen, der Datenklau in der Newsredaktion, Kamilas Net Observers, Anneliese Unterwasser und der Einbruch in Sandras Wohnung nicht Teil derselben Geschichte, nur weil meine neuronalen Netze der Sammelpunkt der Elemente waren. In einem Agatha-Christie-Krimi ergäbe sich die Lösung aus einer mathematischen Formel. Wäre die Ukrainerin in einem Landhaus, einem Auto oder einem Zug gemordet worden, wäre die Täterin eine Frau, die ihr Opfer erwürgt hat und negativer dargestellt wird als männliche Täter. Eine Formel, die unserer tief in unseren patriarchalischen Religionen verankerten Vorstellung von Vorherbestimmtheit des Lebens entgegenkam. Am liebsten lauschten wir Geschichten, in denen alles mit allem zusammenhing und von einer geheimen Macht gesteuert wurde: Gott, der Mafia, den Russen, der KI. Das echte Leben aber folgte keiner Dramaturgie.

Meine drängendste Frage war aber eigentlich: Kann ich überhaupt einschlafen, wenn ich jetzt schon ins Bett gehe? Immerhin brachte ich aus der vergangenen Nacht einen stattlichen Schlafmangel mit.

 Morgens um Viertel nach drei ist die Welt bibberkalt. Ich fand die Lichtschalter nicht für den Weg zur Küche, konnte draußen in der Finsternis die Zahlen auf Veronikas Kabelschloss nicht erkennen und hatte keine Idee, wie ich gleichzeitig das Telefon mit der Taschenlampe halten und mit zwei Händen die Zahlenringe verdrehen sollte. Ich musste das Rad raus auf den Gehweg schleifen und das Schloss unter einer Straßenlaterne öffnen.

Die Feuerwehr orgelte irgendwo durch die Stadt, ein Wagen nach dem anderen. Nachher in der Redaktion bei der Polizei nachfragen! Meistens, das wusste ich aus Stuttgart, war es trotz Großaufgebots nichts Großes. Ich blieb bis zur Hauptstraße auf dem Gehweg, um mir das Kopfsteinpflaster zu ersparen, schwer verboten, aber um die Zeit war kein Mensch zu Fuß unterwegs. In der Nähe des Bahnhofs auf leerer vielspuriger Straße überholte mich eine Polizeistreife und winkte mich mit der Kelle an den Rand. Das hatte mir gerade noch gefehlt.

Eine Beamtin und ein Beamter, beide mit blauen Sternen, stiegen aus, traten mir entgegen, bildeten die L-Stellung – er stand so, dass er mich und seine Kollegin im Blick hatte –, und sie sagte: »Guten Morgen. Wo kommen Sie jetzt her?«

»Von daheim. Ich bin auf dem Weg zum Funkhaus, ich habe Frühdienst, und wenn ich nicht pünktlich ankomme, gibt es keine Nachrichten.«

Das hätte ich nicht sagen sollen.

Sie wurden ganz langsam. »Ist Ihnen bekannt, dass an Ihrem Fahrrad das Rücklicht nicht funktioniert?«

»Nein, vorhin tat es noch.« Das sagten sie natürlich alle.

Der Polizist trat hinter mein Fahrrad. Ich sah den rötlichen Widerschein des Rücklichts auf dem Stoff seiner Hose.

»Es tut doch.«

»Als wir hinter Ihnen herfuhren«, sagte er, »hat es geflackert und ist ausgegangen.« Er bückte sich und fasste ans Licht. Es verlosch. »Sehen Sie, es hat wahrscheinlich einen Wackelkontakt. Das sollten Sie in Ordnung bringen.«

»Mach ich«, und wollte wieder aufsteigen. Das hätte ich nicht tun sollen.

»So können Sie nicht weiterfahren«, sagte der Beamte.

Und die Beamtin fragte: »Ist das überhaupt Ihr Fahrrad?«

»Ja, äh, nein. Es gehört einer Bekannten, die gerade im Ausland ist. Ich wohne bei ihr und sie hat mir ihr Fahrrad zur Benutzung überlassen.«

»Wo wohnen Sie denn?«

»Granitstraße 23.«

»Das liegt aber ganz woanders, und Sie sagten eben, Sie kämen von Zuhause und seien auf dem Weg zum Funkhaus.«

»Ja, entschuldigen Sie, in der Wohnung meiner Bekannten ist vergangene Nacht eingebrochen worden, deshalb hat mir eine Kollegin angeboten, bei ihr in der Lindenstraße zu übernachten, bis die Spurensicherung dort war. Die kommt heute um elf Uhr.«

»Sind Sie damit einverstanden, dass wir die Rahmennummer des Fahrrads einmal überprüfen?«

Da sagte ich besser nicht nein.

Der Polizist brachte eine potente Taschenlampe zum Einsatz und leuchtete Veronikas violetten Rahmen ab. Um die Rahmennummer bei einem Veloretti unter der Kurbel abzulesen, musste er das Fahrrad umdrehen und auf Lenker und Sattel stellen. Die Klingel schrammte auf dem Boden. Noch ein Schaden, den ich Sandra vermelden musste.

Mir fiel ein: »Ich kann Ihnen die Nachricht der Besitzerin zeigen, in der sie mir den Code des Fahrradschlosses mitteilt.« Ich rief den Chat auf. »Hier.«

»In Ordnung«, sagte sie mehr an ihren Kollegen gewandt. Die Klingel ratschte noch mal, Veronika stand auf den Reifen. Und das Rücklicht leuchtete wieder. Ich wollte nach dem Lenker greifen, aber das hätte ich besser gelassen.

»Und wegen Ihrer nicht voll funktionstüchtigen Beleuchtung …«

Jetzt nicht Aber sagen!

»Sie haben ein Fahrrad mit defektem Licht geführt. Das ist eine Ordnungswidrigkeit im Verwarnungsbereich.«

»Äh, ja?«

»Sie werden zahlungspflichtig verwarnt. Das kostet zwanzig Euro. Wenn Sie mir dann bitte einmal Ihren Personalausweis geben.«

Das vereinfachte die Sache nicht.

»So, Sie sind in Stuttgart wohnhaft?«

»Ja, aber ich arbeite jetzt gerade hier im Funkhaus. Und ich sollte, wenn es irgendwie möglich wäre, so langsam los, ich muss um vier dort sein.«

»Haben Sie Alkohol zu sich genommen?«

»Nein.«

»Und gestern Abend? Ist eventuell Restalkohol vorhanden?«

»Nein.«

»Hauchen Sie mich mal an.«

Das gehörte zu den unangenehmsten Nahkontakten mit der Polizei. Ich hauchte.

»Ah«, sagte die Polizistin, die nicht die Nase verzogen hatte, »Sie haben eine Zigarette geraucht.«

Ich flehte im Stillen, dass sie jetzt nicht noch einen Alkoholtest und ein Drogenscreening machten. »Kann ich das auch gleich bezahlen? Geht das?«

»Selbstverständlich.«

Ich zog einen Zwanziger aus dem Geldbeutel.

Sie trat beinahe erschrocken einen Schritt zurück. »Die Polizei nimmt kein Bargeld an. Das dürfen wir gar nicht.« Sie hatten aber im Streifenwagen ein Kartenzahlungsgerät. Das verlängerte die Sache noch einmal.

Als ich dann endlich mein Fahrrad ergreifen konnte, sagte der Polizist mahnend: »Mit defektem Rücklicht dürfen Sie heute nicht weiterfahren, Sie müssen schieben.«

Zu Fuß würde ich eine halbe Stunde zum Funkhaus brauchen. Bahnen oder Busse fuhren um die Zeit nicht, und ich hätte auch nicht gewusst, welche ich nehmen musste. »Und wie soll ich jetzt zum Funkhaus kommen?«, fragte ich entgeistert. »Ich muss in fünf Minuten dort sein.«

»Sie können sich ein Taxi rufen.«

Darauf war ich nicht vorbereitet. »Haben Sie eine Telefonnummer?«

»Sie haben ein Handy, Sie werden schnell eine Telefonnummer finden«, antwortete die Beamtin.

»Okay«, sagte ich. »Ich schiebe dann jetzt das Fahrrad auf den Gehweg. Ist das in Ordnung?«

»Selbstverständlich. Schönen Tag noch. Und das nächste Mal setzen Sie zur eigenen Sicherheit einen Helm auf, wenn Sie aufs Fahrrad steigen.«

Jetzt nicht sagen, dass es in Deutschland keine Helmpflicht gab. Sondern bedröppelt den Lenker ergreifen und das Fahrrad über den Bordstein auf den Gehweg wuchten. Dabei ging das Rücklicht wieder aus.

Ich stellte das Fahrrad ab, wischte auf meinem Handy herum und hielt es ans Ohr, als würde ich telefonieren, während die beiden Polizeikräfte zu ihrem Auto gingen, einstiegen und davonfuhren. Sie wussten – und ich wusste, dass sie es wussten –, dass ich, kaum waren sie außer Sichtweite, aufs Fahrrad steigen und weiterfahren würde. Womöglich machten sie sich den Schlaubergerspaß und lauerten mir hinter der nächsten Kreuzung auf. Ich wog ab. Selbst wenn es noch eine Minute kostete, mochte es sich lohnen, zu schauen, ob ich den Wackelkontakt beheben konnte. Ich beugte mich mit dem Telefonlicht über die Rückleuchte. Eines der beiden Kabel war lose. Ich drückte die Klemme rein, schob das blanke Ende des Kabels so tief wie möglich ins Anschlussloch und schüttelte das Fahrrad. Das Rücklicht leuchtete unerschütterlich. Jetzt aber los!

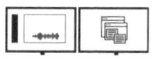

Sieben nach vier lief ich atemlos in der Redaktion ein und keuchte meine Geschichte hervor. Die schmale Judith war verärgert, weil sie keine Mobilnummer von mir gefunden hatte, um mich anzurufen und zu fragen, wo ich blieb, sah aber ein, dass ich schuldlos war. »Jetzt setzt dich erst mal.«

»Die Feuerwehr ist mit Getöse durch die Stadt gefahren«, berichtete ich. »Soll ich bei der Polizei anrufen?«

Das fand Judith nicht nötig. »Wenn es was Größeres war, kommt es über die Agenturen.«

Am Platz der Präsentatorin saß eine junge Frau, geschminkt wie zum Ausgehen am Abend. Sie nahm den Kopfhörer runter und stellte sich mir als Farah Hammami vor. Sekretärin war wieder Sylvia die Bergkiefer. Sie sagte nicht viel, druckte aus und füllte das Papier in den Druckern nach. Die Pünktlichkeitspanik hätte ich mir auch sparen können, denn der Dienst verlief unerwartet ruhig. Zu tun gab es nicht viel, obgleich zur vollen Stunde dreieinhalb Minuten mit Tönen und zur halben Stunde zwei Minuten mit einem Ton gesendet wurden. Doch wir variierten mit den Meldungen so gut wie gar nicht, denn Hörerbefragungen hatten ergeben, was man bei sich selber gut beobachten konnte: Morgens hörten die Leute, die um halb fünf oder sechs oder sieben Uhr aufstanden, vielleicht zwanzig Minuten Radio und in dieser Zeit nur eine Nachrichtensendung. Der Aufmacher sendete vor allem das Signal, dass die Welt noch stand. Der Krieg in der Ukraine erforderte keine Umplanung der Tagesaktivitäten.

Ich konnte in die Kaffeeküche gehen und mir einen Kaffee aus dem Automaten lassen, der schon in Betrieb war. Beim Warten fiel mir auf, dass an dem fünfbeinigen und blütenförmigen Garderobenständer neben der hellblauen Strickjacke heute eine große dunkelblaue Outdoorjacke mit roten Schulterflächen hing. Dem unteren Reißverschluss fehlte der Schieber. Am oberen hing ein Schieber mit den Zeichen YKK. In den Taschen befand sich nichts, was Rückschlüsse auf den Besitzer zuließ. Ich machte Fotos und balancierte den schwappenden Kaffee zurück in die Redaktion.

»Da hängt eine Outdoorjacke in der Kaffeeküche.«

»Bestimmt die von Sven«, antwortete die schmale Judith. »Der lässt sie immer hängen, wenn schönes Wetter ist. Warum?«

»Sie stinkt. Könnte er sie nicht ins Schließfach tun?«

Judith lachte hektisch. »Ja, morgens ist man empfindlicher.«

Die geschminkte Farah war hellwach und wurde nicht müde, immer wieder zu fragen: »Könnte man das nicht anders formulieren? Sollten wir statt ›unterdessen‹ nicht ›inzwischen‹ schreiben? Musste es nicht ›gleichzeitig‹ heißen, ›zeitgleich‹ bedeutet, dass zwei Leute nacheinander, aber mit gleichen Zeiten ins Ziel gekommen sind. Und ›wie es hieß‹ ist keine Quellenangabe, könnten wir das nicht weglassen? Und das ›erklärte sie‹ klingt gestelzt, wollen wir nicht ›sagte sie‹ schreiben? Oder hat sie das gar nicht gesagt, sondern schriftlich erklärt? Das ist ein kleiner, aber entscheidender Unterschied.« Sie schaute mich an und belehrte mich: »Hätten die Nachrichtenleute den feinen Unterschied gekannt, die an dem Sonntag Dienst hatten, als die Falschmeldung auftauchte, Kohl wolle die Spendernamen nennen, hätten sie misstrauisch werden können. Ich wäre es geworden.«

Judith lachte auf. »Das wärst du nicht, Farah, glaub mir. Ich hatte damals Dienst. Zum Glück war ich nur die Volontärin.«

Protokoll einer Falschmeldung
Feature von Judith Heidenheim
Geräusch: Nachrichtenticker
Erzähler: Es ist Sonntag, der 23. Januar 2000. Ein langweiliger Nachrichtentag. In der Nachrichtenredaktion plant man gerade die Sendung für 17 Uhr.
Geräusch: Nachrichtenticker und Eilmeldungsalarm
Erzähler: Doch dann wendet sich das Blatt. Um 16:18 Uhr kommt von Reuters mit Vorrangkennung 1 die Eilmeldung in Großbuchstaben:

Sprecher: KOHL - WERDE IN EINEM HOCHRANGIGEN AUSSCHUSS DIE SPENDERNAMEN NENNEN

Redakteur: Wir haben unsern Aufmacher.

Redakteurin: Wer hätte das gedacht? Redet der Alte endlich!

Geräusch: Nachrichtenticker und Eilmeldungsalarm

Erzähler: Um 16:20 Uhr kommt, wieder mit Vorrangkennung 1, die zweite Meldung von Reuters, erneut in Großbuchstaben.

Sprecher: KOHL - AUSSCHUSS BESTEHT AUS RAU, THIERSE, HERZOG UND PAPIER, VIZEPRÄSIDENT DES BUNDESVERFASSUNGSGERICHTS

Redakteurin: Eine Meldung ist keine Meldung, eine Quelle nennen die auch nicht.

Redakteur: Gemach! Wir haben noch massig Zeit bis 17 Uhr.

Geräusch: Nachrichtenticker und Eilmeldungsalarm

Erzähler: Um 16:23 Uhr jagt AP die Meldung los, ebenfalls mit 1 Vorrang:

Sprecher: Kohl will Namen der Spender nennen. Berlin – Altbundeskanzler Helmut Kohl will in der CDU-Parteispendenaffäre die Namen der bislang anonymen Spender nennen. Das kündigte Kohl am Sonntag in einer Erklärung in Berlin an.

Erzähler: Und reicht um 16:26 Uhr nach:

Sprecher: Zitat: »Um Schaden von der Christlich Demokratischen Union abzuwehren, habe ich mich entschlossen, die Namen der Persönlichkeiten, die meine Arbeit in der CDU finanziell unterstützt haben, vor einem hochrangigen Ausschuss zu nennen«, hieß es in der Erklärung, die Kohl unmittelbar vor einer Sitzung des CDU-Präsidiums veröffentlichte.

Redakteur: Da hast du deine zweite Agentur. Und die Quelle: eine Erklärung, die Kohl in Berlin veröffentlicht hat.

Redakteurin: Warum will der auf einmal die Spendernamen nennen? Verstehst du das?

Geräusch: Nachrichtenticker und Eilmeldungsalarm

Erzähler: Um 16:27 Uhr alarmiert auch dpa die Redaktionen mit einer Eilmeldung der Kategorie 2, Eil.

Sprecher: Kohl will Spender nennen. Berlin – Altbundeskanzler Helmut Kohl will nun doch die bisher verschwiegenen Namen der

Bargeld-Spender für die CDU nennen. Dies teilte Kohl am Sonntagnachmittag mit.

Redakteur: Und das ist jetzt die dritte Agentur. Damit sind wir absolut auf der sicheren Seite.

Redakteurin: Bei dpa heißt es »mitgeteilt«. Haben die eine andere Quelle? Und wo soll er das gesagt haben?

Redakteur: Spitzmarke ist überall Berlin. Also dort vor der Fraktionssitzung.

Erzähler: Woher die Erklärung kam, bleibt unklar. AP erweckt den Eindruck, dass der Ort des Geschehens Berlin ist. Tatsächlich bekamen die Agenturen ein Fax. Und zwar aus Bonn. Das teilen sie den Redaktionen aber nicht mit. Sie sagen auch nicht, dass das Fax nicht handschriftlich unterschrieben war.

Redakteur: Dann diktiere ich jetzt mal die Meldung. Das wird ein Knaller.

Geräusch: Blatt wird in eine Schreibmaschine eingezogen

Redakteur (diktiert): Berlin: Altkanzler Kohl will die Spendernamen nennen. In einer Erklärung Kohls vor der CDU-Fraktionssitzung heißt es, er habe sich entschlossen, die Namen der Persönlichkeiten zu nennen, die seine Arbeit in der CDU finanziell unterstützt hätten. Er wolle damit Schaden von der Partei abwenden. Demzufolge will Kohl die Namen einem überparteilichen Ausschuss nennen, der unter anderem aus Bundestagspräsident Thierse und Bundespräsident Rau bestehen soll.

Geräusch: Nachrichtenticker

Erzähler: AP sendet um 16:34 und 16:38 Uhr die Namen der Ausschussmitglieder, denen Kohl die Namen nennen will, und den Wortlaut der Erklärung. Wir erfahren über das bereits Bekannte hinaus:

Sprecher: Die Erklärung wurde am Sonntag in Berlin von der CDU-Fraktion veröffentlicht.

Erzähler: Es folgt der Wortlaut des gesamten Briefs einschließlich der getippten

Sprecher: Unterschrift Dr. Helmut Kohl.

Erzähler: Bei dpa herrscht zu diesem Zeitpunkt Funkstille. Auch

Reuters schiebt nichts mehr nach. AFP ist bislang überhaupt noch nicht auf das Thema eingestiegen.

Geräusch: Zeitzeichen für Nachrichten

Erzähler: Die Meldung läuft als Aufmacher in allen Sendern, die an diesem Sonntag um 17 Uhr Nachrichten haben. Die Redaktionen haben keinen Grund, an ihrer Richtigkeit zu zweifeln. Das Fax, das den Presseagenturen vorliegt, haben sie nicht zur Hand. Sie können sich nicht die Fragen stellen, die sich die Mitarbeitenden von Reuters und dpa in diesem Moment stellen, da sie mehr Ruhe haben, darüber nachzudenken, was sie da eilig rausgehauen haben.

Redakteurin: Wieso kommt dieses Fax mit einer getippten Unterschrift aus Bonn?

Redakteur: Und komisch ist auch: Die Absendernummer ist die der CDU Bonn, aber hier steht nicht wie sonst »CDU-Ratsfraktion Bonn«, sondern nur »CDU-Fraktion«. Eine andere Schriftart ist es auch, und die Datumsangabe stimmt auch nicht.

Redakteurin: Ist das überhaupt echt?

Erzähler: Der Chef von Reuters erklärt am anderen Tag, das Fax habe zu 90 Prozent den Faxen entsprochen, die sonst immer von Kohl kamen. Ein Kohl-Sprecher habe am Morgen außerdem aus Bonn angerufen und ein Fax angekündigt. Daher seien die Reuters-Redakteure nicht erstaunt gewesen, dieses Fax aus Bonn zu bekommen. Seit der CDU-Spendenaffäre seien Erklärungen von Kohl auch nicht unterschrieben worden. Man habe vor der Sendung der Eilmeldung und danach jemanden bei der CDU-Fraktion zu erreichen versucht, dies sei aber nicht gelungen.

Redakteurin: Tja, Schnelligkeit geht vor Genauigkeit.

Erzähler: Während Reuters und dpa in der Viertelstunde vor und nach 17 Uhr recherchieren und herumtelefonieren, um eine Bestätigung von anderer Seite zu bekommen, verfasst AP eine ausführliche Zusammenfassung der Spendenaffäre.

Geräusch: Nachrichtenticker

Sprecher: Im Dezember 1999 hatte Kohl in einem Fernsehinterview zugegeben, 1,5 bis 2 Millionen Mark an Spenden entgegengenommen zu haben, immer in bar und nur für die Partei. Die Spender hätten sich Anonymität ausbedungen. Dafür habe er sein Wort gegeben.

Erzähler: Dies wird unter dem Titel »Abendmeldung« um 17:16 Uhr an die Zeitungs-, Fernseh- und Hörfunkredaktionen verschickt.

Redakteur: Rufst du mal das Berliner Studio an, damit sie uns für 18 Uhr einen KB machen?

Redakteurin: Mach ich.

Geräusch: Tastentelefon, Wahlton

Korrespondent: Hauptstadtstudio Berlin

Redakteurin: Hallo, ich rufe an wegen ...

Korrespondent (genervt): Ja, wir haben die Filmeldungen auch gesehen. Aber wir erreichen bei der CDU niemanden. Ich kann nur die Agenturen abschreiben.

Redakteurin: Das würde uns erst mal reichen. Vielen Dank.

Geräusch: Nachrichtenticker und Eilmeldungsalarm

Erzähler: Um 17:23 Uhr alarmiert uns AFP, die bislang geschwiegen hat, mit der Meldung:

Sprecher: Kohl-Sprecher: Berichte über Bereitschaft zu Namensnennung falsch – Bonn (AFP) – Altbundeskanzler Helmut Kohl bleibt entgegen anderslautender Meldungen bei seiner Position, die Namen der anonymen Spender nicht zu nennen. Ein Sprecher des Altbundeskanzlers sagte am Sonntag der Nachrichtenagentur AFP im Auftrag Kohls, dass Meldungen, wonach Kohl die Spendernamen vor einem Ausschuss nennen wolle, »falsch und frei erfunden« seien. Die Nachricht sei weder von Kohl noch in dessen Namen verbreitet worden, betonte der Sprecher.

Redakteur: Scheiße!

Redakteurin: Es ist komplett eine Ente? Das darf doch nicht wahr sein!

Erzähler: In den Nachrichtenredaktionen herrscht Entsetzen. Funkhäuser, die zu diesem Zeitpunkt Magazinsendungen haben, erleben Moderationen auf der Achterbahn. Sämtliche Hauptstadtstudios werden erneut angerufen. Sie schreiben ihre Nachrichtenminuten für 18 Uhr um, versuchen zu telefonieren und raten den

Redaktionen zum Abwarten. Fünfzehn Minuten lang geschieht gar nichts. Die Agenturen schweigen.

Redakteurin: Was melden wir denn nun um 18 Uhr?

Redakteur: Das Dementi. Was bleibt uns denn übrig? So ein Mist!

Redakteurin: Aber das ist nur eine Agentur!

Geräusch: Nachrichtenticker und Eilmeldungsalarm

Erzähler: Um 17:38 Uhr jagt die Agentur AP Deutschland eine besonders schöne Form der Eilmeldung los, und zwar eine Kill-Meldung:

Sprecher: Kohl - 1 VORRANG KILL Achtung Redaktionen, die Meldungen »Berlin: Kohl will Namen der Spender nennen« werden hiermit zurückgezogen. Ein Sprecher Kohls bezeichnete die zugrunde liegende Erklärung als Fälschung. Bitte stellen Sie sicher, dass die Meldungen nicht veröffentlicht werden. Eine klarstellende Neufassung in Form einer Abendmeldung ist in Vorbereitung.

Redakteurin: Was denken die eigentlich, wie wir im Radio arbeiten? Die Zeitungen erscheinen erst morgen, die können noch was ändern, wir aber nicht.

Erzähler: Dpa will es anscheinend immer noch nicht glauben. Ein Landesdienst von dpa schickt um 17:41 Uhr folgende Mitteilung:

Geräusch: Nachrichtenticker und Eilmeldungsalarm

Sprecher: Achtung – Eil, dpa prüft zurzeit nach, wie die Informationsfolge zur angeblichen Kohl-Erklärung gelaufen ist, über die verschiedene Presseagenturen berichteten. Bitte verwenden Sie im Landesdienst verbreitete Reaktions-Meldungen zu der angeblichen Kohl-Erklärung nicht.

Erzähler: Die Prüfung nimmt die Redaktion von dpa offenbar so sehr in Anspruch, dass sie nicht dazu kommt, den für 18 Uhr geschriebenen Nachrichtenüberblick zu ändern.

Redakteurin: Guck mal, dpa macht hier immer noch mit der Falschmeldung auf, Kohl will Spendernamen nennen.

Erzähler: Die Unbekannten, die an diesem Sonntag das Fax mit einer gefälschten Bonner Faxnummer abschickten, kannten sich offensichtlich gut in der Arbeit von Presseagenturen aus. Jede will die erste sein. Eine Eilmeldung wird gesendet, bevor sie verifiziert ist. Reuters ist dabei gern die schnellste Agentur. Erst danach nahmen die Agenturen sich die Zeit, über die rätselhafte Absenderkennung zu grübeln und herumzutelefonieren.

Redakteurin: Ich würde mir wünschen, wir hätten routinemäßig sprachliche Mittel zur Verfügung gehabt, diese Meldung als nicht abgesichert und fragwürdig kenntlich zu machen.

Redakteur: Zum Glück haben wir nicht die dpa-Formulierung übernommen, dass Kohl das mitgeteilt habe. Das hätte so geklungen, als habe jemand Kohl das sagen hören.

Redakteurin: Das war streng genommen eine Lüge. Eigentlich hätten wir die Meldung so formulieren müssen:

Sprecher: Altkanzler Kohl will anscheinend die Spendernamen nennen. Ein Fax, in dem das steht, ging am Nachmittag bei verschiedenen Presseagenturen ein. Ob Kohl der Absender ist, lässt sich nicht überprüfen. Bei der CDU war bislang niemand zu erreichen.

Redakteur: Andererseits ist die Meldung über eine dreiste Falschmeldung auch eine Meldung. Die finden unsere Hörerinnen und Hörer auch interessant.

Redakteurin: Vor allem, weil die Journaille selbst drauf reingefallen ist.

»Und das lange vor den Zeiten von Deepfake«, bemerkte Judith.

»Die Spender-Geschichte war an sich schon ein Fake«, sagte Farah. »Es gab keine Spender. Kohls Ehrenwort-Drama sollte davon ablenken, dass es sich um schwarze Kassen handelte.«

»Tatsächlich?«, sagte ich.

»Ja, das hat Wolfgang Schäuble vor ein paar Jahren in einem Fernsehinterview gesagt.«

»Irgendwann ist immer nur noch einer übrig, und was der sagt, gilt dann als die Wahrheit.« Der Kaffee, den ich zur Erhärtung des Puddings in meinem Schädel in mich hineingeschüttet hatte, zeigte Wirkung.

»Man gewöhnt sich an den Frühdienst«, trösteten mich die beiden.

Farah hatte gut geschlafen. Am liebsten hätte sie zwei Wochen am Stück Frühdienst gemacht. »Sicher, das Privatleben leidet darunter, aber der Körper kann sich besser darauf einstellen. Das ist medizinisch belegt.«

»Aber«, widersprach die schmale Judith hastig, »der Körper braucht allein vier Tage, um den Biorhythmus umzustellen. Das zehrt auch an der Gesundheit, wenn du das alle vierzehn Tage machen musst. Dann lieber an ein oder zwei Tagen die Woche Ausnahmesituation, damit kommt der Körper besser klar. Das ist auch medizinisch erwiesen.« Sie legte sich nach dem Frühdienst hin und schaffte es, drei Stunden zu schlafen. Farah ging erst einmal schwimmen, hielt sich wach und ging früh ins Bett. Ich hatte keine Ahnung, wie ich das machen würde.

Um acht wallfahrteten wir zur Kantine und kauften Brötchen und Croissants. Ich konnte endlich meinen Ausweis mit einem in den Geldschlitz des Automaten geschobenen 10-Euro-Schein aufladen.

Um neun wunderte sich Judith: »Ochs hat sich noch gar nicht gezeigt.«

Ich hatte Zeit, ein bisschen im Intranet zu surfen. Es erlaubte den Zugriff auf eine ARD-weite Datenbank mit allen beruflichen E-Mail-Adressen und Telefonnummern und in vielen Fällen auch Mobilrufnummern. Privatadressen waren nicht aufzustöbern. Auch interne Strategiepapiere fand ich nicht. Zugriff hatte ich nur auf den Bericht der Gleichstellungsbeauftragten. Aus ihm ging hervor, dass in dieser Anstalt 47 Prozent Männer, 52 Prozent Frauen und 1 Prozent Diverse beschäftigt waren. Allerdings waren die obersten drei Hierarchieebenen – Intendanz und Direktorium, Hauptabteilungsleitungen und Abteilungsleitungen – zu 68 Prozent mit Männern besetzt.

Um kurz vor zehn trudelte die ausgeschlafene und frühstücksvolle Ablösung ein. Kamila lächelte und sagte »Guten Morgen«, der glatzköpfige Sven fragte unwirsch, warum irgendwas, was er in einem Feindsender gehört hatte, bei uns nicht gelaufen war. Ich durfte die Anstalt verlassen.

 Die Wirklichkeit von Sandras Wohnung war auch nicht greifbar. Was suchte eigentlich einer, der Klamotten aus Schubladen riss und Polster aufschlitzte, aber nicht die Mehl- und Zuckertüten in der Küche? Vermutlich wirklich nur Geld. Und er hatte sich nicht vorstellen können, dass jemand Geldscheine tief ins Mehl drückte. Der Fernseher war ihm offenbar zu groß gewesen, aber den Router hätte er mitnehmen und zu Geld machen können. Allerdings nicht auf die Schnelle. Es sah wirklich nach Drogenkriminalität aus. Das fanden auch die drei Leute von der Kriminaltechnik. Sie fertigten zuerst einen Gipsabdruck von den Einbruchsspuren am Türrahmen an, weil man Serien-Einbrecher am ehesten über das benutzte Werkzeug identifizierte. Dann fotografierten sie das Chaos, nahmen mit Klebeband an Türrahmen, Türklinken und dem Spülkasten im Klo den Mix aus Staub und Fasern ab und sammelten Schmutzkrümel vom Teppich in Döschen. Sie wollten mir aber keine großen Hoffnungen machen, dass sie zum Täter führten. Nur wenn er bei anderer Gelegenheit erwischt wurde, konnte man ihm auch diesen Einbruch zuordnen.

Während ich auf die Einbruchsschadenbeseitigung des Schlüsseldienstes wartete, stopfte ich Schals, Mützen und Handschuhe in die Flurkommode zurück und hängte und legte die herumliegenden Klamotten und Schuhe in den Schrank. Die Matratze keilte ich zurück ins Bettgestell, im Badezimmer räumte ich Sandras Kleinigkeiten in die Schränkchen zurück, fegte das Waschpulver zusammen und füllte es in einen Frischhaltebeutel. Es ging schneller, als ich gedacht hatte. Sogar den Schreibtisch bekam ich wieder gefüllt, wenn auch in anderer Ordnung als vorher.

Die Schadenbeseitigung rückte mit zwei Männern an. Nachdem geklärt war, dass ich keinen Ersatz der Wohnungstür und des Rahmens wünschte, schliffen sie am Türrahmen die ausgebrochene Stelle am Schloss ab, frästen, setzten eine neue Schlossfalle ein und verfüllten alles mit Holzspachtel, der so schnell trocknete, dass sie den Rahmen auch gleich lasieren konnten. Sah aus wie neu oder vielmehr so alt wie vorher. Sie legten mir dringend ans Herz, wenigstens ein Panzerriegelschloss anbringen zu lassen, noch besser sei ein Sperrriegel – das, was früher die Kette war –, den man jedoch auch von außen zu- und aufschließen konnte. Dann glaubten die Einbrecher, es sei jemand in der Wohnung, und ließen von ihrem Vorhaben ab.

Ich versprach, es mit der Mieterin zu besprechen.

»So ein Einbruch ist ja auch ein Eindringen in die Privatsphäre«, meinten die Männer. »Das kann schon sehr verunsichern. Manche sind regelrecht traumatisiert.«

Das war ich jetzt nicht. Ich hatte keine Privatsphäre. Ohnehin war das hier Sandras Tee- und Nichtraucherinnen-Sphäre. Nachdem auch sie weg waren, setzte ich mich in die Küche, rauchte eine und informierte Sandra per Textnachricht, dass ihre Tür repariert war und sie die Rechnung ihrem Vermieter oder ihrer Versicherung vorlegen konnte.

Sie antwortete: »Danke dir. Tut mir leid, dass du den ganzen Ärger damit hast.« Dazu ein weinendes Emoji und ein Herzchen.

»Ich kann hier nicht bleiben«, textete ich. »Die Matratze ist aufgeschlitzt. Ich ziehe zu Kamila ins Offene Friedenshaus.«

»Okay. Tut mir wirklich leid.«

»Muss es nicht. Ich habe schon aufgeräumt.«

»Musst du nicht. Ich komme übernächstes Wochenende. Eltern besuchen.«

»Die Polster sind halt kaputt.«

»Kannst ja nichts dafür.«

Das konnte ich nur hoffen.

 Ich radelte, da ich schon hier war, von Sandras Wohnung aus die Granitstraße entlang bis vor zum Haus Nummer 3, obgleich ich mir vom Augenschein keinen großen Erkenntnisgewinn erhoffte. Das Gründerzeitgebäude ging um die Ecke und hatte vier Stockwerke. Anstelle des Walmdachs, das die umliegenden Häuser hatten, war ein Penthouse draufgesetzt worden, von dem ich von unten nur ein bisschen Glas sah.

Der Eingang war mit einer modernen Tür gesichert. Auf einem großen Briefkasten klebte das Firmenlogo der MSI – Media Society for Information. Auf einem zweiten, kleinen Briefkasten standen die Namen Krull und Unterwasser. Hier also regierte das Ehepaar über die Fiktionalisierung der Welt. Ein Aufkleber an der Haustür warnte vor Videoüberwachung innerhalb des Gebäudes.

Da bestieg ich doch lieber mein Fahrrad und schlich mich.

In meinem Zimmer im Offenen Friedenshaus verglich ich meine Fotos vom abgerissenen Reißverschlussschieber, den ich vor dem Funkhausfenster gefunden hatte, mit dem intakten von Svens Jacke. Beide Teile sahen tupfengleich aus. Die Fotos schickte ich, mit Fundort und Besitzernamen versehen, in die Cloud. Damit er es gleich sah, rief ich Richard an.

»Hallo, Lisa! Was gibt's?« Er saß, wie ich hörte, in seinem E-Auto, das eine Freisprechanlage hatte.

»Nur geschwind, Richard: Ich habe dir gerade Fotos von einer Jacke geschickt. Bei der Person, die einmal oder mehrmals durch das nicht verschlossene Fenster am Funkhaus ein- oder ausgestiegen ist, könnte es sich um das Nachrichtenredaktionsmitglied Sven Burger handeln. An seiner Jacke fehlt unten am Zweiwegereißverschluss der Schieber. Und der, den ich gefunden habe, sieht genauso aus wie der, der oben noch dran ist. Ein Abgleich mit eventuell am Fenster sichergestelltem Genmaterial und Fasern könnte Gewissheit bringen. Es ist einigermaßen verwunderlich, dass er das Fenster benutzt hat, wenn er zur Pforte hätte reingehen können.«

»Hm«, machte Richard.

»War die KT denn schon an dem Fenster?«, erkundigte ich mich.

»Da muss ich nachfragen, Lisa. Ich kümmere mich drum, keine Sorge.«

Ich sorgte mich nicht. Es war ja schließlich sein Ermittlungsprojekt.

Ich legte mich hin und schlief. Am Abendbrottisch in der Gemeinschaftsküche unten fanden sich um sieben Kamila, Gutemine, Dieder, Michael und Lou und eine Frau namens Nilofar ein. Kamila stellte mir Lou als ihren Freund vor. Gesehen hatten wir uns ja schon. Ich fragte mich, ob sie es für selbstverständlich hielt, dass alles, was unter Frauen besprochen worden war, nicht mit den Männern geteilt wurde, also auch nicht unser Gespräch am Traumsee über den Verdacht, dass auf Unterwasser ein Anschlag geplant sei.

Es gab Brot, Käse, vegane Brotaufstriche und geretteten Salat. Ich brachte die Haushaltskasse und eine Mietzahlung ins Gespräch, und wir einigten uns auf eine Summe. Von Kamila kannten sie schon die Nachteile der Schichtarbeit für eine Wohngemeinschaft, feste Wochentage für bestimmte Pflichten – kochen, putzen, Leergut wegbringen – waren nicht drin. Kamila sorgte stattdessen dafür, dass immer Kaffee, Tee, Haferflocken und Trockenfrüchte da waren, und wenn ich mich im Gästebereich des ersten Stocks fürs Badezimmer verantwortlich fühlen könnte, wäre das hilfreich.

Das Gespräch kreiste – wenn auch achtsam mir und Kamila gegenüber – um das Unding, das die Öffentlich-Rechtlichen waren: Da laufen nur Krimis, jeden Abend Mord und Totschlag. Und bei der Kultur kürzen sie. Und wenn Kultur, dann die etablierte, Filmfestivals, Bestseller, Oper und Museumskunst. Als Dieder eine Literatursendung im Hörfunk ins Spiel brachte, hatte sie aber noch nie jemand gehört. Radio hörten sie nicht, es war mainstreamig und öde. Nichts über Politik, keine Hintergründe. Alles in Dreiminutenhäppchen zwischen Boomer-Musik. Da hörten sie lieber Podcasts.

Bachelorarbeit – Das Formatradio
Radioprogramme in Deutschland werden für bestimmte Gruppen formatiert, um ein unverwechselbares Programm zu schaffen. Das gilt vor allem für die Privaten, aber auch für die Massenprogramme der Öffentlich-Rechtlichen. Ziel der Formatierung ist es, ein möglichst großes Publikum an sich zu binden, indem man dessen Bedürfnisse erfüllt. Obwohl jedes Formatradio unterschiedlich klingen soll, lautet die Kritik oftmals: Alles klingt gleich. Man spricht von »Dudelfunk« oder »Einheitsbrei« und meint die sich ähnelnde Musikmischung, Gute-Laune-Moderationen und inhaltsarme Wortbeiträge. Das wichtigste Element des Formatradios ist die Musik. Die Mehrzahl der Rezipierenden wählen einen Radiosender wegen der Musikfarbe. Sie bekommen ein in jeder Stunde gleich getaktetes Programm. Die Nachrichten zur vollen und halben Stunde übernehmen die aktuelle Information.

Laufplan Welle 1 – 13:00 Uhr bis 13:30 Uhr
13:00   Nachrichten, Wetter
13:03   Verkehrsservice
13:04   Moderation: Namensnennung und Begrüßung
13:05   Musik: Go West, Pet Shop Boys, Zeit: 5:09 Min.
13:10   Musik: Somebody's Watching You, Rockwell, Zeit: 4:48 Min.
13:15   Beitrag: (HATÜ) Wie mit der Hitze umgehen? Zeit: 1:56 Min.
13:17   Musik: Imagine, John Lennon, Zeit: 3:03 Min.
13:20   Musik: Snap, Rosa Linn, Zeit: 2:59 Min.
13:23   Moderation
13:24   Musik: Rosanna, Toto, Zeit: 3:59 Min.
13:28   Werbung
13:30   Kurznachrichten, Verkehr

Gutemine hörte grundsätzlich keine Nachrichten – »die triggern mich nur« –, schaute nicht fern und las keine Tageszeitung. »Seitdem geht es mir besser. Und trotzdem muss ich die Rundfunkzwangsgebühr zahlen.« Vom unzeitgemäßen Verkehrsfunk – »wieso werden Autofahrende stündlich informiert, aber niemand sagt den Radfahrenden, wenn die wichtige Geisterbrücke gesperrt ist?« – über die staatstreue Berichterstattung über die Klimakleber – »die haben nur über die Rettungswagen berichtet, die angeblich nicht durchkamen, dabei war das gelogen« – kamen wir auf die Priorisierung des Widerstands. »Die Letzte Generation führt sich als Speerspitze des Widerstands auf, doch in Wirklichkeit ist sie nur der klebrige Arm des Establishments«. Das müsse sie erklären. »Es geht nur noch um Einübung des Verzichts auf Wohlstand, Freiheit und demokratische Teilhabe.« Das müsse sie erst recht erklären. Gutemine erklärte: »Alle reden immer über Vielfalt, aber eigentlich wird alles immer eindimensionaler, alles, was wir tun, muss immer nur gut für die Umwelt und das Klima sein.«

»Aber das ist ja auch entscheidend für das Überleben der Menschheit!«

»Vielleicht, aber es leben jetzt auch Menschen, da draußen auf der Straße, ohne Dach über dem Kopf. Am Sozialen entscheidet sich, ob wir als Gesellschaft überleben. Solange es Kinderarmut gibt, bekommen viele keine Bildung. Und ohne Bildung keine Teilhabe an der politischen Willensbildung. Daraus folgt soziale Spaltung und Abrutschen in den Rechtsextremismus. Und wenn erst die Faschisten regieren, dann ist sowieso Schluss mit der Klimapolitik, denen geht es nur darum, wie die ihre eigenen Konten vollkriegen.«

»Vielleicht sollten wir mal anfangen, eine andere Geschichte zu erzählen«, sagte Dieder.

»Was denn für eine?«

»Eine von Freiheit und Kreativität. Die gewinnen wir erst, wenn wir unsere Grenzen akzeptieren. Die Grenze heißt: den Ausstoß von CO_2 auf null setzen. Haben wir das akzeptiert, können wir alternative Techniken entwickeln und eine neue Vielfalt entsteht. Bisher erzählen wir immer: Wir müssen alles retten, wir müssen alles bewahren. In diesem Narrativ steckt aber auch: Es muss alles so bleiben, wie es ist, ich will auf nichts verzichten. Wir glauben, Wirtschaft und Wohlstand müssen unendlich wachsen können, obgleich wir in einem endlichen Raum leben, nämlich unserem Planeten mit endlichen Vorräten. Das ist ein Dilemma, das wir mit Verzicht nicht auflösen können. Aber ein System, das immer wächst, explodiert irgendwann oder stirbt. Unsere eigentliche Chance liegt in der Begrenzung. Denn was passiert, wenn ein System an Grenzen stößt? Es wächst weiter, aber in sich selbst. Was ist im brasilianischen Urwald passiert, einem sehr begrenzten Gebiet? Er konnte nicht expandieren, aber er hat eine unendliche biologische Vielfalt hervorgebracht. Grenzen sind die einzige Chance für Neues. Technische Innovationen gab es immer, wenn etwas nicht mehr ging. Als man wegen schlechter Ernten die Pferde nicht mehr ernähren konnte, die die Fahrzeuge zogen und Menschen trugen, wurde die Draisine erfunden, in der Folge das Auto. Wenn wir kein CO_2 mehr produzieren können, dann haben wir die Chance, alles andere zu entwickeln, Kreislaufwirtschaft, regenerative Energien. Auch damit lässt sich Geld verdienen und lassen sich Arbeitsplätze schaffen. So erzählen wir eine positive Geschichte, in der wir unsere eigene Kraft feiern.«

Und sie war, wie alle einfachen Geschichten, vermutlich ebenfalls falsch. Aber sie machte uns am Tisch zufrieden.

 Nach dem Essen zogen Lou, Kamila und ich in den Garten unter den Baum um. Ich konnte eine rauchen und Kamila berichtete, dass Ochs sich krankgemeldet hatte.

»Kein Wunder«, sagte ich, »ich habe ihn Philine Elflein gegenüber beschuldigt, mehr oder weniger subtil übergriffig zu sein.«

»Truly?«

»Hat er dir noch nie die Hand auf den Arm oder die Schulter gelegt?«

»Doch, klar, das tun die doch alle.«

»Und sitzen auch alle breitbeinig vor dir und falten die Hände unterm Gemächt?«

»Das hast du Philine erzählt?« Kamila lächelte anerkennend.

Lou sagte: »Ihr braucht in eurem Laden einen Compliance-Officer. Elflein geht doch jetzt zum Ochsen und fragt ihn, ob da was dran ist, und der bestreitet das natürlich. Du musst es beweisen und stehst als Verleumderin da oder als Person, die den Betriebsfrieden stört. Deshalb braucht es eine Ansprechperson, die anonym und neutral berät und die Regeln im Betrieb außerhalb der Machtstrukturen durchsetzt. Jede fünfte erwerbstätige Frau hat nach eigener Aussage in den vergangenen Jahren sexuelle Belästigung erfahren. Die Dunkelziffer dürfte viel höher sein.«

Es stellte sich heraus, dass er in seiner Masterarbeit darüber geschrieben hatte, allerdings nicht über dieses Thema, sondern über die Tücken der Datenerhebung – Lüge, Übertreibung, Leugnung –, und das nicht in empirischer Soziologie, sondern im Rahmen eines Masterstudiengangs in Business Intelligence & IT-Integration. Er machte irgendwas als Data Scientist an der Uni, und er redete gern.

Als Lou auf dem Phone eine E-Mail sah, die er beantworten musste, und ins Haus ging, fragte ich Kamila nach ihrem gestrigen Interview mit den Ukrainerinnen, die das Foodsharing-Café aufgemacht hatten. »Du wolltest mir doch was erzählen.«

»Ja, exakt.« Sie setzte sich aufrecht. »Ich weiß nicht, ob du das mitbekommen hast, vor zwei Wochen ist in einem Kanal die Leiche einer Frau gefunden worden.«

»Und zwar ohne Kopf. Das war meine erste Meldung.«

»Genau. Und die Frauen, mit denen ich gestern gesprochen habe, kannten sie.«

»Anna Malynka.«

»Ja, sie hat auch als 24-Stunden-Pflegekraft gearbeitet.«

»Identifizieren konnte man sie nur, weil ihre ukrainische Verwandtschaft sie vermisst gemeldet hatte. Warum haben ihre ukrainischen Freundinnen das nicht getan?«

Das brachte Kamila kurz aus dem Konzept. »Das habe ich nicht gefragt, aber sie waren ja auch nicht so eng befreundet. Sie kannten sich nur, Anna kam öfter zu den regelmäßigen Treffen im Share-Café. Es ist ihnen nicht gleich aufgefallen, dass sie schon länger nicht mehr gekommen war. Sie musste ja auch arbeiten.«

Das reimte Kamila sich zusammen, so wie wir Menschen aus allem, was wir nicht wissen, eine plausible Geschichte fabrizieren können.

»Aber darum geht es nicht«, fuhr sie fort. »Die Frauen haben mir erzählt, dass Anna zuletzt für eine Frau gearbeitet hat, die im Rollstuhl sitzt. Und jetzt kommt's: Die hatten ein Nazizimmer, vermutlich haben sie es immer noch.«

»Wie bitte?«

»Da hängen Abzeichen und Hakenkreuzfahnen und Fotos, auf denen Uniformierte mit der Armbinde den Hitlergruß machen. Es kam ihr vor wie ein Andachtszimmer. Voll creepy.«

Mir gruselte es ebenfalls.

»Die Frauen haben erzählt, dass sie Anna geraten haben, zur Polizei zu gehen oder zum Bund der Antifaschisten. Aber das wollte sie nicht.«

Ich zog mein Telefon und googelte. »Die Polizei hätte auch nicht tätig werden müssen. Es ist nicht verboten, in privaten

Räumen verfassungswidrige Symbole aufzuhängen, solange die nur eine begrenzte Anzahl von Menschen zu Gesicht bekommt.«

Kamila krümmte sich. »Das kann doch nicht sein! For real? Deutschland ist viel zu schlapp.«

»Man könnte auch sagen, in einem demokratischen Staat wird man nicht für seine Gesinnung strafrechtlich zur Verantwortung gezogen, sondern nur für Handlungen. Es könnte sich ja auch um eine Sammlung zu wissenschaftlichen Zwecken handeln.«

»Ach, was muss man denn da noch groß erforschen? Es ist doch alles bekannt über die Konzentrationslager und den ganzen Horror.« Das sagte die Jugend.

Ich sagte: »Keineswegs, da ist immer noch vieles offen, beispielsweise, welche Firmen Zwangsarbeiter:innen beschäftigt haben.« Ich kannte da in Stuttgart Leute, die immer noch was herausfanden. »Und das hört auch nie auf. Es gibt kein Ende der Erkenntnisse.«

Sie atmete tief aus. »Die Antifa wird verfolgt und vor Gericht gestellt, aber die Faschos nicht. Du darfst nicht mal Hakenkreuze an Hauswänden übersprühen oder überkleben. Gutemine hat das gemacht, und sie haben sie verurteilt, weil das angeblich Sachbeschädigung ist und Hausfriedensbruch. Dabei ist doch das Beschmieren von Hauswänden mit Hakenkreuzen ebenso Sachbeschädigung. Aber das wollte der Richter nicht gelten lassen. Es hat ihr auch nicht geholfen, dass sie in drei Fällen nachweisen konnte, dass ihre Übermalung leicht abzuwaschen gewesen wäre. Trotzdem war das strafbar. Sie hätte unbefugt das Erscheinungsbild einer fremden Sache nicht nur unerheblich und nicht nur vorübergehend verändert. Und damit hätte sie das Recht des Eigentümers beschnitten, allein über das Erscheinungsbild seines Hauses zu bestimmen. Jetzt frag ich dich, welcher Eigentümer kann ein Interesse daran haben, dass sich Hakenkreuzschmierereien auf seiner Hauswand befinden?«

»Der, der sie selber angebracht hat«, sagte ich.

»Eben. Der würde eigentlich vor Gericht gehören.«

»Aber man müsste es ihm halt nachweisen können.«

Kamila zog die Füße hoch auf den Stuhl und umfasste ihre Knie. »Und den erwischt man leider nie. Schon komisch.«

Ich versuchte, aus der Frustspirale rauszukommen. »Und deine Ukrainerinnen wussten nicht zufällig, wo oder bei wem Anna ihre letzte Arbeitsstelle hatte?«

Kamila wurde wieder agil. »Doch. Eine hat sie nämlich mal dort vor der Tür getroffen. Ich habe mir die Adresse notiert.« Sie ließ die Füße vom Stuhl auf den Kiesboden fallen und zog ihr Telefon. »In der Granitstraße 3.«

»Oh! Das gibt's doch nicht!«

»Sagt dir das was?«

»Aber hallo! Das liegt am anderen Ende der Straße, in der ich bis gestern gewohnt habe. Ich habe mir das Gebäude vorhin sogar angeschaut. Es ist der Sitz der MSI, der Media Society for Information. Geschäftsführerin ist eine gewisse Folma Krull, und die ist die Frau von Anneliese Unterwasser. Und offensichtlich wohnen sie genau dort auch, und zwar im Penthouse. Wenn das stimmt!«

Wir schauten uns an und versuchten zu begreifen.

»Die MSI müsste euch Net Observers doch schon aufgefallen sein«, plapperte ich erst einmal weiter. »Sie wird in Netzartikeln beschuldigt, professionell gemachte Fake-News zu verbreiten.«

»Ich frage nachher Lou mal. Ich kann mich damit nicht so viel beschäftigen, es macht mich fertig, wenn ich sehe, wie dreist die Leute lügen. Aber Lou weiß das sicher.« Sie war schon bereit, aufzuspringen.

»Warte mal, Kamila! Bevor wir alle wild machen. Gibt es denn einen Beweis für die Existenz des Nazi-Andachtszimmers?«

»Anna hat heimlich mit dem Handy Fotos gemacht und die hat sie den Frauen bei einem Treffen im Café gezeigt.«

Ich fragte mich, ob die Polizei bei der Leiche ein Telefon gefunden hatte. Sicher nicht, denn sonst hätten sie sie mit den Methoden der digitalen Forensik viel schneller identifizieren können.

»Du selbst hast das Foto nicht gesehen?«

»Nein.«

Ich ließ mich gegen die Stuhllehne fallen und zündete mir eine Zigarette an. Schweigen. Nachdenken. Wenn das wahr wäre! Wenn man das veröffentlichen würde.

»Aber die Ukrainerinnen könnten es bezeugen«, sagte Kamila nach einer Weile.

»Das hilft uns nicht. Wir müssen die Fotos haben. Und sie sollten die Metadaten enthalten, Datum und Ort der Aufnahme.«

»Metadaten kann man fälschen«, sagte Kamila. »Jojo hat für die Net Observers schon hunderte von Fälschungen entlarvt. Mit einer Noise Analysis, da untersucht man das unterschiedliche Bildrauschen und kann so erkennen, ob was reinkopiert wurde.«

»Aber wir haben gar keine Fotos, Kamila, und von einer Fälschung würde ich hier zunächst auch nicht ausgehen.«

»Ich könnte die vom Foodshare-Café anrufen und fragen, ob sie die Fotos haben.« Und wieder konstruierte Kamila leichtfüßig aus Non-Facts eine Geschichte: »Vielleicht hat sich eine von ihnen ein oder zwei Fotos auf ihr Handy schicken lassen. Als Beispiel für die Zumutungen, denen die 24-Stunden-Kräfte ausgesetzt sind. Und Anna wird die Bilder bestimmt nach Hause zu ihrer Familie geschickt haben. So was erzählt man doch daheim. Was soll man auch sonst erzählen vom tristen Pflegealltag im fernen Deutschland.«

»Meinst du nicht, ihre Familie in der Ukraine hätte das der deutschen Polizei mitgeteilt, spätestens nachdem die Leiche identifiziert wurde?« Ich suchte im Netz noch mal nach dem Zeitungsartikel mit dem Foto von Anna Malynka. »Hier steht, der letzte Aufenthaltsort sei der Familie nicht so genau bekannt gewesen. Schon seltsam, dass sie weder von ihrer Agentur noch von den Leuten, wo sie zuletzt gearbeitet hat, vermisst wurde. Haben sich eigentlich deine Ukrainerinnen inzwischen bei der Polizei gemeldet?«

»Ich glaube nicht. Nein. Und dass die Agentur nicht weiß, wo sie steckte, das habe ich mir erklären lassen«, sagte Kamila. »Anna hat vermutlich auf eigene Rechnung gearbeitet. Das Problem mit den 24-Stunden-Kräften ist, dass sie keine medizinischen Dienste leisten dürfen, keine Medikamente geben, keine Spritzen setzen und so. Sie dürfen eigentlich nur Arbeiten im Haus machen, einkaufen, Arztbegleitung und vielleicht noch Hilfe bei der Körperpflege. Aber die Leute hier erwarten mehr für das Geld, das sie den Agenturen zahlen. Seit zwei Jahren muss nach Tarif bezahlt werden. Das kontrolliert natürlich niemand. Deshalb bekommen die Frauen nur einen Bruchteil dessen, was die Kundschaft zahlt. Manche lassen sich dann privat weiterempfehlen, melden sich bei der Agentur ab und machen eigene Verträge. Wahrscheinlich arbeiten sie schwarz, ohne Sozialversicherung. Für die Kundschaft ist das billiger und die Frauen verdienen immer noch mehr als vorher. Und sie füllen dann auch die Medikamentenschachtel für die Woche. Das ist natürlich sehr riskant, denn es braucht sie nur jemand zu beschuldigen, sie hätten sich mit den Medikamenten geirrt. Oder jemand misshandelt sie. Und sie stehen völlig ohne Schutz da.«

Ich verschob die Frage, ob Anna dafür einen Aufenthaltstitel in Deutschland gebraucht oder gehabt hatte, auf später. »Okay. Das wäre eine Erklärung.«

Wir überlegten stumm.

»Also, was haben wir?«, nahm Kamila wieder das Wort. »Wir wissen, dass Anna bis zuletzt für die Frau von Unterwasser gearbeitet hat.«

Woher wissen wir das?, fragte ich mich im Stillen. Und was wussten wir eigentlich über Unterwassers Frau?

»Und dort hat sie Aufnahmen von einem Nazizimmer gemacht«, fuhr Kamila fort. »Wir wissen außerdem, dass die Unterwassers keine Vermisstenanzeige gestellt haben. Das heißt, sie haben sie nicht vermisst. Sie kannten ihren Verbleib. Und zwar als Leiche.«

»Oder Anna hatte gekündigt und sie bereits verlassen, bevor sie ermordet wurde.«

»Aber es könnte doch sein, dass sie sie ermordet haben, weil sie nicht wollten, dass Anna etwas über das Nazizimmer herumerzählt.«

»Kamila, dann wäre der öffentliche Skandal eines Nazizimmers im familiären Umfeld von Frau Unterwasser ein Fliegenschiss, verglichen mit dem Skandal, dass sie eine ukrainische Pflegekraft ersticht, ihr den Kopf abtrennt und die sterblichen Überreste in den Kanal wirft.«

Ich versuchte mir die hübsche Matrone im bunten Designerkostüm, der ich vor dem Fernsehstudio die Hand geschüttelt hatte, vorzustellen, wie sie zustach, mehrmals von hinten, und dann versuchte, mit Messer oder Hackmesser einen menschlichen Kopf vom Rumpf zu trennen, die blutigen Teile aus der Wohnung zu schaffen und mit dem Auto zu einem Kanal zu fahren. Allein das Blutbad in der Wohnung! Und die Leute guckten doch alle Krimis und wussten, dass man Blutspuren mit Luminol trotz intensiver Reinigung später sichtbar machen konnte.

»Das kann ich mir kaum vorstellen«, sagte ich.

»Sie könnte jemanden beauftragt haben.«

»Das dürfte allerdings nur sehr schwer nachzuweisen sein.«

So saßen wir in der Nacht unter dem schwarzen Baum und überlegten. Die Polizei würde nicht tätig werden ohne stichhaltige Verdachtsmomente. Fotos vom Nazizimmer konnten wir nicht vorlegen, und strafbar war es auch nicht. Aber als Journalistinnen einen solchen Verdacht zu haben und der Sache nicht nachzugehen, ging auch nicht. Und Kamila wollte was werden. Wollte ihr Gesellinnenstück abliefern, eine Anneliese Unterwasser als Nazöse anprangern.

»Wir müssten in die Wohnung reinkommen und selber Fotos machen«, sagte sie.

»Klar. Und wie machen wir das?«

»Wir bitten sie um ein Interview. Wir sagen, wir wollten eine Homestory mit ihr machen.«

»Und du glaubst, dem würde sie zustimmen?«

Kamila lächelte fatalistisch. »Wahrscheinlich nicht. Und spätestens wenn ich mit meinem schwarzen Gesicht reinkomme, macht sie dicht. Ich gehöre ja zu denen, vor denen sie Deutschland retten will.«

»Abgesehen davon, dass es eine Lüge wäre und eine brutale Täuschung ihres Vertrauens in dich als Journalistin.«

Kamila umklammerte wieder ihre Knie und sah auf einmal verletzlich aus. Es tat mir leid, dass sie ihre Wahrheit hatte aussprechen müssen. Vermutlich gab es in den Reihen der PDR auch einen Schwarzen. In solchen Parteien sammelten sich all die Verqueren, die in anderen nichts hatten reißen können, hauptsächlich Cisleute, aber auch Queere und Schwarze.

»In diesen Fernsehkrimis«, sagte Kamila, »verkleidet sich der Detektiv immer als Elektriker und gibt vor, dass er eine Störung beheben muss. Wir könnten Michael hinschicken, der sieht echt aus.«

»Allerdings ist das Gebäude videoüberwacht, und im Keller Leitungen durchknipsen, damit man oben im Penthouse an den Sicherungskasten kommt, ist nicht so einfach.«

»Und wenn man mit der Gebäudereinigung reingeht? Man könnte rausfinden, welche Firma die mit der Reinigung beauftragt haben, die fahren wahrscheinlich abends mit dem Firmenlogo vor.«

»Und wer von deinen Freundinnen lässt sich dann bei der Firma anstellen? Und die teilen sie dann auch gleich für die MSI ein? Abgesehen davon reinigen die sicher nachts nicht auch das Penthouse.«

Schweigendes Nachdenken.

»Dann müssen wir sie eben konfrontieren«, sagte Kamila.

»Hm. Wie sähe das aus?«

»Wir gehen mit Kamera und Mikro zur nächsten Kundgebung und fragen sie direkt vor den Leuten nach dem Nazizimmer. Und wir fragen sie nach Anna Malynka. Und schauen, wie sie reagiert.« Kamila zog ihr Handy zurate. »Die PDR hat für Samstag – das ist morgen – eine Demonstration für Pressefreiheit und Demokratie angemeldet. Kundgebung 14 Uhr auf dem Marktplatz.« Sie lachte. »Das passt ja. Da kann sie gleich mal zeigen, was sie von Pressefreiheit hält.«

Wir kicherten beide ein wenig herum.

Dabei fiel mir ein: »Ich habe morgen Dienst. Irgendwas Komisches von 12 bis 20 Uhr oder so.«

Kamila hatte von 5 bis 12 Uhr und hätte eigentlich im Bett sein sollen. Am Wochenende waren die Schichten länger, erklärte sie mir, weil man versuchte, Personal zu sparen, und die Schichten so überlappen ließ, dass immer wenigstens zwei da waren. Sonntag und Montag hatten wir beide frei, wie wir feststellten.

»Es eilt ja nicht«, sagte ich. »Niemand weiß, was wir wissen. Und viel wissen wir momentan auch nicht. Wir sollten uns einen Plan machen. Weißt du, wie so eine Konfrontation abgeht?« Meine Nerz'sche Haudegen-Rhetorik war unter presserechtlichen Gesichtspunkten vermutlich weniger tauglich.

Kamila war sich ihrer Sache sicher. »Ich habe kürzlich eine Fortbildung zum konfrontativen Interview besucht.«

Einladung zum Workshop »Das konfrontative Interview«
Fragen stellen gehört zum Alltagsgeschäft. Folglich fühlt sich fast jeder Journalist, jede Journalistin kompetent, doch die wenigsten verstehen es, effiziente und zielgerichtete Fragen zu stellen. Für Leute an den Radiogeräten oder TV-Bildschirmen hat das Interview als Darstellungsform einen wichtigen Mehrwert. Sie erfahren, wie Aussagen zustande kommen und wie die interviewte Person reagiert. Es entsteht ein umfassender Eindruck von einem Menschen und seiner Denkungsart.

Ein konfrontatives Interview unterscheidet sich allerdings grundlegend von explorativen oder erzählenden Gesprächen, in denen es um die Annäherung an eine Persönlichkeit geht. In einem konfrontativen Interview müssen wir – egal, wen wir befragen – die Gegenposition einnehmen. Die Interviewten haben das Ziel, die Fragen nicht zu beantworten. Unsere Fragen dienen oft nur dazu, dem Publikum die Antwort zu liefern, die die Interviewten uns nicht geben. Zu viel Nachfragen findet das Publikum unhöflich. Wir können also nur scheitern.

Armin Wolf vom ORF hatte vor drei Jahren mit Wladimir Putin einen der schwierigsten Interviewpartner überhaupt. Wie er konfrontative

Interviews vorbereitet und führt, zeigt er dir in diesem Workshop. Zuerst wird die Rhetorik des Gegners studiert. Putin beispielsweise zeigt fünf Antwortstrategien. 1. Er antwortet ausführlich und wird dabei fast immer grundsätzlich. 2. Er liebt Gegenfragen, die für die Interview-Führenden immer unangenehm sind. 3. Er ist ein Meister des Whataboutism, also des Ablenkens auf andere Themen. 4. Wenn er etwas dementieren will, dementiert er, egal, wie viele Belege es für den Vorhalt gibt. 5. Wenn er unterbrochen wird, kritisiert er das augenblicklich als unhöflich, ungeduldig oder voreingenommen und setzt dann seine ursprüngliche Antwort fort.

Um die Gegenposition einnehmen zu können, muss man sich im Vorfeld möglichst viel Detailwissen aneignen, auch um auf Lügen vorbereitet zu sein. Man muss nicht nur wissen, was man herausbekommen will, sondern auch, mit welchen rhetorischen Mitteln man das anstellen will. Es gibt offene und geschlossene Fragen. Eine offene Frage ist: »Wie geht es Ihnen?« Darauf kann die Antwort lang ausfallen. Eine geschlossene Frage ist: »Geht es Ihnen besser?« Darauf ist die Antwort ja oder nein. Es kann der Gesprächsführung dienlich sein, erst einmal offene Fragen zu stellen, damit die interviewte Person die eigene Botschaft loswerden kann. Das wiegt sie auch in Sicherheit. Danach steigen wir mit geschlossenen Fragen ein und fragen bei Ausflüchten sofort nach. Viele aus dem Politikgeschäft sind allerdings darauf vorbereitet, dass wir aus ihrer Sicht die falschen Fragen stellen, und sagen, was sie sagen wollen, egal, was wir gefragt haben.

Um überhaupt nachfragen zu können, müssen wir genau zuhören. Wir dürfen, wie das unter Zeitdruck passieren kann, nicht im Kopf schon bei der nächsten Frage sein. Wir müssen innerlich gut gelaunt und dabei hoch konzentriert sein.

»Und dann?«, fragte ich. »Was machen wir dann mit dem Interview? Stellen wir es in Facebook oder hast du irgendeine Plattform? Oder soll das bei uns im Sender laufen?«

Darauf hatten wir beide keine schnelle Antwort. Was würde ihr Arbeitgeber sagen, wenn die Geschichte viral ging und Kamila hätte sie nicht dem Sender angeboten, sondern auf eigenen Kanälen veröffentlicht? Außerdem wollte sie sich die Lorbeeren im eigenen Sender abholen mit einer Eigenrecherche, die einen Skandal aufdeckte und im Idealfall ein politisches Beben auslöste.

»Und wenn wir erst einmal schauen, was dabei herauskommt«, überlegte Kamila. »Und es dann anbieten, je nachdem?«

»Und als wer treten wir auf? Als Kamila Mehari und Lisa Nerz mit Handykamera? Oder als Journalistinnen von Welle 1 mit Kamera und Mikrofon? Und können wir uns die so einfach ausleihen?«

»Stimmt.«

»Ich denke, du solltest deine Vorgesetzten ins Vertrauen ziehen«, sagte ich. »Du solltest mit Elflein reden.«

»Aber je weniger Leute es wissen, desto besser. Sonst geht es vorher raus.«

Gegen zehn vertagten wir die Angelegenheit und gingen auf unsere Zimmer.

 Ich wählte mich in die Cloud ein. Richard hatte einen Text mit dem Titel »Tatjana Kowalik« reingestellt. Ich las:

»Den Angaben der Intendanz zufolge ist der Aufenthaltsort von Tatjana Kowalik unbekannt. Die Post werde an ihre Mutter in Hamburg geschickt. Kowalik sehe sich durch die Veröffentlichung der Privatadressen wegen ihrer Reportertätigkeit im Ukrainekrieg einer unbestimmten Bedrohungslage ausgesetzt. Ein Telefonat meinerseits mit der Mutter Uta Kowalik ergab, dass sie mit ihrer Tochter in regelmäßigem Austausch steht. Sie sagte, die Vorfälle im Sender machten ihr sehr zu schaffen.

Dabei handelt es sich wahrscheinlich um den von der Geschädigten erhobenen Vorwurf des sexuellen Missbrauchs gegen einen Redaktionsleiter, der seit drei Jahren gerichtlich verhandelt wird, derzeit in letzter Instanz beim Bundesarbeitsgericht. Nach Aktenlage hatte Frau Kowalik nach einem Volontariat und vier Jahren Tätigkeit in der Nachrichtenredaktion eine Stelle in der Hörfunkredaktion Kirche und Gesellschaft erhalten. Auf einer Dienstreise zum Kirchentag in Stuttgart vor acht Jahren soll es nach Angaben von Frau Kowalik zu Übergriffen durch den Redaktionsleiter gekommen sein, er habe sie begrabscht, auch an intimen Stellen, sie habe sich ihm nur mit knapper Not entziehen können. In der Folge habe er ihr gedroht, wenn sie darüber spreche, sei ihre Karriere zu Ende. Nach eigener Darstellung hatte sie unter Benachteiligungen in der Redaktion zu leiden, die Moderation der Sonntagssendung sei ihr durch den Vorgesetzten entzogen worden, sie habe keine Aufträge mehr für Beiträge bekommen und wochenlang nichts zu tun gehabt. Im Sommer des folgenden Jahres vertraute sie sich dem Personalrat und der Gleichstellungsbeauftragten an. Die Sache ging an den Justiziar. Frau Kowalik wollte erklärtermaßen von einer Anzeige absehen, verlangte aber die Versetzung in eine andere Redaktion.

Der Beschuldigte bestritt die Vorwürfe, verließ aber bald darauf das Haus. Frau Kowalik wurde die Leitung der Redaktion Kirche und Gesellschaft angeboten. Nach zwei Jahren verlor sie diesen Posten und wurde in die Nachrichtenredaktion versetzt. Frau Kowalik sah darin eine Maßregelung im Zusammenhang mit den Vorwürfen der sexuellen Belästigung und klagte. Vor dem Landesarbeitsgericht widersprach der Sender ihrer Darstellung und argumentierte, die Redaktion Kirche und Gesellschaft sei im Zuge von Umstrukturierungsmaßnahmen in der Redaktion Soziales und Lifestyle aufgegangen. Man habe ihr die Stelle in der Nachrichtenredaktion zu den Bezügen einer Redaktionsleiterin angeboten, was sie auch akzeptiert habe. Das Landesarbeitsgericht gab jedoch Kowalik recht. Ihr müsse ein Leitungsposten angeboten werden. Dagegen legte der Sender Widerspruch beim Bundesarbeitsgericht ein. Dieses Verfahren dauert noch an. In der Nachrichtenredaktion fühlte Frau Kowalik sich Anfeindungen und Demütigungen ausgesetzt und bewarb sich auf die ARD-weit ausgeschriebene Stelle als Korrespondentin in Kiew für drei Jahre, die sie auch erhielt, unter anderem, weil sie Polnisch und Russisch spricht. Ende 2021 trat sie die Stelle an, im Februar 2022 überfiel Russland die Ukraine und Frau Kowalik war ständig im Programm zu sehen. Im April wurde sie ins Mutterhaus zurückbeordert. Sie wertet dies als erneute Strafmaßnahme gegen sie. Der Sender argumentiert mit der Sorgfaltspflicht für Mitarbeitende in Kriegsgebieten. Die Situation in der Nachrichtenredaktion beschrieb ihre Mutter als feindselig, sie sei gemobbt worden. Außerdem sei sie telefonisch bedroht und per E-Mail belästigt worden und fürchte um ihr Leben. Die Polizei nehme das nicht ernst. Am Montag, dem 30. Juli erschien sie unabgemeldet nicht zum Frühdienst und ist seitdem krankgeschrieben. Sie änderte ihren Aufenthalt und ihre Mobilnummer, die ihre Mutter auch mir nicht mitteilen wollte, ohne ihre Tochter vorher zu fragen.«

Himmel! Die spielte aber auch ganz schön Spionage-Thriller. Aber für heute war es zu spät für alles, ab ins Bett.

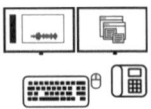

Ich löste Kamila um zwölf ab. Am Tisch des Nachrichtenpräsentators saß die geschminkte Farah. Das Wochenende hielt eine besondere Herausforderung für uns bereit: den Sport. Im Gegensatz zu dem Grundprinzip der freundlichen Allgemeinverständlichkeit jeglicher Meldung galt im Sport eine Insidersprachregelung, mit der wir Kompetenz beweisen mussten. Die Erste Bundesliga wurde nur Bundesliga genannt, die Zweite Bundesliga durfte auch als zweite Liga bezeichnet werden. Der erstgenannte Verein war immer der heimische und er siegte oder verlor entsprechend. »Trennten« sich zwei Mannschaften, dann bedeutete das unentschieden. Den vollen Vereinsnamen nannte man nicht, die Fans wussten Bescheid und die Nicht-Fußball-Interessierten interessierte es nicht. Von der Leichtathletikweltmeisterschaft wurden nur Medaillen für Deutschland gemeldet, die es diesmal nicht gab, oder enttäuschte Hoffnungen eines Goldfavoriten. Fehler bei Sportmeldungen – falsche Torzahl, Verein falsch bezeichnet, ein Bundesligaspiel vergessen – zeitigten im Nachgang ein hochnotpeinliches Gespräch mit dem Redaktionsleiter, der zuverlässig daran erinnerte, dass vor fünfzig Jahren die erste *Sportstudio*-Moderatorin gehen musste, nachdem sie aus Schalke 04 Schalke 05 gemacht hatte.

Haspel-Paspel – Versprecher in Funk und Fernsehen
Ein Feature von Erna Sahne, äh, nein: Nase.
Sprecher/in 1: Es ist wohl der berühmteste Versprecher in der Geschichte des deutschen Sportfernsehens. Wir sehen das Aktuelle Sportstudio am 21. Juli 1973.
Musik: Jingle des Sportstudios (abblenden)
Sprecher/in 1: Zum fünften Mal moderiert Carmen Thomas. Sie ist die erste Frau in dieser Rolle. Das gefällt vielen Männern naturgemäß nicht. Sie soll ein Spiel ankündigen und sagt:

O-Ton Thomas: Jetzt kommen wir auf das zu sprechen, was Siegfried Andrich vorhin in den Nachrichten angesprochen hat, nämlich auf das Spiel Schalke 05 gegen, äh, jetzt habe ich es vergessen, Standard Lüttich.

Sprecher/in 1: Die Häme war groß. Eine Frau kann eben keinen Fußball moderieren, sie weiß nicht einmal, dass der Verein Schalke 04 heißt, und den zweiten Verein hatte sie sich nicht merken können, sie musste ins Skript schauen. Dabei war es wirklich nur ein simpler Versprecher gewesen. Wie sie in einem Interview mit der »Welt« erklärt. Zitat:

Sprecher/in 2: Bei der Anmoderation habe ich innerlich mit mir geschimpft, weil ich die Anmoderation schlecht formuliert hatte. Dadurch war ich mit mir beschäftigt statt mit dem, was ich sagen wollte. Und dann kamen noch die vielen Fünfen mit ins Spiel: Fünf Vereine waren in der Intertoto-Runde. Es war Schalkes fünftes Spiel im Parkstadion. Es war meine fünfte Sendung. Eine der Fünfen ist dann einfach hängen geblieben. Konsequenterweise hatte ich dann auch gleich vergessen, gegen wen Schalke spielte.

Sprecher/in 1: Entlassen wurde sie deshalb übrigens nicht, sie moderierte die Sendung noch ein Jahr lang. Denn Versprecher sind niemals Absicht, auch wenn sie manchmal so klingen, als habe sich der Sprecher, die Sprecherin etwas dabei gedacht.

O-Ton 1: In den neuen Krankensälen können bis zu 48 Patienten gleichzeitig umgebracht werden.

Sprecher/in 1: Versprecher sind gefürchtet, aber leider menschlich. Dazu schreibt die Sprachwissenschaftlerin Helen Leuninger:

Sprecher/in 2: Das passiert, wenn wir in unserer Sprachplanung durcheinandergeraten. Wörter mit ähnlicher Bedeutung oder Form sind im Gehirn nahe nebeneinander abgelegt, und manchmal wird das falsche Wort aus dem Speicher abgerufen.

Sprecher/in 1: Man ist einen Augenblick unkonzentriert, denkt über einen Vorfall nach oder ist mit sich beschäftigt. Und schon ist es passiert.

O-Ton 2: Hören Sie jetzt die Furznachrichten.

Sprecher/in 1: In vielen Rundfunkarchiven werden Versprecher unter »Gift« abgelegt und zu besonderen Gelegenheiten hervorgeholt. Dann amüsieren wir uns über
O-Ton 3: die Nachwichsorganisation der CDU.
Sprecher/in 1: Oder den
O-Ton 4: Parteivorzenden Schäuble.
Sprecher/in 1: Oder die
O-Ton 5: Kotzen-Nutzen-Analyse
O-Ton 6: spastische Untergrundorganisation ETA
O-Ton 7: bosnischen Scherben.
Sprecher/in 1: Und wie sehr fühlen wir mit dem Moderator mit, der am frühen Morgen über christliche Milizen im Libanon berichten muss und sagt:
O-Ton 8: die christlichen Miezen.
Sprecher/in 1: Da steigt die Arbeitslosigkeit
O-Ton 9: sprughuft.
Sprecher/in 1: Leute werden
O-Ton 10: von herabfallenden Ärzten erschlagen.
Sprecher/in 1: In Berlin wird ein
O-Ton 11: neuer Ausschiss gegründet
Sprecher/in 1: und um den Haushalt zu konsolidieren
O-Ton 12: beschloss die Regierung Spaßmaßnahmen.
Sprecher/in 1: Beim Wetterbericht prognostiziert der Sprecher für die Nacht
O-Ton 13: keine Bevölkerungszunahme
Sprecher/in 1: und sagt
O-Ton 14: nächstlichste Tiefstwerte
Sprecher/in 1: voraus. Zu retten scheint da nichts. Und manchmal ist es gefährlicher, wenn dem Sprecher sein Fauxpas auffällt und er eine Korrektur versucht. So geschehen diesem Nachrichtensprecher, der die Ergebnisse der Bundesliga Süd ansagen sollte.
O-Ton 15: Und jetzt die Ergebnisse der Bundessiga Lüd, äh, nein, das muss natürlich heißen: Bundessiga Lüd.
Sprecher/in 1: Hat man sich erst einmal in einer Live-Situation verhaspelt, kommt man kaum wieder raus. Das Gehirn scheint wie

verhakt. In entspannteren Situationen als im Nachrichtenstudio kann man die Blockade oftmals auflösen, indem man den Fehler benennt, wobei man ihn dabei unausweichlich noch einmal wiederholen muss, bevor man ihn korrigieren kann.

O-Ton 16: Auf dem Wrack der Costa Cordalis ... nein, nicht Costa Cordalis, was sage ich denn ... ich meine natürlich die Costa Concordia.

Sprecher/in 1: Einer Nachrichtensprecherin gelang zwar so eine Korrektur auf Anhieb, aber zu einem hohen Preis, nämlich Dagmar Berghoff, als sie in der »Tagesschau« vorlas:

O-Ton 17: Boris Becker hat am Abend das WC... (stutzt) ...T-Turnier in Dallas (unterdrückter Lacher), die inoffizielle Tennisweltmeisterschaft, gewonnen.

Sprecher/in 1: Sie bringt die Meldung angestrengt zu Ende, aber beim Verlesen der Lottozahlen gibt es kein Halten mehr. Sie lacht.

O-Ton 18: Und hören Sie nun zum Schluss der Sendung das Morgenkonzert für O Gott und Oboe.

Nach vierzehn Uhr trudelten die ersten Meldungen über die Demonstration und Kundgebung der PDR ein. Die Polizei hatte die linksautonome Gegendemonstration abgedrängt, das hatte zu gewalttätigen Auseinandersetzungen geführt, die noch andauerten.

»Mist!«, sagte Farah. »Ich habe ja Verständnis, aber können die Linken nicht einfach mal daheimbleiben? Jetzt müssen wir die Kundgebung melden.«

Unterwasser schleuderte uns die Begriffe Mainstreammedien, Staatsfunk und Lügenpresse entgegen: »Seit der Flüchtlingskrise 2015 ist der Journalismus zum reinen Haltungsjournalismus verkommen, den Redakteuren ist es wichtiger, der Öffentlichkeit und den Kollegen gegenüber Haltung zu zeigen, als objektiv zu informieren, es geht darum, allen kritischen Meinungen einen moralischen Riegel vorzuschieben. Nachweislich stellen 90 Prozent aller Beiträge die Zuwanderung positiv dar und verschweigen die Probleme.«

»Das stimmt einfach nicht!«, schimpfte Farah. »Das ist gelogen. Ich mag diese Lügen nicht mehr zitieren. Ich hasse das! Wieso haben wir da keine einheitliche Linie?«

Smart Teens
Eine Sendereihe für Jugendliche
Thema: Wir sind Checker
Jingle (ausblenden)
Sprecherin: Unser Thema heute: Wir sind Checker.
Sophia: Mit Sophia
Geräusch: Viele Menschen reden aufgeregt durcheinander.
Sophia: Bei TV-Talkshows geht es hoch her. Der eine behauptet:
O-Ton 1: Die Medien berichten nur negativ über Migration. Da geht es nur um Probleme, nicht den Nutzen.
Sophia: Die andere sagt:
O-Ton 2: Die Probleme der Migration werden komplett verschwiegen. Die Wahrheit wird unterdrückt. Gegen Geflüchtete darf nichts Negatives gesagt werden.
Sophia: Zeit zum Nachfragen gibt es nicht. Falsche Behauptungen werden nicht korrigiert. Und wenn die Talkshow zu Ende ist, fragen wir uns:
Geräusch: Musikakzent
Sophia: Was stimmt denn nun? Wer sagt mir, was richtig ist?
Geräusch: Musikakzent
Sophia: Wir sagen es dir. Du machst den Faktencheck im Internet. Der erreicht natürlich nicht so viele Menschen wie die Talkshow. Aber wir sind ja Checker. Und weil wir Radio sind, haben wir für dich den Faktenchecker Manfred ins Studio eingeladen. Manfred: Wie wird denn nun über Flüchtlinge berichtet?
Manfred: Vor dem Ukrainekrieg hat sich jeder zehnte Beitrag mit Terrorismus und kriminellen Flüchtlingen beschäftigt. Das hat den Eindruck erweckt, als seien die Geflüchteten häufiger kriminell als die Deutschen. Das stimmt aber nicht. Außerdem ging es dabei hauptsächlich um Männer. Über Frauen und Kinder haben wir nichts erfahren.

Sophia: Das heißt, Geflüchtete sind junge Männer und werden in einem negativen Licht gezeigt?

Manfred: Das Fernsehen hat auch mal Bilder von Geflüchteten in Notsituationen gezeigt, da waren auch Frauen und Kinder zu sehen. Aber in allen Medien wurden und werden immer noch Geflüchtete überwiegend negativ dargestellt, sobald sie in Deutschland angekommen sind. Dann gefährden sie, so die Darstellung, unsere Sicherheit.

Sophia: Also werden vor allem die Probleme der Migration betont.

Manfred: Das Verhältnis von Geflüchteten und einheimischer Bevölkerung wird überwiegend konfrontativ gezeigt, Protestierende vor einem Flüchtlingsheim, sich beklagende Verbände.

Sophia: Und was ist mit der Integration?

Manfred: Wenn über sie berichtet wird, wird sie positiv bewertet. Die Auswahl aber macht's. Je konservativer die Medien, desto negativer die Darstellung von Geflüchteten.

Sophia: Ich finde das ziemlich widersprüchlich. Auf der einen Seite die Menschen in Not, denen wir helfen müssen, auf der anderen Seite scheinen Flüchtlinge ein Sicherheitsrisiko für unsere Gesellschaft zu sein.

Manfred: Das erste Narrativ betrifft Geflüchtete auf der Flucht, das zweite Narrativ Geflüchtete, die bereits in Deutschland angekommen sind.

Sophia: Und beides geht nicht zusammen: Unser Mitgefühl und unsere Angst?

Manfred: Die Berichterstattung in den Medien kann diesen Widerspruch zwischen diesen beiden Narrativen leider nicht auflösen. Der Mensch erträgt Widersprüche schlecht. Deshalb entscheiden sich die meisten Menschen für das eine oder das andere Narrativ. Zu einem Konsens in der öffentlichen Meinungsbildung kommen wir so nicht.

»Die Bevölkerung fühlt sich belogen und betrogen«, schrie Unterwasser auf ihrer Kundgebung. »Sie fordert zu Recht das Ende der Zwangsgebühren für die einseitige Meinungsbevormundung.

Wir wollen nicht erzogen werden, wir wollen die Pressefreiheit zurück. Wir lassen uns von den Linksfaschisten nicht mehr als dumme Klimaleugner beschimpfen, nur weil wir eine andere Meinung haben. Wir lassen uns nicht mehr in die rechte Ecke stellen, nur weil uns die Zuwanderung Sorgen bereitet. Nicht das Klima ist in Gefahr, sondern unsere Demokratie und unsere Meinungsfreiheit.«

»Mist, Mist, Mist!«

»Stimmt auch nicht«, sagte ich. »Ich habe hier eine Umfrage: 85 Prozent der Deutschen wollen den öffentlich-rechtlichen Rundfunk und sie schätzen insbesondere die Nachrichten.«

»Und ich habe hier eine, wonach ein gutes Drittel der Befragten zufrieden ist und ein knappes Drittel unsere Berichterstattung einseitig findet. Zwei Drittel der Befragten vermuten, dass die Nachrichten in Deutschland gelenkt sind von der Regierung, den Parteien und Lobbyisten.«

»Echt? Die glauben, die rufen bei uns an und sagen uns, was wir melden sollen?«

Farah schaute mich an. »Der Pressesprecher der Landesregierung ruft hier täglich an und sagt, was wir nicht melden sollen. Und der der Bundesregierung natürlich auch. Und der Pressesprecher vom Oberbürgermeister und von VW und natürlich der Oberchef von Tesla.«

Ich lachte bereitwillig. »Hat denn tatsächlich schon mal jemand angerufen?«

»Hörer, die rufen schon an und beschweren sich, Hörerinnen seltener. Doch noch nie hat ein Politiker hier angerufen oder ein Autolobbyist verlangt, dass wir bei der Unfallstatistik das Augenmerk auf Radfahrende legen. Ochs ist auch noch nie hier reingekommen und hat gesagt, dass wir eine Meldung umschreiben sollen, weil sie politisch irgendwem da oben nicht genehm ist.«

»Das würde er kaum so sagen«, sagte ich. »Meine Unterwassermeldung zu den Abtreibungen hat ihm aber schon mal nicht gefallen, weil ich die Statistik gegen ihre Falschbehauptung gestellt hatte.«

»Es gibt natürlich die Schere im Kopf«, sagte Farah. »Und mangelhafte Agenturmeldungen.«

Mein Tischtelefon klingelte. Es meldete sich eine Stefanie: »Ihr kriegt einen KB von mir für 16 Uhr.«

»Pardon, ich bin neu, mit wem spreche ich?«

»Stefanie Knoblich, Redaktion Landespolitik. Wir berichten von der Kundgebung, das hat euch der Desk hoffentlich mitgeteilt. Kurz und lang. Ich mache die Nachrichtenminute und Kollege Holder den Bericht mit O-Tönen fürs Magazin. Bitte teasen.« Und weg war sie.

»Und was heißt jetzt teasen?«, fragte ich. »Necken? Verarschen?«

»Das heißt, wir sollen auf den Beitrag hinweisen: ›Mehr dazu gleich im Anschluss im Aktuellmagazin‹. Neugierig machen.«

Unterwassers Geschrei einfach wegzulassen und uns auf die Klopperei zu konzentrieren, war nun nicht mehr möglich.

»Warum wollen die vom Desk denn unbedingt«, erkundigte ich mich, »dass wir im eigenen Laden die Kritik am eigenen Laden groß rausbringen?«

»Objektive Berichterstattung?«, antwortete Farah im Frageton.

»Masochismus?«

»Ich nenne es das Objektivitätsparadoxon«, sagte Farah.

»Und das funktioniert wie?«

»Wir tappen in die Falle, die wir den anderen aufgestellt haben. Wir glauben, wir müssten diese Unterwassers in den Medien vorführen, damit die Leute selber sehen, was für abartige und hirnverbrannte Positionen sie vertreten. Wir wollen sie in unseren Talkshows entlarven. Aber der Schuss geht nach hinten los. Die Leute draußen – zumindest viele – sind gar nicht entsetzt über dieses postpubertäre Randalieren. Denen gefällt das. Sie finden es erfrischend und befreiend. Endlich hält sich mal jemand nicht an die offiziellen Sprachregelungen, die die Medien ihrer Meinung nach allen aufzwingen wollen.«

»Welche Sprachregelungen meinen die genau?«

Farah schrie mit ironischem Pathos: »Ja darf man jetzt nicht einmal mehr Eskimo sagen?«, und senkte die Stimme: »Wir sagen ›Inuit‹. Und statt ›Ausländer‹ sagen wir ›Menschen mit Migrationsgeschichte‹. Das meinen die. Sie wollen Negerkuss und Zigeunerschnitzel sagen dürfen, ohne sich schief angeguckt zu fühlen.«

»Verstehe.«

»Und natürlich haben wir Sprachregelungen. Heißt es Stundenkilometer oder Kilometer pro Stunde? Heißt es UN-Vollversammlung oder UNO-Vollversammlung und Atomkraft oder Kernkraft?«

»Und was ist richtig?«

»Beides. Es ist nur eine Vereinheitlichung, mehr nicht. Aber es gibt auch eine Art schwarmhafte Gleichschaltung, wenn es darum geht, ob wir eine Regierung als demokratisch oder undemokratisch bewerten. Wir sagen Regierung und Präsident, wenn es eine Demokratie ist. Wenn nicht, sagen wir Regime, Autokrat oder Diktator. Übrigens heißt es selbstverständlich NS-Regime, aber ich habe noch nie gehört, dass bei uns in den Nachrichten Hitler als Diktator bezeichnet worden wäre. Der geht ohne Attribut durch, als singuläre Inkarnation des Teufels. Und Teufel finden manche Leute ja auch irgendwie faszinierend.«

»Und womit machen wir jetzt auf?«

»Du bist auch nicht für Unterwasser, oder?«

Wir einigten uns darauf, mit der Ukraine aufzumachen. Dann die Koalitionsstreitigkeiten in Berlin, danach eine Verbandskritik am hohen Strompreis und dann erst das Getöse von Demo, Polizeigewalt und Medienkritik. Irgendwo hatte ich mal gelesen, dass Medien die Meinung von Leuten sowieso nicht änderten, sondern bestehende Meinungen nur verstärkten, weil die Leute selektiv hörten und alles für eine Bestätigung ihrer eigenen Meinung hielten. Und immer fanden sie, dass ihre eigene Weltsicht in den Medien zu kurz kam, egal, was für eine es war.

Farah durfte um sieben Uhr nach der letzten hauseigenen Nachrichtensendung gehen, ich musste noch eine Stunde bleiben, weil bis acht noch eine Musiksendung lief. »Falls«, erklärte sie mir, »eine Eilmeldung kommt, mit der man ins laufende

Programm gehen muss. Bundeskanzler tot, Putin beendet Ukrainekrieg, so was. Und sei vorsichtig mit Erdbeben, ob die verheerend sind oder nicht, weiß man erst nach ein paar Stunden.« Sie empfahl mir, im Newsroom alles runterzufahren und dichtzumachen und rüber ins Studio zu gehen. Dort hatten sie ebenfalls Computer mit Agenturmeldungen, und vielleicht erbarmte sich der Moderator und schickte mich heim.

Das Sendestudio befand sich den Gang um die Ecke am Rand eines Großraumbüros mit jetzt leeren Tischen und Stühlen. Hier stand auch der Desk – ebenfalls verlassen –, der Tisch, an dem unter der Woche das Tagesprogramm geplant wurde, sozusagen der Kopf vom Ganzen.

Es lief *Die blaue Stunde – mit Infos, Musik und guter Laune in den Samstagabend*, moderiert von Lissy Bodenlos. In der Regie saß vor den Reglern eine Frau und strickte einen Babystrampler für die Enkelin. Die Moderatorin, die ich hinter der Studioscheibe am Tisch halb verdeckt vom Mikrofon mit Spuckschutz stehen sah, fuhr die Sendung selber, sie machte ihr Mikro auf und zu, lud die Musik in den Player und fuhr sie ab, spielte Beiträge ab und machte dem Verkehrsservice das Mikro auf und zu. Die Technikerin war nur noch der Notnagel, wenn es technische Probleme gab. Auch ein toller Job.

Mit Lissy Bodenlos unterwegs im Funkhaus –
Fragen an eine Moderatorin
Autorin: Lissy Bodenlos
Jingle
Sprecher: Fragen an eine Moderatorin. Mit Lissy Bodenlos.
Jingle ausblenden
Bodenlos: Ich verstehe ja, dass das Radio und die Arbeit hinter dem Mikrofon für Außenstehende unheimlich aufregend sind. Aber mich nervt es, wenn ich immer wieder dieselben Fragen beantworten muss. Deshalb heute ein für alle Mal eure Frage, meine Antwort.
Sprecher: Sucht ihr euch die Musik eigentlich selber aus, die ihr spielt?

Bodenlos: Nein. Die Musik wird im Voraus von der Musikredaktion ausgesucht und zusammengestellt. Die sorgt unter anderem dafür, dass bestimmte Titel öfter, andere nicht zu oft gespielt werden. Und dass für den Fall, dass der Papst stirbt oder es viele Tote bei einem Anschlag gibt, eingetrübte Titel bereitstehen.

Sprecher: Und was macht ihr, während die Musik läuft?

Bodenlos: Das ist verschieden. Manchmal bereiten wir die nächste Moderation vor oder führen ein Vorgespräch mit einem Interviewpartner. Manchmal sprinten wir auf die Toilette oder quatschen in der Regie mit den Leuten.

Sprecher: Findest du die Musik, die bei euch läuft, wirklich gut?

Bodenlos: Manches gefällt mir, manches nicht. Aber es ist mein Job, die Musikfarbe der Welle, für die ich arbeite, gut zu verkaufen. Und zwar so, als sei es meine Lieblingsmusik.

Sprecher: Warum müsst ihr ständig zwischen den Songs quatschen?

Bodenlos: Na ja, durch irgendwas müssen sich die Sender ja auch unterscheiden. Auch wenn wir es gerne bestreiten, im Grunde klingen die Wellen alle ähnlich. Also müssen wir Moderatorinnen den Unterschied machen. Wer sonst sagt dir, welchen Sender du gerade hörst und warum?

Sprecher: Zahlen euch die Kunstschaffenden und Bands eigentlich Geld dafür, dass ihr ihre Musik spielt?

Bodenlos: Auch wenn es Promo ist, genauso wie eine Buchbesprechung, gilt: Nein, niemand zahlt dafür, dass er oder sie bei uns besprochen, gespielt oder interviewt wird. Im Gegenteil, wir bezahlen Gema-Gebühren und wir bezahlen auch ein Honorar für ein langes Interview.

Sprecher: Schreibt ihr euch alles wortwörtlich auf, was ihr sagt, oder fällt euch das spontan ein?

Bodenlos: Das ist unterschiedlich. Manche reden frei, manche schreiben sich alles auf, manche schreiben sich Stichworte auf oder Fakten und Zahlen für eine Anmoderation. Entscheidend ist, dass es nicht wie vorgelesen klingt, sondern wie frei gesprochen.

Sprecher: Kommst du in Jogginghosen und unfrisiert zur Arbeit? Euch sieht ja keiner.

Bodenlos: Gehst du denn in Jogginghose ins Büro? Nein, machst du auch nicht, obwohl kein Fernsehen da ist. Es ist einfach eine Frage der Höflichkeit den Kolleginnen und Kollegen gegenüber, ordentlich gekleidet zu erscheinen. Außerdem haben wir die Kamera im Studio, und bei bestimmten Sendungen könnt ihr uns im Internet beim Moderieren zuschauen.

Die Minuten schlichen, meine Gier nach Feierabend wuchs, es war schier nicht mehr auszuhalten. In einunddreißig, dreißig, neunundzwanzig Minuten hatte ich mein Leben zurück, wenigstens für zwei Tage. Frei, frei, frei.

Zuerst das Fenster öffnen! Dann den Essigreiniger in die angebräunte Kloschüssel schütten. Einwirken lassen!

Wenn ich putzen muss, gerate ich in eine Abwärtsspirale und fühle mich am Ende von der Welt ungerecht behandelt. Aber ich hatte der Wohngemeinschaft zugesagt, mich ums Badezimmer zu kümmern. Reinigerflaschen mit handschriftlichen Aufklebern fand ich unterm Waschbecken, ein Schwamm aus Zellulose und Kokosfasern klemmte in der Beuge des Siphons, in der Ecke hinter der Tür standen Eimer und Wischmopp.

Den knochenharten Schwamm weichte ich unter dem Wasserhahn auf und beträufelte ihn mit Essigreiniger. Damit fuhr ich durchs Waschbecken. Die gute Hausfrau, hatte meine Mutter mich gelehrt, erkannte man am Überlauf. Der Schlitz musste so weiß schimmern wie das Becken, insbesondere in den Ecken, in die ich mit Erwachsenenfingern nie richtig reinkam. Wer Haushaltsgegenstände konzipierte, fragte grundsätzlich niemals die Hausfrau. Warum sonst hatten die Ausgüsse, von Klempnern Ablaufgarnitur genannt, diesen haarfeinen umlaufenden Spalt zwischen Metallring und Keramik, in dem sich immer Schmutz festsetzte und Bakterienkolonien wucherten? Mit Scheuerschwamm und Daumennagel kriegte ich das Schwärzliche nie restlos raus. Klempner putzten nicht. Deshalb bauten sie unsere Putzwelt mit Rillen, Ecken, Rändern, Fugen, Spalten und Nuten. Warum kachelten wir immer noch wie vor hundert Jahren unsere Badestuben? Damit sich gelblicher Kalk und schwarzer Schimmel in den Fugen ablagerte und wir sie mit Natron und Bürste schrubben konnten. Als gäbe es nicht längst wasserfeste Wandverkleidungen ohne Rillen und Ritzen für einmal wisch und sauber.

Irgendwo hatte ich gelesen, dass Putzen glücklich macht und

sogar gegen Depressionen hilft. Die verglaste Duschkabine musste sich ausgedacht haben, wer Frauen besonders beglücken wollte. Oder er hatte sich nichts dabei gedacht, was ich für wahrscheinlicher hielt. Nach dem Duschen musste man unverzüglich, statt sich ins Handtuch zu kuscheln, nackt und nass stets zuerst den Wasserabzieher zur Hand nehmen, sich in enger Duschkabine auf rutschigem Grund recken, bücken und drehen und den Wischer quer und wieder quer Bahn für Bahn von oben nach unten über vier oder sechs Quadratmeter Glas ziehen, damit es tropfen- und streifenfrei glänzte, während die Duschwärme sich auf dem nackten Körper in Gänsehaut verwandelte. Der Nacktanz mit dem Scheibenwischer war eine intime Unterwerfung unters Patriarchat der Dinge, wie sie gerade im Haushalt massenhaft vorkamen. Wer ihn nicht tanzte, wurde nachträglich durch Tropfflecken entlarvt als verantwortungs- und rücksichtsloser Faulmensch, der das Nachwischen anderen überließ. Tat man es gar nicht, rächte sich die Duschkabine mit Verkalkung und Glaserblindung.

Ich sprühte den aus Natron, Zitrone und Essig gemixten Glasreiniger in die Kabine und musste husten. Und nun? Schuhe ausziehen und mir nasse Socken holen? Oder Schuhabdrücke hinterlassen? Ich trat mit Schuhen in die Duschwanne und ließ das Schwämmchen kreisen, so lange, so oft, so emsig, bis die Zellulose nicht mehr auf rauer Fläche hakte, sondern geräuschlos glitt. Nun abspülen! Ich reckte den Arm zum Duschkopf und hob ihn aus der Halterung. Er tröpfelte mir Restwasser in den Ärmel. Sich in Kleidern in einer Duschkabine aufhalten war grundsätzlich keine gute Idee. Ich trat zwar vor die Tür, aber meine Hosenbeine bekamen Wasser ab. Dann den Duschkopf mit dem Schlauch über die Mischbatterie hängen und wieder rein in die Kabine und mich mit Schuhen auf glitschiger Wannenfläche mit dem Abzieher um mich selbst drehen und dabei quer und zurück Bahn für Bahn das Wasser nach unten schieben. Und immer noch hatte das Glas blinde Stellen um die Griffe und Türangeln herum. Ich sprühte wieder Essig mit Zitrone und Natron, hustete, wienerte mit dem Schwamm, trat hinaus, angelte nach dem Duschkopf, der mir Wasser in den Ärmel tröpfelte, spülte nach, trat hinein und zog mit dem Abzieher ab. Danach musste ich die Schuhabdrücke aus der Wanne wischen und die Armaturen zum Glänzen bringen. Zum Schluss den Spiegel polieren.

Und nun zum Klo. Die Schüssel mit der Bürste schrubben, Spülkasten und Brille mit dem Lappen abwischen. Auf den gebogenen Rohren hinter der Schüssel lag noch der klebrige Zementstaub von der letzten Renovierung, und die Schrauben, mit denen die Schüssel am Boden verankert war, saßen in einem Nest aus bräunlichem Dreck. Selbstverständlich bekam ich ihn mit Schwamm und Daumennagel nicht vollständig aus den Rillen gekratzt. Endlich durfte ich nass durchwischen. Wohin jetzt mit dem schwarzen Wischwasser? Nun zog ich doch die Schuhe aus, tappte zur Toilette, goss das Wasser rein, spülte, musste noch mal mit der Bürste durchfahren und stellte Eimer und Wischmopp hinter die Tür. Mit nassen Socken dann zurück in die Schuhe.

Das Glück des Putzens ist die Erleichterung, eine Demütigung überstanden zu haben und wieder frei springen zu dürfen.

 Die Sonne schien. Kamila und ich verbrachten den Sonntagvormittag im Innenhof des Blocks um das Offene Friedenshaus im Schatten der Linde mit Recherchen an unseren Laptops. Wie war die MSI aufgebaut, wer waren die Finanziers, wie stand sie wirtschaftlich da? Kamila fand im Netz noch ein paar Spuren von Folma Krull. Ihr Name stand auf der Abiturliste eines Gymnasiums in Aurich. Ein Foto zeigte sie auf einem Rennrad als junge Teilnehmerin eines Triathlons, schlank, muskulös, mit silbriger Kurzhaarfrisur. Und vor zwei Jahren war in einer britischen Zeitung eine Notiz erschienen über eine Gruppe von Rennradfahrerinnen, die nahe London von einem Lkw erfasst worden waren. Eine war sofort tot, eine zweite – »head of the International Media Company MSI« – war schwerverletzt ins Krankenhaus gekommen. Und offenbar saß sie nun im Rollstuhl. Tragisch.

Zu Zeiten, als ihr Vater Feiko Krull die MSI leitete, waren Dutzende von Dokumentationen über die NS-Zeit, Hitlers Krieg, Hitlers Geheimnisse, Hitlers Frauen, Hitler und die Hitlerjugend, Hitler und die Atombombe und so weiter produziert worden, die in diversen Programmen der Öffentlich-Rechtlichen gelaufen waren.

»Ist das Nazizimmer womöglich nur eine Sammlung von Filmrequisiten oder Filmplakaten ihres Vaters?«, fragte ich mich laut. »Und Anna hat das völlig falsch verstanden?«

Kamila blickte mich erschrocken über den Rand ihres Laptopbildschirms an. »So was ist Gesinnung. So was hängt man sich nicht auf, um das Andenken des Vaters hochzuhalten. Und wieso war eigentlich der Vater so fasziniert vom Nationalsozialismus?«

Okay, weiter.

Wir klickten Beiträge durch, die die MSI für private und öffentlich-rechtliche Sendeanstalten gedreht hatte. Einen Bericht über »Vier syrische Flüchtlinge schlagen 14-Jährige in Hamburg brutal nieder« hatte die MSI nach eigener Darstellung zurückgezogen, nachdem sich herausgestellt hatte, dass das Beweisvideo fünf Jahre zuvor in einem völlig anderen Zusammenhang schon mal aufgetaucht war. Grobe Fake-News fanden wir nicht, aber die MSI widmete sich in etlichen Beiträgen der Widerlegung anerkannter Auffassungen. Ein längerer Filmbericht stellte dar, dass Warmzeiten der Menschheit genutzt, während Kaltphasen nur Hunger und Epidemien gebracht hatten. Man sah Bilder einer Tundra und hörte, dass Gebiete wie Sibirien von der Erwärmung profitieren würden, weil Landwirtschaft betrieben werden könne. Ein relativ neuer Beitrag beschäftigte sich mit der Frage, ob Windräder das Klima beeinflussen konnten, weil sie den Wind bremsten. Man sah ein Flugzeug um Offshore-Windräder fliegen und einen netten jungen Forscher erklären, dass der Bremseffekt auf den Wind noch fünfzig Kilometer hinter dem Windpark messbar sei. Außerdem, so erfuhren wir, schaufelten die Rotoren nachts die warme Luft nach unten und die Felder neben Windrädern kühlten weniger aus. Der Beitrag endete mit der Prognose, dass eine Verhundertfachung der Windräder die Gesamtwindmenge auf der Erde so stark verringern werde, dass der Jetstream zum Erliegen komme. Kann nicht sein? Oder doch? Shit!

Uns fielen auf Anhieb die Gegenargumente nicht ein. Wir lassen uns gar zu gerne einleuchten. Und dann das falsche Licht ausknipsen und sich umschauen nach Straßenlaternen, Wärmepumpen, Kochherden, Klimaanlagen, Lampen oder Kaffeeautomaten. All das nahm den Strom und stellte daraus erneut Wärme her, die in die Atmosphäre gelangte und Wind erzeugte. Kreislauf. Uff, gerettet! Aber es brachte uns nicht weiter.

Es brauchte eine Weile, bis wir kapiert hatten, dass die Karl-Haller-Stiftung gar keine Stiftung im eigentlichen Sinn war, sondern eine gGmbH, eine gemeinnützige Gesellschaft mit beschränkter Haftung, was gegenüber einer GmbH Steuervorteile brachte.

Karl Ludwig von Haller war ein Schweizer Staatsrechtler gewesen, der Mitte des 19. Jahrhunderts das Zeitliche gesegnet hatte. Er hatte die Ansicht vertreten, dass das gesamte aufklärerisch-liberale Gedankengut auf Verdrehung und Verdunklung der politischen und rechtlichen Wirklichkeit beruhe. Fürsten müssten herrschen. Daraus hatte er eine Theorie des Patrimonialstaats entwickelt, die sich am Fake-Mythos einer großen patriarchalischen Familie orientierte. Der Fürst regiere wie ein Familienoberhaupt mit unumschränkter Gewalt, sorgte aber gerecht und gütig für alle.

In seinem Testament hatte Feiko Krull festgelegt, dass aus den Erträgen seines beträchtlichen privaten Vermögens ein »unabhängiger, an abendländischen Werten orientierter, liberaler und verantwortungsvoller Journalismus« gefördert werden solle. Auf der Internetseite wurde Prof. Anneliese Unterwasser als Geschäftsführerin aufgeführt. Ein gutes Dutzend Mitarbeitende kümmerten sich um Stiftungsentwicklung, journalistische Fortbildungen, Förderungen und Stipendien, Pressewesen, Rundfunk und Fernsehen oder digitale Innovation. Unter dem Menüpunkt ›Projekte‹ lasen wir, dass die Stiftung sich als Talentschmiede für journalistische Nachwuchskräfte verstand, einen Beitrag zur politischen Willensbildung leisten und durch Vernetzung den Wirkungsgrad in die Zivilgesellschaft hinein erhöhen wolle und bereits hunderte von Stipendien und Projektförderungen vergeben hatte. Einen Klick weiter fanden wir die geförderten Projekte. Und da wir uns gerade die MSI angeschaut hatten, entdeckten wir viele, die identisch waren mit den Beiträgen im Portfolio der MSI.

»Deshalb heißt die Stiftung auch nicht nach dem Vater«, vermutete ich. »Sonst würde gleich auffallen, dass das meiste Geld in die MSI fließt.«

»Genau. Und dabei kassieren sie auch noch Steuervorteile. Das kann nicht mehr gemeinnützig sein.«

»Ob da ein Nazizimmer noch ins Gewicht fällt?«

»Doch!«, sagte Kamila. »Wenn wir denen eine Nazi-Gesinnung nachweisen können, dann gucken alle genauer hin. Du weißt doch, wie das läuft. Solange sich jemand nicht verplappert, will niemand was gesehen haben, aber wenn wir zeigen können, dass sie die Nazizeit verherrlichen, dann fangen die Medien an zu fragen, welchen Zwecken diese Stiftung eigentlich dient.«

Na gut, also weiter.

Auf verschiedenen Internetkarten schauten wir uns die Granitstraße 3 an. Von oben sah das Gebäude wie ein L aus. Das Penthouse hockte auf dem längeren Gebäudeteil entlang der Granitstraße. Der Innenhof diente augenscheinlich als Parkplatz. Wahrscheinlich war es aussichtslos, die Idee aus unseren Köpfen zu vertreiben, wir könnten uns irgendwie Zutritt verschaffen. Wir stellten die Frage, wozu eigentlich, hintan.

»Fahren wir einfach mal hin«, schlug Kamila vor.

»Aber wenn wir dort herumschnüffeln«, sagte ich, »sollten wir später nicht auf den Videokameras erkannt werden können.«

»Sollen wir uns etwa verkleiden?« Sie kicherte.

»Ich ziehe mir zum Wechsel meines Pronomens ja gern einen Anzug an, aber Frauen erregen weniger Verdacht als Männer.«

»Dumm nur, dass wir schon Frauen sind.«

»Ganz blöd.«

»Eigentlich darf man doch nur unsere Gesichter nicht erkennen können.«

»Dann wären am besten Niqab und Tschador.«

Wir kicherten.

»Aber wo bekämen wir die Klamotten her?«, fragte ich.

»Kein Problem. Wir gehen zu Leyla, die betreibt einen Laden und wohnt da drüben. Vielleicht ist sie zu Hause. Ich kontakte sie mal.« Kamila nahm das Phone und textete.

Ich stand auf, zündete mir eine Zigarette an, spazierte weg vom Baum in eine Ecke des Innenhofs, wo an einer Hintertür ein Aschenbecher stand, und rief Richard an. Es dauerte eine Weile, bis er ranging.

»Hallo, Schatz«, sagte ich.

Er war sofort alarmiert. »Lisa, was hast du vor?«

»Geht's dir gut?«

»Ja, aber deswegen rufst du sicher nicht an.«

»Störe ich?«

»Nein. Was ist los?«

»Eine Kollegin und ich sind gestern auf eine Sache gestoßen und recherchieren gerade, ob was dran sein könnte. Deshalb wollte ich dich fragen: Wenn eine gemeinnützige GmbH für Journalismus hauptsächlich die Produktionen einer Firma fördert, die dem Ehepartner des Stiftungsvorsitzenden gehört, also im Grunde dessen Firma finanziert, ist das illegal?«

Richard gab den juristischen Seufzer von sich: »Oh, das ist kompliziert. Wenn das Rote Kreuz für die Fahrzeuge neue Reifen kauft, stört das nicht die Gemeinnützigkeit, auch dann nicht, wenn die Reifenfirma dem Mann des Kreisvorsitzenden gehört. So ist das auch bei einer gGmbH. Die Nagelprobe ist jedoch der Fremdvergleich des Rechtsgeschäfts. Es muss mit kaufmännischer Sorgfalt agiert werden, das heißt, es muss das beste Angebot nach dem Preis-Leistungs-Verhältnis ausgewählt werden. Wenn sich später rausstellt, dass zum Beispiel überhöhte Preise gezahlt wurden, weil sich die Beteiligten so nah sind, ist die Gemeinnützigkeit in Gefahr. Und das wird sehr teuer. Allerdings handelt es sich, wenn ich dich richtig verstanden habe, hier wohl um eine künstlerische oder projektbezogene finanzielle Unterstützung. Bei der Vergabe dürften immaterielle Kriterien eine Rolle spielen, etwa künstlerische oder dem Journalismus entsprechende. Man müsste dementsprechend nachweisen können, dass regelmäßig Bewerbungen aus anderen Medienhäusern nicht zum Zuge kamen, obgleich sie ähnliche Qualitäten besaßen.«

»Ou, das wird schwierig.«

»Tut mir leid. Natürlich könnte die Steuerbehörde da mal einen Blick drauf werfen.«

»Hm. Da muss ich erst meine Recherchepartnerin fragen.«

»Verstehe«, sagte Richard. »Ich wollte dich übrigens auch heute noch anrufen. Bei mir hat sich der Leiter der Mordkommission Binsenbrücke gemeldet, wegen der kopflosen Leiche, nach der du gefragt hattest.«

»Oh, ja, stimmt!« Ich versuchte, so zu klingen, als hätte ich schon ewig nicht mehr an sie gedacht. »Und der ruft dich am heiligen Sonntag an?«

»Das ist so ein Ruheloser. Ihn quält, dass sie nicht weiterkommen.«

»Und?«

»Die Details sind …« Richard seufzte. »… unschön.« Er war seit jeher empfindlich angesichts des gewaltsamen Todes anderer, deshalb war er Oberstaatsanwalt für Wirtschaftsstrafsachen. »Die Leiche lag rund vierzehn Tage im Wasser. Über den Zustand ihrer Bekleidungssituation und die Inspektionen von Kopf, Hals, Brustkorb und Bauch kann ich nichts sagen. Ich habe das rechtsmedizinische Gutachten nicht vorliegen. Der mündlichen Darstellung des EHK zufolge wies die Leiche eine gebrochene Rippe und zwei Stichverletzungen auf, die aber nicht todesursächlich waren. Es handelt sich um Tod durch Ertrinken.«

»Wie furchtbar!«

»Sie wurde von Tauchern der Feuerwehr bei einer Übung im Kanal entdeckt, etwa hundert Meter unterhalb der Binsenbrücke. Die KT konnte infolge einer aufwändigen Untersuchung der Brücke Blutspuren sicherstellen, außerdem zur Kleidung passende Faserspuren an einem steinernen Geländerpfosten. Man geht davon aus, dass Anna Malynka im Verlauf eines tätlichen Angriffs mit dem Messer über das Geländer in den Kanal gestoßen wurde.«

»Und der Kopf? Wie ist der abgetrennt worden?«

»Von einer Schiffsschraube.«

»Oh!« Die blutigsten Fantasieblasen platzten. »Fahren da so große Schiffe?«

»Der EHK sprach von Kanalrundfahrtschiffen.«

»Und es gibt keine Hinweise auf Tatpersonen?«

»Die Ermittlungsansätze gehen derzeit in die Richtung einschlägiger Mehrfachtäter aus der rechtsextremen gewaltbereiten Szene. Ermittlungen bei ihrem letzten bekannten Arbeitgeber haben keine Verdachtsmomente ergeben. Anna Malynka hat im April bei der Agentur gekündigt, weil sie angeblich zurück zu ihrer Familie wollte. Wo sie sich danach aufgehalten oder gearbeitet hat, ist nicht bekannt. Es ist auch nicht bekannt, ob sie eine Wohnung hatte, polizeilich gemeldet war sie nirgendwo. Ihr persönliches Umfeld konnte noch nicht ermittelt werden. Sie ist erst vor ein paar Tagen identifiziert worden.«

»Und wie hießen die Leute, wo sie zuletzt war?«

»Das habe ich nicht gefragt. Warum interessiert dich das?«

»Nur so. Wir Journalistinnen stellen Fragen, weißt du doch.«

»Soso.« Er klang misstrauisch. »Wenn du irgendwelche Informationen hast, die der Polizei weiterhelfen könnten …«

»Habe ich nicht. Mehr nachher schriftlich. Ich stehe hier gerade in einem Innenhof unter lauter lauschenden Fenstern.«

»Leyla ist nicht zu Hause«, teilte Kamila mir mit, als ich zu ihr zurückkehrte. »Coronamasken würden es wohl auch tun, meinst du nicht, und Sonnenbrillen und Hüte, oder nicht?«

»Sehr unauffällig!«

»Mann!« Jetzt verlor Kamila die Nerven. »Warum bist du so anti? Es war doch deine Idee, dass wir uns unkenntlich machen!«

»Sorry! In meinem Kopf geht gerade einiges durcheinander. Zum einen denke ich spionagethrillermäßig, dass die uns auf eventuell vorhandenen Hauskameras später nicht identifizieren können sollten. Zum andern, warum eigentlich nicht? Es ist nicht verboten, mal in einen Hinterhof zu schauen. Und zwei Frauen erregen weniger Verdacht, dass sie etwas ausspionieren, als zwei Männer.«

Damit war das geklärt. Kamila packte für den Fall der Fälle ein kleines Aufnahmegerät mit Mikro und eine Kamera mit Teleobjektiv in ihren Rucksack, und wir schwangen uns auf die Räder. Die Straßen gleißten in der Mittagssonne. Wo es Bäume gab, drängten sich die Leute in Cafés und Restaurants, wo nicht, waren die Gehsteige menschenleer. Im Grünzug dagegen ballten sich die Familien, Kinder rannten halbnackt durch Springbrunnen und künstliche Teiche, von den Grillplätzen zogen Rauchschwaden durch die Bäume.

Die Räder schlossen wir an einem Schildermast an der Ecke einer Seitenstraße an. Das Gebäude begutachteten wir vom Bürgersteig gegenüber. Außer der Warnung vor Kameraüberwachung an der modernen Eingangstür entdeckten wir nichts, was auf Kameras hindeutete. Auf den Gehweg hätten sie auch nicht gerichtet sein dürfen. Das Gebäude ging um die Ecke. Dort konnte man durch einen Torbogen in einen Hinterhof fahren. Wir spickten nur hinein, denn wenn es Kameras gab, dann hier. Zwei Autos glühten in der Sonne, ein schwarzer Mercedes SUV der G-Klasse und ein blauer Mittelklassewagen. Schnell hochgeschaut, sahen wir das Penthouse hinter der Dachkante nicht, aber das Geländer und die Begrünung einer Dachterrasse. Ich machte auf gut Glück aus der runterhängenden Hand mit meinem Telefon ein paar Fotos. Und dann weg.

Auf der gegenüberliegenden Straßenseite stand wie gespiegelt noch einmal so ein klassizistisches Gebäude. Es hatte eine Kneipe im Erdgeschoss, die über das allgemeine Treppenhaus zugänglich war. Und so hatten wir auf einmal Treppen vor uns, die wir nach oben stiegen, so hoch es ging. Durch ein Fenster unter der Klappe zum Dachboden hatten wir einen direkten Blick auf das Penthouse, das drüben anstelle des Dachs auf dem vierten Stock saß. Die Sonne knallte auf die Fassade der MSI und holte hinter den Fenstergläsern Bürotische, Computer, Stifteköcher und Zimmerpflanzen ans Licht. Das Penthouse bestand praktisch nur aus leicht getöntem Glas. Auch hier ließen sich Zimmerpflanzen, Stühle, ein Tisch und andere Gegenstände erkennen, die direkt an den Fenstern standen. Das bedeutete im Umkehrschluss, dass unser Fenster im Schatten lag und von gegenüber nicht einsehbar war. Kamila konnte die Kamera nehmen und Fotos machen. Wir fühlten uns wie Paparazzi der Sensationspresse. Ob aus den Fotos etwas Verwertbares herauszuholen war, mussten wir später am Computer sehen.

»Wenn nicht«, sagte Kamila vergnügt, »müssen wir halt heute Nacht noch mal herkommen, wenn die Fenster erleuchtet sind.«

 Wegen der Menschenmassen schlug Kamila vor, dass wir heimwärts nicht wieder durch die Grünanlage fuhren, sondern über die Straßen. Nach einer Weile stießen wir auf Mannschaftsfahrzeuge der Polizei am Straßenrand, dann auf berittene Polizei und schließlich auf einen Riegel aus gepanzerten Polizisten. Dahinter konnten wir das Grün eines Parks und Demonstrierende mit Plakaten und Antifafahnen ausmachen.

»Das ist das Kesselfest«, sagte Kamila und hielt an. »Das muss ich mir kurz anschauen.«

Vor einem Jahr hatte hier eine antifaschistische Demonstration stattgefunden. Der Grund: Eine Frau und vier Männer waren wegen gewalttätiger Überfälle auf Neonazis zu mehrjährigen Haftstraßen verurteilt worden. Tausend Demonstrierende standen zweitausend Polizeikräften aus zwölf Bundesländern gegenüber. Die Polizei war entschlossen, das Vermummungsverbot durchzusetzen, und kesselte nach den ersten Flaschenwürfen die Demonstrierenden ein, genauso wie Unbeteiligte, die sich nicht rechtzeitig davongemacht hatten. Eine ganze Nacht harrten sie eingepfercht ohne Klo und Wasser aus. Es hatte Dutzende Verletzte auf beiden Seiten gegeben.

Wir schoben die Räder zu einer Reihe großer, bunt besprühter Müllcontainer gegenüber einer Reihenhaussiedlung, wo wir sie an einem Schildermast anketten konnten. Kamila rief in der Nachrichtenredaktion an und berichtete, dass die Polizei massiv versuche, das Kesselfest zu verhindern. Danach wurde sie zur Reporterin, hielt ihren Funkhausausweis hoch, ging rein, filmte mit dem Handy, sammelte O-Töne, wurde von der Polizei wieder rausgeschubst, reklamierte die Pressefreiheit für sich und kam schließlich mit gelöster Miene zu mir und unseren Rädern zurück und sagte: »Ich fahre jetzt ins Funkhaus, die Töne einspielen und einen Beitrag machen. Du kommst alleine zurück?«

»Klar.«

»Vielleicht ist Elflein auch im Haus, sie moderiert gern das Magazin am Sonntag. Dann könnte ich schon mal einen Termin mit ihr für morgen vereinbaren. Wann ginge es denn bei dir?«

»Egal, ich habe nichts Bestimmtes vor.«

Wir waren noch beim Losschließen der Räder, als unversehens drei junge Männer hinter den Müllcontainern hervorkamen. Sie trugen Baggy-Hosen, Turnschuhe und Sonnenbrillen, einer steckte in einem schwarzen Hoodie ohne Ärmel mit dem Aufdruck »Viking Attack«, ein anderer trug ein weißes T-Shirt mit dem HH-Zeichen von Helly Hansen. Er schubste Kamila im Vorbeigehen zwischen die Mülltonnen, ein anderer gab mir von hinten einen Stoß, sodass ich auf die Räder flog.

Rausrappeln, umdrehen, Angriff. Aber ich sah nur noch ihre höhnischen Rücken, und Kamila hielt mich am Arm fest. »Nicht, Lisa! Das sind Nazis.«

»Dass die das wagen! Da drüben ist alles voller Polizei!«

Kamila sagte nichts. Ihr Gesicht war hart. Sie hatte ihr Schloss schon offen, aber ich kriegte das mit den Zahlen nicht so schnell auf die Reihe, so zitterten mir die Hände. »Fahr ruhig, Kamila, ich komme klar.«

Sie fuhr. Und ich fasste es nicht. Wieso war ich nicht wachsam gewesen? Wieso war ich darauf nicht vorbereitet gewesen? Du weißt doch, dass du immer Freiwild bist. Jeder kann dich im Vorbeigehen mal kurz auf deinen Platz verweisen, auf den Po schlagen, zwischen die Beine fassen, dir einen Catcall hinterherschicken. Was dachtest du denn? Dass sich die Zeiten geändert hätten? Oder hatte ich es nur abbekommen, weil Kamila bei mir gewesen war, als Kollateralschaden einer rassistischen Attacke? Ich strampelte mir die Wut aus dem Leib und drohte einer Autofahrerin mit der Faust, die mich zu eng überholte. An der nächsten Ampel fuhr ich wieder vor sie. Triumph! Aber zehn Minuten radeln half mir, eine Mauer zwischen Vorher und Jetzt hochzuziehen.

Ich setzte mich in der vertrauten Rosenstraße vor das arabische Lokal, bestellte Mujadara und fühlte mich richtig platziert in dieser in sich uneinigen Stadt, inmitten der Jugend, die in Stiefeln, Ripped-Knee-Jeans und Secondhand-Klamotten auf den Gebäudesimsen und Schaufensterbrettern saßen und irgendwas tranken. Der Geruch nach Gras würzte die Luft. Inzwischen wusste ich, dass die Rosenstraße knapp hundert Meter weiter an der Binsenbrücke endete, wo Anna Malynka in Angst und Schmerzen fern ihrer vom Krieg beschädigten Heimat gestorben war. Eine junge Seele verloschen, die – wie wir alle – im Lebenskampf alles hatte richtig machen wollen und am falschen Ende der Zukunft gelandet war.

Zum Kaffee suchte ich in meiner Mediathek das Foto, das ich in der Kantine von Kerstins Kontakteintrag zu Tatjana Kowalik gemacht hatte. Ich notierte mir mit dem Kuli Ziffer für Ziffer auf einem von anderen zurückgelassenen Rechnungszettel, tippte sie über den Ziffernblock in mein Telefon ein und klickte auf Anrufen. Während es klingelte, riss ich die Ecke mit der Telefonnummer von der Rechnung ab und verbrannte sie im Aschenbecher. Spionagethriller konnte ich nämlich auch.

Nach dem fünften Klingeln schaltete sich die Mailbox mit der Ansage der Telefongesellschaft ein. Ich sagte so weiblich wie möglich: »Hallo, Tatjana Kowalik, ich bin Lisa Nerz. Ich bin neu in der Nachrichtenredaktion und würde gerne mit Ihnen reden. Es ist Ihre Entscheidung, ob Sie mich zurückrufen. Mir würde es helfen.«

Mit dem Fahrrad an der Hand schlenderte ich an den bemalten Gebäudesockeln und Wänden entlang Richtung Binsenbrücke. In einem alten Fabrikkomplex fand irgendetwas statt, was Leute mit viel Leben vor sich anzog. Sie trugen kurze Röcke, Stiefel, Federboas oder Hoodies und Shorts oder Camouflagehosen mit Trekkingschuhen. Das Gefiederte und Gefleckte endete abrupt an der Brücke über den Kanal. Jenseits rollten die Autos in eine karge Straße mit neuen Bürogebäuden zwischen Brachflächen davon. Am ersten Steinpfosten zwischen den Geländern lagen drei verwelkte Rosen vor einem mit Draht ans Geländer gebundenen kleinen Kreuz. Das ewige Licht war zu roten Splittern zertreten worden.

Mir schossen die Tränen in die Augen. Ja Heilandzack!

Ich zog mein Telefon, bekam meinen Blick wieder klar und suchte nach der Adresse des Foodshare-Cafés. Es war nicht weit von hier, die Rosenstraße zurück, links in die Jasminstraße, dann rechts in die Tulpenstraße. Mit dem Fahrrad war ich in zwei Minuten dort. Vor zwei Schaufenstern standen unter Sonnenschirmen Holztische mit Holzstühlen, auf denen junges und mittelaltes Volk hockte und Cappuccino und Ingwertee trank. Ich schloss mein Fahrrad an einen freien Radbügel an und ging rein. Im Laden saß niemand, obgleich eines der Fenster weit offen stand.

Hinter der Theke werkelte eine hauptsächlich rosa gekleidete Frau mit langen blonden Haaren am Kaffeeautomaten. In Kisten hinter der Theke lagen Croissants und Brötchen, auf Tellern standen Kuchenstücke herum. An der Wand hingen Fotos einer Familie: Großmutter, zwei Kinder, kein Mann. Ein bärtiger Mann hing in einem eigenen Foto daneben, in Uniform vor einem Panzerrohr.

Ich setzte mich an die Theke auf einen der Hocker. Aus der Küche kam eine zweite Frau, dunkelhaarig in Jeans und T-Shirt mit aufgedruckter Ukraineflagge, und brachte Teller mit Pasta und Gemüse nach draußen vor den Laden. Als sie zurückkam, schaute sie mich an. Es ging kaum anders, so wie ich da im leeren Laden am Tresen saß.

»Hallo«, sagte ich. »Ich bin eine Freundin von Kamila, eine Kollegin, genauer gesagt.«

»Hallo«, antwortete die Dunkelhaarige reserviert.

Die Blonde an der Kaffeemaschine drehte sich um und lächelte.

»Hallo, wie geht es Kamila?«

»Gut. Sie hat mir von dem Interview mit euch erzählt. Sie hat auch erzählt, dass ihr Anna Malynka kanntet. Ich komme gerade von der Binsenbrücke. Ich habe eure Blumen gesehen, die sind doch von euch?«

Die Blonde nickte.

»Leider hat jemand das ewige Licht zertreten.«

»Das waren die Nazis«, sagte die Dunkelhaarige. »Die hassen uns. Sie sagen, alle Ukrainer sind Nazis, uns muss man ausrotten. Putin muss uns ausrotten. Und das sagen die, die selber Nazis sind. Verstehst du das?«

»Nein«, antwortete ich. »Ich verstehe schon lange nicht mehr diese Lust am Hass.«

Die Dunkelhaarige nickte.

»Ich heiße Lisa.«

»Maria«, antwortete die Dunkelhaarige. »Und das ist Jeva.«

»Was möchtest du haben?«, fragte Jeva.

Ich kam ja gerade vom Essen und Kaffeetrinken, aber egal. »Ein Kaffee wäre schön.«

Die rosafarbene Jeva drehte sich zum Automaten um.

»Und ihr kanntet Anna?«, fragte ich. »Sie hat zuletzt in der Granitstraße gearbeitet? Da wo es das Nazizimmer gab.«

Maria nickte.

»Wisst ihr, bis wann Anna dort gearbeitet hat?«

Die beiden Frauen blickten sich an. »Wir wissen es nicht genau«, antwortete Maria dann.

»Und ungefähr? Bis vor einem halben Jahr, bis vor zwei Monaten?«

Jeva drehte sich um. »Ich habe sie dort auf der Straße getroffen, das war vor ein oder zwei Monaten. Es gab Gewitter. Wir haben uns in der Tür untergestellt.«

»Und da hat sie dir vom Nazizimmer erzählt?«

»Nein. Das war früher, als wir Frauen uns hier im Café getroffen haben. Da hat sie uns die Fotos gezeigt.«

»Weißt du noch, wann das war?«

Sie zuckte mit den Schultern. »Es war kalt. Wir haben hier alle gefroren, weil wir doch Energie sparen mussten. Es war Winter.«

Kamilas und meine Story zerplatzte.

Aber Maria rettete sie. Sie schüttelte den Kopf. »War das nicht bei unserem Treffen zwei oder drei Wochen nach Ostern? Da war es auch so kalt.«

Ostern war in diesem Jahr in der ersten Aprilwoche gewesen, wie mir mein Telefonkalender verriet. Wenn Anna da gerade bei den Unterwasser-Krulls angefangen hatte, konnte das hinhauen.

»Und sie hat euch Fotos gezeigt?«, fragte ich. »Hat sie gesagt, wo sie sie aufgenommen hatte?«

»Da, wo sie gearbeitet hat«, sagte Jeva.

»Und wo war das?«

»Eine Adresse hat sie nicht genannt«, antwortete Maria. »Aber ich habe sie ja später dort getroffen.«

»Was war denn auf den Fotos genau zu sehen?«, fragte ich.

Jeva zog die Schultern hoch. »Widerliches Zeug. Ich kriege Gänsehaut. Meine Großeltern haben immer erzählt von den Deutschen im Zweiten Weltkrieg, viele sind gestorben, sehr viele.«

»Man hat nicht viel erkennen können«, sagte Maria. »Aber die Hakenkreuze habe ich gesehen.«

 Am Abend versuchten wir die Fotos, die Kamila über die Straße hinweg in die Fenster des Penthouses gemacht hatte, mit Bildbearbeitungsprogrammen aufzuhellen, zu schärfen und zu kontrastieren. Ein wuchtiges Ledersofa, eine Deckenleuchte aus gedrehtem Glas, ein Regal und die Rechtecke von Bildern oder gerahmten Fotos wurden sichtbar. Es sah nach Wohnzimmer aus. Hinter der Fensterfläche ganz links erkannten wir weiße Schränke einer Küche. Im dritten Fenster ganz rechts lenkten große Grünpflanzen die Aufmerksamkeit auf sich. Kamila zoomte ins Foto hinein auf die dunklen Flächen zwischen den Pflanzen. »Da ist was.«

Wir schoben unsere Nasen an den Bildschirm. Leuchtete da etwa das verräterische Nazirot? Waren das, verdeckt von Zimmerpalmenwedeln, die stilisierten Federn einer Reichsadlerschwinge? Und die kantige und zackige Grafik, war das nicht die aus den Dreißigern und Vierzigern?

Wir warfen uns zurück gegen unsere Stuhllehnen und atmeten aus.

»Wir haben sie«, sagte Kamila.

»Oder wir interpretieren da was rein?«, sagte ich. »Rot ist vieles. Damit überzeugen wir Elflein nicht.«

»Aber dieses Nazizimmer existiert! Und Anna Malynka wurde deshalb ermordet.«

»Stopp! Der Tod von Anna ist bislang nicht Teil unserer Story, Kamila.«

»Aber …«

»Im Privatraum ist so was nicht illegal.«

»Aber, wenn es sich um eine Persönlichkeit des öffentlichen Lebens handelt, die würde hundertpro nicht wollen, dass das bekannt wird.«

»Und warum sollte sie annehmen, dass eine ukrainische Pflegekraft an die Öffentlichkeit geht? Und selbst wenn sie einen Skandal fürchtet, welches Amt hätte sie zu verlieren? Gar keines. Ein Mord aber würde ihr ziviles Leben komplett beenden. Die Aufklärungsquote ist hoch und man wandert für mindestens 15 Jahre in den Knast. Wir sind doch hier nicht in einem Fernsehkrimi, Kamila, wo Prominente mal eben ihr Geheimnis durch Mord schützen. Und gerade in dem werden sie immer erwischt.«

Kamila schaute zum Fenster. Die Abenddämmerung war noch sehr weit weg. »Dann fahre ich eben nachher noch mal in die Granitstraße, wenn es dunkel ist.«

»Und bis dahin sollten wir uns überlegen, wie wir das Ganze morgen Elflein vortragen. Was wir sagen, und was nicht.«

Mit Lissy Bodenlos unterwegs im Funkhaus –
Die Rechercheredaktion
Autorin: Lissy Bodenlos
Jingle
Sprecher: Die Rechercheredaktion. Mit Lissy Bodenlos.
Jingle ausblenden
Bodenlos: Guten Abend. Heute geht es um die Recherche. Bei mir zu Gast ist Hans Guggenmus, Mitglied einer medienübergreifenden Rechercheredaktion. Herr Guggenmus, was ist überhaupt Recherche?
Guggenmus: Üblicherweise beziehen wir unsere Informationen von offiziellen Pressemitteilungen oder Pressekonferenzen. Bei einer Recherche suchen wir uns eigene Informationsquellen. Beispielsweise, wenn wir die offizielle Darstellung hinterfragen wollen.
Bodenlos: Aber auch die anderen Quellen können eigene Interessen verfolgen.
Guggenmus: Deshalb ist die Überprüfung der Quellen das A und O. Wir fragen uns immer zuerst, verfügt die Quelle überhaupt über gesicherte Informationen und welches Interesse könnte sie haben, uns diese Informationen zu geben? Jede Recherche beginnt mit der Überprüfung der Quellen und endet mit der Gegenrecherche.«

Bodenlos: Sie ziehen also auch Ihre eigenen Ergebnisse in Zweifel?

Guggenmus: Selbstverständlich. Die Fakten müssen stimmen. Das klingt banal, aber das ist unsere eigentliche Aufgabe. Natürlich freut man sich, wenn man viel findet, was die eigene Hypothese bestätigt. Im Überschwang des Erfolgs wird man schnell blind für Widersprüche. Aber genau denen müssen wir nachgehen. Wir müssen uns immer die Frage stellen, stimmt das überhaupt, was uns die Leute erzählen? Interpretieren wir in die Fakten etwas hinein? Haben wir Belege? Wir haben schon den Anspruch, dass jede journalistische Darstellung möglichst wahrheitsgetreu ist.

Bodenlos: Aber die eine Wahrheit gibt es vermutlich nicht. Und völlig objektiv ist man auch nie. Man gibt ja schon bei der Recherche die Richtung vor. Wenn Sie zum Beispiel eine örtliche Politikerin aufs Korn nehmen.

Guggenmus: Aufs Korn nehmen sollte man niemanden. Aber wenn es belastbare Hinweise gibt, dass sie ein Unrecht begangen hat, dann gehen wir dem nach. Das ist sogar unsere Pflicht. Natürlich kann sich immer herausstellen, dass unsere Hypothese nicht stimmt. Manchmal hat man dann zwei Wochen lang vergeblich recherchiert, weil doch nichts dran ist.

Bodenlos: Und wie gehen Sie genau vor, beispielsweise in Ihrer Redaktion?

Guggenmus: Nachdem wir die ersten Informationen gesammelt haben, entwickeln wir eine Hypothese und machen einen Plan. Zum Beispiel: In der ehelichen Wohnung der Lokalpolitikerin Unterwasser befindet sich ein Zimmer mit NS-Devotionalien. Das wissen wir von einer Putzfrau.

Bodenlos: Und wie verfahren Sie dann?

Guggenmus: Wir versuchen die Information hart zu kriegen, sowohl durch eigenen Augenschein als auch durch Recherche in Archiven oder Zeitungsveröffentlichungen. Wir überlegen uns, welche Personen aus ihrem Umfeld wir befragen könnten. Und hier kommt der Rechercheplan ins Spiel. Man muss genau wissen, in welcher Reihenfolge und zu welchem Zeitpunkt man mit welchen Informanten spricht. Je mehr Leute wissen, dass wir recherchieren, desto größer wird das Risiko, dass die Person, um die es geht, davon Wind bekommt und Beweise vernichtet oder Informanten beeinflusst. Kurz vor Veröffentlichung kommt dann meist der Moment, die betreffende Person mit den Rechercheergebnissen zu konfrontieren.

 Leider blieben die Glasfassaden des Penthouses unerleuchtet. Gegen zehn Uhr ließ ich Kamila alleine am Fenster unterm Dach gegenüber und lugte in den Hinterhof der MSI hinein. Da standen immer noch die beiden Autos. Oben, über die Grünpflanzen und das Terrassengeländer hinweg, sickerte Licht in den Nachthimmel. Unser Pech, die Nacht war zu schön, sie saßen draußen auf der Terrasse.

Plötzlich feuerten meine Neuronen, doch mein Bewusstsein war so langsam, dass ich zuerst dachte: Wie würde man eigentlich einen Anschlag auf Unterwasser bewerkstelligen? Mit dem Messer in der Hand sicher nicht, denn danach wurde man gefangen, vor Gericht gestellt und kam ins Gefängnis. Dann realisierte mein Bewusstsein, was diese Frage ausgelöst hatte. Unter der Seitentür des dunklen SUV blinkte etwas rot. Oder meinte ich nur, ich hätte es blinken gesehen? Als ich meinen Blick fokussierte, blinkte nichts. Du spinnst, Lisa! Andererseits. Einfach weggehen?

Ich betrat den Hof. Ein Licht am Haus sprang an und beleuchtete den Weg zum Auto. Ich lief diesen Weg, machte die Telefontaschenlampe an, ging aufs Knie und beugte mich unter den Wagen. Das war jetzt nicht echt. Das war Paralleluniversum. Unterhalb der Tür am Rahmen klebte etwas. Es sah aus wie eine Tupperdose mit Gips.

Ich unterdrückte meinen Fluchtimpuls und machte ein Foto. Dann stand ich betont ruhig auf und ging zur Gebäudeeinfahrt zurück. In meinem Kopf stritten drei Gedanken um Priorität: Bei Unterwasser klingeln und darauf hinweisen, dass unter einem der Autos im Hof ein verdächtiges Ding klebte. Kamila anrufen. Die Polizei anrufen, denn falls es im Innenhof Kameras gab und morgen irgendwas am Wagen explodierte, dann war ich zu sehen, wie ich neben dem Wagen kniete. Allerdings auch die

Person, die die Dose unter das Auto geklebt hatte. Es sei denn, das war woanders geschehen.

Ich wählte zuerst Kamilas Nummer.

»Ja«, sagte sie.

»Ich bin's. Ich bin noch drüben. Ich habe irgendwas unter dem SUV entdeckt, was ein Sprengsatz sein könnte. Ich rufe jetzt die Polizei. Also nicht wundern, wenn es hier gleich blaulichtert. Am besten, du verschwindest sofort von deinem Beobachtungsposten.«

»Was sagst du da?«

Kamila kapierte das Unvorstellbare erst, nachdem ich es ihr ein zweites Mal ausführlicher erzählt hatte.

»Ich komme.«

»Nein, lieber nicht, Kamila. Wenn du das Ganze journalistisch bearbeiten willst, solltest du hier nicht unter die Polizei geraten.«

Sie sah es ein, wenn auch ungern. Ich wählte die 110. In allen Polizeinotrufzentralen werden die Nummern angezeigt und die Gespräche mitgeschnitten. Es war das zweite Mal innerhalb von vier Tagen, dass dort eine Aufnahme von mir gemacht wurde. Ich sagte: »Mein Name ist Lisa Nerz. Ich befinde mich vor dem Haus Granitstraße 3. Dort steht im Hinterhof ein Auto. An dem habe ich etwas bemerkt, was da nicht hingehört. Es könnte ein Sprengsatz sein.«

Auch alte Polizisten waren nicht immer abgebrüht. Ich hörte dem Beamten in der Zentrale an, dass sein Adrenalinpegel stieg. »Bitte verlassen Sie umgehend den Gefahrenbereich und warten Sie in sicherer Entfernung auf uns. Die Kollegen kommen sofort.«

»Okay.« Gesprächsende.

Während ich mich zur Hausecke entfernte, hörte ich irgendwo hinter Häuserblocks ein Martinshorn losorgeln. Ich hatte keine drei Minuten, mir zu überlegen, was ich der Polizei erzählte, wenn sie fragte, was ich in diesem Hinterhof zu suchen gehabt hatte.

Ein Streifenwagen hielt am Bordstein, das Martinshorn versiegte, das Blaulicht blieb, zwei Beamte stiegen aus, langsam, aber auch wieder nicht ganz so breitbeinig lässig wie sonst. Sie trugen vier und fünf blaue Sterne. »Sie haben uns gerufen?«

Ich nickte.

»Sie haben etwas Verdächtiges bemerkt? Würden Sie uns das einmal eben zeigen?«

Ich deutete in die Seitenstraße zur Gebäudeeinfahrt. »Da drin, unter dem Auto, dem SUV, da hängt was Komisches.«

Während der jünger Polizeihauptmeister mit einer Taschenlampe durch den Gebäudetunnel ging, fragte mich der ältere Polizeihauptmeister, ob ich hier wohnhaft sei. Das musste ich verneinen. Kaum hatte ich mit der unvollkommen ausgearbeiteten Erklärung meiner Anwesenheit angefangen, kam der andere Polizist im Eilschritt zurück, murmelte dem Kollegen etwas zu, stieg ins Auto und nahm das Funkgerät. Binnen weniger Minuten entwickelte sich eine Gefahrenlage. Ich wurde angewiesen, mich fünfzig Meter zu entfernen und dort zu warten. Feuerwehr rückte an, Polizeiwagen kamen, Sperrbänder wurden gezogen, die Straße mit Polizeifahrzeugen blockiert, Autofahrende zum Wenden gewinkt. Uniformierte betraten das gegenüberliegende Gebäude, in dem Kamila hoffentlich nicht mehr war, um die Kneipe zu evakuieren und die Leute aus den Wohnungen zu holen und uns allesamt hinter dem Absperrband auf Distanz zu bringen. Immer mehr Menschen kamen, weggeholt vom Fernseher, von einem Abendessen, vom Balkon, aus dem Bett. Begleitet von zwei Polizistinnen eilte auch Anneliese Unterwasser in eleganter sommerlicher Hauskleidung heran. Neben ihr eine Frau, die ihren Rollstuhl energisch über die Greifreifen antrieb. Das also war Folma Krull. Sie trug ein enges T-Shirt, das ihre sportliche Gestalt unterstrich, und dunkle Trainingshosen. Ihr kurzes Haar glänzte im Licht der Straßenlaternen silbern. Das schmale Gesicht war sehr weiß und wirkte unfroh, sie richtete ihren Blick auf niemanden.

Unterwasser war in der Nachbarschaft offenbar bekannt, sie

schüttelte Hände und entschuldigte sich: »Ein kleiner Vorfall, fürchte ich, in unserem Hinterhof, Sprengstoffverdacht, sagt die Polizei. Ich weiß leider auch nichts Genaues.«

Ich sah zu, dass ich immer hinter ihr stand und nicht in ihr Blickfeld geriet.

Ein Polizeitransporter fuhr vor dem Haus vor, zwei USBV-Entschärfer stiegen aus, erkennbar an den dicken Overalls mit Brust- und Unterleibsschutz, Helmen und feuerfesten Visieren. Sie marschierten im Mondanzugs-Wiegeschritt zum Gebäudetunnel. Die Leute um mich herum hoben ihre Handys und filmten. Ich nutzte die Deckung und machte ein paar Fotos von Unterwasser und Krull. Außerdem rief ich Kamila an und erzählte ihr, was los war, damit sie sich zum zweiten Mal an diesem Tag wie eine Rundfunkredakteurin verhalten und den Spätdienst in der Nachrichtenredaktion anrufen konnte, damit der wiederum den Bereitschaftsreporter oder die -reporterin alarmieren konnte.

»Aber halte meinen Namen aus der Sache raus, ja?«

Sie versprach es.

Die ersten Leute von der Presse und Privatsendern mischten sich unter uns. Kleine und große Kameras wurden geschultert, Fotoapparate mit Teleobjektiven in Anschlag gebracht. Inzwischen war jedoch der Blick aufs untere Stockwerk des Gebäudes vollständig von Polizeifahrzeugen zugestellt. Eine Beamtin sorgte dafür, dass niemand das Sperrband überwand, und wehrte Interviewanfragen ab.

Ich begann darüber nachzudenken, ob ich mich trollte. Musste ich mir denn schon wieder eine Nacht um die Ohren schlagen? Die Polizei hatte meine Telefonnummer, sie würde sich für eine Befragung bei mir melden. Aber mein Fahrrad stand auf der anderen Seite des abgesperrten Straßenbereichs an einem Schildermast. Ich hätte um den ganzen Block herumlaufen müssen und zögerte. Außerdem sah ich nun den älteren Polizeihauptmeister, der mich vorhin zu befragen begonnen hatte, zwischen den Feuerwehr- und Polizeiautos hervorkommen und den langen Weg auf der leeren Straße antreten. Er kam am Sperrband an, beugte sich drunter weg und entdeckte mich sogleich. Alle, an denen er vorbeiging, drehten sich zu ihm und schließlich zu mir um, natürlich auch Unterwasser. Es gab kein Entrinnen. Ihr Blick fiel auf mich und zeigte Wiedererkennen. Sie musste ein gutes Personengedächtnis haben.

Ich wandte mich dem Polizisten zu, damit sie mich nicht ansprechen konnte. Aber jemanden musste sie ansprechen. Also fragte sie den Polizeihauptmeister: »Können Sie uns schon etwas sagen? Wann können wir in unsere Wohnungen zurück? Wir stehen hier und wissen gar nichts.«

»Haben Sie noch etwas Geduld. Sie werden gleich informiert«, antwortete er und bedeutete mir, mit ihm beiseite zu treten.

Frau Unterwasser folgte uns. »Entschuldigen Sie, ich denke, wir haben ein Anrecht darauf …«

Da drehte sich der Polizist zu ihr um und sagte: »Wenn Sie bitte einmal warten wollen, damit ich mit der Person reden kann, die Ihnen vermutlich das Leben gerettet hat!«

Shit!, dachte ich.

Wir wurden sie nicht los, bevor der Polizist ihr erklärt hatte, dass ich unter ihrem Wagen etwas Verdächtiges bemerkt hatte. Ein Schnelltest auf Sprengstoff sei positiv gewesen. Der verdächtige Gegenstand sei entfernt worden und werde ins LKA verbracht. Mehr könne derzeit noch nicht gesagt werden. Sie könnten wahrscheinlich in Kürze in ihre Wohnungen zurückkehren.

Und wieder hatte ich Unterwassers feste Hand in meiner. »Dann muss ich mich wohl bei Ihnen bedanken«, sagte sie. »Haben wir uns nicht kürzlich im Funkhaus gesehen? Darf ich erfahren, wie Sie heißen, damit meine Frau und ich wissen, wem wir Dank schulden?«

»Lisa Nerz.«

»Haben Sie eine Karte? Ich würde mich gern erkenntlich zeigen.«

»Nicht nötig.«

»Selbstverständlich ist das nötig, Frau Nerz. So einfach kommen Sie mir nicht davon.«

Ich besann mich auf Konzilianz. »Ich sollte jetzt der Polizei Rede und Antwort stehen. Haben Sie Ihr Telefon dabei?« Das hatte sie erstaunlicherweise nicht. Aber sie wusste ihre Nummer. Sie diktierte sie mir, und ich rief ihr Telefon an. Dann durfte ich endlich mit dem Polizeihauptmeister die Absperrung verlassen.

Ich erzählte ihm, dass ich bis vor ein paar Tagen am anderen Ende der Granitstraße gewohnt hatte und dort eingebrochen worden war, weshalb ich jetzt in der Lindenstraße wohnte. »Ich wollte etwas Ordnung machen«, sagte ich. »Auf dem Weg dorthin ist mir eine hinkende Katze über den Weg gelaufen, so eine weiße mit schwarzem Kopf. Sie verschwand in diesen Hinterhof. Ich dachte, vielleicht ist sie von einem Auto angefahren worden und braucht Hilfe. Also habe ich in den Hof reingeschaut. Als das Licht anging, dachte ich, die Katze sitzt unter dem Auto, und bin hin. Da habe ich dann diese Plastikdose gesehen.«

Der Polizist schien meine Geschichte in Ordnung zu finden und notierte sich Sandras Adresse, meine Adresse im Offenen Friedenshaus und dann auch noch meine Adresse in Stuttgart. »Die Kollegen werden sich bei Ihnen melden fürs Protokoll«, sagte er. »Ihre Wachsamkeit hat möglicherweise ein Unglück verhindert.«

»Wer macht denn so was?«

»Die Dame hat sich wohl Feinde gemacht.« Dabei konnte er nicht verhindern, dass er kurz die linke Schulter hochzog. Ich deutete ein Lachen an und er ein Lächeln.

»Wer weiß, ob das Ding je explodiert wäre«, bemerkte ich.

»Das werden die Kollegen herausfinden.«

Kamila war noch wach, als ich kurz nach Mitternacht nach Hause kam. Sie erzählte mir, dass Lou und seine Net Observers bereits angefangen hatten, nach Hinweisen zu suchen, wer das gewesen sein könnte.

 In den 8-Uhr-Nachrichten, die Kamila und ich beim Frühstück in der Küche hörten, war der »versuchte mutmaßliche Sprengstoffanschlag« auf Unterwasser der Aufmacher. Die Erkenntnisse waren dürftig. Die Polizei hatte nicht bestätigt, dass es sich um einen funktionierenden Sprengsatz handelte. Aber Unterwasser hatte in der Nacht fleißig in den sozialen Medien die »Verrohung unserer Gesellschaft« beklagt und »linksfaschistische Chaoten, die seit Monaten die Straßen unserer schönen Stadt mit Terror und Gewalt überziehen«, verantwortlich gemacht. Unter den Posts hatte sich eine beachtliche Latte von bestätigenden Hasskommentaren gebildet.

Kurz vor zehn standen Kamila und ich im Vorzimmer von Philine Elflein und sagten: »Wir haben einen Termin.«

Eine der beiden Sekretärinnen stand auf, klopfte an der nächsten Tür, steckte den Kopf hinein und sagte: »Frau Mehari und Frau Nerz wären jetzt da«, zog den Kopf zurück, sagte zu uns: »Einen Moment noch, bitte«, und ging auf ihren Platz zurück.

Wir standen herum. Kamila zupfte an ihrem petrolfarbenen Blazer, für den es eigentlich zu warm war. Elflein öffnete mit breitem Kumpelinnenlächeln ihre Tür und bat uns herein. Sie hatte offensichtlich ihren Stammplatz mit dem Rücken zu den Fenstern in der Couch- und Sesselgarnitur und setzte sich, bevor wir unsere Plätze wählen konnten. Wir hatten die Fenster mit dem sonnigen Panorama der Stadt vor uns. Elflein eröffnete das Gespräch mit einem Lob für Kamilas Einsatz gestern Nachmittag und Nacht, wobei sie Kamila duzte. Kamila lächelte erfreut. »Das ist doch selbstverständlich.«

Das fand Elflein auch und setzte sich zurecht. »Du hast um ein Gespräch mit mir gebeten? Und Frau Nerz hast du auch mitgebracht?«

»Genau«, sagte Kamila. »Wir haben das zusammen herausgefunden. Es geht um Unterwasser.« Sie holte weit aus und erzählte von ihrem Interview für die Sonntagssendung mit den Ukrainerinnen, die sich als betrogene Pflegekräfte zusammengetan und das Foodsharing-Café aufgemacht hatten, und was sie dort über Anna Malynka und das Nazizimmer erfahren hatte. Außerdem schilderte sie unsere Recherche zu Folma Krull, der MSI und der interfamiliären Verquickung von Stiftung und Medienfirma.

»Ja, das ist alles ziemlich unappetitlich«, sagte Elflein. »Aber worum geht es euch genau?«

»Wir gehen davon aus, dass Anna Malynka zuletzt bei Unterwasser und ihrer Frau gearbeitet hat. Die sitzt seit einem Fahrradunfall vor zwei Jahren im Rollstuhl. Deshalb glauben wir, dass sie die Fotos dort gemacht hat.«

»Ja, das habe ich schon verstanden. Aber ihr habt diese Fotos nicht. Ihr habt sie nicht einmal gesehen.«

»Genau. Deshalb will ich Frau Unterwasser damit konfrontieren. Ich will es ihr vorhalten.«

»Und was soll das bringen?«

»Ich will sehen, wie sie reagiert. Das könnte aufschlussreich sein. Natürlich wird sie es bestreiten.«

»Eben.«

»Selbstverständlich recherchieren wir noch weiter, das ist klar.«

»Hm.« Elflein ließ sich gegen die Rückenlehne ihres Couchteils fallen. »Ihr wollt mein Placet. Jaaaa, ähm, das kann ich jetzt gar nicht entscheiden. Ich denke, es ist besser, wir holen jemanden von der Redaktion Landespolitik zu unserem Gespräch dazu.«

Sie stand auf und ging zu ihrem Tischtelefon. Kamila und ich schauten uns an. Protestieren war nicht klug. Elflein hatte auch schon jemanden dran und sagte: »Stefanie, kannst du mal schnell zu mir rüberkommen. Wunderbar. Bis gleich.«

Stefanie? Ich suchte in meinem Hirn nach Spuren. Knoblauch, Knobloch? Knoblich! Sie hatte mich am Samstag angerufen wegen ihres Beitrags über die Unterwasser-Kundgebung und unseres Teasers darauf.

Ins Zimmer platzte alsbald eine ungeheuer elegant gekleidete

Frau – schwarze Hosen, Lackschuhe, beigefarbener Blazer – Ende dreißig, urlaubsbraun gebrannt mit einer nussbraunen Mähne. »Hallo«, sagte sie laut, ließ den flinken Blick über uns gleiten und stoppte bei mir. »Wir kennen uns noch nicht.«

»Lisa Nerz. Wir haben am Samstag schon mal telefoniert. Ich bin die Neue in der Nachrichtenredaktion.«

»Ah!« Sie versuchte so zu klingen, als würde sie sich erinnern. »Im Voloalter bist du aber auch nicht mehr. Nicht böse gemeint, ich sage nur, wie es ist.«

»Stefanie, setz dich mal«, sagte Elflein. »Der Einfachheit halber schlage ich vor, dass wir uns alle duzen, auch wenn ich nicht die Älteste bin. Ich bin Philine.«

»Lisa.« Ich fühlte mich sehr alt und sehr weise, auch ein bisschen silberrückig.

Kamila erzählte ihre Geschichte noch einmal. Stefanie schoss immer wieder knappe Zwischenfragen ab. Anna nicht selbst gesprochen? Alles nur Hörensagen? Die Fotos nicht selbst gesehen? Handy von Anna nicht auffindbar? Sicher, dass die Ukrainerin Anna in der richtigen Haustür getroffen hat? Mehr habt ihr nicht?

Nein, mehr hatten wir nicht.

»Na ja«, sagte die elegante Stefanie schließlich, »wenn das stimmt, wäre das schon eine Geschichte. Und du willst Unterwasser damit konfrontieren? Was versprichst du dir davon? Das bestreitet die doch rundheraus. Und dann heißt es wieder, wir linken Staatsmedien würden sie verunglimpfen und in die rechte Ecke stellen.«

»Aber Anna Malynka ist tot!«, entfuhr es Kamila.

Stefanie und Philine blickten sich an.

»Gibt es irgendeinen Anhaltspunkt«, fragte Philine langsam, »dass der grässliche Tod dieser armen Frau, so einen Tod wünscht man wirklich seinem ärgsten Feind nicht, in irgendeinem Zusammenhang mit diesen Fotos steht?«

Ich hatte Kamila ja gewarnt.

»Aber es ist doch auffällig«, eiferte sie sich. »Da wird eine

Ukrainerin grausam ermordet und in den Fluss geworfen, kurz nachdem sie ihren Freundinnen diese Fotos gezeigt hat.«

»Wie deine Kollegin Lisa kürzlich bemerkt hat«, sagte Philine, »sind wir Menschen nicht fähig, den Zufall zu akzeptieren. Wir bringen alles in einen Zusammenhang.«

»Die Polizei ermittelt in Kreisen einschlägiger rechter Gewalttäter«, bemerkte ich. »Bislang wohl erfolglos.«

Stefanie war langsamer und überlegte noch an Kamilas Behauptung herum. »Das würde doch voraussetzen, dass ihre Arbeitgeberinnen gewusst haben, dass Anna die Fotos gemacht und herumgezeigt hat.«

»Vielleicht hat es ihnen jemand erzählt«, sagte Kamila.

»Wer denn?«

»Und wieso ist ihr Telefon weg?«

Mein Hirn warf plötzlich Sachen aufeinander, die überhaupt nichts miteinander zu tun hatten. Tatjana Kowaliks volles Schließfach, die weiße Jeansjacke, die gar nicht zu ihrem eher schweren violett-goldenen Stil passte, das tote Telefon in der Tasche dieser Jacke. Ende Juli war Tatjana verschwunden, Ende Juli war Anna Malynka ermordet worden. Und das bedeutete genau was? Stille in den Synapsen. Das Knäuel konnte ich nicht aufdröseln, denn Stefanie und Kamila stritten sich.

»Ich lasse mir die Geschichte nicht wegnehmen!«, sagte Kamila schrill.

»Das wollen wir doch gar nicht«, antwortete Stefanie laut und sonor. »Ich meine doch nur, die Story ist noch nicht rund. Aber wir könnten dir ... euch bei der Recherche helfen. Wir haben schließlich auch so unsere Informanten.«

»Kinder, nun mal langsam«, sagte Philine mit ihrer leisen, wenn auch etwas kichrigen Stimme der Macht. »Warum diese Eile? Wir können in Ruhe recherchieren. Kamila, dich bitten wir doch nur, dass du, ähm, ihr beide, im engen Austausch mit Stefanie bleibt. Das ist nicht ehrrührig. Skandale deckt man nach meiner Erfahrung im Team mit vielen Köpfen auf.«

Wir beruhigten uns dann alle wieder.

Aber nur zum Schein. Kamila zitterte, als wir draußen auf dem Gang standen. »Ich weiß doch, wie das läuft«, flüsterte sie und blickte sich um.

Weg hier. Ich setzte mich in Bewegung Richtung Treppenhaus. Kamila folgte wie ein Zombie, der reden konnte. »Die Lorbeeren sahnt Stefanie ab. So war das, als sie damals den Kultusminister zum Rücktritt gezwungen hat. Einen Blumenstrauß hat sie bei der Konferenz vom Programmchef gekriegt. Dabei hatte der Kultusminister gar nichts groß angestellt. Er hat bei der Erntedankkirmes zum Vorsitzenden des Lesben- und Schwulenverbands gesagt: ›Zum Kinderkriegen brauchen Sie immer noch eine Frau.‹«

Ich musste lachen. »Stimmt zwar, aber so gesagt klingt es verächtlich.«

»Stefanie war nicht mal dabei, ein Volo hat es ihr erzählt. Aber sie hat die Beiträge dazu gemacht, sie hat den Minister interviewt. Der hat sich dabei um Kopf und Kragen geredet. Sie hat die empörten Reaktionen eingesammelt und verwurstet, wie man das so macht, alles schön in kleinen Häppchen über ein Wochenende hinweg. Am Montag war der Minister dann weichgekocht.«

Podcast
Handbuch des unlauteren Journalismus
Mit Alfred Schauer und Aurelia Blitz
Jingle
Sprecher (über den Jingle): Der Skandal
Jingle Ende
Schauer: Uns Medien wird bei der Aufdeckung von Skandalen gerne die Funktion eines Sittenwächters zugesprochen. Der Watergate-Skandal gilt als Beispiel für eine gelungene Recherche, die zum Rücktritt eines US-Präsidenten führte.
Blitz: Den Rücktritt eines Politikers oder einer Politikerin erzwungen zu haben, ist im Grunde die Krönung einer journalistischen Karriere.
Schauer: Ein Skandal wird entscheidend bestimmt von der Empörung, die er auslöst.

Blitz: Diese Empörung wird von uns in den Medien initiiert und intensiviert. Tatsächlich decken wir selten echte Skandale auf, wir prangern stattdessen die betreffende Person an. Wir bewerten ihr Verhalten moralisch.

Schauer: Alle Menschen machen im Alltag Fehler, auch Politikerinnen und Politiker. Nach einer teuren Scheidung muss ein Politiker seine Uhr versetzen und sich Geld von Freunden leihen, damit er sein Haus nicht verliert. Darüber kann man peinlich berührt lachen.

Blitz: Aber wir machen einen Skandal daraus: Politiker bekommt günstigen Kredit von befreundetem Geschäftsmann. Innerhalb weniger Stunden oder Tage ist diese Interpretation in unseren Medien etabliert. Sie ist nicht mehr zu ändern und wird von allen zusammen befeuert, bis der Politiker zurücktritt.

Schauer: Wie solche Interpretationen entstehen, hat der türkische Sozialpsychologe Muzafer Sherif schon 1936 gezeigt. Er nutzte eine optische Täuschung. Er projizierte in einem dunklen Raum hundert Mal einen Punkt immer wieder auf dieselbe Stelle an der Wand. Im Auge der Betrachter schien er jedoch hin und her zu springen. Zeigte man diese Punkte Einzelnen und befragte sie hinterher, schilderte jeder die Bewegungen anders. Setzte man die Einzelnen hinterher in eine Gruppe, näherten sie ihre zuerst sehr unterschiedlichen Einschätzungen einander an. Zeigte man den Punkt einer Gruppe von Leuten, einigten sie sich schnell auf ein Bewegungsmuster und schilderten es hinterher alle ähnlich.

Blitz: Und so funktioniert auch die öffentliche Urteilsbildung. Menschen werden auf eine Interpretation von Fakten eingeschworen. Alles andere wird unsichtbar.

Schauer: Das funktioniert auch deshalb, weil die Öffentlichkeit nicht nachprüfen kann, ob die Informationen richtig oder vollständig sind. Jetzt müssen wir den Skandal nur noch am Köcheln halten.

Blitz: Dafür nutzen wir die Reaktionen des skandalisierten Politikers. Er bestreitet, weshalb wir in den Medien nachlegen, ihm unterläuft ein Erinnerungsirrtum, der als Lüge interpretiert wird.

Schauer: Und irgendwann ist er nicht mehr haltbar.

»Der Volo kam bei all dem nicht mehr vor«, sagte Kamila. »Und als sein Volontariat rum war, hat man ihm keine feste freie Stelle angeboten. Er ist jetzt bei einem freien Radio.«

»Aber wir sind im Vorteil, Kamila. Ich habe Unterwassers Telefonnummer und sie meine. Sie wird sich bei mir bedanken.«

Das besänftigte Kamila geringfügig.

Im Haus hatten wir nichts mehr zu tun, also marschierten wir, die Pförtnerin grüßend, zum Vordereingang hinaus. Die Fahrradständer befanden sich ein Stück entlang der Fassade hinter einem schweren Eisentor in einer Nische, die viel zu klein war. Der Tag hatte sich entschieden, wieder knallheiß zu werden. Kamila zog den Blazer aus und stopfte ihn in ihren Rucksack. Ich war ohnehin in Jeans und T-Shirt unterwegs.

Die violette Veronika konnte ich nicht aus dem Radständer ziehen, ohne ein elegantes beigefarbenes Rennrad mit Karbonrahmen zum Wackeln und Klappern zu bringen.

»Vorsicht«, sagte Kamila. »Das ist Svens Schätzchen. Es hat zehntausend Euro gekostet.«

Es war ein Aeroad von Canyon. »Eigentlich für Triathleten.«

Sie zuckte mit den Schultern. »Er sagt, er wollte so eins immer schon und jetzt, nach der Scheidung, kann er es sich leisten, ohne dass seine Frau meckert. Wenn ich groß bin, hole ich mir auch so eins.«

Wir lachten und beschlossen, in der Rosenstraße einen Happen zu essen, schwangen uns auf die Räder, enterten die vierspurige Straße, die am Funkhaus vorbeiführte, und bogen nach zwei Kreuzungen in den Grünzug ab, der uns am Kanal entlang ins Blumenviertel führte. Beim Radeln konnte ich nicht gut nachdenken, was eigentlich der Sinn des Radfahrens war, sich ausklinken, auf Schlaglöcher achten, Erde und Blüten riechen, Wind spüren, lenken, reagieren, agil sein, dem Grübelgehirn Urlaub geben.

Als wir vor dem chinesischen Imbiss saßen und die vegane Karte studierten, auf der hinter dem Namen der meisten Gerichte drei bis vier rote Peperoni tanzten, schoss mir wieder was durchs Hirn: Aus Tatjanas Schließfach war der Abriss einer chinesischen Speisekarte mit einer handschriftlichen Telefonnummer gefallen. Und irgendwas daran kam mir auf einmal verkehrt vor. Ich zog mein Handy und suchte nach dem Foto. Sollte aber jetzt bestellen. Eine Frau mit asiatischen Gesichtszügen stand an unserem Tisch und wollte hören, was wir wollten. Kamila bestellte marinierte Nudeln in Yuxiang-Sauce, die mit zwei roten Peperoni gekennzeichnet waren. Hilfe! Sie empfahl mir das Gleiche oder eine Rice Bowl mit Gemüse. Ich entschied mich fürs Dritte, nämlich für Dumplings mit Kartoffelfüllung in scharfer Sesamsoße nach Zhong-Art mit einer Peperoni.

Dann zog auch Kamila ihr Telefon und fing an zu tippen.

Ich fand das Foto von der abgerissenen Speisekarte. Der obere Teil mit Name und Adresse war fast vollständig. Sie stammte aus dem *Sichuan* in der Lorbeerstraße. Das war gleich die nächste Seitenstraße. An den Rand waren die Worte Віднести це Оксані und eine Nummer notiert, die aus sechs Ziffern bestand, so wie man früher Telefonnummern im Ortsnetz notiert hatte. Ich tippte die Vorwahl der Stadt, in der ich mich befand, und die sechs Ziffern. »Kein Anschluss unter dieser Nummer.«

Die drei Worte, vielleicht ein Name, hätte ich mit kyrillischer Tastatur abschreiben müssen, um sie in einen Übersetzer einzugeben, das war mir zu kompliziert. Außerdem wurden jetzt Nudeln und die Teigtaschen vor uns auf den Tisch gestellt, dazu gab es Stäbchen. Wir zogen sie aus dem Papier und begannen zu stochern.

»Lecker.«

»Was denkst du«, fragte Kamila über die Nudeln hinweg, »wie lange warten wir, bis die U dich anruft?«

»Ich denke, die ruft noch heute an. Sonst ist sie nicht glaubwürdig. Und das ist ihr vermutlich extrem wichtig.«

»Wie kann das jemandem wichtig sein, der permanent lügt.«

»Na, eben drum.«

Kamilas Handy erforderte wieder ihre Aufmerksamkeit. »Ja,

krass!«, sagte sie. »Lou schreibt gerade, sie wissen, wer den Sprengstoff platziert hat.«

»Echt?«

Sie las und tippte und redete. »Sie haben ihn in einer Telegram-Gruppe gefunden. Die nennt sich Letztemänner, in einem Wort. Die Gruppe hat fast dreitausend Mitglieder. Die sind gegen Frauen, Feministinnen und Lesben. Einige sind schwul, aber sie geben sich als megaharte Männer und Kämpfer fürs Patriarchat. Die hassen Wokeness, Linksfaschisten, Transen und Genderwahn.«

Kamila tippte wieder und las.

»Sie diskutieren seit Juni unter #Ukill darüber, wie man die U ausmerzen könnte, bevor sie die Bewegung übernimmt und ein Matriarchat errichtet.«

»Absurd!«

»Sie haben Beziehungen nach Russland, Rumänien, Polen und so weiter. Und Zugriff auf Sprengstoff. Sie haben einen Sprengsatz mit Bewegungsmelder gebaut. Er wäre explodiert, wenn jemand einsteigt und das Auto wackelt. Und gestern Nachmittag hat einer getextet: ›U-Killer ist auf Position.‹«

»Hatten die keine Angst vor Überwachungskameras?«

Kamila tippte wieder und sagte dann: »Das haben die anscheinend vorher gecheckt.«

»Und ihr … ich meine, die Net Observers wissen, wer es war?«

»Der versteckt sich hinter einem Avatar. Aber das kriegen die raus.«

»Die Polizei sollte das wissen.«

Kamila tippte, während ihre Nudeln kalt wurden. Ich widmete mich unterdessen meinen Teigtaschen in süßlich-würziger Sesam-Sojasoße. Schließlich legte Kamila ihr Handy neben den Teller und nahm ihre Stäbchen wieder auf. »Einer bei den Net Observers steht in Kontakt zu einem bei der Internetpolizei.«

Wir aßen. Ich überlegte und beschloss, Kamila einzuweihen. »Mir lässt was keine Ruhe.«

Sie schaute mich an.

»Ich habe kürzlich bei einem Spätdienst in der Redaktion das Schließfach von Tatjana gepickt.«

Kamila zog fragend die Brauen zusammen.

»Aufgebrochen, mit einer Büroklammer.«

»Fresh!«

»Im Schließfach befindet sich eine weiße Jeansjacke. In der Tasche steckt ein Telefon, und im Fach liegt ein Teil der Speisekarte vom *Sichuan* gleich hier um die Ecke mit einer sechsstelligen Zahl am Rand.«

»Ein Sperrcode?« Kamila überlegte. »Wahrscheinlich ist es ihr Diensthandy. Manche von uns haben eines. Und Tatjana war ja Auslandskorrespondentin. Vielleicht kann sie sich den Code nicht merken, wenn sie es länger nicht nutzt.«

»Hm. Das würde ich mir gern noch mal anschauen. Und ich möchte nicht warten bis zu meinem nächsten Spätdienst in vier Tagen.«

»Du willst noch mal ins Funkhaus?«

»Und ich bräuchte eine, die aufpasst, damit niemand in den Raum platzt.« Mein Handy brummte. »Oh, da ist sie schon, die Frau Unterwasser. Sie will es hinter sich bringen.« Die Uhr auf dem Telefon zeigte kurz nach zwölf.

Kamila ließ die Stäbchen sinken.

Ich nahm an. »Nerz.«

»Guten Tag, Frau Nerz, ich hoffe, ich störe Sie nicht auf der Arbeit.«

»Ich habe heute einen freien Tag.«

»Ich möchte mich noch einmal bei Ihnen bedanken. Nur dank Ihrer Aufmerksamkeit sind meine Frau und ich wohl noch bei guter Gesundheit.«

»Geschenkt.«

»Sie sind zu bescheiden. Ich möchte mich gern erkenntlich zeigen. Ich weiß aber nicht so recht, womit ich Ihnen eine Freude machen könnte.«

»Ich bin wunschlos glücklich. Andererseits, wenn Sie schon so fragen …«

»Ja?«

»… ich würde mir wahnsinnig gern mal so ein Penthouse ansehen. Ich hätte gerade Zeit. Würde auch nicht lange dauern.«

Sie schluckte. »Das kommt etwas überraschend … ich … aber warum nicht. Wir essen gleich zu Mittag. Dann kommen Sie doch zum Kaffee, so in einer halben Stunde? Ich muss allerdings spätestens um 13:30 Uhr aus dem Haus. Klingeln Sie hinten, im Innenhof. Ich schicke Ihnen dann den Fahrstuhl runter.«

»Gut. Dann bis gleich.«

Kamila war ganz aufgeregt. »Die hat dich wirklich eingeladen?«

»Sie ist furchtlos und arglos.«

»Meinst du, ich könnte mitkommen?«

»Lieber nicht, Kamila. Sie hat nur mich eingeladen, nicht auch noch eine Rundfunkjournalistin.«

Das gefiel ihr nicht. »Aber ich könnte mich auf dem Weg zum Klo verirren, während du sie in ein Gespräch verwickelst.«

»Das kommt mir so vor, als würden wir ihre Gastfreundschaft ausnutzen.«

»Aber genau das hast du doch auch vor.«

»Ja, schon. Aber das ist eine Sache zwischen ihr und mir. Sie ist mir zu Dank verpflichtet, und ich räche mich an ihr dafür, dass ich zu ihrer Retterin werden musste, indem ich dir gestochen scharfe Fotos von ihrem Nazizimmer liefere. Dann bist du fair geblieben. Und weil Quellenschutz gilt, musst du niemandem sagen, woher du die Fotos hast.«

»Findest du es vielleicht fair, was sie über junge Frauen und Abtreibungen sagt oder über Geflüchtete? Oder über die Frauen von ›We are Childfree‹? Dabei hat sie selber auch keine Kinder.«

»Nein, aber müssen wir deshalb ebenfalls unfair sein?«

Das leuchtete ihr nicht ein. Und mir eigentlich auch nicht. Es war nur so ein Gefühl, dass ich das alleine machen musste. Oder dass es unkomplizierter war, wenn ich es alleine machte.

 Ich aktivierte meine App für geheime Tonaufnahmen im Hintergrund, versenkte das Telefon in meiner Moon und klingelte bei Unterwasser/Krull. Die Gegensprechanlage knackte. »Ja bitte?«

»Ich bin's, Lisa Nerz.«

»Der Fahrstuhl kommt gleich. Sie brauchen nichts zu drücken.«

Der Summer öffnete mir die Tür. Während ich im Fahrstuhl nach oben fuhr, versuchte ich, die Penthouse-Steuerungen für Fahrstühle zu begreifen. Für die Bewohnerinnen gab es einen Code und eine Holtaste oben in der Wohnung. Unterwasser stand in einer geöffneten Wohnungstür unmittelbar am Fahrstuhl.

»Und ich dachte immer, mit dem Penthouselift lande ich direkt in der Wohnung«, sagte ich.

Unterwasser lachte böse. »In den USA ja. Aber in Deutschland regiert der Amtsschimmel, und der sagt: Jede Wohnung braucht eine Wohnungstür. Niemand darf direkt in der Wohnung stehen. Aber erst einmal herzlich willkommen.«

Zum dritten Mal drückte ich ihre Hand. Sie trug ein sommerliches Matronenkleid mit breiten Diagonalstreifen in Taupe, Graurosa und Schwarz, schwarze spitz zulaufende Sabots an den Füßen und um Hals und Handgelenke viel Goldschmuck. Wir passierten einen Flur mit Garderobenschrank und Schuhschränkchen aus edlen Hölzern, von dem drei Türen abgingen, und gelangten in ein großes Wohnzimmer im englischen Stil mit Chesterfield-Sofa und -Sesseln und Anrichten und Regalen aus stark gemasertem Mahagoni auf der einen Seite und einem Esstisch mit steilen Stühlen vor einer offenen Küche auf der anderen Seite.

Folma Krull erwartete uns sportlich schlank mit silbrigem Kurzhaar in ihrem Rollstuhl und streckte mir die Hand hin. Ihr Händedruck war energisch. »Hallo, Frau Nerz. Freut mich, Sie kennenzulernen.« Sie wirkte nicht so menschenscheu wie gestern Nacht draußen unter den vielen Leuten. Ihre Mimik war freundlich und offen, ihr Blick wach und interessiert. Sie war immerhin eine erfolgreiche Geschäftsfrau. Die waren nicht grundsätzlich schüchtern. Sie war nur öffentlichkeitsscheu.

Auf einem ovalen Couchtisch standen Kaffeetassen und eine Kanne aus weißem Porzellan bereit. Auf einem Teller lagen drei vermutlich schnell herbeigeschaffte Makronentörtchen. Durch die Fensterwand sah ich auf das Haus gegenüber und das Fenster im Treppenhaus, hinter dem Kamila und ich gestanden und in die Räume hinein zu fotografieren versucht hatten. Viel von der Stadt sah man auch hier nicht, nur die nächstgelegenen gleich hohen Dächer, ein paar Solarplatten, Schornsteine und Satellitenschüsseln.

»Schön haben Sie es hier oben.«

»Ein Penthouse war immer mein Traum«, sagte Folma Krull. »Es ist erst vor zwei Jahren fertig geworden. Ich sage nur: Baubehinderungsbehörde. Und nach meinem Unfall mussten wir noch einmal umbauen. Aber ich genieße jeden Tag hier oben.«

»Und eine offene Küche … wie schön!«

Die beiden führten mich eifrig in eine rollstuhlgerechte Küche. Man kam mit den Knien unter die Herdplatten, die Spüle und die Arbeitsflächen. Der Backofen befand sich auf mittlerer Höhe. Die Hängeschränke konnte man mit einem Knopf elektrisch absenken.

»Folma kocht gern. Und gut«, sagte Unterwasser. »Zum Glück können wir es uns leisten, eine Wohnung rollstuhlgerecht zu gestalten. Viele können das nicht. Für die ist das Leben sehr umständlich, sie sind immer auf Hilfe angewiesen. Darf ich Ihnen die Wohnung zeigen?«

»Gern. Deshalb bin ich ja gekommen.«

»Wir haben jetzt auch nur noch Schiebetüren«, erklärte sie. »So ist das leichter für Folma.« Sie öffnete alle, auch die zum Schlafzimmer, zur Behindertentoilette und zum Badezimmer mit barrierefreier Dusche und flexiblem Waschbecken. Alles war aufgeräumt und sauber. Das machte die Perle, die jeden zweiten Tag kam, eine Polin. Die Ukrainerin, die man ihnen empfohlen hatte, war ihnen zu faul gewesen. »Die denken, nur weil sie Kriegsflüchtlinge sind, müssten wir ihnen alles ersparen und nachsichtig sein. Ständig saß sie hier und hat uns was vorgeheult, wie schwierig ihr Leben zu Hause war. Ihr Mann war Trinker, wahrscheinlich auch brutal. Und dann der Krieg, die kleinen Kinder daheim hätten nichts zum Anziehen und keine Bücher. Immer wollte sie Extrageld.«

Die Dachterrasse war fast so groß wie die Wohnung, fürstlich möbliert und mit einem stationären Grill ausgestattet. So ließ sich der Sommer aushalten! Ich blickte übers Geländer hinunter in den Hinterhof. Der SUV stand nicht mehr dort. Er wurde bei der Polizei kriminaltechnisch untersucht. Dann schaute ich in ein Arbeitszimmer mit Bücher- und Aktenregalen, Computer und einer Liege. An den Wänden hingen Fotos »von daheim«, wie Unterwasser sagte. Ihr Daheim war ein Dorf nahe Freiburg und ein Bauernhof, den ihre Eltern betrieben hatten. Folma Krull hatte ihr Büro unten in der Firma, aber hier oben ebenfalls ein Zimmer mit Schreibtisch, Laptop und einem Bett, das als Gästezimmer genutzt werden konnte. Im Fenster, das zur Straße zeigte, standen großblättrige Pflanzen in Tontöpfen. An einer Wand hingen alte Filmplakate mit viel Rot und altertümlichen Schrifttypen. *Das Wirtshaus im Spessart*, *Der Wildtöter*, *Niagara* mit Marilyn Monroe mit rausgestrecktem Hintern im knallroten Schlauchkleid und *Casablanca* mit geglättetem Humphrey Bogart. »Mein Vater hat die gesammelt«, erklärte Folma Krull.

Nun musste ich mich an den Kaffeetisch setzen. Unterwasser schenkte ein und versuchte zu plaudern. Aus Stuttgart kommen Sie? Ach, und Sie machen hier im Rundfunk eine Schwangerschaftsvertretung? Nachrichtenredakteurin sind Sie?«

»Nein. Ich definiere mich nicht über Tätigkeiten.«

»Worüber dann?«

»Gar nicht. Ich habe keine Identität.«

Sie lachte gutmütig und startete die Plauderei neu. Beide erzählten, wie sie die Nacht erlebt hatten: Aufregung, Schrecken, Erleichterung, Fassungslosigkeit.

»Ich weiß ja, dass ich mir Feinde mache«, sagte Unterwasser. »Aber dass Menschen so weit gehen, hätte ich im Traum nicht gedacht.«

»Das erstaunt mich«, sagte ich. »Politische Mordanschläge haben doch Tradition. Rosa Luxemburg ermordet, SS-Straßenterror gegen Juden und Schwule, der Schuss auf Rudi Dutschke, die Gruppe Ludwig, die fünfzehn Schwule tötete, der NSU ermordete zehn Menschen mit Migrationserfahrungen, der Schuss auf den Kasseler Regierungspräsidenten Lübcke auf seiner Terrasse, der Anschlag auf die Synagoge in Halle, die zehn Toten in Hanau.«

Sie erstarrte. »Aber das ist doch hier nicht …«

»Sie haben gedacht, als rechte Politikerin seien sie nicht in Gefahr, weil die Linken und Anarchos nicht hinterrücks morden. Stimmt auch. Es waren nämlich gar nicht die Linken, sondern auch Retter, aber eben Patriarchatsretter. Sie nennen sich Letztemänner, in einem Wort. Sie hassen Frauen und Queere und befürchten, dass Sie das Zeug dazu haben, ein diktatorisches Matriarchat zu errichten.«

»Das ist doch lachhaft! Ich bin nicht queer.«

»Nee, klar.«

»Darf ich fragen, woher Sie das wissen? Uns hat die Polizei nichts gesagt.«

»Leute, die das Netz und die Messenger beobachten, haben das vor ein paar Stunden herausgefunden. Sie haben den Mann identifiziert, der vermutlich den Sprengsatz gestern Nachmittag unter Ihrem Auto platziert hat. Und das werden sie inzwischen auch der Polizei mitgeteilt haben. Sie sollten Ihren Eintrag bei X noch mal überdenken. Sie haben vorschnell die Falschen beschuldigt.«

»Das habe ich dir auch gesagt«, sagte Folma Krull.

Ui! Ehestreit?

Unterwasser zeigte ihr schönes Matronenlächeln. »Mir ist schon klar, dass Sie meine Überzeugungen nicht teilen, Frau Nerz.«

»Haben Sie denn Überzeugungen? Oder werfen Sie nur populistische Sprengsätze, weil Sie wissen, dass die Medien Sie und Ihre Partei nur dann wahrnehmen, wenn es schön knallt.«

»Sind Sie nicht etwas zu selbstgewiss? Ich nehme an, Sie wollen die Natur schützen und bewahren, Insekten, Rebhühner, Wälder.«

»Es erscheint mir sinnvoll.«

»Und wissen Sie auch, woher Ihre linksgrüne Ideologie von der Bewahrung der Natur kommt? Naturschutz war Teil der ersten großen Gesetzgebungspakete der Nationalsozialisten. Der deutsche Wald mit Bären und Wölfen. Kommt Ihnen das bekannt vor? Das wird gerade wieder propagiert, auf Kosten der Schäfer und arglosen Wanderer. Dahinter steht die Ideologie, dass die Natur sich selbst reguliert und der Stärkere sich durchsetzen wird. Das ist astrein nationalsozialistisches Gedankengut. Es schimmert viel Braun durchs Grün. Haben Sie das gewusst?«

Hatte ich nicht. Und ich merkte, wie mein Herz lospochte. Panik. Wie schafften die es nur immer wieder, dass wir sprachlos waren, vor Zorn, vor Angst? Dass wir stammelten vor Entrüstung. Und zitterten wegen unserer Unfähigkeit, die grinsend vorgetragene Polemik kalt und überlegen zu entkräften. War es die Gemeinheit im Ton, diese Lust am absichtlichen Missverständnis, die eine Klarstellung aussichtslos erscheinen ließ? Und deshalb Angst machte.

»Anneliese«, sagte Folma Krull, »du setzt unsere Gästin jetzt aber ziemlich unter Druck. Es ist doch so: Die Natur mit all den unberührten Wäldern, mit den romantischen Burgen und Schlössern und auch die deutschen Märchen, das alles hat schon seit der Besetzung Preußens durch Napoleon dazu gedient, den deutschen Nationalgedanken zu stärken.«

Sie schaute mir in die Augen. Ich fand meine Spur wieder. »Und um den Nationalgedanken geht es heute auch gar nicht mehr. Und das wissen Sie auch, Frau Unterwasser. Heute sehen wir eine globale Verpflichtung, Klima, Naturräume und Tierarten zu erhalten, damit die Menschheit nicht ihre klimatische Heimat verliert und im Chaos versinkt.«

»Das kann man auch anders sehen. Wärmeperioden hat es alle anderthalb tausend Jahre gegeben. Hunderte von Klimaforschern bezweifeln, dass der sogenannte Klimawandel menschengemacht ist und dass er schlimmer wird als andere Wärmeperioden.«

»Ach, hören Sie doch auf! Sie wissen genau, diese Klimaforscher gibt es nicht. Was ist das bei Ihnen? Was geht in Ihrem Kopf ab, dass Sie so eine Freude an diesen zusammengeschusterten Unwahrheiten haben? Und so gar keine daran, die echte Welt zu kapieren? Was ist das? Lust am oppositionellen Denken? Fühlen Sie sich nur dann klüger als alle andern, wenn Sie allgemein anerkannten Erkenntnissen widersprechen?«

»Viele Menschen haben sich gegen allgemeine Auffassungen gestellt und später recht bekommen, Galilei zum Beispiel.«

»Galilei hat ein Fernrohr erfunden und gesehen, dass die Planeten nicht um die Erde, sondern um die Sonne kreisen.« Wahrscheinlich war das so auch nicht ganz richtig. »Aber Sie haben kein Fernrohr erfunden, mit dem Sie etwas Neues erkennen können. Sie spinnen sich Ihr Weltbild nur zurecht.«

»Mit Verlaub, Frau Nerz. Sie kommen mir etwas naiv vor. Um Wahrheit geht es doch nie. Schon gar nicht in der Politik. Wer die Wahrheit sagt, wird abgestraft. Erfolgreiche politische Kommunikation ist in erster Linie eine strategische Angelegenheit. Es geht nicht um das Finden von Wahrheit, sondern um die Machtfrage.«

»Wer besser lügt, gewinnt?«

»Lügen tun alle. Wenn Sie das bestreiten, dann tun Sie das wider besseres Wissen. Jeder legt sich die Wirklichkeit so zurecht, wie es den eigenen Argumenten und politischen Zielen dient. Alle wollen etwas erreichen.«

»Ich sehe aber graduelle Unterschiede in der Spanne zwischen Irrtum und frecher Lüge.«

»In der Machtfrage gibt es nur ein Entweder-oder. Entweder man hat die Macht, oder man hat sie nicht. Und ich finde, es ist an der Zeit, dass wir Frauen auch einmal die Macht haben. Ich glaube, darauf können wir uns einigen, so wie ich Sie einschätze. Doch dann müssen wir auch ehrlich miteinander sein. Merkel ist es nicht gelungen, die Vorherrschaft der Männer zu brechen, mit ihrer Macht war es nicht weit her. Wie auch, eine Kanzlerin hat ja keine echte Macht. An die Macht kommen müssen wir mit demokratischen Mitteln, aber an der Macht bleiben wir damit nicht. Und eines dürfte Ihnen auch klar sein: Gewählt werden wir Frauen nicht mit feministischen Utopien, sondern nur, wenn wir die Sehnsucht der Bevölkerung nach Ruhe und Ordnung, ja und Brot und Spielen bedienen. Die Sehnsucht nach einer starken Hand ist tief in den Menschen verwurzelt.«

Ich knuckste.

»Jedenfalls bei einer Mehrheit der Menschen«, korrigierte sie sich.

»Und was haben Sie dann vor mit Ihrer starken Hand?«

»Zunächst müssen wir zum fairen Journalismus zurückkehren. George Orwell hat einmal gesagt: ›Journalismus ist, was zu veröffentlichen, wovon andere nicht wollen, dass es veröffentlicht wird. Alles andere ist Propaganda.‹ Und derzeit wird einfach viel zu vieles unterdrückt, was die Regierenden und die Linksgrünintellektuellen nicht hören wollen.«

»Also weg mit dem öffentlich-rechtlichen Rundfunk?«

»Die Strukturen sind natürlich sehr nützlich, aber dieses Rentenversorgungssystem mit angeschlossener Contentproduktion zum Geleitschutz von Grünen, Migration, EU und linken Weltverbesserungsmythen muss gründlich reformiert werden.« Sie kam in Fahrt. »Wir wollen uns nicht mehr von gutverdienenden intellektuellen Kolonialherren erzählen lassen, wer wir sind, wo wir historisch herkommen und wo wir hinwollen. Entweder es gibt einen neuen Staatsvertrag oder eben kein Geld mehr. So einfach ist das.«

»Und ich werde Intendantin?«

Sie lachte verschwörerisch. »Wenn Sie das wollen.«

»Nee«, sagte ich. »Ich mag die Macht nicht haben. Die kriegt man nur als Systemhure, egal, ob Mann oder Frau. Ich bin für ein System, in dem es unnötig ist, Macht zu haben.«

Unterwasser lächelte mitleidig, Krull guckte.

Ich erinnerte mich spontan daran, dass ich nur kurz hatte bleiben wollen, Unterwasser erinnerte sich daran, dass sie einen Termin hatte, und ich wurde, ohne den Kaffee oder gar die Törtchen angerührt zu haben, nach einer knappen halben Stunde mit noch einmal geäußertem »aufrichtigem Dank« entlassen. Nur Folma Krull schien es leidzutun, dass ich schon ging. Sie drückte lange meine Hand.

Unten auf der Straße stoppte ich die Aufnahme, die sich in einen passwortgeschützten Speicher verzog. Eines Tages konnte Kamila damit, wenn Unterwasser Ministerin geworden war, ihre wahre politische Agenda entlarven und sie bloßstellen. Falls sich in diesen künftigen Zeiten überhaupt noch jemand über Machtergreifungsfantasien aufregte.

Ich radelte raus aus der Granitstraße, setzte mich in einem Park auf eine Bank, zündete mir eine Zigarette an und wählte Kamilas Nummer.

Sie war sofort dran. »Und?«

»Kein Nazizimmer. Sie haben mir die ganze Wohnung gezeigt.«

»Fuck!« Sie fand aber sofort einen faktennegierenden Ausweg: »Vielleicht haben sie ein verstecktes Zimmer. Und das haben sie dir nicht gezeigt. Ein Geheimzimmer, eine Schreckenskammer.«

»Unwahrscheinlich. Wo bist du gerade?«

»Noch in der Rosenstraße. Ich habe ein paar Leute getroffen.«

»Dann holen wir jetzt das Telefon aus Tatjanas Fach, ja?«

Zwanzig Minuten später marschierten wir grüßend wieder durch die Pforte des Funkhauses, fuhren hoch und gingen den bebenden violett-grauen Gang entlang, in dessen hellblauer Sitzecke nie jemand saß. Die kleine Kaffeeküche hatte wie alle Räume der Redaktion auch eine Tür zum Gang. Der Kaffeeautomat war nicht angestellt. Kamila drückte auf den On-Knopf. So konnten wir unsere Anwesenheit erklären, falls jemand reinkam. Ich fand Büroklammer und Kugelschreiberclip in meiner Moon wieder und setzte mich auf den Boden vor Tatjanas Schließfachtür. Kamila lehnte sich gegen die Tür zur Redaktion. Ich fummelte. Sie schaute interessiert zu. »Dass das so easy ist!« Unter Stress werden Schlösser aber nicht geschmeidiger, und Kamila sah ein, dass es so leicht auch wieder nicht war. Schließlich hatte ich die Tür offen, fasste in die Tasche der weißen Jeansjacke, holte das Telefon in seiner abgewetzten Klapphülle raus, steckte es ein und machte das Schloss wieder zu. Gefummel, dann fertig, aufstehen. Wir kicherten. Die Kaffeemaschine ließen wir ungenutzt angeschaltet, marschierten an der Pforte vorbei, erlösten unsere Räder und radelten nach Hause in die Lindenstraße. Ich schloss das Telefon in der Küche an eine Steckdose an und legte es mit offener Hüllenklappe auf den Tisch. Kamila füllte die Kaffeemaschine, machte das Radio an und setzte sich dann, um ihr Phone zu checken. Im Radio lief: »All we hear is radio ga ga, radio goo goo, radio ga ga …«

»Das darf doch nicht wahr sein!«, fuhr sie plötzlich hoch. »Du glaubst nicht, was das *Stadtblatt* gerade online gestellt hat. ›Unterwasser hat Nazifotos zu Hause hängen.‹«

»Wie bitte?«

»›Es soll sich um eine Sammlung von Fotos und Symbolen aus der NS-Zeit handeln. Sie wurde unseren Informationen nach in der Wohnung der Vorsitzenden der Partei Deutschlands Rettung von einer Person fotografiert, die dort gearbeitet hat. Unterwasser hat den Vorwurf auf der Plattform X in einer ersten Reaktion zurückgewiesen. Sie erklärt, nach dem versuchten Sprengstoffanschlag auf sie wolle man sie jetzt per Rufmord vernichten.«

»Woher haben die das?«

»Natürlich von Stefanie. Ihr Mann ist Chefredakteur des *Stadtblatts*. Sie hat es ihm gesteckt. Und ich weiß auch warum. Die gönnt es mir nicht. Der kleinen Schwarzen Nachrichtenredakteurin. Und weil sie es nicht an sich reißen kann, hat sie es dem *Stadtblatt* überlassen.«

Ich fasste es nicht. »Aber das kann sie doch nicht machen!«

»Sie kann, wie du siehst. Die können alles.« Sie griff zu ihrem Telefon.

»Aber du rufst sie jetzt nicht an, Kamila!«

»Ich rufe Philine an. Sie weiß, dass die Geschichte von mir ist. Sie muss wissen, was Stefanie getan …«

»Warte mal! Erstens kann sie sich das denken, wenn sie es gelesen hat, und zweitens, womöglich war es sogar ihre Idee, weil ihr die Geschichte für den Hörfunk zu heikel war. Wenn eine Zeitung damit vorprescht, können wir es unter Berufung auf sie auch melden, ohne uns die Finger schmutzig zu machen. Und wenn es falsch sein sollte, was es ja ist, sind wir fein raus.«

»Aber das hätten die mit mir absprechen müssen. Die Story ist von mir. Und was soll das heißen, sie wüssten es von einer Person, die bei Unterwasser gearbeitet hat? Mann, diese Person ist tot! Das ist gelogen. Die können es nicht von ihr wissen.«

»Da steht nicht, dass sie es von ihr wissen, Kamila, sondern, dass eine Person ihren Informationen nach dort fotografiert hat. Woher sie das wissen, sagen sie nicht.«

»Können sie ja auch nicht. Sie wissen es von der Ehefrau des Chefredakteurs.« Immerhin ließ sie das Telefon sinken und stand auf, um den durchgelaufenen Kaffee aus der Kaffeemaschine zu nehmen und in zwei Becher zu gießen. Das Radioprogramm hatte sich inzwischen bis zu den Nachrichten vorgearbeitet. Wir hörten das Zeitzeichen und dann »Es ist 14 Uhr, am Mikrofon Enrique de la Torre« und hielten den Atem an.

Aber nichts. Sie machten mit der Migrationsdebatte auf, kein Wort über Unterwasser und Nazifotos in der Wohnung. Kamila seufzte erleichtert und hatte schon wieder ihr Telefon in der Hand. »Ich muss denen doch sagen, dass sie da nicht draufspringen.«

Inzwischen hatte das Telefon aus Tatjanas Fach so viel Saft, dass es aus dem Tiefschlaf erwacht war und den Sperrcode verlangte. Ich tippte die fünf Ziffern ein, die auf meinem Foto standen. Der Homebildschirm öffnete sich.

Huch, es war alles in kyrillischen Buchstaben geschrieben. »Ukrainisch?«

»Was?« Kamila ließ ihr Telefon sinken und schaute mir über die Schulter.

In einem Kästchen forderte mich das Telefon mit kyrillischen Buchstaben auf, die Sim-Karte zu entsperren. Einen Versuch war es wert. Ich gab noch einmal dieselben Ziffern ein. Und siehe da, das Handy war entsperrt. Ich tippte auf Fotos. Die Mediathek öffnete sich. Wir sahen Kinderbilder in unbekannter ländlicher Gegend. Der Ortungsdienst lokalisierte sie in Luka in der Ukraine. Die Selfies zeigten das offene und freundliche Gesicht mit dunklen schulterlangen Haaren, das ich aus dem Zeitungsartikel kannte. »Verdammt, das ist Annas Handy.«

»Wie kommt das denn in Tatjanas Fach?«, fragte Kamila.

»Und wieso hat sie den Sperrcode dafür?«

Das letzte Foto in der Mediathek stammte vom Samstag, dem 29. Juli, 18:53 Uhr, aufgenommen Lorbeerstraße Ecke Rosenstraße. Es zeigte vor einer Schaufensterscheibe mit Wolkenspiegelung zwei Gesichter, geknipst mit langem Selfiearm: das von Anna und –

»Das ist doch Tatjana!«, rief Kamila.

»Und Anna trägt die weiße Jeansjacke, die in Tatjanas Fach liegt«, sagte ich.

»Und jetzt, wo ist das Nazizimmer? Geh mal weiter zurück!«

Ich wechselte in die Monatsübersicht und ging zum Juni. Ab da suchten wir rückwärts bis in den April.

»Stopp, da sind sie!«

Es waren drei ziemlich dunkle Fotos in drei Zimmerrichtungen. Man sah neben einem Bücherregal eine Reichsflagge an der Wand hängen, einen Reichsadler mit dem Hakenkreuz im Kranz zu seinen Füßen, diverse Demonstrationsplakate, darunter eines, auf dem »keine Lügenpresse, kein Impfzwang« stand, und gerahmte Fotos, auf denen wir Hitlergrüße oder Fahnen mit Hakenkreuzen erkennen konnten, manche nachkoloriert.

»Mir wird übel«, sagte Kamila.

Ich rief die Kameradaten auf. Die Fotos waren am Donnerstag, dem 20. April um 19:32 Uhr gemacht worden. Ich klickte auf den Kartenausschnitt darunter. Die Karte wurde bildschirmfüllend. Ein Kästchen kennzeichnete eine Stelle an einer langen Straße. Beim Vergrößern kam der Name Donaustraße zum Vorschein. Eine Hausnummer wurde nicht angezeigt.

»Das verstehe ich nicht«, sagte Kamila. »Das ist im Nordwesten, wo die Kapitalisten und Bonzen wohnen.«

»Und definitiv nicht Unterwasser. Die hatten nie ein Nazikabinett.«

»Aber ...«

»Und du kannst triumphieren, Kamila. Du hast deine Infos nie zur Veröffentlichung freigegeben. Die Zeitung hat eine Falschmeldung in die Welt gesetzt. Und Stefanie ist daran schuld. Das Nazizimmer existiert zwar, aber woanders.«

Ich fotografierte die drei Bilder von Annas Telefon samt Metadaten ab.

Kamila nahm ihr Telefon wieder hoch.

»Warte mal, Kamila! Bevor du in der Redaktion anrufst ... Du kannst sie vor der Falschmeldung der Zeitung warnen. Aber du darfst auf keinen Fall offenlegen, woher du weißt, dass sie falsch ist. Sonst gibst du die Geschichte wieder aus der Hand. Abgesehen davon, dass wir hier mit dem Telefon eines Mordopfers sitzen, das eigentlich sofort in die Hände der Polizei gehört. Und das auch noch mit meinen Fingerabdrücken darauf.«

»Hast du das gewusst? Ich meine, dass das nicht Tatjanas Handy sein kann?«

»Nee, und wenn, dann nur irgendwo in meinem Hinterstübchen. Aber das mit der weißen Jeansjacke kam mir schon irgendwie unpassend vor. Und dass Tatjana sich den Sperrcode auf einem Zettel aus einem Chinarestaurant notiert haben soll, das wollte mir eh nicht in den Kopf.«

»Aber wieso hat Tatjana Annas Sachen?«

»Das ist eine sehr gute Frage, Kamila. Ich schlage vor, ich versuche jetzt mit allen Mitteln, Tatjana zu erreichen. Und du versuchst herauszufinden, wer in diesem Haus in der Donaustraße wohnt.«

 Ich löste das Handy vom Ladegerät und fragte Kamila, ob es in diesem Haushalt Frischhaltebeutel gab. Gab es nicht. Sie fand aber irgendwo ganz hinten im Schrank ein Paket Vespertüten aus Papier. In eine steckte ich das Telefon hinein und dann in meine Moon. Eigentlich hätte ich es von vornherein nur mit Gummihandschuhen anfassen dürfen, es war schließlich ein Beweisstück, aber das wusste ich erst jetzt.

Ich nahm den Kaffee, ging raus und durch die Sonne in den Schatten unter der Linde, setzte mich an den Tisch, zündete mir eine Zigarette an, steckte mir die Stöpsel ins Ohr, rief Richard an und erzählte ihm alles.

Er seufzte. »Ihr macht ja Sachen. Du weißt vermutlich, dass es nicht ungesetzlich ist, in Privaträumen verfassungsfeindliche Symbole aufzuhängen.«

»Ja. Aber es ist widerlich.«

»Das ist eine journalistische Frage, da mische ich mich nicht ein. Das Telefon solltest du allerdings unverzüglich den Ermittlungsbehörden zur Verfügung stellen.«

»Ich weiß, Richard. Ich möchte nur nicht, dass die mich gleich dabehalten und mir meine Rechte vorlesen. Ich bin in den vergangenen sechs Tagen drei Mal aktenkundig geworden, ein Einbruch bei mir, eigentlich Sandra, ein nicht funktionstüchtiges Rücklicht am Fahrrad und gestern als aufmerksame Bürgerin bei einem Sprengstofffund. So viel Zufall bringt ein Kommissargehirn doch zum Überkochen. Wie wäre es, wenn ich das Telefon einfach wieder in Tatjanas Fach zurücklege? Und du rufst den Leiter der Mordkommission Binsenbrücke an und sagst ihm, dass es im Funkhaus ein Schließfach gibt, das …«

»Und wie erkläre ich ihm, was das Schließfach von Tatjana Kowalik mit dem Tötungsdelikt zum Nachteil von Anna Malynka zu tun hat?«

»Auch wieder wahr.« Jetzt seufzte ich mal. »Ich fürchte, Richard, es bleibt dir nichts anderes übrig, als den hiesigen Behörden gegenüber offenzulegen, dass ich beauftragt bin, verdeckt in einer internen Rundfunksache zu ermitteln, und die Funde in Sachen Mordfall Malynka ein Beifang sind. Letztlich konnte ich, als ich bei der Suche nach dem Datendieb, den ihr in der Nachrichtenredaktion vermutet, in die Schließfächer einbrach und das Telefon fand, nicht davon ausgehen, dass es mit einem Kapitalverbrechen in Verbindung steht. Ich habe es heute nur rausgeholt, weil ich hoffte, Tatjana damit zu erreichen.«

»Ach, tatsächlich?«

»Ja, denn wenn ich sie mit ihrem Diensthandy angerufen hätte, wäre sie vielleicht rangegangen. Auf meinen Spruch auf ihrer Mailbox hat sie nicht reagiert.«

»Unter Würdigung der neuen Sachlage«, sagte Richard, »dürfte zeitnah die Einvernahme von Tatjana Kowalik durch die Polizei angezeigt sein.«

»Vorausgesetzt, sie wissen, wo sie sich gerade aufhält.«

»Dem Arbeitsgericht wird ihr momentaner Aufenthalt bekannt sein. Und falls sie Polizeischutz hat ...«

»Polizeischutz? Was hast du mir bisher verschwiegen? In was für einem Krimi spielt sie denn die Kronzeugin?«

»Ich sagte FALLS! Bekannt ist mir darüber nichts. Vergiss es, Lisa!«

»Okay. Und eh ich noch mehr vergesse, Richard, Sven Burger hat sich kürzlich für zehntausend Euro ein Karbonrad gekauft. Vielleicht ist das ein ausreichendes Argument für dich, dir mal seine Kontobewegungen anzuschauen. Ich weiß ja nicht, was man für den Verkauf von brisanten Daten im Darknet bekommt, aber mehr als zehntausend dürften es schon sein.«

»Hm«, machte er. »Heutzutage lässt man sich mit Bitcoins bezahlen.«

»Aber irgendwie muss er sein Geld auf sein Konto kriegen. Sonst hat er ja nichts davon. Und wenn er plötzlich mit Bitcoins ein Fahrrad oder eine Jacht kauft, ohne dass man das auf seinem Konto sieht, fällt es auch auf.«

»Ich werde mal mit der Kollegin in Frankfurt telefonieren. Die Frankfurter Staatsanwaltschaft ist auf Kryptowährungsdelikte spezialisiert. Wobei das streng genommen keine Währung ist, sondern nur eine Geldanlage.«

Ich fand, er hätte begeisterter klingen können. Womöglich hatte er mich in dieser Stadt nur abgesetzt, damit ich ihn bei was anderem nicht störte. Und der Download und Verkauf der Rundfunkinterna war eigentlich gar nicht so wichtig. Vielleicht war ich aber auch nur hypermisstrauisch geworden in dieser flachen Stadt, in der so viele gegensätzliche Erzählungen über die Welt aufeinanderprallten und keine glaubwürdig erschien.

»Und was das Telefon betrifft«, sagte Richard, »ihr kommt in Teufels Küche, Kamila und du, wenn ihr ihre Fotos für einen journalistischen Beitrag auswertet und die Polizei sich fragen muss, woher ihr die Bilder habt, wenn nicht von Anna Malynkas bislang vermisstem Telefon.«

»Woher wir die Fotos haben, müssen wir nicht sagen, Richard. Es gilt Quellenschutz. Die Polizei wird sich dabei gar nichts denken müssen.«

»Die Unterschlagung von Beweismitteln ist strafbar. Und willst du nicht, dass der Mord an …«

Mein Telefonbildschirm zeigte einen zweiten eingehenden Anruf an.

»Okay, okay!«, sagte ich. »Bleib mal dran. Mich ruft gerade jemand an.« Ich drückte auf Halten & Annehmen und wechselte. Es meldete sich ein Polizei-Irgendwas-Brummel, der wissen wollte, wann ich fürs Protokoll ins Präsidium kommen konnte.

»Heute geht nicht.« Ich guckte auf meinen Dienstplan, auf dem für morgen »Koord-Dienst« stand, was auch immer das war. »Und morgen habe ich von 9 bis 16 Uhr Dienst. Danach könnte ich.«

»Könnten Sie auch vorher kommen, um 7:30 Uhr?«

Ich vermutete, er hatte um 17 Uhr Dienstschluss. Ich wiederum wollte keinen Stress vor dem Dienst. »Das wird knapp, ich darf keine Sekunde zu spät kommen.«

»Dann notiere ich 16:30 Uhr.«

»Und wohin soll ich kommen?«

»Ich schicke Ihnen den Termin und die Adresse per SMS. Sind Sie damit einverstanden?«

War ich.

Ich kehrte zu Richard zurück. »Da bin ich wieder. Das war eben die Polizei. Ich muss morgen um halb fünf meine Aussage zum Sprengstoffanschlag machen. Dann übergebe ich denen auch das Handy.«

»Lisa, das macht es nicht einfacher.«

»Ich muss denen nichts sagen, was mich belastet. Und vorher geht einfach nicht, Richard. Ich muss arbeiten. Und jetzt muss ich Tatjana Kowalik auftreiben.«

»Pass auf dich auf, Lisa!«

Im öffentlichen Telefonbuch von Hamburg suchte ich nach der Festnetznummer der Mutter von Tatjana und ließ es klingeln, bis der Anrufbeantworter ansprang. Ich bat um Rückruf und gab meine Telefonnummer an. Ein Windstoß schüttelte die Linde über mir durch und fegte die Asche aus dem Aschenbecher. Die Sonne verlosch urplötzlich. Ich rief die sportliche Kerstin an, die sofort ranging und sagte: »Ich habe keine Zeit. Wir haben hier voll den Stress mit dieser Unterwasser.«

»Zum Glück habt ihr nicht gemeldet, was die Zeitung schreibt. Es ist nämlich falsch.«

»Ja, das wissen wir inzwischen auch.« Ich hörte in ihrem Seufzer die Geschichte, die sie nicht erzählte, weil sie in der Redaktion saß und alle mithörten: Es hatte Streit gegeben, einige wollten, die anderen nicht, sie hatten sich die Argumente um die Ohren gehauen – Gesprächswert – kritisch berichten – die Rechten zeigen, wie sie sind – abwarten und gegenrecherchieren – nichts unterdrücken. »Das *Stadtblatt* hat gerade zurückgezogen. Mann, können die nicht recherchieren, bevor sie so was rausblasen?«

»Kurz eine Frage, Kerstin: Hast du mit Tatjana sprechen können?«

»Oh, sorry, das habe ich ganz vergessen. Ich habe gleich nach unserem Gespräch bei ihr angerufen, aber sie ist nicht rangegangen, und dann habe ich nicht mehr dran gedacht. Ich rufe heute Abend an. Versprochen.«

»Nicht nötig, Kerstin, danke. Ich versuche es selber. Ihre Mutter hat mir ihre Handynummer gegeben.«

»Ach so? Dann grüß sie von mir.«

Diesmal sprang nicht einmal mehr die Mobilbox an. Wen kannte ich, der oder die illegal ein Telefon orten konnte, ohne vorher Spionagesoftware aufgespielt zu haben? Ein paar weitere Windstöße schüttelten den Baum durch. Als ich aufstand, brummte mein Telefon. Es war die Festnetznummer von Tatjanas Mutter. Die heisere Stimme eines älteren Mannes meldete sich. »Sie haben angerufen?« Dann wehrte er sofort ab, seine Frau sei nicht zu Hause, sie sei in Hausen bei der Tochter gewesen und auf der Heimfahrt, ich solle morgen wieder anrufen.

Ich googelte nach Hausen. Davon gab es mehrere Dutzend in Deutschland.

Kamila war nicht mehr in der Küche. Dieder stand am Wasserkocher und schnitt Scheiben von einer Ingwerwurzel ab und warf sie in ein Glas. Ex steckte in Bürokleidung: schwarze Tuchhosen, darüber ein hellblaues Hemd.

»Hallo«, sagte ich. »Weißt du, wo Kamila ist?«

Dieder drehte sich um und lächelte. »Sie ist raufgegangen. Recherchieren. Das soll ich dir sagen, wenn du reinkommst.«

»Jetzt müsste ich noch wissen, wo ihr Zimmer ist. Kannst du mir da weiterhelfen?«

»Erster Stock rechts, dann die zweite Tür auf der rechten Seite. Es stehen aber auch die Namen an den Türen.«

»Herzlichen Dank.«

Ex guckte mich an mit großen grauen Augen.

»Habe ich was falsch gemacht?«

Dieder lachte freundlich. »Ich habe den Eindruck, dass du das

Gefühl hast, du müsstest mich behandeln wie ein rohes Ei, damit ich dir nicht übers Maul fahre und sage: falsches Pronomen! Böse, böse!«

Ich lachte mein hartes Lisa-Nerz-Gelächter. »Stimmt. Und wenn ich es mir genau überlege, dann bin ich eigentlich verärgert. In meiner Jugend gab es nur die Auswahl zwischen Mädchen und Bub, Rock und Hose. Wobei ich es immerhin leichter hatte als die Jungs. Mädchen können Hosen anziehen, ohne dass sich jemand aufregt, aber Jungs … also die, die von ihrer Umgebung für Jungs gehalten wurden, hätten niemals im Rock rumlaufen können. Meine Mutter hat sich nur ein bisschen geschämt, wenn mich Fremde für einen Jungen hielten. Sie hat es androgyn genannt, auch ein schönes Wort. Dann hat man mich bisexuell tituliert, voraussetzend, dass Frauen, die es auch mit Frauen treiben, alle männlich aussehen. Dann hat über mich jemand geschrieben, ich sei gendermäßig oszillierend. Ein Mann wollte ich nämlich nie sein, nur eine Frau aber auch nicht. Ich dachte in meiner intellektuellen Unbeholfenheit an ein drittes Geschlecht. Jetzt auf einmal gibt es Begriffe dafür: genderfluid oder omnigender. Und man darf darüber reden. Und nun stelle ich fest, dass ich damit gar nichts anfangen kann. Ich bin weder fluid oder liquide noch omni. Sondern ziemlich statisch immer ich. Undefiniert. Und ich bin ganz zufrieden damit, dass ich mich mal als Frau und mal als Mann verkleiden kann, wenn ich bestimmte Reaktionen erzeugen will. Mehr als Verkleidung ist das ja ohnehin nicht, was wir so anziehen, um unsere sozialen Positionen anderen gegenüber auszuspielen.«

»Na, das war jetzt mal ein starkes Statement.«

Ich überlegte, ob ex sich über mich lustig machte.

»Und so weit sind wir gar nicht auseinander«, sagte Dieder. »Ich hätte noch einen Begriff: entzweigendernd. Wie gefällt dir der?«

»Findest du, dass ich dem Pronomen sie abschwören und mich zum Pronomen ex oder ens bekennen sollte?«

»Würde es dir das Leben vereinfachen?«

»Ich glaube nicht. Ich möchte nicht, dass die Leute grübeln, was ich bin oder nicht bin, ob ich Schwanz oder Vagina habe. Ich möchte erklärungsfrei durch den Alltag rutschen.«

Dieder lachte. »Es ist deine freie Entscheidung. Manche müssen diesen Kampf jedoch öffentlich kämpfen. Ich tue das auch für andere, die ihn nicht kämpfen wollen oder können.«

»Ich danke dir dafür. Aber ich sollte jetzt …«

Dieder winkte mir zu, drehte sich um und goss das längst kochende Wasser ins Glas mit dem Ingwer. »Viel Erfolg!«

Ich stieg die Treppe hoch. Mein Telefon zeigte die Ankunft einer SMS von der Polizei an: Name, Adresse, Uhrzeit. Bitte an der Pforte melden.

In ihrem Zimmer saß Kamila vor dem offenen Laptop und dampfte vor Frust. »Ich habe jetzt mit Rückwärtssuche im Telefonbuch alle Einträge zur Donaustraße durch. Zur 31 gibt es keinen Eintrag, und genau das müsste das Haus sein. Wahrscheinlich wohnt da ein Prominenter. Deren Adressen stehen nicht im Telefonbuch. Die Suche mit ›Kontakt Donaustraße‹ hat auch zu keiner Internetseite geführt. Ich muss wohl …«

Sie trug Überlegungen vor, aus denen sich meine Gedanken fortstahlen. Wieso erwartete ich, dass sie in ihrem Zimmer Orientalisches und Afrikanisches hängen oder stehen hatte? Krachbuntes Gewebe, seltsames Kochgeschirr, rote Teppiche. Hatte ich denn bei mir daheim ostpreußische Bauernhofgegenstände aufgestellt, weil meine Mutter von dort kam? Es ließ sich nicht verleugnen, dass ich eine weiße Kartoffel war. Nächste Frage: Warum war Tatjanas Mutter nach Hausen gefahren? Mütter besuchten ihre erwachsenen Töchter, wenn sie schwanger waren oder Kinder geboren hatten. Ich googelte nach »Hausen« und »Klinik«. Treffer. In Hausen im Nordosten der Stadt, in der ich mich befand, stand eine große psychosomatische Klinik.

»Ich weiß übrigens, wo Tatjana ist«, sagte ich.

Kamila schaute mich etwas konsterniert an. Vermutlich hatte ich sie wüst unterbrochen. Ein Windstoß rüttelte am Fenster, die Bäume im Hof rauschten drohend, Dunkelheit fiel herab, ein

Weltuntergang nahte. Und in meinem Hirn knäulten sich die Gedanken: Bis Hausen waren es vielleicht fünfzehn Kilometer, eine Dreiviertelstunde mit dem Rad, aber nicht bei Weltuntergang.

»Ich bräuchte ein Auto.«

»Wir haben alle keine Autos«, antwortete Kamila. »Wir nutzen Carsharing.«

»Da müsste ich mich wahrscheinlich vorher anmelden.«

»Ich bin angemeldet.« Sie nahm ihr Telefon. »Ich guck mal, ob ein Auto verfügbar ist. Die Station ist gleich um die Ecke. Ja, da steht eins. Soll ich es buchen?«

Wir guckten beide zum Fenster. Die obere Hälfte war angefüllt mit schwarzer Wolke, Fassade und Dach des Vorhauses wirkten höllenhell dagegen. »Dann aber hurtig«, sagte ich.

 Kamila schnappte sich ihre Fahrradregenjacke, und ich bog auf dem Weg nach unten in mein Zimmer ab, um mir den Gladstone überzuwerfen. Durch den Innenhof kamen wir noch trocken, aber als wir draußen den Gehweg entlangliefen, schlugen die ersten Tropfen aufs Pflaster und machten dunkle Flecken. Um die Ecke stand ein rotes Auto mit Aufdruck, das Kamila mit App und Pin öffnete. Wir sprangen von beiden Seiten rein und saßen trocken in der umprasselten Kabine. Das Kopfsteinpflaster verwandelte sich in Sekundenschnelle in einen See mit Inselchen.

Der Zündschlüssel steckte im Handschuhfach. Während Kamila den Wagen durch die Gassen Richtung Hauptstraße lenkte, suchte ich auf der Karte die genaue Adresse der Klinik und startete die Navigation. Sie erwies sich als unsere einzige Chance, den Weg zu finden.

Das Unwetter
Reportage von Lisa Nerz
Anmoderation: Der Wetterbericht hat es angekündigt, jetzt ist es da, das Unwetter mit Starkregen und Sturmböen. In der Leitung habe ich Lisa Nerz. Lisa, was ist in der Stadt los?
Nerz: So muss die Sintflut begonnen haben. Wir sitzen zwar trocken im Auto, aber es ist zum Fürchten. Der Wind rüttelt uns durch, der Regen prasselt, die Scheibenwischer schaffen es nicht, die Sicht frei zu halten. Rücklichter und Scheinwerfer spiegeln sich hundertfach in Schlieren und Tropfen auf der Windschutzscheibe. Auf den Wegweisern scheinen sich die Richtungspfeile in alle Richtungen zu verbiegen. Immer wieder steht die Straße unter Wasser. Wenn wir durchfahren, rauscht es gegen unser Bodenblech. Die Autos vor uns werfen Fontänen auf die Gehwege. Dunkle Gestalten mit zerzausten Regenschirmen rennen geduckt an den Hauswänden entlang. Wer kann, stellt sich an einer Bushaltestelle oder in einem

Hauseingang unter. Ein Radfahrer schlingert vor uns, vom Wind geschüttelt, bis auf die Knochen durchnässt. Ein Ast kracht genau vor ihm auf den Boden. Er kann gerade noch ausweichen. Auch auf unser Autodach knallen unaufhörlich kleine Zweige. Und eben, rechts von uns in einem Vorgarten, zerbirst ein Baum, der Wind hat seine Krone verzwirbelt und auseinandergerissen, dicke Äste fallen in den Garten und zerschmettern den Zaun. Gottseidank haben sie keine Menschen getroffen. Wir können nur hoffen, dass die Bäume am Straßenrand stehen bleiben. Eigentlich sollten wir irgendwo anhalten und abwarten, aber der Sturm tobt überall. Und so kriechen wir zusammen mit den anderen Autos die Stadtautobahn entlang. Donnergrollen legt sich jetzt über die Stadt. Vor uns zucken Blitze aus der pechschwarzen Wolkendecke, manche quer hinüber wie Girlanden, andere nageln in den Boden. Der Donner folgt sofort. Wahrhaftig, die Welt scheint unterzugehen. Aber wir kehren nicht um, wir haben ein Ziel, wir fahren weiter und weiter. Da sind wir nicht klüger als alle anderen. Wir vertrauen dem trockenen Käfig, in dem wir sitzen und durch Glasscheiben dem Naturschauspiel zusehen. Wir wollen nicht wahrhaben, dass Naturgewalten immer stärker sind als wir. Trotzig fast. Die junge Frau, die neben mir am Lenkrad sitzt, scheint keine Furcht zu empfinden. Aber ich frage mich, ob wir jemals heil ankommen. Und damit zurück ins Funkhaus.

Abmoderation: Sie hörten eine Reportage aus dem Unwetter von Lisa Nerz. Kommen Sie sicher an!

»Wild!«, sagte Kamila.

Das Wetter tobte sich über der Stadt aus, die so flach war, dass wir von ihr nie mehr sahen als Häuserschluchten. Bis man hinauskam und Äcker den Blick auf ferne Windkraftanlagen, Wassertürme oder Schornsteine freigaben. Aber nicht heute, nicht jetzt. Die Welt endete nach zwanzig Metern am Regenvorhang.

»Halt bloß Abstand von den Bäumen, Kamila.«

Kamila lachte. »Keine Angst, ich pass schon auf.«

Sie war zu jung, um meine Angst zu teilen. Sie dachte noch, es passierte nicht ihr, nur anderen weit weg. Sie war noch nie erschossen worden. Aber ich schon. Ich hatte schon mal ins helle Loch nach oben geschaut und wusste, dass ich sterben konnte.

 Wir starben nicht. Als wir in Hausen einfuhren, hatte sich der Weltuntergang in einen sturen Landregen verwandelt. Auf der Straße standen unergründliche Pfützen. »Mach langsam, Kamila!« Mein Navi befahl uns nach rechts und wieder rechts und verkündete dann: »Sie sind am Ziel angekommen. Das Ziel befindet sich links.« Der Parkplatz lag allerdings rechts.

Wir stiegen aus und zogen Jacke und Mantel zu. Kalt war es auch geworden. Bis zum Klinikeingang waren unsere Schuhe und Kamilas Hosen nass. Im hellen Foyer befanden sich kaum Leute. Die Besuche waren alle am Wochenende absolviert worden. Wir steuerten die Information an.

»Rede du«, sagte ich zu Kamila.

»Guten Tag«, sagte sie zu der Frau, die fast hinter der Theke verschwand. »Wir wollen zu Tatjana Kowalik.«

»Sind Sie angemeldet?«

»Wir wollen sie besuchen, wir sind Arbeitskolleginnen.«

Die Frau schaute auf den Computerbildschirm, als hätte Kamila damit ihre Frage beantwortet. »Abteilung B, zweiter Stock, Zimmer 210. Der Fahrstuhl ist da drüben.«

Das war ja mal leicht gegangen. Wir fuhren zusammen mit einem Mann in weißem Arztkittel hoch und stiegen im zweiten Stock aus. Auf einmal befanden wir uns nicht mehr in einem Krankenhaus, sondern in einer Art Hotel. Auf dem Boden lag Parkett, im Gang standen Grünpflanzen, Polsterhocker und kreisrunde Poufs mit Rückenlehne herum. An den blau gestrichenen Wänden setzten Leuchten Lichtakzente. Wir passierten einen Aufenthaltsraum mit dunkelgrauen Sofas, Flachbildschirm, Klavier, in dem ein paar Leute in Alltagskleidung saßen.

»Nice«, bemerkte Kamila. »Hier ist es.« Ohne auch nur einen Augenblick zu zögern, ohne irgendwelchen Stress auszuatmen, klopfte sie an die Tür Nummer 210.

Wir hörten ein »Ja. Herein!«. Ich ließ der frischen und freundlichen Kamila den Vortritt und folgte ihr als düstere Hiobsbotin. Das Zimmer hatte neben Schränken aus hellen Hölzern eine Sitzecke mit drei Sesseln und ein Bett, das zwar hoch war, aber nicht nach Krankenhaus aussah.

Tatjana schaute von einem Schreibtisch auf und ließ einen Stift in ein Heft fallen. In ihrem etwas kantigen, von einer riesigen lila Brille beherrschten Gesicht erschien ein Freudenlächeln. »Kamila! Wo kommst du auf einmal her? Das ist aber eine schöne Überraschung.«

»Mensch, Tatjana!«, rief Kamila. »Wie geht es dir denn? Schön hast du es hier.« Die beiden Frauen umarmten sich. »Und das ist Lisa. Sie wohnt bei uns im Friedenshaus. Sie ist die Vertretung für Sandra, die macht eine Schwangerschaftsvertretung im Ausland. Ich weiß nicht, ob du das mitgekriegt hast.«

Tatjanas Mimik verengte sich.

»Hallo«, sagte ich. »Ich soll dich ganz herzlich von Kerstin grüßen. Ich habe vor ein paar Tagen schon mal was auf deine Mailbox gesprochen.«

Tatjana sah aus, als wolle sie das bestätigen, entschied sich aber anders und redete wasserfallartig los. »Ich habe mein Handy ausgestellt. Es frisst zu viel von meiner Energie. Ich lerne hier Entschleunigung und Medienabstinenz. Ich habe seit drei Wochen keine Nachrichten gehört und keine Zeitung gelesen. Das tut mir wirklich gut. Ich nehme die echte Welt um mich herum wieder wahr, die Blumen auf der Wiese, die Hummeln, die Vögel, wie sie piepsen und singen. Seit zwei Wochen hatte ich schon keinen Migräneanfall mehr. Zum Schluss hatte ich ja jede Woche ein bis zwei. Ich mache jetzt sehr viel autogenes Training und Sport und achtsamkeitsbasiertes Stressreduktionstraining. Wir lernen hier den Umgang mit Stress und Gefühlen. Ob ich jemals wieder in den Journalismus zurückkehre, weiß ich momentan nicht. Diese Missgunst und Gängelei, diese hirnverbrannten Hierarchien! Als Korrespondentin, da war ich wenigstens meine eigene Herrin. Aber ich muss jetzt auch noch gar nicht wissen, wie es weitergeht. Ich habe keinen Zeitdruck.«

»Ja, lass dir Zeit«, sagte Kamila. »Deine Gesundheit ist jetzt erst mal wichtiger.«

Wir setzten uns in die Sitzecke an der Balkontür. Hinter den Scheiben ging senkrecht der Regen nieder. Kamila erzählte von unserer abenteuerlichen Fahrt. Tatjanas Interesse war minimal. Sie erzählte mit ihrer schönen und gewichtigen Korrespondentinnen-Stimme von Therapien und inneren Fortschritten. Dem Ausgang des Prozesses sehe sie gelassen entgegen. Das liege alles weit hinter ihr. Sie habe gelernt, keine Gedanken mehr an Dinge zu verschwenden, die sich ihrer Kontrolle entzögen. »Wir können nicht alles kontrollieren wollen. Das macht uns fertig. Ich war ein richtiger Kontrollfreak. Alles musste nach meinen Vorstellungen gehen. Ich muss jetzt lernen loszulassen. Auch negative Erfahrungen. Gerechtigkeit gibt es nicht. Ich muss nicht immer kämpfen. Es ist erleichternd, ja erlösend, wenn man das einmal kapiert hat.«

Sie schien sich nicht zu fragen, woher wir wussten, dass sie hier war, und warum wir gekommen waren. Ihr Ding war es momentan, sich abzukoppeln von der unkontrollierbaren Außenwelt. Gut, dass ich Kamila mitgenommen hatte. Sie war zugleich einfühlsam und direkt. Es gelang ihr, Tatjanas Aufmerksamkeit allmählich auf uns zu lenken. Und endlich stellte Tatjana ihre erste, wenn auch desinteressierte Frage: »Aber jetzt erzählt ihr mal. Wie läuft es bei dir, Kamila? Bist du noch mit Lou zusammen?«

»Ja«, antwortete Kamila. »Und wir sind da an einer Sache dran. Deshalb müssen wir mit dir reden.«

»Ich weiß nicht … ich habe mit all dem da draußen nichts zu tun.«

»Tatjana«, sagte ich, »es gibt ein Problem. Und damit könntest du in naher Zukunft zu tun bekommen. Wir sind gekommen, um herauszufinden, wie wir das verhindern können.«

Sie richtete ihre dunklen Augen auf mich und zog die Schultern hoch. »Du machst mir Angst.«

»Es geht um Anna Malynka«, sagte Kamila.

Tatjanas Augen wurden klein. »Geht es ihr gut? Ist sie wieder in der Ukraine bei ihren Kindern?«

»Woher kennst du sie denn?«, fragte ich, ehe Kamila mit dem Tod kam.

»Aus meiner Zeit in der Ukraine. Ich habe sie in einer U-Bahn-Station getroffen, wo wir bei den Bombenalarmen hingerannt sind, gleich in den ersten Wochen nach Kriegsbeginn. Sie hatte gerade angefangen, Medizin zu studieren. Sie hat überlegt, ob sie mit ihren Kindern nach Deutschland fliehen sollte. Ich habe sie darin bestärkt. Für einige Zeit haben wir uns dann aus den Augen verloren, aber ungefähr vor einem Jahr hat sie sich bei mir gemeldet. An der Uni haben sie sie nicht genommen. Sie hat für einen 24-Stunden-Pflegedienst gearbeitet. Aber da ist sie dann raus. Sie wollte ihre Kinder nachkommen lassen. Doch dann hat ihr Mann Probleme gemacht, es gab ziemlichen Streit deswegen. Sie war sehr unglücklich darüber. Bei dem Pflegedienst haben sie sie nur ausgenutzt, die Bezahlung war unterirdisch. Weit unter Tarif. Und die Politik schaut weg. Man müsste ja nur diese Pflegedienste mal kontrollieren. Was nützen Gesetze, wenn man ihre Einhaltung nicht kontrolliert? Aber woher soll's kommen, wenn der Innenminister höchstpersönlich Nutznießer ist. Anna hat seinen todkranken Schwiegervater versorgt, für einen Hungerlohn. Das muss man sich mal vorstellen. Aber ich darf mich nicht schon wieder aufregen.«

Wohnhaft in der Donaustraße?, fragte ich mich im Stillen.

»Dann hast du nicht mitgekriegt, was mit Anna passiert ist?«, erkundigte sich Kamila sanft.

Ich sah Tatjana an, dass ihr Herz zu pochen begann. Sie atmete flach. »Was ist denn? Es ist doch nichts Schlimmes passiert. Ich dachte, sie ist nach Hause gegangen. Ist sie … ist sie tot?«

Wir nickten.

»Oh, nein, bitte nicht!« Sie schlug sich die Hände vors Gesicht.

»Sie wurde an der Binsenbrücke mit einem Messer attackiert und in den Kanal geworfen«, sagte ich.

Tatjana schaute uns über ihre Hände hinweg schreckstarr an.

»Ihre Leiche wurde erst Wochen später gefunden und kürzlich identifiziert.«

»Das ist ja entsetzlich! Das wusste ich nicht. Wirklich nicht!«

»Wir fragen uns nun«, sagte ich leise, »warum sich Annas Telefon und Jacke in deinem Fach in der Nachrichtenredaktion befinden.«

»Was?« Tatjana fuhr hoch. »Was wird das hier? Ist das ein Verhör? Ich glaube, ich möchte, dass ihr geht.«

»Die Polizei kannst du nicht einfach so wegschicken, wenn sie in deinem Fach Annas Jacke mit ihrem Telefon und den Zettel mit dem Sperrcode findet. Und das möchten wir verhindern. Deshalb würden wir gerne wissen, was passiert ist, Tatjana.«

»Wieso …?« Sie schluckte ihre Aufregung runter und atmete aus. »Wieso habt ihr mein Fach ausgeräumt? Wo habt ihr den Schlüssel her?«

»Das haben wir nicht. Ich habe nur reingeschaut. Ich bin zwar offiziell die Vertretung von Sandra, aber eigentlich bin ich in die Nachrichtenredaktion eingeschleust worden, weil jemand von einem Computer dort ARD-Adressen und andere Interna abgezogen hat.«

»Also doch!«, stieß Kamila hervor.

»Und im Zuge dessen habe ich bei einem Spätdienst in die Schließfächer reingeschaut. Ich habe sie mit einer Büroklammer geöffnet. Weil es mir komisch vorkam, waren wir heute noch mal dort und haben das Telefon rausgeholt. Und wir haben uns sehr gewundert, dass es nicht dein Diensthandy ist, sondern das Telefon von Anna Malynka. Darauf befinden sich Fotos von verfassungswidrigen Symbolen in einer Wohnung. Von diesen Fotos hatten wir schon gehört.«

Tatjana seufzte. »Ja, die hat sie mir auch gezeigt. Sie wollte wissen, was sie damit tun soll.«

»Fuck!« Jetzt kapierte es auch Kamila. »Hast du nicht eben erzählt, dass sie beim Innenminister gearbeitet hat, Landesinnenminister Keller? Sein Schwiegervater ist kürzlich gestorben, das habe ich gelesen. Wohnt der in der Donaustraße?«

»Anna hat mir nicht gesagt, wo sie die Fotos aufgenommen hat. Ich wollte das natürlich auch wissen, aber sie wollte es nicht sagen. Sie hatte irgendwie Angst. Ich habe nicht herausbekommen, wovor. Innenminister Keller wohnt aber in der Donaustraße. Das weiß ich.«

»Dann wäre Erpressung eine schöne Möglichkeit gewesen«, bemerkte ich.

»Um Gottes willen! Ihr meint, es ging um Erpressung? Deshalb wollte sie mir nicht mehr sagen? Nein, sie hat nichts Derartiges angedeutet. Ich würde auch bezweifeln, dass sie selber auf so eine Idee gekommen wäre. Die Fotos haben ihr Angst gemacht. Sie wollte eigentlich dort nicht mehr arbeiten. Aber sie brauchte das Geld, und er hat sie dann doch nach Tarif bezahlt.«

Und gerade eben noch hatte sie sich über den Geiz des Herrn Innenministers so aufgeregt, dass sie sich ermahnen musste, sich nicht aufzuregen.

»Anna war ein aufrichtiger Mensch. Wirklich. Und sie war sehr klug. Man unterschätzt die Ukrainerinnen ja immer, nur weil sie nicht so gut Deutsch sprechen. Aber … natürlich … sie könnte unter Druck gesetzt worden sein.«

»Von wem?«, fragte Kamila eifrig.

»Sie hat sich regelmäßig mit den Frauen in einem Foodshare-Café getroffen.«

Und schon öffnete sich ein neuer attraktiver Narrationsraum. Er handelte von Ukrainerinnen, die Kamila und mich belogen hatten, als sie behaupteten, Anna vor dem Haus von Unterwasser getroffen zu haben, und von einer Erpressungsverschwörung der Frauen gegen den Innenminister, der sich nicht um die unter Tarif bezahlten 24-Stunden-Kräfte kümmerte. Kamila war bezaubert, das sah ich ihr an.

»Und wieso«, fragte ich, »hast du dir den Sperrcode von Annas Telefon notiert?«

»Das habe ich nicht.«

»Nee?« Hatte ich mir da was zusammengereimt? Ich zog mein

Telefon und zeigte ihr mein Foto der sechs Ziffern auf der Speisekarte.

»Das ist nicht meine Handschrift«, sagte Tatjana. »Das kann ich dir beweisen.« Sie schaute zu ihrem Schreibtisch, auf dem das Heft lag, und wollte aufstehen, aber wir unterbrachen sie.

»Uns musst du nichts beweisen, Tatjana«, sagte ich. »Wir sind auf deiner Seite. Kannst du dir erklären, wie diese Karte in dein Fach kommt?«

»Nein. Das weiß ich nicht.« Sie versuchte auch keine Erklärung vorzuschlagen. »Aber zeig noch mal, das ist doch Ukrainisch, was da steht.« Sie las vor: »›Vidnesit' tse Oksani, bring das zu Oksana.‹ Keine Ahnung, wer das ist.«

Ich überlegte neu. Konnte es sein, dass der Speisekartenschnipsel aus der Klapphülle des Handys gerutscht war, als ich es aus der Jeanstasche zog? Und ich hatte Falsch und Falsch zusammengezählt. »Aber für wen hat Anna das aufgeschrieben?«

Tatjana sackte auf einmal in sich zusammen. Sie stöhnte und rieb sich das Gesicht.

»Was ist passiert?«, fragte Kamila sanft und streichelte ihr über den Arm. »Komm, erzähl es uns. Danach geht es dir sicher besser.«

Tatjana stöhnte. »Ich glaube, das hat sie für mich aufgeschrieben. Das hatte ich völlig vergessen. Ich habe überhaupt nicht verstanden, was da los war. So gut ist mein Ukrainisch nicht, in Kiew hatte ich meine Stringer.«

So geht Radio
Heute: Was ist ein Stringer?
Autor/in: Elli Kurz
BmE
Zeit: 1:58 Min
Jingle (Sprecher: Der Stringer)
Kurz: Auslandskorrespondentinnen und -korrespondenten sind auf einheimische Helfer angewiesen, sogenannte Stringer. Ohne sie geht nichts, sagt unsere Ukraine-Korrespondentin Tatjana Kowalik.

Kowalik: Stringer sind einheimische Journalisten, aber auch Mitglieder von NGOs oder politisch interessierte und engagierte Menschen. Sie helfen uns im fremden Land, besorgen Papiere und Unterkünfte, knüpfen Kontakte zu Einheimischen. Sie wissen, wo es gefährlich ist und wo nicht. Als Korrespondentin kann ich auch nicht gleichzeitig in Odessa und Kiew oder im Donbass sein. Deshalb haben wir dort Stringer. Sie sind unsere Augen und Ohren und, ganz wichtig, sie checken die Fakten vor Ort.

Kurz: Alle Medienunternehmen, Zeitungen, Hörfunk, Fernsehen stützen sich auf Stringer, im englischen Sprachraum Fixer genannt. Sie sind die lokalen Akteure in der globalen Nachrichtenbeschaffung. Warum tun sie das? Nazar Fomenko ist seit 25 Jahren Stringer in der Ukraine. Bisher war es nicht gefährlich. Inzwischen ist es das. Es herrscht Krieg. Er will, dass die Deutschen wissen, was in seinem Land los ist, und er liebt die deutsche Sprache.

Fomenko: Ich habe gelesen Goethe, Schiller, Thomas Mann, Heinrich Heine. Ich habe studiert und gearbeitet in der DDR. Ich helfe gern. Ich halte meine Augen offen, ich höre mich um. Gibt es eine Gefahr? Wenn ich fahre, bin ich immer wachsam. Ich habe ein Telefon, damit halte ich Kontakt mit allen, sie rufen mich an, wenn es irgendwo ein Problem gibt.

Kurz: Stringer minimieren das Risiko für journalistische Teams in Kriegs- und Krisengebieten. Dabei riskieren sie nicht selten ihr eigenes Leben.

Kowalik: Ohne Stringer wäre es unmöglich, aus Ländern zu berichten, wo Krieg herrscht oder in denen die Pressefreiheit eingeschränkt ist. Aber ihre Arbeit wird so gut wie nie gewürdigt. Wir Korrespondentinnen und Korrespondenten bezahlen sie natürlich für ihre Dienste, und zwar aus eigener Tasche.

Kurz: Zu wenig ist es immer. Die wenigsten Stringer können davon leben oder gar Familien ernähren.

Und dann würgte Tatjana die Geschichte einer Nacht heraus, in der sie die Kontrolle über sich und ihre Welt verloren hatte. Sie hatte Sonntagsdienst in der Nachrichtenredaktion gehabt, den zwölften Dienst in Folge, und am Montag noch den Frühdienst vor sich. Sven und Farah hatten sich wieder mal gegen sie verschworen, hatten sie fertiggemacht bei einem läppischen Streit über eine Sportmeldung, in der Tatjana der Hinweis auf Dopingvorwürfe gegen einen Radrennsieger gefehlt hatte. Wo bleibe denn die Einordnung und kritische Berichterstattung? Sie hatte sich unendlich falsch gefühlt und sich fürchterlich über sich selbst geärgert, weil sie sich immer wieder provozieren ließ, über Meldungen zu diskutieren. Es war alles völlig sinnlos. Am Abend war sie mit Anna im *Sichuan* verabredet zum Abschiedsessen. Sie wollte endgültig zurück in die Ukraine zu ihren Kindern.

Als Erstes hatte Anna von sich und Tatjana ein Selfie gemacht, zur Erinnerung. Es war ein warmer Abend. Sie hatten draußen gesessen und geschwatzt. Es wurde dunkel. Tatjana dachte an ihren Frühdienst und dass sie sich bald verabschieden würde. Plötzlich stand ein Mann an ihrem Tisch und redete auf Ukrainisch auf Anna ein, die den Kopf schüttelte und immer wieder »nemaye«, »nein« sagte. Es war, so viel hatte Tatjana verstanden, um ein »mobil'nyj« gegangen, um ein Handy, das Anna daheim vergessen hatte. Aber der Ton war unfreundlich, der Mann wütend. Irgendwann ging er. Anna behauptete, der Mann sei der Freund eines Mannes, den sie kennengelernt hatte. Dann erzählte sie eine dieser nie ganz schlüssig klingenden Beziehungsgeschichten. Sie war ihm vor zwei Monaten in einer Kneipe begegnet. Er hatte ihr gesagt, wie schön sie sei, er hatte erzählt, er komme aus einem Dorf bei Lwiw, seine Familie sei von Bomben zerrissen worden, Frau und Kinder. Er hatte ihr leidgetan, sie hatten sich oft unterhalten, sie hatten sich Nachrichten geschrieben, aber gewollt hatte sie nichts von ihm. Er aber von ihr. Dann hatte sie von ihrer Familie in Luka erfahren, dass es in dem Dorf, wo er angeblich herkam, niemals eine Bombenexplosion gegeben hatte. Die Frauen im Foodshare-Café hatten gesagt, er sei bestimmt ein Russe. Die Russen spionierten alle aus, sie wollten das Vertrauen ukrainischer Frauen gewinnen, um sie nach Russland zu entführen und an Männer in Sibirien zu verheiraten. Danach war sie ihm aus dem Weg gegangen und hatte auf seine Einladungen stets geantwortet, dass sie keine Zeit habe und arbeiten müsse. Tatjana war zu müde, zu erschöpft, zu sehr mit sich beschäftigt gewesen, um Fragen zu stellen. Der Abend war verdorben. Sie schlug vor, dass sie zahlten und gingen. Weil sie noch auf Toilette musste, ging sie rein zum Zahlen. Die Kellnerin hatte sich verrechnet, es dauerte alles etwas länger. Als sie vor die Tür trat, war Anna nicht mehr da. Nur ihre weiße Jeansjacke hing noch über der Stuhllehne. Tatjana war unschlüssig. War Anna auf der Toilette? Nein, da war sie nicht. Wo war sie hin? Ohne sich zu verabschieden? Sie nahm Annas Jacke und ging Richtung Binsenbrücke, weil dahinter ihr Auto stand. Auf einmal war kein Mensch mehr auf der Straße. An der Brücke fiel ihr etwas Glitzerndes ins Auge. Am Fuß eines der Pfosten lag ein Goldarmband. Tatjana kannte es, sie hatte es den ganzen Abend über an Annas Handgelenk funkeln sehen. Sie versuchte, ihr müdes Gehirn auf Trab zu bringen. Hatte der unfreundliche Typ Anna aufgelauert, war ihr Gewalt angetan worden? Sie rief den Polizeinotruf an und geriet in den falschen Film. Der Beamte schien sternhagelvoll. Sie erzählte ihm, ihre ukrainische Freundin sei spurlos verschwunden. Er antwortete lärmend: »Junge Frau, jetzt warten Sie doch mal die Nacht ab. Bestimmt ist sie mit ihrem Freier in die Kiste gesprungen.« Tatjana versuchte ihm begreiflich zu machen, dass Anna bedroht worden war, ein Mann habe ihr Handy haben wollen. »Ich fürchte, er ist rabiat geworden. Am Brückenpfeiler liegt ihr Goldarmband. Und sie ist verschwunden. Könnten Sie nicht eine Polizeistreife schicken. Vielleicht gibt es Spuren.«

»Glauben Sie, wir haben nichts Besseres zu tun, als notgeilen ukrainischen Bitches hinterherzulaufen?«, antwortete er.

»Das gibt's doch nicht«, sagte ich.

»Doch, das gibt es«, sagte Kamila. »Hier jedenfalls. Als Nilofar – du hast sie bei uns gesehen, sie kommt aus dem Iran – einen Übergriff melden wollte und ihren Namen nannte, hat sie auch einer abgewimmelt. Er hat ihr unterstellt, sie habe es herausgefordert und im Grunde genossen, vermutlich mehr als er, und deshalb wolle sie jetzt die deutschen Männer anschwärzen. Sie hat sofort eine Dienstaufsichtsbeschwerde eingereicht, aber der Anruf war bereits gelöscht worden. Sie dürfen die Aufzeichnung nur höchstens einen Monat aufheben, wenn er nicht strafrechtlich relevant ist, aber sie können sie auch früher löschen.«

Ich schluckte.

»Ich bin Journalistin«, hatte Tatjana ins Telefon geschrien. »Und Sie schicken jetzt eine Streife, oder es gibt einen Skandal.«

Aber es kam keine Streife. Wie lange sie gewartet hatte, wusste sie nicht. In ihrem Kopf machte es Klick, die Haut auf dem Gesicht wurde ihr zu eng und drohte am Hinterkopf zu zerreißen, das Gehirn wurde auf Nussgröße zusammengepresst. Sie fuhr nach Hause, warf Sumatriptan ein, legte sich hin, konnte nicht schlafen, stand wieder auf und fuhr zum Frühdienst. Annas Jacke lag noch im Auto, und sie nahm sie mit hoch und schloss sie in ihrem Schließfach ein, weil sie es ohnehin aufgemacht hatte, um nach Ibuprofen zu suchen. Dann wurde ihr schlecht, sie rannte auf die Toilette und kotzte alle Medikamente raus, hockte auf der Kloschüssel und heulte, dachte an Sven und Farah, Adolfine und Milan und ihre höhnischen Gesichter und verließ das Funkhaus, fuhr nach Hause, rief um neun Uhr ein Taxi, ließ sich in die psychosomatische Klinik bringen und vergaß in der Umnachtung der Selbstheilungsnot den Sender, das Kollegium, den übergriffigen Vorgesetzten und Annas Schicksal.

Wir saßen erst mal geplättet in den hübschen Sesselchen.

»Dann hatte Anna eine Wohnung oder ein Zimmer irgendwo?«, erkundigte ich mich.

»Ja, aber erst seit kurzem. In einem alternativen Wohnprojekt, im Waldhaus, vielleicht kennst du das.«

Kamila nickte. Sie kannte es. »Und weißt du auch, wie Annas Stalker hieß?«, fragte sie.

»Ich glaube, Yegor. Den Nachnamen kenne ich nicht.«

Wir überlegten noch ein bisschen ohne Ziel und Verstand, was jetzt zu tun war, dann war die Besuchszeit zu Ende, und wir verabschiedeten uns von Tatjana mit dem Versprechen, sie auf dem Laufenden zu halten.

 Der Regen hatte aufgehört. Wiesen und Straßen dampften in der Abendsonne. Wir beschlossen, in der Donaustraße vorbeizufahren. Ich gab die Adresse in meinen Telefonnavi ein. Die Feuerwehr blaulichtete durch die Stadt, Männer in blauen Uniformen mit gelb reflektierenden Streifen sägten Bäume klein, die über die Straßen gefallen waren, zogen Schläuche aus Garagen und pumpten Keller aus. Immer wieder war die Straße vor uns gesperrt. Ständig mussten wir abbiegen, gerieten von unserem Weg ab und standen im Stau. Das Autoradio unterhielt uns mit Gummistiefelreportagen aus der Überschwemmung, Berichten von abgesoffenen Tiefgaragen und Anrufen von Leuten, die von Blitzeinschlägen, einer Katzenrettung oder einem vom Baum erschlagenen Kaffeetisch erzählten.

Wir hatten reichlich Zeit zu reden. Und noch mehr Zeit, Pausen zu machen.

»Glaubst du ihr?«, fragte Kamila.

»Du nicht?«

»Wo ist das Goldarmbändchen geblieben?«

»Sie wird es eingesteckt und vergessen haben. Hätten wir sie fragen müssen.«

Ein umgefallenes Baugerüst blockierte die halbe Straße. Es gelang Kamila zu wenden. Mein Navi orientierte sich neu.

»Und wieso«, fragte ich, »schreibt Anna ›Bring das Oksana‹ auf den Zettel neben den Code, tut ihn in die Telefonhülle und steckt alles in ihre Jeansjacke? Die sie dann hängen lässt?«

»Und wer ist Oksana? Vielleicht eine Freundin.«

Stau.

»Für mich sieht das so aus«, sagte ich, »als ob Anna gewusst hätte, dass sie verschleppt oder ermordet wird. Aber so was weiß kein Mensch.«

»Vielleicht wollte sie nur, dass das Telefon nicht dem Russen in die Hände fällt, falls er ihr auflauert.« Kamilas Geschichtenerfindungsmaschine ratterte los. »Und zwar weil da die Fotos von dem Nazizimmer drauf sind. Und weil Yegor und seine Kumpels die Idee hatten, den Innenminister damit zu erpressen. Anna hat sich dagegen gewehrt. Es wäre ja voll auf sie zurückgefallen. Es war sie, die beim Innenminister gearbeitet hatte. Nur sie konnte die Fotos gemacht haben. Vielleicht hat sie gedacht, dass das illegal ist. Vielleicht wollte sie deshalb auch wieder zurück in die Ukraine, weg von all dem hier. Deshalb hat sie die Jacke hängen lassen, damit Tatjana sie mitnimmt und das Telefon später zu Oksana bringt. Und bei der hätte sie es dann abgeholt.«

»Sie hätte die Fotos doch einfach nur zu löschen brauchen.«

»In irgendeiner Cloud sind sie ja immer noch. Und vielleicht wollte sie sie auch behalten, falls … falls … sie Probleme in Deutschland kriegt, als Pfand. Damit der Innenminister gezwungen ist, ihr zu helfen.«

»Okay. Aber woher sollte Tatjana wissen, wer Oksana ist und wo sie sie findet?«

»Genau!«, rief Kamila. »Das ist es. Dafür musste Tatjana das Handy entsperren und in den Kontakten suchen. Deshalb der Sperrcode.«

»Dann schauen wir doch mal.« Ich knibbelte meine Moon auf, holte Annas Telefon aus der Papiertüte, entsperrte es und öffnete die Kontaktapp. Lauter kyrillisches Gestrüpp. Aber die ersten beiden Buchstaben in der Suchzeile reichten. Es erschien Oksanas Kontakt mit Vor- und Nachname, Telefonnummer und E-Mail-Adresse. »Da ist sie … ich nehme an, es ist eine Frau.«

»Und Yegor? Der hat Anna doch jede Menge Nachrichten geschickt. Guck mal in WhatsApp.«

Das Ikon war selbsterklärend. Der Googleübersetzer schlug für Yegor Єгор vor, und den fand ich in den Chats mit Profilbild und Telefonnummer. Das und einen Teil des Chatverlaufs fotografierte ich mit meinem Phone ab. Eigentlich sinnlos. Was sollte ich damit anfangen? Annas Telefon musste zur Polizei. Die konnte damit akribisch den oder die Täter ermitteln. Ich nicht.

Auf einmal waren wir in der Donaustraße. Hier hatte es zwar auch Bäume zerfetzt, belaubte Zweige lagen auf der Straße, aber sonst schien nicht viel passiert zu sein. Das Haus Nummer 31 war eine freistehende alte Villa in einer Reihe ähnlicher Villen. Eine hohe Thujahecke verhinderte, dass wir mehr sahen als das Dach. Kamila fuhr vorbei und dann an den Straßenrand. Viel geparkt wurde hier nicht, die Leute hatten Garagen für ihre Limousinen.

Wir stiegen aus, ließen Jacke und Mantel im Auto und schlenderten den Gehweg entlang zur Villa. Die Einfahrt war mit einem kleinen und einem großen Tor aus thujagrün gestrichenem Holz verschlossen. Drübergucken konnten wir nicht. An der Klingel über dem Briefkasten stand der Name Keller.

Man musste schon wissen, dass hier der Innenminister der Landesregierung wohnte, um dem Allerweltsnamen eine politische Bedeutung zu geben. Ich sah Kamilas Augen glitzern, als sie zur oberen Kante des Holztors blickte, so als überlege sie, ob sie drüberkäme. Dann hörten wir was. Ein Scheppern und Klappern, ein Schleifen und Rascheln. Kamila linste durch den Spalt zwischen Tor und Angel. Ich aktivierte meine Telefonvideokamera. Wenn ich den Arm streckte, konnte das Objektiv gerade übers Tor lugen.

Kamila hob den Finger zur Klingel und drückte.

»Bist du wahnsinnig?«, flüsterte ich.

Unerwartet schnell öffnete sich das kleine Tor. Wir fuhren zurück. Vor uns stand ein Mann mittleren Alters in graubrauner Strickjacke und grauen Anzughosen. Ich kannte den Innenminister nicht, aber ich sah an Kamilas Mimik, dass er es war. In der Auffahrt vor dem Haus stand ein schwarzer Bonzenwagen. Auf dem Rasen und dem Plattenweg lagen ein paar zerzauste Zweige, denen es aber nicht gelang, die weitläufig gemähte und gefegte Ordnung des Anwesens zu beeinträchtigen. Es störte nur die aufgeplatzte Mülltüte bei den Mülleimern, die in einer mit Stahl verkleideten Box steckten. Ein Stock spießte heraus, eine Blechdose mit rotem Deckel war aus einem klaffenden Riss gerollt. Ich hoffte, dass ich das mit der Telefonkamera in meiner runterhängenden Hand erwischte.

»Was machen Sie hier?«, fragte der Innenminister angriffslustig. »Was wollen Sie?«

»Guten Abend. Mein Name ist Kamila Mehari von Welle 1.«

Eine Mischung aus Schreck und Erleichterung zuckte durch sein Gesicht. »Und wie kann ich Ihnen helfen?«

»Herr Dr. Keller, ich hätte ein paar Fragen an Sie.«

»Ich beantworte keine Fragen zwischen Tür und Angel. Machen Sie mit meiner Pressestelle einen Interviewtermin aus, dann stehe ich Ihnen gerne Rede und Antwort.«

»Hat bei Ihnen im April eine ukrainische Pflegerin gearbeitet?«

»Wie gesagt. Rufen Sie die Pressestelle an.«

»Wir haben Informationen, dass Sie in Ihrer Wohnung Gegenstände mit Nazisymbolen aufgestellt und aufgehängt haben.«

Es war nicht angemessen, dass er kurz grinste, bevor er lospolterte: »Das ist eine infame Unterstellung, das dementiere ich aufs Entschiedenste, Frau, äh …«

»Mehari.«

»Ich muss Sie jetzt bitten, mich nicht weiter zu belästigen. Das Unwetter hat bei uns Schäden angerichtet, ich habe keine Zeit für diesen Unsinn.«

Damit machte er das Tor vor unseren Nasen zu. Ich stoppte die Aufnahme. Wir tappten zum Auto zurück und setzen uns rein.

»Und was war das jetzt?«

»Der ist gerade dabei, den Nazikrempel wegzuschmeißen«, sagte Kamila aufgeregt. »Hast du nicht gesehen, was da herumlag? Das waren keine kaputten Blumentöpfe. Das war ein Bierkrug mit Hakenkreuz oder so was Ähnliches. Der hat gerade sein Nazizimmer ausgeräumt, Lisa! Hundertpro.«

»Aber wieso … «

»Der hat die Meldung über Unterwasser gelesen. Der hat ja seinen Pressedienst, der legt ihm alles vor. Er hat gelesen, dass das *Stadtblatt* das angeblich von einer Frau weiß, die in der betreffenden Wohnung gearbeitet und das Zimmer fotografiert hat. Und bei ihm hat eine Frau seinen Schwiegervater betreut, und die hat er an Unterwasser weiterempfohlen, die eine Haushaltshilfe suchte. Und falls die Presse auf ihn kommt, dann kann er sagen: ›Nur hereinspaziert, schaut euch um, hier ist kein Nazizimmer.‹«

Wenn wir jetzt in einem Krimi wären, hätte er Anna die als ukrainische Freunde getarnten russischen Killer auf den Hals gehetzt, erst im Guten. Doch als sie das Telefon nicht rausrückte und es weder in ihrer Handtasche noch am Leib bei sich trug, hatten sie sie für immer zum Schweigen gebracht. Und weil die Killer ihm das Telefon mit den Fotos nicht bringen konnten, hatte er heute geschlussfolgert, dass es in die Hände der Presse geraten war und die Fotos zunächst nur falsch lokalisiert worden waren. Die Wirklichkeit war unbestimmter. Die Panikbereitschaft derer, die ein Geheimnis hatten, hatte ihn bewogen, seine historische Sammlung, die von den Falschen falsch interpretiert werden konnte, zu beseitigen, als ihm klarwurde, dass so was eine Zeitungsmeldung werden konnte. Und sicherlich hatte er Anna keine Killer auf den Hals gehetzt.

»Komm, fahren wir heim, Kamila!«

Während wir aus der Donaustraße rollten, schaute ich nach, was mein Telefon aufgenommen hatte. Zuerst war der Innenminister zu sehen, wie er sich zu der geplatzten Mülltüte bückte. Dann hatte ich den Arm zurückgerissen. Es gab Gewusche und Schatten. Dann das offene Tor, die Hosenbeine des Innenministers, das Auto, der Rasen und der Müllsack, der auf und nieder wackelte, während man Kamila und Keller reden hörte. Ich zog das Bild groß. Der Gegenstand, der herausgerollt war, sah nicht nach Bierkrug aus. Es war eine Sammelbüchse, oben nazirot mit Bügel und unterrum weiß. Irgendwas mit ›Winter-Hilf…deutschen Volkes‹ stand in Fraktur darauf, darunter ein kleiner Kreis, in dessen Mitte ein Hakenkreuz erkennbar war.

»Gratuliere, Kamila. Das ist eine Sammelbüchse des Winterhilfswerks aus Kriegszeiten. Er besitzt eine Sammlung mit Gegenständen aus der Nazizeit, und gerade haben wir ihn beim Beseitigen erwischt.«

In den 19-Uhr-Nachrichten hörten wir nach der Unwettermeldung, dass die Polizei »nach dem vermeintlichen Sprengstoffanschlag« auf das Auto der PDR-Vorsitzenden Unterwasser »eine heiße Spur« habe. Der »mutmaßliche Täter« sei festgenommen worden, seine Wohnung werde durchsucht. »Über das mögliche Motiv …«

Ich stöhnte.

»… ist noch nichts bekannt. Nach Angaben der Polizei führten Chatverläufe in einer Gruppe des Messenger-Dienstes Telegram auf die Spur des mutmaßlichen Täters.«

»Könnt ihr nicht einfach mal ›Tatverdächtiger‹ sagen?«, knurrte ich.

Der Sinn vom Sinnlosen – Comedy auf Welle 1
Mit Klaus Honk und Jenny Vollpfosten
Anmoderation: Nachrichtenschreiben ist die hohe Kunst, Hörerinnen und Hörer zu verwirren. Nichts ist so, wie es scheint. Und das müssen auch alle wissen. Heute sind wir zu Gast in unserer Nachrichtenredaktion. Jenny bildet den Volontär Klaus aus.
Jingle (Comedy auf Welle 1)
Geräusch: Ticker, Telefonklingeln und Computertastaturen
Klaus: Hast du gesehen, Jenny? Die ham den Mann geschnappt, der den Sprengsatz unters Auto dieser Unterwasser geklebt hat.
Jenny (tadelnd): Den mutmaßlichen, Klaus. Noch ist er nicht verurteilt!
Klaus (ergeben): Den mutmaßlichen Mann, der den Sprengsatz unter das Auto …
Jenny (streng): Vermeintlichen. Er ist doch gar nicht explodiert.
Klaus (beflissen): … vermeintlichen Sprengsatz unters Auto …
Jenny (ungeduldig): Mögliche.
Klaus: Was?
Jenny (geduldig erklärend): Warst du dabei, war es wirklich das Auto dieser Unterwasser?
Klaus (beflissen): … unters mögliche Auto der rechten Politikerin …
Jenny: Angeblich.

Klaus (resigniert): ... angeblich rechten Politikerin Unterwasser geklebt hat.

Jenny: Möglicherweise.

Klaus: Möglicherweise geklebt hat.

Jenny: Haben soll.

Klaus: Möglicherweise geklebt haben soll. Übrigens war der selber ein, äh, angeblicher Rechter.

Jenny: Ach! Und warum hat er das getan?

Klaus (angestrengt formulierend): Das mögliche Motiv des mutmaßlichen Täters eines vermeintlichen Anschlags auf das mögliche Auto der angeblichen Politikerin Unterwasser ist, äh, scheinbar noch nicht bekannt.

Jenny (streng): Anscheinend, Klaus! Scheinbar heißt, man tut nur so, als wüsste man es nicht.

Klaus: Ach so? Wissen wir denn überhaupt was? Oder tun wir nur so, als wüssten wir nichts? Ich bin verwirrt.

Jenny: Das ist der Sinn von's Ganze.

Outro-Musik

 Kamila hatte zwar erst am Abend Dienstbeginn, aber sie radelte mit mir zusammen durch den sonnigen Tag zum Funkhaus, denn sie hatte viel vor. Bis in die Puppen hatte sie das Bildmaterial geordnet, einen Rechercheberich über den Innenminister geschrieben und an Sendungstexten gebosselt: Nachrichtenminute, Langfassung, Bericht mit Bildern und Video für die Fernsehnachrichten. Am Vormittag wollte sie mit Aktuellchefin, Programmchef, Chefin der Redaktion Landespolitik, Nachrichtenchef und dem Justiziar das Vorgehen abklären. Wir verabschiedeten uns im Foyer. »Und viel Glück, Kamila!«

Sie hatte mir den sogenannten Koord-Dienst erklärt. Meine Aufgabe war es, die Themen zu koordinieren. Natürlich koordinierte ich nichts, sondern ich latschte diverse Konferenzen ab, auf denen am Desk und in einer Landesstudioschalte mit dem Fernsehen und der Online-Redaktion die Themen des Tages abgeklärt wurden. Mittags sollte ich mich für zwei Stunden in die Redaktion setzen, damit die Leute essen gehen konnten. Und danach gab es noch eine Nachmittagskonferenz.

Zehn vor neun bog ich vom Gang aus erst einmal in die Kaffeeküche mit den Schließfächern ab. Der Kaffeeautomat war in Betrieb und ich stellte einen Becher drunter. Dabei fiel mir auf, dass eines der Fächer offen stand, und zwar das von Sven Burger. Es war vollständig ausgeräumt, die vielen alten Tonbänder waren verschwunden. Seine Jacke hing auch nicht mehr am blütenförmigen Garderobenständer.

Im Redaktionszimmer roch es wie ein Klassenzimmer nach dem Matheunterricht. Der tätowierte Milan, der nervöse Enrique und die schmale Judith dampften schweigend hinter ihren Bildschirmen und tippten. Sylvia die Bergkiefer wartete auf das Kommando zum Ausdrucken der Sendung.

»Guten Morgen«, rief ich mit frischen Kaffeedüften in der

Hand in den Kohlendioxidcocktail hinein. »Man könnte mal lüften.«

Eine Antwort bekam ich nicht. Aufs Whiteboard geklebt waren die Themen, die ich heute früh auch gehört hatte: das Unwetter, einmal als Bericht, ein zweites Mal die Aufräumarbeiten, russische Angriffe auf die Ukraine mit viel zu vielen Toten, die Reaktionen auf die unterwasserreife Behauptung des CDU-Bosses, dass die Flüchtlinge den Deutschen die Behandlungsplätze beim Zahnarzt wegnähmen, der EU-Streit über die Flüchtlingspolitik und die Behauptung des ungarischen Präsidenten, dass eine demokratische Mehrheitsentscheidung eine Vergewaltigung Ungarns gewesen sei, eine Demonstration gegen den Mangel an Kita-Plätzen und die Vorschau auf eine Landtagsdebatte über ein Verbot der Klimakleber-Aktionen. Ich fragte mich, wann sie entdecken würden, dass Whiteboards auch ohne Magnetkleber und Filzstifte mit einer Software vom Computer aus sehr fein beschriftet und organisiert werden konnten.

»Kannst ausdrucken, Sylvia«, sagte Judith.

Der Laserdrucker spuckte Blätter aus und fügte der Luft eine Note Ozon hinzu. Milan holte sich das Skript aus dem Drucker und sagte: »Ja, stimmt, man könnte mal das Fenster aufmachen.«

Auch das Licht hätte man längst schon ausknipsen können.

»Was ist denn los?«, fragte ich.

Jetzt schauten sie mich an, aufgewacht aus dem Sendungsstress.

»Die Polizei hat Sven verhaftet«, sagte Judith.

»Echt? So richtig mit rotem Haftbefehl?«

»Öh, nee, ich glaube nicht. Aber um halb sieben kamen hier zwei Polizisten rein und haben Sven abgeführt.«

»Geschlossen?«, fragte ich. »Also in Handschellen?«

»Nein.«

»Sie haben ihn nur vor die Tür gebeten«, sagte Milan. »Wir konnten nicht hören, was da gesprochen wurde. Dann kam er noch mal mit einem Polizisten rein und hat seine Tasche geholt.«

»Aber gesagt hat er nichts«, sagte Judith.

»Und mich haben sie um zwanzig vor sieben aus dem Bett

geklingelt«, erzählte der nervöse Enrique. »Eigentlich hätte ich erst um zehn anfangen müssen.«

Milan ging über den Gang ins Newsstudio, und die beiden anderen erzählten mir alles noch einmal ausführlich.

»Sein Schließfach haben sie auch ausgeräumt«, sagte ich. »Es steht offen und ist leer.«

Das hatten sie noch gar nicht gemerkt.

»Sieht für mich schwer so aus«, stellte Enrique fest, »als ob Sven das mit dem Datenklau gewesen wäre. Passen würde es. Er hat sich ständig beschwert, dass ihn die Scheidung arm gemacht hätte. Trotzdem hat er sich kürzlich ein irre teures Fahrrad gekauft. Das kam mir schon komisch vor.«

Dann war das also auch geklärt. Mein Auftrag war hiermit erledigt. Was stand eigentlich in meinem Vertrag über die Kündigungsfristen? Musste ich meine Probezeit zu Ende machen, die ich laut Prognose von Roland Ochs ohnehin nicht überstehen würde?

»Andere Frage: Kann mir jemand sagen, wo ich das Formular für den Koord-Dienst finde?«

»Das musst du dir ausdrucken«, antwortete Judith. »Steht in Nachrichten-Dokumente.«

»Ich habe ein paar ausgedruckt«, meldete sich die Bergkiefer und zog ihre Sekretärinnenschublade auf. Ich bedankte mich. Auf dem Blatt standen alle Konferenzzeiten und -orte, sodass ich nicht auch das noch erfragen musste. Die erste war um halb zehn am Desk.

»Du musst dir unsere Nachrichtenthemen vom Morgen aufschreiben«, sagte Judith. »Die musst du vortragen.«

Aber auch da hatte Sylvia die Bergkiefer vorgesorgt. Sie übergab mir den Ausdruck einer Übersicht über die Frühsendungen und Themen. Ich bedankte mich wieder, kippte den Kaffee hinunter und begann meine Wanderung durchs Funkhaus. Zuerst am kleinen Newsstudio vorbei ins Großraumbüro mit dem großen Sendestudio. Um den Desk herum, an dem vier Menschen saßen, hatten sich ein Dutzend Leute versammelt, die sich alle kannten und mit sensationsvergnügten Mienen den Fall Sven besprachen.

»Er soll eine Million Euro in Bitcoins kassiert haben.«

»Es gilt die Unschuldsvermutung!«

»Und nun verliert er alles, seine Betriebsrente und das Geld.«

»Verbrechen lohnt sich nicht.«

Ein Alter mit mächtigem grauem Schnauzer klopfte mit dem Knöchel auf den Tisch, die Gespräche erstarben. »Wo sind die Nachrichten?«

»Hier«, sagte ich. »Lisa, ich bin neu.«

»Und ich bin der CvD, herzlich willkommen. Ochs lässt dich schon ganz ohne Anlernbegleitung springen?«

»Wir haben Personalmangel infolge von Krankheit und Festnahmen.«

Die Runde lachte.

»Soll ich jetzt …?« Ja, ich sollte jetzt vortragen. Ich las die Nachrichtenthemen jeder Stunde vor. So ausführlich hatte man das von mir allerdings nicht erwartet. Die Aktuellen planten Nachberichte zum gestrigen Unwetter. Von einem Lokalreporter brauche man dazu noch eine Umfrage. Außerdem hatte man einen Versicherungsexperten fürs Primärinterview angefragt: Was tun, wenn ein Baum auf mein Auto gekracht ist? Der CvD mit dem mächtigen Schnauzer erinnerte an die Migrationsdebatte im Landtag. »Ich will mal wieder einen gut gebauten Debattenbericht hören.« Das wollte die LaPo – Kurzfassung von Landespolitik – sehr gerne machen, dazu war sie ja da. Dem Abgesandten der Aktuellredaktion gefiel das nicht. »Haben wir nicht wichtigere Themen, Klima, die Rückkehr der Diktaturen nach Europa?«

»Alles richtig«, antwortete der Schnauzer gelassen, »aber es stehen nun mal diverse Landtagswahlen an. Und 44 Prozent der Deutschen haben im ARD-Deutschlandtrend die Migration als das Thema mit dem meisten politischen Handlungsbedarf bezeichnet. Das können wir nicht ignorieren.«

Podcast
Handbuch des unlauteren Journalismus
Mit Alfred Schauer und Aurelia Blitz
Jingle
Sprecher: Wie wir Wahlen beeinflussen
Jingle ausblenden

Schauer: In ein paar Wochen sind Wahlen, aber der Ausbau des Wärmenetzes holt niemanden hinterm Ofen hervor. Außerdem ist der Wahlabend auch öde, wenn die etablierten Parteien nicht erdrutschartig verlieren und die Extremisten nicht zulegen.

Blitz: Wir Medien sind glücklicherweise nicht ohnmächtig. Wir können Aufregung entfachen.

Schauer: Bewährt hat es sich in der deutschen Geschichte, auf das Thema zu setzen, das rechte Kräfte lieben: die Migration.

Blitz: Mit Begriffen wie Migrationswelle, Flüchtlingsflut geben wir die Richtung vor. Und dann befragen wir Politikerinnen und Politiker nur noch zu diesem Thema.

Schauer: Folglich erkennt ein ehemaliger Bundespräsident in der europäischen Migrationspolitik einen Kontrollverlust.

Blitz: Läuft. Jetzt ist das Thema heiß. Es findet in Talkshows und Titelgeschichten vielfachen Widerhall.

Schauer: Meinungsforschungsinstitute fragen, ob Deutschland mit den vielen Geflüchteten fertig wird, was fast die Hälfte der Befragten verneint.

Blitz: Jetzt können wir in unseren Moderationen von einer Spaltung der Gesellschaft sprechen. Lokalsender suchen Oberbürgermeister und Oberbürgermeisterinnen auf, die erklären, dass die Unterbringung der Flüchtlinge unbezahlbar und unmöglich sei. Auf der Straße sagen Bürgerinnen und Bürger in die Mikrofone, sie fühlten sich nicht mehr sicher im eigenen Land. Lokalzeitungen berichten über Widerstand gegen die Belegung von Turnhallen.

Schauer: Die erste Unterkunft brennt. Wir sind erschüttert und betroffen.

Blitz: Der Moment ist gekommen, einen Politiker in eine Betroffenheits-Talkshow einzuladen, von dem man weiß, dass er zu populistischen Zuspitzungen neigt.

Schauer: Er behauptet, abgelehnte Asylbewerber würden bei Zahnärzten gegenüber Deutschen bevorzugt.

Blitz: Weitere populistische Falschbehauptungen, wie es gebe eine Bevorzugung bei der Wohnungssuche, den Missbrauch der Sozialsysteme, eine Überversorgung von Asylbewerbern oder eine Zunahme der Kriminalität, werden von uns nicht durch Gegenrecherche entkräftet. Vielmehr legen wir sie der Politik und der Bevölkerung als Fragen vor.

Schauer: Unternimmt eine Politikerin oder ein Politiker nun den Versuch, diese Behauptungen mit Fakten zu widerlegen, erscheint dies der Öffentlichkeit als Ignoranz den Sorgen der Bürgerinnen und Bürger gegenüber.

Blitz: Und in den letzten Tagen vor der Wahl beantworten dann alle Kandidatinnen und Kandidaten die Frage, welches Problem in Deutschland am dringendsten gelöst werden müsse, jedes Mal mit: die Migration.

Schauer: Lösungsansätze im Spannungsfeld zwischen Mitmenschlichkeit und Abschottung sind zu komplex, um in Talkshows und auf Podien verhandelt zu werden. Deshalb wird das Thema auf die Streitpunkte pro oder contra Obergrenze und schnellere Ausweisung zugespitzt.

Blitz: Die Regierungsparteien erscheinen zerstritten und zur Lösung unfähig. Sie büßen an Vertrauen ein. Das fördert ein Protestwahlverhalten, das den Rechtsextremen den Zugewinn bringt, den wir nun am Wahlabend als ernstes Problem für Deutschland thematisieren können.

Schauer: Nach den Wahlen werden dann übrigens durch die in Panik versetzten Regierungsparteien die Rechte der Geflüchteten und Abgewiesenen durch Gesetze oder sogar eine Grundgesetzänderung eingeschränkt.

Jemand von den Magazinen erzählte etwas über einen Aktionstag in Welle 1 pro und contra veganes Essen, der viel Resonanz fand. Ich überlegte, was von all dem ich in die Zeilen und Spalten meines Formblatts eintragen musste und wie ich das ohne Tisch oder Schreibunterlage bewerkstelligen sollte. Die Steherei zog sich. Zum Glück musste ein Teil genauso wie ich zur Programmschalte weg. Ich folgte ihnen ein Stockwerk runter zum Fernsehen in einen Konferenzraum mit Tischmikrofonen, einer Konferenzkamera mit Eulengesicht auf einem Tisch in der Mitte und einem riesigen Bildschirm mit Videokacheln, in denen nach und nach die Leute der Außenstudios erschienen.

Auch der Konferenztisch füllte sich. An den Anzügen und Krawatten erkannte ich die Leute aus den Chefetagen. Daran, dass sie sich fast alle krampfhaft darum bemühten, mit einem Grauhaarigen mit Brillant im Ohr zu einem gemeinsamen Gelächter zu kommen, erkannte ich den Oberchef, der es wiederum nicht nötig hatte, Krawatte zu tragen. »Soso«, murmelte meine Nebensitzerin vor sich hin, »heute Programmchef Münsterstreicher persönlich.« Das war der dann wohl. Roland Ochs war als Nachrichtenchef hingegen zu klein und dünn, um sich über das Tuch Gedanken zu machen, er trug rote Hosen und einen blauen Pullover und nickte mir ohne Lächeln zu. Offensichtlich war er wieder gesund. Philine Elflein, in hellgrünem Kostüm, kam beinahe zu spät und sah aus, als habe sie sich gestritten, ihre Backen waren rot, die Augen klein.

Auf die Sekunde pünktlich beugte sich Programmdirektor Münsterstreicher vor und bat »aus gegebenem Anlass« kurz um Aufmerksamkeit, um die Gerüchte, die im Flurfunk kursierten, mit Fakten zu unterfüttern. »Wir haben gerade eine Mitteilung ins Intranet gestellt und eine PM veröffentlicht. Sie haben jedoch ein Recht darauf, von mir persönlich informiert zu werden, auch wenn mir noch nicht alle Details bekannt sind. Es dürfte sich bereits herumgesprochen haben, dass die Polizei heute früh in der Newsredaktion war.« Er schaute in die Runde, offensichtlich auf der Suche nach einem Menschen aus der Nachrichtenredaktion, und verhielt dabei nur kurz bei Ochs. »Ich sehe jetzt niemanden …«

»Doch, ich wäre da«, sagte ich. Alle Köpfe mit Augen drehten sich zu mir. Die Kameraeule in der Mitte guckte mich eh schon an, fing meinen Ton ein und projizierte mein Narbengesicht groß auf den Bildschirm. »Lisa Nerz, ich bin neu.«

»Ah, Frau Nerz.« Er klang, als hörte er meinen Namen nicht zum ersten Mal. Vielleicht klang er aber auch immer so, als kenne er alle bereits, die sich ihm vorstellten. In jedem Fall wäre im Hinblick auf meine fiktive Zukunft im Sender ein »herzlich willkommen« angebracht gewesen. Stattdessen fuhr er fort: »Ich muss Ihnen zu meinem Bedauern mitteilen, dass es eine vorläufige Festnahme gegeben hat. Ein Redaktionsmitglied, dessen Namen ich hier bewusst nicht nenne, denn es gilt die Unschuldsvermutung, steht im Verdacht, an der Beschaffung und dem Verkauf von internen Daten der ARD an ausländische Interessenten beteiligt gewesen zu sein.«

Zusammen mit Gemurmel umrundete ein gewispertes »Sven Burger« den Konferenzsaal. Die Kameraeule hatte Mühe, die lauteste Äußerung herauszufiltern, und entschied sich dafür, den Hauptredner im Bild zu behalten.

»Nach dem, was mir bislang bekannt ist«, fuhr Münsterstreicher fort, »hat er sich des Nachts wiederholt über ein manipuliertes Fenster Zutritt zum Funkhaus verschafft und sich mithilfe von Spyware brisante Daten wie Privatadressen und interne Strategiepapiere, aber auch technische Informationen heruntergezogen und im Darknet gegen Kryptowährung an Interessenten aus Russland und China und womöglich noch andere verkauft. Wir haben, wie Sie wissen, sofort nach Bekanntwerden des Datenlecks unsere Datenschutzvorkehrungen noch einmal intensiviert, alle Zugriffsrechte überprüft und insbesondere die Zugriffsrechte auf Personalakten noch einmal neu und äußerst restriktiv definiert.«

Gemurmel.

»Und wie …«, ließ sich jemand vernehmen.

»Sie wollen wahrscheinlich wissen, wie die Polizei dem, äh, mutmaßlichen Täter nun auf die Spur kam. Nach meinen Informationen haben die Finanzbehörden von Hessen im Zuge eines

Auskunftsersuchens bei einer großen Kryptobörse die Daten tausender Kunden erstritten und konnten bei dem heute Festgenommenen durch gezielten Datenabgleich Einkünfte unklarer und dubioser Herkunft feststellen.«

Das klang, als hätte ihm Richard die Antwort diktiert.

Ich entdeckte auf meinem Telefon eine Nachricht von Kamila. Sie wollte mit mir reden. Ich schlug ihr vor, dass wir uns nach Konferenzende draußen vor der Tür träfen, da konnte ich eine rauchen.

»Wir sind natürlich froh, dass dieser Vorgang nun aufgeklärt zu sein scheint«, sagte der Programmchef. »Es war für uns und sicherlich auch für Sie alle belastend, unter den eigenen Kolleginnen und Kollegen jemanden mit erheblicher krimineller Energie und erschreckender Illoyalität vermuten zu müssen. Welche weiteren Konsequenzen wir aus dem Vorfall ziehen, werden wir noch überlegen müssen. Ich möchte jedoch ausdrücklich festhalten, dass es sich um einen Einzelfall handelt. Wir dürfen auch davon ausgehen, dass keine politischen Motive dahintersteckten, sondern einzig und allein der Impuls persönlicher Bereicherung. Ich danke für die Aufmerksamkeit und wünsche Ihnen noch einen schönen Tag.«

Während der Konferenzleiter, ein geduckter Mensch in schwarzer Lederjacke, die Moderation übernahm und »nun zügig zum Alltagsgeschäft« überging, verließ der Programmdirektor den Raum. Was ich hier sollte, blieb mir rätselhaft. Es ging um die große Welt im Kleinen: Wer redet mit Ukrainern, die hier leben und einen Angehörigen verloren haben? Haben wir in der Region einen Kleinunternehmer, der das Wirtschaftspaket der Bundesregierung kritisiert?

Podcast
Handbuch des unlauteren Journalismus
Mit Alfred Schauer und Aurelia Blitz
Jingle
Sprecher: Eine Nachricht runterbrechen

Jingle ausblenden

Schauer: Im Journalistenjargon sprechen wir von »runterbrechen« oder »lokal runterbrechen«. Es handelt sich um eine journalistische Methode, sich internationale, überregionale oder regionale Nachrichten für die lokale Berichterstattung zunutze zu machen.

Blitz: Auch wenn etwas weit weg von uns stattfindet, geht es uns etwas an. Wir stellen eine lokale und emotionale Nähe her.

Schauer: Komplexe Themen können außerdem verständlich aufbereitet werden, indem sie ins direkte Lebensumfeld der Medien-Konsumierenden projiziert werden.

Blitz: Vor allem können wir damit Stimmung transportieren und gegebenenfalls auch machen.

Schauer: Denn die Auswirkungen neuer Gesetze und europäischer Regelungen werden selten positiv bewertet. Wer einen Schweinemastbetrieb führt, kritisiert das neue Tierwohlgesetz. Pläne für ein Atommüllendlager, eine Bahntrasse oder Windräder werden zuverlässig von der Bevölkerung vor Ort wütend abgelehnt.

Zwanzig nach elf waren wir entlassen. Ich gab Kamila Bescheid, dass ich jetzt käme, und wandte mich Richtung Foyer.

»Lisa«, rief mir jemand hinterher. Es war Philine.

Ich blieb stehen. »Ja?«

»Kannst du bitte mal in mein Büro kommen.« Sie lächelte entschärfend. »Ich meine, sobald du eine Viertelstunde Zeit erübrigen kannst.«

Das wäre genau jetzt gewesen, aber Kamila hatte bereits mit einem Daumen hoch auf meine Nachricht geantwortet. Ab zwölf musste ich dann die Mittagessen-Vertretung in der Redaktion machen. »Ich muss noch schnell was erledigen, dann komme ich. So in zehn Minuten?«

»Perfekt. Bis dann.«

Kamila erwartete mich im Foyer an der Pforte. Sie sah wütend, aufgelöst und verwirrt aus.

»Hast du schon gehört?«, fragte ich. »Sie haben Sven Burger heute früh festgenommen. Er hat die Adressdaten geklaut. Der Programmdirektor hat es gerade offiziell in großer Runde mitgeteilt.«

Das hatte sie schon gehört. Aber es interessierte sie gerade überhaupt nicht. Sie wollte raus vor die Tür. Wir eilten am Pförtner vorbei zum Aschenbecher, wo zum Glück niemand stand. Ich zündete mir die erlechzte Zigarette an und fragte: »Was ist passiert?«

»Sie wollen es nicht bringen«, stieß sie hervor. »Diese Feiglinge!«

»Wie bitte? Und warum nicht?«

»Sie sagen, der Innenminister, das ist eine andere Hausnummer als Unterwasser. Das müsse absolut hieb- und stichfest sein. Ich habe denen die Fotos gezeigt. Aber sie sagen, das könnte auch eine Sammlung zu wissenschaftlichen Zwecken sein, Dr. Keller ist schließlich Historiker.«

»Ein Historiker würde historische Ablichtungen und Fahnen nicht an den Wänden aufhängen, Kamila. Er würde sie sorgfältig in Akten und Schränken aufbewahren. Und schon gar nicht würde er sie in eine Mülltüte stopfen.«

»Genau. Ich habe auch gesagt, dass er gestern im Begriff war, alles in die Tonne zu werfen. Ich habe ihnen dein Video gezeigt. Das würde kein Historiker machen. Das sagt doch alles. Aber sie fanden, er habe dementiert, eine Sammelbüchse mit Hakenkreuz reicht nicht als Beleg. Außerdem kann man ihm ja nun das Zimmer nicht mehr nachweisen. Und so einen Goof, wie das *Stadtblatt* mit Unterwasser produziert hat, können wir uns als öffentlich-rechtlicher Sender nicht leisten.«

»Aber das war doch nun wirklich nicht deine Schuld.«

»Das haben sie auch eingeräumt. Philine hat sich sogar bei mir entschuldigt. Sie hat auch ein ernstes Wort mit Stephanie gesprochen. Die hat zugegeben, dass sie es ihrem Mann erzählt hat. Aber sie hat natürlich bestritten, gewusst zu haben, dass er es gleich in der Online-Ausgabe veröffentlicht. Es sei ja auch meine Story gewesen. Und ich hätte keine Freigabe erteilt. Allerdings wäre ich noch gestern selber bereit gewesen, es rauszuhauen, wenn sie das nicht unterbunden hätte.«

»Das stimmt doch gar nicht, Kamila. Du hast nur die Erlaubnis zu einer Konfrontation mit Mikro und Kamera haben wollen. Mehr nicht.«

»Das habe ich auch gesagt. Aber sie sagen, das Kind ist nun mal in den Brunnen gefallen. So leid es ihnen täte. Sie verstünden meine Enttäuschung, aber ich sei ja noch jung, es werde andere Gelegenheiten geben, mich zu profilieren.« Sie stampfte mit dem Fuß auf. »Das ist doch kacke! Die sind einfach nur feige. Weil der Intendant ein Jugendfreund des Innenministers ist. Das ist der wahre Grund. Diese White Potatoes halten alle zusammen. Am Ende könnte sonst noch jemand auf die Idee kommen, dass Keller doch was mit der Ermordung von Anna Malynka zu tun hat.«

»Das ist aber nur eine Vermutung von dir.«

»Meinetwegen. Ist ja auch egal. Ich überlege echt, was ich hier noch soll.«

Ich redete Sinnloses auf sie ein. »Und außerdem habe ich jetzt ein Gespräch mit Elflein. Sie hat mich zu sich einbestellt. Wenn du willst ...«

Kamila schüttelte den Kopf. »Die haben von mir Stillschweigen verlangt. Dir hätte ich wahrscheinlich auch nichts erzählen dürfen.«

»Wer eigentlich?«

»Na, Ochs, Elflein, Wundermann – das ist der LaPo-Chef –, der Justiziar und der Programmdirektor.«

»Münsterstreicher?«

Sie nickte.

»Immerhin kennt der dich jetzt. Das ist auch was wert.«

Das tröstete sie nicht. »Wenn es nicht ich gewesen wäre, sondern diese gestylte und duftende Stefanie, dann hätten die ganz anders entschieden. Hundertpro. Ich bin ja nur eine dumme Schwarze Newsredakteurin.«

Ich strich den Gedanken, dass auch das nur eine Vermutung war, gleich wieder aus meinem Gehirn. Nur weil es mir unwahrscheinlich vorkam, hieß das nicht, dass Kamila nicht hunderte Male die Erfahrung gemacht hatte, dass die Dinge für sie schwieriger waren als für weiße Frauen, die wir ebenfalls schon hunderte Male die Erfahrung gemacht hatten, dass Karriere und Erfolg für uns schwieriger waren als für die Männer um uns herum, die gleichwohl unseren Benachteiligungsvorwurf für übertrieben hielten. Und in der Tat: Was hatte ich eigentlich alles nicht erreicht, weil ich weiblich vergendert war? Das war die falsche Frage. Vielmehr, was hatte ich gar nicht erst angestrebt – Führung, Macht –, das war die Frage. Doch daraus ließ sich kein Beweis meiner Benachteiligung ableiten. Nur der meiner Ergebenheit in die Stacheldrahtzäune des weißen Patriarchats. Oder aber der meiner Ablehnung von Aufstiegshierarchien und Verbeugungen, die ich auf dem Weg hätte machen müssen. Aber egal jetzt.

»Ich muss«, sagte ich zu Kamila und löschte die Zigarettenkippe. »Wir reden nachher. Wir können das ja auch woanders veröffentlichen.«

Kamila nickte geknickt und zog das Telefon, das sich in ihrer Tasche geräuspert hatte. Ich war kaum am Pförtner vorbei und noch nicht ganz im Foyer, da hatte sie mich rennend eingeholt. »Das war gerade Philine. Ich soll raufkommen. Sie hat Neuigkeiten.«

Zusammen nahmen wir den Fahrstuhl, fuhren drei Stockwerke hoch und gingen den dumpf schwingenden Flur entlang. Zusammen traten wir ins Vorzimmer. Eine der beiden Sekretärinnen wies auf die offen stehende Tür zu Philines Büro, und wir segelten nebeneinander hinein.

»Ach ja, Lisa«, sagte Philine, »wir hatten ja auch einen Termin.

Aber jetzt bleib ruhig schon mal da. Ich nehme an, ihr beiden habt sowieso schon alles besprochen.« Sie lächelte breit und kumpelinnenhaft. »Ich sage es noch mal, Kamila: Du hast wirklich gute Arbeit gemacht.«

»Aber ...«

»Und ich habe gute Neuigkeiten. Aber setzt euch erst einmal.«

Wir setzten uns zappelig.

»Ja, also ...« Sie genoss es. »Das ist etwas unglücklich gelaufen vorhin. Ich fürchte, einige Anwesende haben nicht wirklich überrissen, um was es hier geht. Befindlichkeiten in der LaPo dürften da auch eine ungute Rolle gespielt haben. Jedenfalls, gerade eben ruft mich der Intendant an.«

»Und?«

»Er hat erzählt, er habe heute früh einen befremdlichen Anruf aus dem Büro des Innenministers erhalten. Er sei darum gebeten worden, einer – wie der Anrufer sich ausdrückte – Kampagne gegen den Innenminister Einhalt zu gebieten. Natürlich hat er gar nicht gewusst, worum es geht, und um persönlichen Rückruf Kellers gebeten. Schließlich kennt man sich ja.«

»War Keller nicht Trauzeuge?«

Philine lachte auf. »Nein, Kamila, das ist ein Gerücht. Ich weiß gar nicht, woher das kommt. Bei einer Schwulenhochzeit wäre Keller sicherlich nicht dabei gewesen. Das ist dem zu neumodisch. Die beiden kennen sich wohl vom Studium her. Und natürlich treffen die sich bei offiziellen Anlässen.«

Und wieder war eine gute Geschichte über Korruption und Vetternwirtschaft kaputt.

»Jedenfalls, Keller hat dann vor einer halben Stunde Zeit gefunden, persönlich mit unserem Intendanten zu telefonieren. Und das hat ihn dann noch mehr irritiert. Und jetzt kommt's: Keller hat allen Ernstes versucht, direkten Einfluss auf unsere Berichterstattung zu nehmen. Er hat damit gedroht, dass er gerichtlich dagegen vorgehen werde, sollte im Programm die Behauptung verbreitet werden, er habe bei sich zu Hause Fotos und Gegenstände aus der Zeit des Nationalsozialismus aufgehängt und ausgestellt. Ob das denn so sei, wollte der Intendant von mir wissen, und ich konnte ihm sagen, dass du, Kamila, Beweise dafür hast, dass er in seinen Privaträumen solche Gegenstände hatte und sie gestern augenscheinlich zum Mülleimer gebracht hat. Dazu hat er dich beglückwünscht. Und er freut sich, bald deine Bekanntschaft zu machen.«

»Echt?« Kamila konnte es nicht verhindern, sie lächelte breit, ihr Gesicht glänzte vor Stolz.

Auch Philine lächelte zufrieden wie eine Mutter an einem überbordenden Gabentisch zu Weihnachten. »Tja, dann würde ich sagen: Leg mal los, Kamila. Ich denke, um 13 Uhr lassen wir die Bombe platzen. Einverstanden? Und wenn ich dir einen Rat geben darf, begrab deine Differenzen mit Stefanie und lass dir von ihr helfen. Sie ist jetzt ohnehin ganz klein mit Hut.«

»Ja, das mach ich. Vielen Dank.«

»Da nicht für. Mit Ruhm bekleckert haben die Herren sich heute früh ja nicht. Ich übrigens auch nicht. Ich hätte mich mehr auf mein journalistisches Gespür verlassen müssen. Aber manchmal ist es eben nicht so einfach.«

Die Frauensache. Wir verstanden.

»Und, Lisa, könntest du bitte noch einen Augenblick …«

Kamila verabschiedete sich, winkte mir zu und verschwand.

»Aber ich muss um zwölf in der Redaktion sein«, gab ich zu bedenken. »Sie müssen ihre Pausen machen.«

»Du nimmst deine Arbeit hier recht ernst?«

»Du nicht?«

Sie lachte giggelnd. »Das ist mein Beruf. Reden wir nicht drum herum. Wir wissen beide, dass sich nach der Festnahme von Sven dein Aufenthalt bei uns dem Ende zuneigt. Ja, ich weiß schon: can't deny nor confirm.«

Ich schwieg.

»Aber für diese Geheimniskrämerei sehe ich jetzt keine Notwendigkeit mehr. Eines würde mich nämlich brennend interessieren: Wie bist du ihm draufgekommen?«

»Wenn ich Programmdirektor Münsterstreicher vorhin richtig

verstanden habe«, antwortete ich, »dann hat man ihn anhand von Geldbewegungen auf Kryptokonten überführen können. Oder so ähnlich. Ich kenne mich da nicht so aus.«

Philine kicherte unecht. »Na gut. Wie du willst.« Sie wechselte den Beinüberschlag und wurde ernst. »Wir zwei haben da aber noch ein anderes Thema. Ich habe mit Roland Ochs über deine – wie soll ich es jetzt nennen? Man muss ja wohl Vorwürfe sagen – gesprochen. Übrigens habe ich ihm verboten, dich darauf anzusprechen. Das kann ja nicht der Sinn sein, dass dann erst mal der Chef die Mitarbeiterin ins Gebet nimmt, nicht wahr? Hat er sich daran gehalten?«

»Das hat er.«

»Er ist aus allen Wolken gefallen. Ihm war nicht klar, dass eine kollegiale Berührung wie die Hand auf die Schulter legen als sexueller Übergriff verstanden werden kann. Streng genommen ist dies ja auch eine übliche Geste im persönlichen Umgang …«

»Vorausgesetzt, der Umgang ist persönlich und es kann von einem Einverständnis ausgegangen werden«, bemerkte ich.

Philine kicherte wieder, diesmal abwehrend. »Ich weiß, was du meinst. Aber damit kommen wir nirgendwohin. Das verstehen die Herren nicht, und ich darf hinzufügen, auch sehr viele Damen nicht.«

»Und was ist mit dem Sackkratzen bei Vorstellungsgesprächen?«

»Das bestreitet er.«

»Klar.«

»Ich glaube aber, er hat sehr wohl verstanden, dass er alle – wie sage ich das jetzt? – körperbetonten Gesten im Gespräch mit Frauen, Männern, Diversen und so weiter zu unterlassen hat.«

Ich nickte nur, weil mir dazu nichts einfiel.

»Darf ich dann davon ausgehen, dass die Sache so weit aus der Welt geschafft ist? Ich denke, die Chance müssen wir ihm schon geben, sein Verhalten zu reflektieren und zu korrigieren.«

»Meinetwegen«, sagte ich. Eins zu null für Ochs, ich würde mein halbes Jahr Probezeit nicht überstehen, er aber sehr wohl.

»Gut. Dann …« Sie lächelte, mich zum Aufstehen und Gehen auffordernd.

»Eine Kleinigkeit ist mir noch aufgefallen«, sagte ich.

»Oje. Ich hoffe, es bringt das Funkhaus nicht zum Beben.«

»In den Laufplänen des Aktuellmagazins lese ich immer TOTÜ und HATÜ. Man hat mir erklärt, dass es die Abkürzung von totaler Türke und halber Türke ist.«

»Gütiger Himmel, da sagst du was! Da sieht man mal wieder, wie betriebsblind wir alle geworden sind. Ich lese die Laufpläne ja auch jeden Tag. Sie sind zwar nur intern, nur für die Studiotechnik, sie gehen nicht raus, aber das ist natürlich überhaupt nicht politisch korrekt.« Sie lachte auf. »Da haben wir nun seit anderthalb Jahren eine Kommission, die jede Formulierung auf Political Correctness überprüft, aber das ist denen auch durchgerutscht. Wenn ich mir vorstelle, irgendjemand würde solche Laufpläne nach außen geben, das gäbe einen Shitstorm. Was sagt man nur stattdessen? ›Mit Anmod‹ oder ›Ohne Anmod‹? Das wird denen gar nicht gefallen. Es ist länger.«

»MA und OA würde ausreichen für die Technik«, schlug ich vor.

»Na, uns wird schon was einfallen. Jedenfalls vielen Dank. Aber ich muss jetzt ein bisschen telefonieren.«

»Ich muss auch los.«

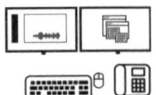 Als ich zehn vor zwölf in die Newsredaktion zurückkehrte, war vom Frühdienst nur noch der nervöse Enrique übrig, der ja eigentlich Tagesdienst hatte. Hinzugekommen waren die feuerrote Adolfine und als Sprecherin die geschminkte Farah. Die Bergkiefer war von der langhaarigen Andrea abgelöst worden.

»Wo bleibst du denn?«, empfing Judith mich. »Wir haben auf die Themen gewartet, schließlich mussten wir selber am Desk anrufen.«

»Sorry. Die Fernsehschalte war etwas länger, und dann wollte Elflein noch mit mir sprechen.«

»Die weiß doch, dass wir dich hier brauchen.«

»Beruhig dich«, sagte Adolfine. »Es ist ja nichts passiert. Und es wird ja auch nicht jeden Tag ein Mitglied der Nachrichtenredaktion beim Frühdienst verhaftet.«

»Festgenommen«, sagte ich. »Solltest du als Krimiautorin eigentlich wissen. Haftrichter kommt erst noch.«

»So klingt es aber aufregender. Ich wäre soooo gern dabei gewesen! So im Nachhinein wundert es mich nicht, aber zugetraut hätte ich es ihm nie im Leben. Kannst ausdrucken, Andrea. Wer geht zuerst essen? Willst du, Enrique? Du bist von uns am längsten da.«

Die langhaarige Andrea drückte die Taste auf der Tastatur, und der Drucker spuckte Blätter und dampfte Ozon.

»Bevor du gehst, Enrique«, sagte ich, »habe ich noch was. Kamila wird für 13 Uhr einen Take liefern und zwar über Innenminister Keller, der nun tatsächlich und belegt Nazidevotionalien in seinem Privathaus hatte, die er gestern vor Zeuginnen zur Mülltonne getragen hat. Zudem hat er heute dem Intendanten mit gerichtlichen Schritten gedroht, wenn das bei uns im Programm läuft.«

»Die können es einfach nicht lassen, diese Politiker!«, rief

Adolfine. »Nazizimmer geht ja vielleicht noch, das ist nicht illegal, wie wir gestern lernen mussten, nur unappetitlich, aber Einfluss nehmen auf die freie Presse, das kostet ihn den Kopf.«

»Jedenfalls«, sagte ich, »Kamila wird die Nachrichtenminuten machen und die Beiträge fürs Magazin und fürs Fernsehen.«

»Aber die hat doch heute Spätdienst«, bemerkte Farah mit einer Nuance Neidgift in der Stimme. »Will sie durcharbeiten? Ich bleibe jedenfalls heute Abend nicht länger.« Dann musste sie weg ins Studio, die Nachrichten vorlesen, wobei sie aus dem Radio im Sekretärinnenzimmer etwas stählern klang.

Der gebaute Beitrag oder Beitrag mit Einspielungen ist eine häufige Rundfunkform. Sie verbindet O-Töne aus Interviews oder Umfragen und geschriebene Texte miteinander.

Vampire im Radio
Autorin: Zilla Fistelstimme
OHNE MOD, BmE
Zeit: 3:23 Min.

Sprecherin: Wer zum ersten Mal die eigene aufgezeichnete Stimme hört, ist meistens entsetzt. Aber genau so hören uns die anderen. Dass wir selbst uns anders hören, hat einen Grund.

O-Ton: Wir hören unsere Stimme nicht über den äußeren Gehörgang, sondern über das Mittelohr, also über die Knochenleitung im Schädel. Meistens klingt sie für uns selbst etwas tiefer.

Sprecherin: Erklärt uns Logopädin Bärbel Bass. Die Stimme steht für unsere Person, sie verrät Alter und Geschlecht, aber auch viel über unseren Bildungsstand und über unsere Persönlichkeit.

O-Ton Bass: Stimmen von gebildeten Menschen sind dynamischer und haben einen größeren Tonhöhenumfang als die von Personen aus niedrigeren sozialen Schichten. Extrovertierte Menschen sprechen schneller, lauter und mit größerer Variationsbreite als introvertierte Menschen. Wer sich freut, ärgert oder ängstigt, spricht ebenfalls höher, schneller und bewegter, wer traurig oder gelangweilt ist, eher tiefer, langsamer und monotoner.

Sprecherin: Die meisten Menschen achten im Gespräch tatsächlich mehr auf Stimmlage und Tonfall als auf die Worte. Wir nehmen Gefühle wahr und wir fühlen mit. Wenn der Nachrichtensprecher einen Frosch im Hals hat, dann müssen wir uns selber räuspern. Klingt eine Stimme angespannt, dann sind auch wir angespannt. Und wenn eine Stimme unangenehm klingt, wenn sie extrem tief oder sehr hoch oder heiser ist, dann entgeht einem der Inhalt fast vollständig.

O-Ton Bass: Ja, die Stimme saugt den Inhalt aus der Aussage wie ein Vampir. Eine gute Rundfunkstimme ist frei von Nebengeräuschen, klingt klar, ist tragfähig und anstrengungslos und erlaubt ein entspanntes Zuhören. Entspannte Stimmen liegen in der mittleren Stimmlage der Sprechenden, sie werden weder ständig nach oben gehoben noch nach unten gedrückt.

Sprecherin: Allgemein gelten Männerstimmen im Rundfunk als angenehmer und vertrauenswürdiger. Aber Frauenstimmen sind in den letzten Jahrzehnten insgesamt tiefer geworden. Denn Frauen haben andere Rollen in der Gesellschaft übernommen. Sie stehen ihren Mann. Hohe Stimmen dagegen signalisieren Schutzbedürftigkeit, Unschuld und Unsicherheit.

O-Ton Bass: Manche Moderatorinnen versuchen leider immer wieder, ein Lachen in die Stimme zu drücken, indem sie das Zwerchfell bei Wortanfängen anspannen. Das alles wirkt unecht und wird auf Dauer als störend empfunden. Eine gesunde natürliche Stimme stört nie und wirkt immer authentisch und glaubwürdig.

Sprecherin: Die eigene Stimme muss aber nicht Schicksal sein. Man kann sie ausbilden. Noch einmal Logopädin Bärbel Bass:

O-Ton Bass: Stimmen können von Fachleuten trainiert und poliert werden. Ein anderer Ton kann dabei sogar die Person verändern. Wer lernt, lauter und deutlicher, langsamer und entspannter zu sprechen, findet endlich Gehör. Und das wirkt sich positiv aufs Selbstbild aus.

Ich schob auf dem Whiteboard die Sendung zusammen: Innenminister, Landtag Migrationsdebatte, Unwetter. »Und was verbirgt sich hinter Problemhecht?«

»In einem Badesee hat ein Hecht mehrere Badende übel gebissen«, erklärte Adolfine. »Man spricht schon vom Loch Hecht. Enrique wollte das unbedingt drinhaben. Aber der ist ja jetzt beim Essen.«

Als Farah aus dem Studio zurückkehrte, fand sie, das Unwetter müsse weiter nach vorn. »Und wollt ihr diese unsägliche Migrationsdebatte im Landtag wirklich machen?«

»Wir wollen nicht, aber wir müssen, Farah«, sagte Adolfine. »Es gab mal eine Zeit, da bestanden Nachrichten zu neunzig Prozent aus Politik. Es wäre vielleicht auch ein wertvoller Beitrag zur Demokratiebildung, wenn wir den Menschen da draußen aufzeigen, wie Gesetze gemacht und wo sie beschlossen werden und was sie bedeuten.«

»Das meine ich doch gar nicht, Adolfine. Aber muss es denn die Migrationsdebatte sein. Da ist nichts bei rausgekommen außer Absichtserklärungen ohne Wirkung. Warum nicht der neue duale Masterstudiengang, um den Lehrkräftemangel an den Schulen zu beheben.«

»Ach so. Die Meldung habe ich gar nicht gesehen.«

»Die kam vorhin von dpa.«

Um kurz vor zwei verbreiteten auch die Nachrichtenagenturen bundesweit unsere Meldung über das Nazizimmer von Landesinnenminister Keller und die versuchte Einflussnahme auf die Berichterstattung. Keller veröffentlichte ein Dementi und lud ausgewählte Journalisten – Journalistinnen erwähnte er nicht – zu sich nach Hause ein, obgleich Kamila in allen Radiobeiträgen darüber berichtete, dass sie ihn mit verdächtigen Gegenständen am Mülleimer gesehen hatte. In ersten Reaktionen äußerten sich Landtagsabgeordnete anderer Parteien angewidert, falls die Vorwürfe zuträfen, und bestürzt über den Versuch, eine Berichterstattung im Rundfunk zu verhindern. Seine eigene Partei stellte sich hinter den Innenminister und sprach von einer üblen Hetzkampagne.

Adolfine entdeckte auf der Internetseite von Welle 1 die ersten Hasskommentare: »Kehrt erst einmal vor eurer eigenen Türe, bevor ihr unbescholtene Bürger verleumdet.« – »Es wird Zeit, dass etwas gegen den woken genderverseuchten Terror des Staatsrundfunks getan wird.« – »Die Schoko-Schlampe gehört an die Wand gestellt, dann Löschkalk drüber und fertig.«

»Die haben überhaupt keine Hemmungen«, sagte Adolfine. »Die posten unter ihrem eigenen Namen. Das sind unsere Hörer. Ich fasse es nicht.«

»Man muss sie anzeigen«, sagte Farah.

Ich war ganz anders alarmiert: »Woher wissen die, dass Kamila Schwarz ist?«

»Facebook? Instagram? LinkedIn?«, schlug Farah vor.

»Kamila postet keine Fotos von sich«, sagte ich.

Ich gab ihren Namen in Google ein. Abgesehen von ihrem Insta-Profil mit Avatar und einem Zeitungsbericht über eine zwei Jahre alte Veranstaltung über Rassismus ohne Foto fand ich nur auf der Webseite von Welle 1 eine Seite, wo die Volos des Jahres 2019 alle einzeln mit Bild vorgestellt wurden, auch Kamila. Das hatte es weder davor noch danach gegeben. »Scheiße!«

Adolfine stand auf, um auf meinen Bildschirm zu gucken. »Wer denkt auch gleich, dass sie Zielscheibe von Hatespeach wird?«

»Wie kriegt man das weg? Wer ist dafür zuständig?«

»Wahrscheinlich die Online-Redaktion.«

Ehe ich mich auf den langen Weg durchs Labyrinth der Zuständigkeiten machte, rief ich Kamila an, die in der LaPo an einem Schreibtisch saß, und riet ihr, ihren Instagram-Account offline zu schalten. Sie war erschrocken, aber nicht überrascht. Dass sie selbst ebenso Hassobjekt werden würde wie der Innenminister, nur von anderer Seite, hatten wir beide im Vorfeld nicht bedacht. Schon gar nicht, dass sie sich darauf einstellen musste, direkte Morddrohungen bei der Polizei anzuzeigen. Sie versprach, sich um ihre Accounts zu kümmern. Adresse und Handynummer hatte sie nie öffentlich geschaltet.

Im Intranet des Senders fand ich nur einzelne Online-Redaktionen für verschiedene Magazine wie Aktuell, Wissen oder Heimat und als presserechtlich Verantwortlichen fürs Ganze den Intendanten, aber keine Online-Redaktion für Öffentlichkeitsarbeit. Die Abteilung Kommunikation schien eher für Presseanfragen zuständig zu sein. Transparenz geht anders.

»Ich war mal in der IT-Abteilung«, erinnerte sich der nervöse Enrique plötzlich. »Die ist im Gebäudeteil N im ersten oder zweiten Untergeschoss. Man muss durch den Tunnel gehen. Die wissen sicher, wer für diese Inhalte zuständig ist.«

»Sicher nicht!«, meinte Farah. »Warum sollen die das wissen? Die programmieren doch nur.«

»Geh doch einfach hin und stell dich doof«, schlug Adolfine vor.

Der Gebäudeteil N war ein freistehendes Bürohaus jenseits der Straße hinter dem eleganten Hauptgebäude. Man kam dorthin durch einen Tunnel, dessen Eingang irgendwo im ersten Untergeschoss W lag. Bei den Hörspielstudios.

Ich folgte den Schildern zu »Studio 1« und Studio 2« und stieß auf rote Türen – immer ein Zeichen für Aufnahmetechnik –, an denen rote Leuchtkästen mit dem Schriftzug »Bitte Ruhe! Aufnahme« glühten. Die Tür zur Regie stand offen, am Schaltpult saß ein älterer Mann mit Kopfhörern auf den Ohren. Durch die eine von zwei Scheiben sah ich in einen riesigen Studioraum mit schallschluckender Wandverkleidung, einem frei herumstehenden Türrahmen mit Tür, Bodenflächen aus Kies, Linoleum oder Steinplatten und einer sinnlosen Treppe. Daneben befand sich ein kleines Studio, ebenfalls mit schallschluckender Wandverkleidung, in dem ein sechseckiger Tisch mit Mikrofonen stand.

Mit Lissy Bodenlos unterwegs im Funkhaus – Das Hörspielstudio
Autorin: Lissy Bodenlos
Regie: Axel Trix
Jingle
Sprecher: Das Hörspielstudio. Mit Lissy Bodenlos.
Jingle ausblenden
Bodenlos: Guten Abend. Haben Sie sich auch schon mal gefragt: Wie sieht ein Hörspielstudio aus? Und kann man im Studio die Welt hörbar machen? Klaus Vorbeck, Toningenieur, entführt uns in einen besonderen Kosmos.
Geräusch: Einmal Händeklatschen
Toningenieur: Klappe. Ja, wir sind hier im schalltoten Raum, das ist ein reflexionsarmer Raum. Und das ist sozusagen der wichtigste Raum. Hier kann man Stimmen ohne Hall aufnehmen. Und für alles, was auf einer Straße stattfindet, haben wir verschiedene

Böden. Hier haben wir den Kies. Damit kann man die Schauspieler beim Sprechen – da stellt man auch ein paar Mikrofone vor die Füße – so tun lassen, als würden sie einen Weg langgehen.

Geräusch: Schritte auf Kies

Toningenieur: Ja, die schalltoten Studios werden immer wichtiger, weil man die Stimmen später digital in andere Räume verlegen kann, zum Beispiel Hall drauflegen kann.

Toneffekt: Hall auf seine Stimme

Toningenieur: Man muss nicht vorher überlegen, spielt die Szene in einem Auto oder in einem Raum oder draußen im Wald? Ist es ein Telefongespräch? Man legt hinterher einen Telefonfilter drauf. Durch die Computertechnik ist es möglich, diesen Raum wie einen Greenscreen zu benutzen und die anderen Räume später akustisch zu gestalten.

Geräusch: Mischung von Schritten auf Kiesweg, leisen Stimmen, Wald, Musik

Toningenieur: Mischung heißt Musik, Sprache und Geräusche zusammenzubringen und die Räumlichkeiten hörbar zu machen. Alle Elemente müssen zusammenkommen und das Hörspiel in eine Schwingung bringen.

Einspielung: Kurzer Hörspieldialog mit Versprecher

Toningenieur: Ja, man kann auch schneiden. Man kann innerhalb eines Wortes schneiden, und es gibt sogar so Experten, die Buchstaben verkürzen. Sie können also ein langes ooooo zu einem o machen oder so. Jaja, das geht alles.

Bodenlos: Neugierig geworden? Sie können Gruppenführungen durch unser schönes Funkhaus buchen. Dabei wird Ihnen auch das Hörspielstudio gezeigt.

In dem großen Studio standen zwei Männer an einer kleinen Ziegelwand, die sie gerade aufgebaut hatten. Einer von ihnen gab ihr einen Schubs und die Ziegel fielen – für mich unhörbar – auf den Steinboden. Der Toningenieur an den Reglern hob den Daumen, drückte den Gegensprechknopf und sagte: »Passt. Gestorben.«

Die Leute im Studio freuten sich. Der Toningenieur bemerkte mich und zog den Kopfhörer runter.

»Pardon. Ich suche den Eingang zum Tunnel.«

»Und ich dachte schon, Sie seien eine der Schauspielerinnen. Dann wären Sie zu früh.«

»Nee, ich komme nur zufällig vorbei. Ich dachte immer, die Geräusche kommen heute alle aus der Konserve.«

»Ja, bei vielen ist das auch so. Aber die umstürzende Ziegelwand habe ich nicht in der Datenbank. Zum Tunnel geht es da lang und dann links und dann rechts. Den Schildern folgen.«

Jetzt sah ich auch das weiße Schild mit dem Pfeil, auf dem »Zu Gebäude N« stand. Der Gang endete an einer grauen Eisentür. Daneben eine Klingel und ein Lesegerät für meinen Dienstausweis. Der funktionierte, die Tür knackte und ließ sich öffnen. Der Tunnel roch nach abgestandener Luft, hatte einen hellgrauen Boden, weiße Wände und eine weiße Decke. Sein Ende sah ich nicht, er knickte ab. Ich verlor sofort das Gefühl für Unten und Oben und tappte durch eine andere Dimension. Eine Nische mit Feuermelder gab meinem Auge einen kleinen Halt, dann ein Kaffeefleck auf dem Boden. Die Tür am anderen Ende verlangte erneut meinen Ausweis und entließ mich in eine Kunstlicht-Keller-Architektur mit verschlossenen Brandschutztüren, gelben Dreiecken, die vor Elektrizität warnten, und Entlüftungsrohren unter der Decke. Nach einer Weile verrieten Toilettentüren, dass ich wieder im von Menschen bewohnten Bürobereich angekommen war. Auf den Türschildern standen Namen unter den Raumnummern und dem Kürzel IT.

Ich klopfte, trat ein und stand im Maschinenraum der EDV, einem ungeahnt weitläufigen, aber fensterlosen Großraumbüro mit Tischgruppen, an denen jeweils zu viert einander gegenüber Leute in Hoodies, T-Shirts und Pullovern hinter Bildschirmen saßen. Die Klimaanlage temperierte den Raum auf eine sachliche Arbeitskühle. Niemand hob auch nur den Kopf. Die Hälfte der Plätze war leer, wenn auch markiert mit persönlichen Gegenständen wie Figürchen, Lesebrillen, kleinen Pflanzentöpfen, ergonomischen Mäusen oder gerahmten Fotos. Die waren im Homeoffice.

»Hallo«, sagte ich.

Eine Frau blickte schließlich auf.

Ich sagte: »Ich weiß, dass ich verkehrt bin, aber es eilt, und das Intranet hat mir nicht weitergeholfen. Ich suche diejenigen, die für die Seite über die Volos verantwortlich sind.«

»Da bist du wirklich falsch. Das Contentmanagement sitzt im Verwaltungsgebäude W 3.«

Das war mal eine klare Auskunft. Wahrscheinlich hätte ich im Intranet mit dem Begriff »Contentmanagement« suchen müssen. Ich entschuldigte mich für die Störung und stromerte durch die Gänge zurück zum Tunnel, tappte durch die Zeit- und Raumkrümmung, öffnete mir mit dem Ausweis die Rückkehr zum Hörspielstudiobereich und fand die Fahrstühle wieder, fuhr ins Erdgeschoss, durchwanderte das Foyer an der Pforte mit den Exponaten zur Rundfunkgeschichte und den stumm kaspernden Bildschirmen und fuhr im Gebäude W mit dem Fahrstuhl in den dritten Stock.

Hier herrschte Echtlicht, das durch das Fenster am Ende des Gangs hereinflutete, es gab eine offene Kaffeeküche mit Sitzecke, die Türen waren aus Glas und erlaubten den Blick in die Büros, in denen Leute an Tischen saßen. Eine Tür stand offen. Durch die trat ich ein. Eine ältere Frau in Ringelsweater und ein etwas jüngerer Mann mit Regenbogenflagge auf dem T-Shirt saßen an den Computern und blickten mich an.

Ich sagte meinen Spruch auf: »Entschuldigt, ich suche nach denjenigen, die für den Content über die Volos 2019 verantwortlich sind.«

»Wieso?«, fragte der Mann.

»Die Seite müsste sofort offline gestellt werden.«

»Warum?«, fragte die geringelte Frau.

»Weil sie ein Foto von Kamila Mehari zeigt, die gerade Ziel von Hassbotschaften wird.«

»Tatsächlich, wieso denn?«, fragte der Regenbogenmann.

»Weil sie einen Beitrag gebracht hat, der Innenminister Keller in Bedrängnis bringt. Vielleicht habt ihr es ja in den Nachrichten gehört.«

Das hatten sie offensichtlich nicht.

»Eine erste rassistische Morddrohung gibt es schon.«

In der offenen Tür zum Nachbarbüro erschien eine dünne junge Frau mit einem vollen Teeglas in der Hand. Sie lehnte sich an den Türrahmen, hob das Glas zum Mund und süffelte einen Schluck.

»Ich habe vorhin Kamila Mehari gegoogelt«, argumentierte ich weiter, »sie selber hat keine Selfies auf Instagram oder Facebook veröffentlicht. Mit einer Googlesuche landet man aber gleich auf unserer Voloseite mit Foto. Ich glaube, es würde helfen, wenn man sie für ein paar Tage offline stellt.«

»Wir können aber nicht einfach so Inhalte offline stellen«, sagte die geringelte Frau, »nur weil jemand hier hereinschneit, den wir gar nicht kennen.«

»Entschuldigung, ich habe in der Eile vergessen mich vorzustellen. Mein Name ist Lisa Nerz. Ich arbeite wie Kamila auch in der Newsredaktion Hörfunk. Ich hoffe, der Sender kann sie vor allzu persönlichen Angriffen schützen.«

Die Frau mit dem Teeglas stieß sich von dem Rahmen ab, drehte sich um und verschwand wieder in ihrem Nachbarbüro.

»Das verstehe ich ja«, antwortete die geringelte Frau. »Aber wir hier können das nicht entscheiden. Das muss auf Abteilungsleitungsebene entschieden werden.«

»Aber es eilt. Könntet ihr nicht vielleicht doch gleich was machen?«

»Ich wüsste nicht, wie. Am besten du wendest dich an deine Abteilungsleitung.«

»Wer merkt es denn, wenn unsere Voloseite von vor vier Jahren mal eine Woche lang nicht erreichbar ist?«

Sie zog eine Schulter hoch und log: »Tut mir leid. Ich habe auch gar keinen Zugang zu dieser Seite.«

Okay. Danken, umdrehen, gehen. Was hätte ich an ihrer Stelle getan? Was war in ihrem Leben passiert, dass sie in der Online-Abteilung eines Funkhauses gelandet war, weit weg von den aufregenden Mikros und Livesendungen? Wahrscheinlich hatte auch sie einst als Volontärin angefangen und vor sich eine Rundfunkkarriere als Reporterin, Auslandskorrespondentin, Talkmasterin oder Morning-Show-Moderatorin gesehen. Und jetzt saß sie im Verwaltungsgebäude und promotete die Welle 1 mit den Inhalten anderer im Netz. Hatte sie nach einem Burnout eine ruhige Abteilung gesucht, hatte man sie wegen Unverträglichkeit aus ihrer Redaktion wegbefördert, war sie gescheitert? Und dann flatterte ich herein, umweht vom Abenteuer einer gefährlichen Recherche, und verlangte Schutz für eine Kollegin auf der ersten Stufe zum Ruhm. Hätte ich an ihrer Stelle auch bockig nein gesagt?

Ich hatte noch keine zehn Schritte gemacht, da hörte ich hinter mir leise Sohlen und einen flüsternden Ruf. »Hallo, warte mal kurz!«

Ich drehte mich um. Die schlanke Frau mit dem Teeglas, jetzt ohne, war mir hinterhergelaufen. Sie schaute sich um, bevor sie mir zuraunte: »Ich habe die Seite gelöscht. Und zwar endgültig. Die kann auch niemand wiederherstellen.«

»Danke. Du bist ein Schatz!«

Ein Lächeln erhellte ihr Gesicht. »Gern geschehen. Vielleicht sehen wir uns mal in der Kantine.«

»Bestimmt. Noch mal danke. Aber jetzt muss ich leider weiter.«

Ich ließ eine strahlende Person im Gang zurück – helfen ist halt viel schöner als geholfen kriegen – und begab mich nach einem Zigarettenzwischenstopp draußen vor der Pforte zurück in die Nachrichtenredaktion.

Und schon war es Zeit, zur nächsten Programmkonferenz an den Desk zu wandern. Philine stand schon da und grüßte mich, auch Ochs war gekommen, einige Fernsehleute waren da, die ich in der Vormittagsschalte gesehen hatte. Es waren überhaupt ziemlich viele gekommen, die um den Desk herum keinen Platz fanden und zwischen den Arbeitstischen des Großraumbüros standen. Als Kamila an der Seite der eleganten Stefanie von der LaPo kam, gab es spontanen Applaus. Kamila lächelte verschwitzt.

Der CvD mit dem mächtigen Schnauzbart eröffnete die Konferenz und fragte in Richtung von Kamila und Stefanie: »Was gibt es Neues?«

»Wir haben …«, begann Stefanie, unterbrach sich aber und schaute Kamila an.

»Genau«, sagte Kamila. »Uns hat vorhin ein Bürger angerufen. Er hat erzählt, dass er gestern Nacht beim Gassigehen an einem Grillplatz am Traumsee den Innenminister dabei beobachtet haben will, wie er eine sperrige Mülltüte in eine Mülltonne gestopft hat.«

Gelächter flackerte rund um den Tisch auf. »Wie blöd kann man sein! Das übersteht der nicht.«

»Er hat es offenbar richtig mit der Angst bekommen«, bemerkte Stefanie.

Und einer vom Fernsehen sagte: »Wir haben umgehend ein Filmteam rausgeschickt. Das soll in der Mülltonne wühlen und die Sachen herbringen, wenn sie das sind, was wir vermuten. Hoffen wir, dass die Müllabfuhr noch nicht dort war.«

»Aber«, sagte der CvD, »wir dürfen nicht schon heute all unser Pulver verschießen. Immer alles hübsch nacheinander und wohldosiert. Damit gehen wir morgen in den Frühsendungen raus.«

»Aber wenn der aufmerksame Bürger es nachher selber auf Facebook postet, sehen wir alt aus«, bemerkte Stefanie.

»Nein«, antwortete der Schnauzer. »Denn wir werden dann die Beweise präsentieren und den Fund bestätigen.«

Die Leute nickten. Dann gab es noch andere Themen, die man in überraschender Einmütigkeit besprach, bevor alle wieder in ihre Redaktionen zurückkehrten. Ich zwinkerte Kamila zu, sie lächelte kurz zurück. Dann ging sie an Stefanies Seite fort.

Damit war mein heutiger Dienst zu Ende. Ich konnte nach einem Umweg über die Nachrichtenredaktion die Anstalt verlassen und mich mit Anna Malynkas Telefon in der Tasche auf den Weg zur Polizei machen.

In der SMS, die mir Hauptkommissar Friedrich Wunderlich gestern geschickt hatte, stand: »Polizeidirektion, Moskauer Straße 28, Dezernat 1, Brand-, Sprengstoff- und Waffendelikte, 16:30 Uhr. Bitte an der Pforte melden.«

Die Polizeidirektion war in einem dieser an Obrigkeitshörigkeit erinnernden blockumspannenden Gebäude mit Fassadensäulen, Fenstergiebeln und klassizistischem Dachgesims untergebracht, von denen es so viele in dieser Stadt gab. An seiner Langseite brausten Autos auf einer vierspurigen Straße entlang. Die Moskauer Straße war eine kopfsteingepflasterte Seitengasse mit vielen Parkplätzen und zwei E-Ladesäulen, aber nur vier Fahrradbügeln, die vollgestellt waren. Ich suchte für Sandras violette Veronika wieder mal einen Schildermast zum Anschließen.

In die Polizeidirektion konnte ich genauso wenig einfach hineinspazieren, um mich auf eigene Faust in den Gängen auf die Suche nach dem Dezernat zu machen, wie in eine einfache Polizeistation. Ich musste klingeln. Die Milchglastür sprang nach einem kurzen Summen auf, und ich trat in eine Eingangsschleuse mit Tür am gegenüberliegenden Ende. Seitlich saß hinter Panzerglas ein Uniformierter, mit dem ich mich nur über die Gegensprechanlage unterhalten konnte. Wir sagten beide höflich »Guten Tag« und ich fügte an: »Ich habe einen Termin mit Hauptkommissar Friedrich Wunderlich.«

»Der hat schon Dienstschluss«, erklärte der Beamte hinter der Scheibe.

»Ich soll aber bei ihm eine Zeuginnenaussage machen.« Ich hielt mein Telefondisplay mit der SMS, die mir der Kommissar gestern geschickt hatte, an die Scheibe, und der Uniformierte griff zum Tischtelefon. Was er sagte, konnte ich nicht hören.

Als ich das Telefondisplay wieder mir zudrehte, sah ich die

Meldung eines entgangenen Anrufs von Richard. Zurückrufen ging jetzt nicht.

Der Beamte teilte mir über die Gegensprechanlage mit, es komme gleich jemand. An der Wand hinter mir stand eine Holzbank mit welligem Lack über tiefen Kratzern, auf die ich mich setzte. Der Beamte hinter der Scheibe tat so, als würde ich nicht zwangsläufig jeder seiner Tätigkeiten zuschauen müssen, telefonierte wieder und richtete dann seine Augen auf den Bildschirm, der mir die Rückseite zukehrte.

Ich textete an Richard. »Du hast angerufen? Bin gerade bei der Polizei, melde mich danach.«

Facebook und die Nachrichtenportale konnte ich dann auch noch kurz checken. Unter den Meldungen zum Fall des Innenministers Keller drohten die Hasserfüllten einander Tod und Teufel an. Für die Denkpause zwischen Reiz und Reaktion gab es keine Zeit mehr, seit man kein Papier mehr in eine Schreibmaschine ziehen und keinen Brief mehr frankieren musste. Und auch damals war die Zeit schon zu kurz gewesen, um die Viertelstunde zu überwinden, die es dauerte, bis der Körper die so schnell hochlodernde Wut wieder abgebaut hatte, und viele böse Briefe waren abgeschickt worden.

Im Augenwinkel sah ich einen jungen Mann in Uniform sich von der anderen Seite der Glastür nähern. Er tat etwas, damit sie sich öffnete.

»Frau Nerz?«

Das war ich. Er führte mich in ein kleines Foyer mit ein paar Vitrinen voll alter Handschellen, Schlagstöcke und Pickelhauben. Zum Fahrstuhl waren es nur ein paar Schritte. Auf einer Tafel an der Wand waren die Dezernate aufgelistet, verteilt auf fünf Stockwerke. Wirtschaft und Vermögen (5 Kommissariate), Jugend, Rauschgift, Eigentum (6 Kommissariate), Zentrale Aufgaben (4 Kommissariate) und das Dezernat 1 für höchstpersönliche Rechtsgüter (3 Kommissariate), das im dritten Stock Straftaten gegen das Leben, vermisste Personen, unbekannte Tote, Brand- und Sprengstoffanschläge – da musste ich hin –

und Sexual- und Amtsdelikte abarbeitete. Fahrstuhl und Gänge sahen nicht so alt aus wie das Gebäude von außen, waren aber auch nicht aus diesem Jahrhundert: weiße Wände, graue Böden, dunkelgraue Türrahmen, mittelgraue Bürotische mit Stahlbeinen, graue Aktenschränke, hier und dort eine Grünpflanze in den Büros, in die ich im Vorbeigehen hineingucken konnte, so Neunzigerjahre das alles.

»Der Fall ist ja aufgeklärt«, sagte der junge Polizist. »Die Kollegen müssen nur noch dementsprechend die Verfahrensakte abschließen. Hier lang.«

Er führte mich in ein Büro, wo am Computer ein älterer Polizist in Zivilkleidung saß, Hauptkommissar Geldermann. Wir gaben uns die Hand, der junge Uniformierte verschwand, ich durfte mich auf die andere Seite des Tisches setzen und fühlte mich beschuldigt.

»Frau Nerz«, sagte Geldermann, »schön, dass Sie es heute möglich machen konnten. Wir wollen die Verfahrensakte zügig abschließen. Ich muss Ihnen zunächst sagen, dass ich Sie zu den Ereignissen am vergangenen Montagabend in der Granitstraße 3 befragen werde. Sie haben gegenüber den Kollegen vor Ort erklärt, dass Ihnen unter einem Fahrzeug im Innenhof ein verdächtiger Gegenstand aufgefallen ist und Sie daraufhin die 110 gewählt haben. Sie sind für mich dementsprechend ein Zeuge.«

»Zeugin. Ich bin eine Zeugin.«

»Ah, Sie nehmen es ganz genau. Ich bin zunächst dazu verpflichtet, Sie zu belehren.«

Ich nickte.

»Ich muss Sie darüber aufklären, dass Sie keine Angaben zur Sache machen müssen, wenn Sie mit einem Beschuldigten verwandt oder verschwägert sind. Weiterhin können Sie die Antwort auf solche Fragen verweigern, deren Beantwortung Sie selbst oder einen nahen Angehörigen in die Gefahr bringen würde, wegen einer Straftat oder Ordnungswidrigkeit verfolgt zu werden.«

»Ja.«

»Wenn Sie Angaben zur Sache machen können, sind Sie gehalten, die Wahrheit zu sagen, andernfalls könnten Sie sich gegebenenfalls strafbar machen. Haben Sie die Belehrung verstanden?«

»Ja.«

»Ich gehe davon aus, dass Sie Angaben zur Sache machen wollen, aber auch das muss ich Sie fragen.« Sein Lachen sollte entkrampfend klingen, hörte sich aber polizeistreng an. »Wollen Sie Angaben zur Sache machen?«

»Ja, deshalb bin ich hier.«

Mein Telefon brummelte in der Tasche. Vermutlich eine Textnachricht von Richard, aber nachgucken ging jetzt nicht, denn nun begann das große Ringen um das Protokoll, das Kommissar Geldermann mit zwei Fingern in die Tastatur stocherte. Zum Lesen auf dem Bildschirm musste er den Kopf in den Nacken legen, um den Text im unteren Teil seiner Gleitsichtbrille scharf zu kriegen. Was ich in der Granitstraße gemacht hätte, wollte er zunächst wissen und drechselte daraus: »Auf dem Weg zu Fuß zur Granitstraße 23, wo die Zeugin vorübergehend in Räumlichkeiten einer sich im Ausland befindlichen Kollegin wohnhaft ist ...«

»War«, unterbrach ich ihn. »Ich musste nach dem Einbruch raus, weil ich da nicht mehr schlafen konnte. Ich war auf dem Weg zur Wohnung, weil ich etwas aufräumen wollte.«

Der Kommissar löschte und tippte. »... war, passierte Frau Nerz am Montag, dem 28. August 2023 gegen 22:05 Uhr die Einfahrt zum Innenhof des Gebäudes in der Granitstraße 3, als sie eine Katze ...« Er klickte noch mal zurück: »... eine augenscheinlich verletzte Katze bemerkte, die in besagten Innenhof strebte. In der Absicht, den Verletzungsgrad der Katze festzustellen, begab sich Frau Nerz in den Innenhof und bemerkte unterhalb der linksseitigen Fahrertür des dort parkierten Pkw Mercedes SUV ...« Er schaute mich an.

»Ja, äh, da war ein rotes Aufleuchten, ganz kurz. Ich dachte, es seien die Augen der Katze.«

»Katzenaugen leuchten nicht rot im Dunkeln, sondern gelb.«

»Ah, so. Ich dachte es halt. Als ich näher ranging, sah ich …«

Kommissar Geldermann wandte sich wieder seinem Aufsatz zu und stocherte: »… einen roten Lichtblitz …«

»Eher einen Punkt. Es könnte auch nur die Reflexion von einem Rücklicht auf der Straße im Autolack gewesen sein.«

»… einen undefinierbaren Lichtpunkt, den sie zunächst fälschlicherweise für das Auge besagter Katze hielt. Im Näherkommen erkannte sie jedoch …«

»Erkannt habe ich eigentlich nichts. Ich habe nur eine Art Dose unter dem Wagen hängen gesehen. Und einen Sprengsatz hatte ich mir bisher eigentlich als länglichen schwarzen Kasten vorgestellt, wie man die in Fernsehkrimis sieht.«

»Aber der Gegenstand kam Ihnen verdächtig vor? Sonst hätten Sie doch wohl nicht den Polizeinotruf gewählt.« Er blickte mich an.

»Ja, als ich den Hof verließ, habe ich mich gefragt, was das wohl sein könnte. Und ich dachte, vielleicht ist es besser, wenn die Polizei sich das anschaut.«

Er blickte wieder auf den Bildschirm und tippte: »… erkannte sie einen verdächtig aussehenden Gegenstand, was sie dazu veranlasste …«

Ich gab es auf. Er war entschlossen, aus meinen Schwindeleien, Erinnerungslücken und faserigen Vermutungen eine in sich widerspruchsfreie Polizeiprosa zu machen, die ich am Schluss unterschrieb.

Als das erledigt war, sagte ich: »Und jetzt sollte ich noch mit Ihren Kollegen sprechen, die im Mordfall Anna Malynka ermitteln. Ich habe auch dort eine Zeuginnenaussage zu machen.«

Kommissar Geldermann schien nicht überrascht. »Ja, Frau Nerz. Gut, dass Sie das ansprechen. Die Herren erwarten Sie schon.«

Wie bitte?

»Einen Moment.« Er griff zum Tischtelefon und sagte in die Muschel: »Wir sind hier fertig.« Dann stand er auf. »Ich bringe Sie zu den Kollegen. Wenn Sie bitte einmal mitkommen wollen.«

Ich fühlte mich abgeführt. Auf dem kurzen Weg den Gang entlang um die Ecke in den nächsten Gebäudeflügel rödelten meine Neuronen. Hatte sich Tatjana mit der Polizei in Verbindung gesetzt? Aber das hätte sie mir doch mitgeteilt, oder? Es sei denn, man hatte sie gleich festgenommen. Aber wieso? Und was sagte ich jetzt? Was wussten sie schon? Für mich standen die Tatvorwürfe Einbruch, Diebstahl und Unterdrückung von Beweismitteln im Raum.

Kommissar Geldermann klopfte an eine Tür, öffnete sie und entließ mich in ein großes Büro mit einem Konferenztisch für zehn Personen. Zwei Herren saßen dort und drehten die Köpfe. Einer von beiden trug einen cognacfarbenen Dreiteiler und blickte mich mit asymmetrischen Augen an. In seinen Mundwinkeln zuckte ein winziges Lächeln, nur so für unter uns.

Ich rief nicht: »Richard, was machst du denn hier?« Ich hielt die Klappe. Womöglich kannten wir uns gerade nicht. Bereitwillig switchte mein Hirn von der Realität, die gerade undeutlich und unberechenbar war, zu einem Film. Irgendeinem mit Geheimmissionen, brutaler Polizei und fiesen Verhören, in dem ich mein Leben nur retten konnte, wenn ich ausgeklügelt log.

Der andere war ein sportlicher, aber stämmiger Typ in kariertem Hemd mit sehr kurzem Haar, das seine Farbe nicht mehr verriet, glattem Gesicht und kantiger Brille. Er stand auf, streckte mir die Hand hin und sagte: »Guten Abend, Frau Nerz. Ich bin Volker Seidenkopf, Leitender Ermittler im Tötungsdelikt Malynka.«

»Freut mich.« Wir schüttelten die Hände.

»Diesen Herrn brauche ich Ihnen ja nicht vorzustellen«, fuhr er fort und schaute zu Richard hinüber, der ebenfalls aufgestanden war und sich über das amüsierte, was ich gerade überhaupt nicht lustig fand. Immerhin erklärte sich mir jetzt, warum Kommissar Geldermann gesagt hatte, die Herren warteten schon auf mich. Ich hatte Richard gestern mitgeteilt, dass ich heute um halb fünf meinen Termin im Präsidium hatte und das Telefon mitbringen würde. Offenbar hatte er sich heute Vormittag in Stuttgart ins

Auto gesetzt und war herbeigeeilt, um den Kommissar auf das absurde Nerz'sche Theater vorzubereiten.

»Ich hatte sowieso hier in der Gegend zu tun«, behauptete er. »Amtshilfe in einer Wirtschaftsstrafsache. Und da ich wusste, dass du heute in der Polizeidirektion sein würdest, dachte ich, ich sage dem EHK auch mal guten Tag.«

Nur, was hatte er dem Eierkopf, äh, Seidenkopf erzählt?

»Setzen wir uns doch«, eröffnete der Hauptkommissar die Vorstellung. »Frau Nerz, Sie sind ja gewissermaßen schon eine Berühmtheit hier im Haus. Gerade mal eine Woche in unserer schönen Stadt und schon aktenkundig wegen eines Einbruchs, der bei Ihnen begangen wurde, und als aufmerksame Bürgerin, die einen mutmaßlich folgenschweren Sprengstoffanschlag verhindert hat.«

»Nicht zu vergessen«, plapperte ich, »das Bußgeld, das ich wegen eines defekten Rücklichts am Fahrrad zahlen musste.«

»Oh, tatsächlich?«

»Ja, morgens Viertel vor vier. Ich war auf dem Weg zur Frühschicht.«

»Solche Dinge passieren immer, wenn man es gar nicht brauchen kann.« Er räusperte sich. »Übrigens, das wird Sie interessieren, der Einbruch in Ihrer Wohnung ist so gut wie aufgeklärt. Der Beschuldigte wurde am Sonntag auf frischer Tat ertappt. Ein Abgleich der Werkzeugspuren mit dem Abdruck von Ihrer Tür legt den Verdacht nahe, dass er auch bei Ihnen eingebrochen ist. Geständig ist er nicht, aber einschlägig vorbestraft.«

»Da kann ich nur gratulieren.«

»Danke. Und nun sind Sie in den Besitz des Mobiltelefons von Anna Malynka gekommen.« Ein Lächeln schob sein rundes Gesicht in die Breite. »Damit Sie sich nicht wundern, woher ich das weiß: Dr. Weber war so freundlich, Ihren Besuch bei uns im Kommissariat anzukündigen. Andernfalls hätte ich mich womöglich schon im Feierabend befunden.«

»Ja, ich hätte vielleicht vorher anrufen sollen«, sagte ich höflich schuldbewusst. »Leider habe ich nicht nachgedacht.«

»Wir sind alle nur Menschen.« Er guckte mich erwartungsvoll an.

»Ach so ja, hier ist es.« Ich holte Annas Telefon in der Papiertüte aus meiner Moon und legte es auf den Tisch. Der Kommissar fasste es nicht an, stand auf, holte aus seinem Schreibtisch einen Spurensicherungsbeutel, steckte das Handy samt Papiertüte hinein, legte es auf seinem Schreibtisch ab und kehrte an den Tisch zurück.

»Wir sitzen hier ja nur informell beisammen«, nahm er das Gespräch wieder auf. »Was gegebenenfalls erwähnt wird, kann dementsprechend keine juristischen Folgen zeitigen. Herr Dr. Weber hat angedeutet, dass Sie in einer anderen Sache Untersuchungen angestellt haben, die ja, wie ich höre, auch bereits zu einer Festnahme geführt haben.«

Und was hatte er noch so angedeutet? Wahrscheinlich stand es in der Textnachricht, die ich nicht hatte anschauen können. Ich durfte jedoch davon ausgehen, dass er mich raushaute, falls ich mich um Kopf und Kragen redete, und entspannte mich. Kein Film, kein Theater, sondern die Wahrheit und nichts als die Wahrheit. Die ganze Geschichte.

 Als die Sonne im Westen den Horizont berührte, surrten wir auf der Autobahn gen Stuttgart, Richard zufrieden am Lenker, ich verwirrt neben ihm. Ich hatte alle Textnachrichten abgeschickt und alle Telefonate erledigt. Seit einer Weile schon hatten wir aufgehört zu reden.

Er hatte ja recht. Wozu hätte ich noch länger bleiben sollen? Mein Auftrag war erledigt. Kamila war auf ihrem Weg in die Zukunft, ob einem guten oder schlechten, wer wusste das schon. Vielleicht sah ich sie eines Tages eine Bundeskanzlerin interviewen oder mit dem blauen Mikro in der Hand in einer schusssicheren Weste aus einem Kriegsgebiet berichten. Davon produzierten die Männer dieser Welt genug für viele Karrieren.

Dass Annas Tod eine Beziehungstat gewesen war, erfuhr ich später in Stuttgart genauso schnell, wie ich es in der Stadt erfahren hätte, die ich vor zwei Stunden verlassen hatte. Aufgrund der Erkenntnisse aus den Chatverläufen auf Annas Telefon verhafteten sie zwei Tage später Yegor als dringend tatverdächtig. Er legte ein Geständnis ab, erleichtert, dass er mit der Tat nicht mehr alleine fertigwerden musste und die Justiz Ordnung in sein verzerrtes Leben brachte.

Er hatte Anna haben wollen. Es hatte ihn erbittert, dass sie ihn zurückwies. Er hatte sich gezwungen gefühlt, ihr zu folgen, sie zu beobachten. Er hatte erfahren, dass Anna in wenigen Tagen in die Ukraine verschwinden würde. Er hatte an jenem Abend einen Freund zu ihr und Tatjana an den Tisch geschickt, der sie weglocken und zu ihm bringen sollte. Als Tatjana drinnen zahlte, hatte er Anna vom Tisch weggeholt, weggezerrt. Er habe mit ihr reden müssen, gab er zu Protokoll. Anna hatte das nicht als nette Einladung zum Reden verstanden. Sie habe angefangen zu schreien, sagte Yegor aus, sie habe um sich geschlagen, sie habe versucht, sich loszureißen. Er habe sie beruhigen wollen. Warum er dazu ein Messer in die Hand nahm, konnte er nicht schlüssig erklären. Schließlich sei Anna über das Brückengeländer gefallen. Die ganze Wahrheit war das nicht, aber irgendwas von Wahrheit. Was wirklich geschehen war und warum, ließ sich nicht mehr rekonstruieren. Denn es gab nur noch Yegors Erinnerung und seine Suche nach Selbstentschuldigung.

»Mein Wagen steht da drüben«, hatte Richard gesagt, als wir in den Abend hinaus auf die Moskauer Straße traten und uns Zigaretten anzündeten. Sein Auto mit dem Stuttgarter Kennzeichen hätte mir eigentlich an der Ladesäule auffallen müssen, als ich vorhin kam. Aber dunkle E-Limousinen fallen nicht sonderlich auf, und ich hatte nur nach einer Abstellmöglichkeit für Veronika gesucht.

»Und mein Fahrrad steht dort«, hatte ich geantwortet. »Was hast du jetzt vor?«

»In vier Stunden wären wir in Stuttgart.«

»Du meinst? Jetzt? Gleich? Ähm.«

»Du hast doch hier nichts mehr zu tun, Lisa, oder?«

»Nein, nicht wirklich.«

Aber ich konnte doch nicht einfach so abhauen. Sang- und klanglos, verschwunden wie gekommen. Mit allen losen Enden. Ohne Abschied von Kamila, oder von Dieder, mit dex ich vielleicht gern noch eine kleine Affäre angefangen hätte, oder von der feuerroten Adolfine, von deren Krimi *Blutrausch* ich keine Zeile gelesen hatte, von der schmalen Judith, dem tätowierten Milan, dem nervösen Enrique, der geschminkten Farah, der sportlichen Kerstin. Und in der Redaktion musste ich unbedingt schleunigst Bescheid sagen, damit sie für meinen Tagesdienst morgen einen Ersatz suchten. Sie würden sich nicht freuen. Sie würden mich für unzuverlässig halten, für flüchtig und egoistisch. Andererseits, um ein geschätztes Mitglied im Team zu werden, war die Zeit sowieso zu kurz gewesen. Für Freundschaften allemal. Sie hatten ihr eigenes, mir fremdes Leben und Streben, ihre eingespielten Streitereien und Neidereien. Ohnehin war ein Kollegium so schicksalhaft wie eine Familie, in der sich die Mitglieder zerfleischten und aus der man sich deshalb stets emanzipieren musste. Wenn ich länger geblieben wäre, hätten sie sich womöglich auf mich eingeschossen, weil ich störte, sich gegen mich verbündet, mich ausgegrenzt, genau wie die besserwisserische und anerkennungssüchtige Tatjana, die aufgrund des öffentlichen Vorwurfs gegen ihren Chef wegen sexueller Übergriffigkeit alles verloren hatte – erst den Posten, dann die Selbstgewissheit, dann die Kraft, dann den Verstand –, weil frau immer alles verliert, wenn sie sich mit dem Patriarchat anlegt, und die sich nun als Ausgestoßene völlig neu orientieren musste, vielleicht in Richtung Presseabteilung von Ärzte ohne Grenzen oder Greenpeace oder einer anderen NGO.

»Das mit festen Arbeitszeiten ist ja auch nicht so deins«, legte Richard nach.

Aber ich musste doch Anneliese Unterwasser noch erledigen! Andererseits war der richtige Zeitpunkt dafür noch nicht gekommen. Erst gut ein Jahr später, nach den Landtagswahlen, bei denen die Rettung Deutschlands drittstärkste Kraft geworden war und die realistische Chance bestand, dass sie in eine rechtskonservative Regierungskoalition geholt wurde, veröffentlichte Kamila in einem Beitrag für ein Politmagazin im Fernsehen den Ausschnitt aus meiner heimlich gemachten Aufnahme, in dem Unterwasser erklärte: »Ich finde, es ist an der Zeit, dass wir Frauen auch einmal die Macht haben. An die Macht kommen müssen wir mit demokratischen Mitteln, aber an der Macht bleiben wir damit nicht. Und eines dürfte Ihnen auch klar sein: Gewählt werden wir Frauen nicht mit feministischen Utopien, sondern nur, wenn wir die Sehnsucht der Bevölkerung nach Ruhe und Ordnung, ja und Brot und Spielen bedienen.« Weshalb, wie sie weiter ausgeführt hatte, der öffentlich-rechtliche Rundfunk zerstört werden musste. Die Empörung über ihre Machtergreifungs-Agenda war nicht so durchschlagend wie die Entrüstung darüber, dass sie ihre Matriarchats-Fantasien offenbart hatte. Die Aufregung darüber verwandelte sich rasch in Spott und Häme. Das Patriarchat lachte sie aus. Auf allen Ebenen: in der Presse, in den sozialen Medien, in Talkshows und Kommentaren. Sekundiert von den Frauen, die sich durch diese Anwärterin für eine Diktatur auch nicht in ihren Anliegen vertreten sehen wollten. Und das war es eigentlich, was Anneliese Unterwasser die Unterstützung ihrer Gesinnungsgenossen (männlich), die ja alle auch keine Freunde der Demokratie waren, kostete und ihre politische Zukunft vorerst beendete. Die Koalition der Rechten kam nicht zustande. Das Bundesland musste mühselig von einer Dreierkoalition der Wahlverlierer regiert werden.

»Aber ich muss Sandras Fahrrad noch zurückstellen in die Granitstraße«, sagte ich.

Richard lächelte. »Was bist du denn so konfus? Deine Sachen willst du sicherlich auch noch aus dem Friedenshaus holen.«

»Und Sandras Gladstone müsste ich danach auch noch zurückbringen in ihre Wohnung. Und was mache ich mit dem Schlüssel?«

»Ich schätze, das lässt sich alles regeln.«

»Ja, schon, aber …«

»Lisa, du musst nicht mit mir zurückfahren.« Er schaute sich nach einem Aschenbecher um. »Wenn dir mehr Gründe einfallen, noch zu bleiben, als mit mir heimzufahren, dann bleib halt noch eine Weile.«

Ja, aber, was sollte ich hier noch? »Nein, es wären alles vorgeschobene Gründe, Richard.«

Manche Entscheidungen konnte man nicht treffen. Zumindest ich konnte es nicht. Also tat ich das Naheliegende und stieg zu meinem angetrauten Ehemann ins Auto, nachdem ich Sandras Fahrrad im Hinterhof zwischen die anderen Räder geschoben und abgeschlossen hatte. Und tschüss, Veronika, hat Spaß gemacht, mit dir diese irre Stadt zu durchstreifen. Jetzt geht es zurück ins ordentliche Stuttgart.

Christine Lehmann bei Ariadne

Vergeltung am Degerloch
Lisa Nerz 1 · Ariadne 1165 · ISBN 978-3-88619-895-5
Mädchen nimmt Mord auf sich. Warum? Lisa Nerz' Debüt!

Gaisburger Schlachthof
Lisa Nerz 2 · Ariadne 1167 · ISBN 978-3-88619-897-9
Fitness im Schlachthof: Lisa Nerz prüft, ob Sport Mord ist. Mit Wucht.

Pferdekuss
Lisa Nerz 3 · Ariadne 1171 · ISBN 978-3-86754-171-8
Vollblut-Araber sind kostbar, Dörfer verschwiegen … Lisa Nerz reitet!

Harte Schule
Lisa Nerz 4 · Ariadne 1157 · ISBN 978-3-88619-887-0
Toter Lehrer, Spur führt in höchste Kreise. Zynisch, kritisch, treffsicher.

Höhlenangst
Lisa Nerz 5 · Ariadne 1161 · ISBN 978-3-88619-891-7
Tief sind die Höhlen der Schwäbischen Alb: Nerz stöbert in Abgründen.

Allmachtsdackel
Lisa Nerz 6 · Ariadne 1169 · ISBN 978-3-88619-899-3
Waagen, Wagnisse, wilde Kühe: »Lehmanns Schwaben-Western!« *arte.tv*

Nachtkrater
Lisa Nerz 7 · Ariadne 1173 · ISBN 978-3-86754-173-2
Menschen, Mord und Mondstaub: ein total realistischer Mondkrimi.

Mit Teufelsg'walt
Lisa Nerz 8 · Ariadne 1179 · ISBN 978-3-86754-179-4
Stress mit dem Jugendamt: Lisa stößt auf blinde Flecken im Sorgerecht.

Malefizkrott
Lisa Nerz 9 · Ariadne 1185 · ISBN 978-3-86754-185-5
Debütautorin eckt an, Lisa soll schützen. Dreist, belesen, wahr.

Totensteige
Lisa Nerz 10 · Ariadne 1189 · ISBN 978-3-86754-189-3
Irrational & unheimlich: Kann Lisa die Welt retten? Und vor wem?

Allesfresser
Lisa Nerz 11 · Ariadne 1211 · ISBN 978-3-86754-211-1
Was essen, wie leben? Ist Nahrung Mord? Lisa goes vegan …

Die zweite Welt
Lisa Nerz 12 · Ariadne 1237 · ISBN 978-3-86754-237-1
8. März: Lisa muss das Bombenattentat auf die Frauendemo verhindern!

Die Affen von Cannstatt
Solitär · Ariadne 1195 · ISBN 978-3-86754-195-4
Mord im Affenhaus, Unschuldige in U-Haft: Standpunkt Frauenknast.